DOUTES

©2020. EDICO
Édition : JDH Éditions
77600 Bussy-Saint-Georges. France
Imprimé par BoD – Books on Demand, Norderstedt, Allemagne

Réalisation graphique couverture : Cynthia Skorupa

ISBN : 978-2-38127-085-2
Dépôt légal : novembre 2020

Le Code de la propriété intellectuelle n'autorisant, aux termes de l'article L.122-5.2° et 3°a, d'une part, que les copies ou reproductions strictement réservées à l'usage privé du copiste et non destinées à une utilisation collective , et d'autre part, que les analyses et les courtes citations dans un but d'exemple et d'illustration, toute représentation ou reproduction intégrale ou partielle faite sans le consentement de l'auteur ou ses ayants droit ou ayants cause est illicite (art. L. 122-4).

Cette représentation ou reproduction, par quelque procédé que ce soit constituerait une contrefaçon sanctionnée par les articles L. 335-2 et suivants du Code de la propriété intellectuelle.

Zéa Marshall

Doutes

Tome 1
La part des anges

JDH Éditions
Romance Addict

1

Admise. Les lettres de mon nom se mêlent sur cette liste interminable de résultats. Au milieu des hourras, des cris, des pleurs, je suis seule, stoïque et admire bêtement le mien. Droite comme un I, les poings serrés, mon cœur bat la chamade. Aucune émotion sur mon visage, j'intériorise. Du soulagement, voilà mon ressenti : c'est enfin fini. Admise, est-ce que je dois me réjouir ? Non. Un petit rayon de soleil dans ma vie de merde. La fin d'une scolarité interminable. Je suis silencieuse au milieu du brouhaha. Pas comme les filles de ma classe. Adulées, hystériques, leurs parents proches, heureux et fiers, ils s'embrassent, se serrent fort dans leurs bras. Je les mate mine de rien. Cette effusion m'écœure, parce que moi, je suis seule, comme toujours.

Je sors de mon lycée, reprends mon vélo pour rentrer. Je n'aurai pas de fiesta « fin d'examen, casse-boîte et fête foraine ». Je ne suis pas la fille que l'on invite. Transparente. On m'évite. On m'ignore. Même si je criais, je ne suis pas sûre de déclencher une quelconque réaction.

Je parcours les cinq kilomètres de plats alternés de coteaux en ronchonnant pour une soirée ordinaire en perspective dans cette maison minable où j'habite. Je descends à toute vitesse le grand chemin de terre et de trous qui mène au « Bas Bel Air » : un corps de ferme vieillissant que personne n'a pris le soin de restaurer. J'y vis avec ma mère.

La vue de cette masure ne me remonte pas le moral.

Je pose mon vélo contre la grange. Un petit regard vers le ciel, il est bleu azur, aujourd'hui. Je souffle. Le lui annoncer ? Dans quel état va-t-elle être à cette heure ? Je ferme les yeux, prends mon courage à deux mains et j'entre. Ma mère est collée dans son canapé, hébétée devant une émission de télé pourrie, un verre à la main, comme d'habitude. Elle ne me remarque pas. Ses yeux sont vitreux, injectés. Elle doit avoir sa dose et planer loin, très loin… D'habitude, je l'ignore ; elle aussi, d'ailleurs. Aujourd'hui, c'est un peu jour de fête :

— J'ai mon bac, tenté-je en le lui murmurant.

Aucune réaction. Elle mate son écran, la bouche mollement entrouverte. Pitoyable. Une petite tape sur son épaule.

— Eh, j'ai mon bac.

Péniblement, elle se tourne et me dévisage comme si j'étais une inconnue, digérant la modeste information que je viens de lui communiquer. Une lueur apparaît dans ses yeux, me donnant un léger espoir.

— AH, ton bac… Il faut que tu bosses, maintenant.

Elle se retourne vers le poste.

Voilà, les félicitations de ma seule famille. Quand je dis « vie de merde ».

Mon père est décédé, il y a cinq ans. Crise cardiaque, tic, tac, boum, clap de fin. Le résumé de cette tragédie. Les obsèques sous la pluie, une dizaine de personnes que je ne connais pas autour du cercueil. Rigide, figée, je n'ai pas prononcé un mot, pas versé une larme. J'étais ailleurs. Ce sont les seuls souvenirs que j'en garde. Douloureux. Depuis, le temps s'est arrêté. Ma mère est murée dans un silence, dans son monde dont je ne fais pas partie.

Il était mon roc. Enfin, je crois. Il faisait que ma vie avait à peu près un sens. Aimant avec maladresse, j'étais sa princesse, comme il adorait me le dire. Son histoire avait été compliquée pour peu que j'en connaisse les contours : famille d'accueil, atterri en Anjou par hasard, après avoir vécu à Paris, rencontré ma mère et lui avoir fait un gamin. Une vie de patachon faite de combines et de bons plans, tous plus foireux les uns que les autres.

N'empêche que même s'il me laissait souvent seule avec elle, même s'il était loin d'être le père idéal, il essayait de combler le manque maternel, maladroitement. Imaginez ce que cela a pu donner quand je suis devenue... enfin, vous savez, une petite femme, pour le dire simplement. Un grand moment de solitude.

Je l'aimais.

Ma mère et moi ? Une relation compliquée entre deux étrangères. Parfois, je me demande si elle m'a enfantée. Rester toutes les deux ? Notre punition. J'envie souvent les filles de mon lycée, celles qui s'engouffrent dans la dernière « Mini » de leurs mères, qui leur ressemblent comme deux gouttes d'eau et qui se vantent du précédent week-end shopping. Pas nous. Nous crevons la dalle, nous vivons dans un taudis, et chaque mois, chaque semaine, chaque jour, c'est la même rengaine : survivre. Aucune complicité. Nous sommes deux colocataires, piégées dans une vie que nous ne désirons pas.

Je sors de la maison et file vers mon coin préféré : un petit talus à l'abri des regards, sous des arbres centenaires, en pleine nature, le seul bruit des oiseaux pour me tenir compagnie, où je me cache, où je me ressource et où je viens dévorer des livres. Un endroit hors du temps qui me protège et me permet de m'évader pour oublier qui je suis et où je vis.

À l'ombre de mes arbres, je réfléchis à mon avenir. Trouver un job ? Ma priorité numéro un, pour une longue liste de bonnes raisons : passer mon permis, m'acheter une voiture, manger et me tirer de ce bled pourri pour vivre Ma Vie. Au plus profond de mon être, j'ai ce sentiment qu'elle ne peut pas se résumer aux années qui viennent de s'écouler ; qu'un jour, j'aurai accompli mon destin. Je serai quelqu'un. Une certitude, elle m'a permis d'accepter toute cette noirceur, m'a fait tout supporter : les railleries, les moqueries, le regard des autres. Comme me l'a dit un jour Allan, assis à côté de moi en cours : « Tu es notre Cosette des temps modernes. »

Physiquement, je ne peux pas faire plus désuet. Soyons franches, mon allure est démodée. Vêtements de récup, fripes, l'ensemble ne fait pas vintage ou bobo, plutôt un joli capharnaüm de couleurs passées : la mode, ce n'est pas mon truc. Les habits sont un moyen de me protéger comme s'ils avaient ce pouvoir de me créer une armure. J'ai le visage triste avec un regard noir. Je tire mes cheveux, les attachent sans réellement en prendre soin. Je ne me maquille pas, prends des tenues plus amples pour ne montrer aucune forme de moi. Je n'attire pas les foules. Personne ne vient spontanément à ma rencontre et cette situation me convient.

Ma vie sera celle que j'ai décidée. Personne ne me l'imposera. Je ne peux compter que sur moi. Et pour ce faire, je me formalise un plan d'attaque, maintenant que j'ai mon sésame. Première étape : permis de conduire... Onéreux, même en le préparant dans une auto-école low cost. J'ai besoin d'argent, et sans voiture, je n'irai pas loin. Je ne me vois pas passer ma vie en Blablacar ou Blablabus. L'an dernier, pendant les vacances scolaires, j'ai travaillé chez un maraicher. C'était dur, physique, mais j'ai gagné quelques euros que j'ai mis au chaud dans ma cagnotte « je me tire d'ici ». Demain, je file à l'agence d'intérim et je ne les lâcherai pas tant qu'ils ne m'auront pas trouvé un job. Je me motive mentalement, allongée sous mes arbres, les yeux perdus dans le vide : courage, courage, bientôt, ma vie sera douce.

Je vais vivre une destinée extraordinaire, j'en fais le serment.

Depuis un mois, je me lève à cinq heures trente du mat' en grimpant sur mon vélo pour aller travailler. L'agence d'intérim m'a reproposé un contrat chez un maraicher pour l'été : cueillir des légumes en plein champ avec des collègues sympas et jeunes qui ne me connaissent pas et n'ont pas d'aprioris. Parfait.

Ce soir, je termine, avant deux semaines de vacances (forcées) et enchaîne avec les vendanges. En plus, j'ai trouvé une place à proximité de ma maison, au domaine de Bel Air. Une propriété grandiose, un vignoble de renom et trois mois de boulot assurés. J'ai fait mes comptes : en novembre, je me taille.

Je me lève, en ce début d'août, guillerette et de bonne humeur. Rare. La température est caniculaire. La journée s'annonce lourde. Je profite de mes congés pour nettoyer notre terrain. Des chardons ont poussé ; si je ne fais rien, les voisins vont me tomber dessus. Après le fauchage, il fait chaud, très chaud. Je ne rêve que d'un truc : me baigner. Je connais par cœur la campagne qui entoure ma maison, chaque recoin pour avoir passé beaucoup de temps dehors, seule, à me cacher quelquefois. Et l'endroit idéal pour nager... un petit ruisseau qui s'agrandit et forme une retenue d'eau. Ce havre est secret, peu connu. J'ai longtemps observé le passage avant de me décider à me baigner. Il est devenu ma piscine privative, à moi, rien qu'à moi.

Je m'y dirige tranquillement, joyeuse. À cette époque de l'année, le niveau de l'eau a bien baissé, mais reste suffisamment important. J'adore m'immerger, seule au monde. Je me déshabille et cours vers l'eau. Elle est fraîche. Une caresse sur ma peau, un sentiment de plénitude m'envahit. Je nage, plonge et finis par me laisser flotter sur le dos. Les yeux dans le vague, je regarde les feuilles des arbres qui demeurent immobiles : je suis bien. Mon esprit vagabonde. Je rêve à mon avenir, pense au dernier livre que j'ai lu.

— Elle est bonne ?

Je me redresse d'un coup, surprise. Mon cœur se met à battre la chamade. Je replonge aussi vite que possible pour cacher ma nudité. Je me retourne. Deux hommes me regardent, amusés par cette situation. Ne pas paniquer, ne pas paniquer, je suis seule, dans l'eau, nue, en culotte. Et s'ils leur prenaient l'idée de me rejoindre ?

Je les reconnais assez facilement, Clovis et Landry De La Motte, les propriétaires du domaine de Bel Air. Ils sourient comme des gamins, scrutent mes vêtements déposés sur la berge et se doutent que je ne suis pas dans ma meilleure posture. Dans ma tête, cela défile très vite : soit je reste dans l'eau et attends patiemment qu'ils se lassent et partent, soit je sors, naturelle, sans complexes, genre « un problème, les mecs ? ».

Je ne sais pas ce qui me prend : est-ce la façon dont ils me matent, me narguent, est-ce mes nouvelles résolutions de ne plus me laisser marcher sur les pieds ? Je décide de sortir et de les affronter. Je nage vers la rive, émerge lentement, regard noir à l'appui, visage sans expression. Je me dirige vers mes vêtements, déterminée : j'assume.

Leurs yeux sont écarquillés. Clovis se met à rire, pas Landry. Il fixe. Son regard descend doucement le long de mon corps. Il me détaille centimètre par centimètre. Ses iris bleu clair me transpercent et me troublent. Ils se posent sur ma poitrine.

« Reste naturelle, sois forte. »

J'arrive près de mes habits et enfile mon T-shirt. Enfin, j'essaie. Je m'y reprends à deux fois, incapable de passer les manches. Landry promène une main dans ses cheveux en inclinant légèrement la tête. Perturbant, je prends une mini décharge et le regarde bouche bée. Nos yeux restent accrochés. Cet instant me semble une éternité. Le rire sonore de son frère me ramène sur terre. La situation l'amuse beaucoup. Pas moi. Une répartie, je dois trouver, une répartie. Je bredouille un « excellente » inaudible, comme si j'avais du yaourt dans la bouche. Je me reprends :

— Elle est excellente ! leur lancé-je d'une voix qui se veut naturelle.

Je prends le reste de mes affaires, me retourne et file à toute vitesse. Ridicule et honteuse, je rentre me cacher dans ma chambre, enfin, la minuscule mansarde qui me sert d'abri.

La lose. La grosse lose… la lose internationale, voilà ce que je me répète en boucle. À poil devant mes futurs patrons. J'ai le don pour me mettre dans des situations impossibles. Et quelle nulle, incapable de prononcer une phrase cohérente. Je ne suis pas sortie de l'auberge si je veux devenir quelqu'un. Pourquoi n'ai-je pas confiance en moi comme tous les autres ? Je frissonne de la tête aux pieds en pensant aux yeux bleu intense de mon boss, me fixant bizarrement. Le rouge me monte aux joues. Désireuse d'oublier ce mauvais moment, je me précipite sous mes draps, ferme mes paupières en espérant trouver le sommeil.

2

Cinq heures, mon réveil n'a pas encore sonné. Premier jour des vendanges et premier jour de travail au domaine de Bel Air. J'ai un nœud dans le ventre. Je ne veux pas m'y rendre. Les dirigeants de ce domaine sont les deux mecs qui m'ont reluquée à la rivière. En plus, je me souviens très bien qu'au collège, le plus jeune, Clovis, se foutait de moi à chaque occasion. J'ai supporté ces railleries, et même des jetés de pommes pourries :

— J'ai vraiment besoin de ce travail, j'ai vraiment besoin de ce travail, me répété-je à haute voix pour me motiver.

Je vais me faire discrète. Quinze jours ont passé. J'imagine qu'ils ont oublié. Ils ont sûrement oublié. Je ne crains rien. Ils ne peuvent pas se souvenir d'une nénette insignifiante comme moi.

À sept heures trente, je prends mon vélo et parcours les quatre kilomètres qui me séparent du domaine. L'arrivée se fait par un chemin annexe. Un bel endroit, typique des coteaux de la Loire. Le château domine la propriété : une immense bâtisse en pierre d'ardoises apparentes avec de grandes fenêtres à la française entourées de tuffeaux, deux tourelles et des portes en bois monumentales. L'ensemble est entretenu. Un jardin de buis complète cette demeure en lui donnant un charme fou. Impressionnant. Je me sens petite et dépareillée dans un tel lieu. Les vignes l'entourent et descendent en pente douce le long du coteau. À l'horizon, la vallée de la Loire se dessine, faite de cultures, de parcelles de peupliers et du fleuve majestueux.

Je m'approche des bâtiments et rejoins les autres saisonniers. Les habitués discutent bruyamment. Les nouveaux essaient de se trouver une convenance. J'en fais partie. C'est animé. Une atmosphère particulière flotte dans l'air. Une ambiance des grands jours, l'aboutissement d'une année de labeurs pour célébrer le fruit du travail de l'homme et de la nature, généreuse dans la vallée.

Pour passer inaperçue, j'ai vissé ma casquette sur ma tête, rentré mes épaules et baissé mes yeux, cachés par ma visière, mode incognito. Je signe la fiche de présence et me faufile dans le groupe en prenant bien soin de ne pas être dans le collimateur des fameux propriétaires.

Landry De La Motte prend la parole, entouré de son frère et de leur intendant. La photo de famille est déstabilisante. Ce sont deux beautés à couper le souffle, de très beaux hommes, mais Landry est le plus canon. Il se dégage quelque chose de lui que j'ai du mal à identifier. Magnétisme ? Charisme ? J'hésite. Il nous balaye du regard et enchaîne en nous souhaitant la bienvenue et en rappelant les enjeux de cette vendange. Il nous mobilise sur notre participation à cette aventure : nous allons en être les acteurs, les maillons œuvrant à la réussite de ce millésime, au renom et au prestige de son domaine. Joseph, l'intendant, une marmaille d'une cinquantaine d'années, rustre, le visage buriné par le soleil, sera notre référent. D'un ton autoritaire, le géant nous précise qu'il travaille ici depuis vingt ans et connaît tous les rouages d'un bon millésime. Il va nous indiquer notre rang et nous distribuer le matériel. Et vu le ton, on ne perd pas de temps. Je suis le groupe docilement en essayant d'être discrète :

— Tu es habillée ?

Je me fige et rougis de tout mon être. Clovis a un sourire jusqu'aux oreilles. Sa boutade me paralyse de honte.

— Mon frère t'aurait préférée nue.

De rouge, je passe au cramoisi. Ses mots me tétanisent. Je reste interdite sans bouger, les yeux exorbités. Le sourire moqueur de Clovis est immense. Si j'avais le choix d'un autre job et de l'assurance, je lui dirais direct que son humour est au ras des pâquerettes. Sauf que je n'ai pas le choix, que je n'arrive pas à bredouiller quoi que ce soit et qu'aucune bonne idée de répartie cinglante ne me vient.

— Eh, c'est une blague ! Détends-toi. Tu fais ce que tu veux dans la rivière. Allez, avance, j'ai l'impression que tes pieds sont cimentés.

Comment ferait une fille cool en pareilles circonstances ? Elle rigolerait de son humour ? Je ne sais pas faire. Sans répondre, je suis bien vite Joseph et croise rapidement le regard de Landry, qui n'a pas loupé une miette de la bonne blague de son frère. Ses yeux bleus me dévisagent, étonnés. Comme la première fois, centimètre par centimètre, ils sont brûlures. Pendant quelques infimes secondes, le temps se suspend. Mes yeux s'accrochent aux siens, je suis scotchée… carrément godiche, en fait. Je baisse les miens et fonce vers les vignes. Qu'est-ce qui m'arrive ?

Joseph me donne un sécateur, un seau à vendange, et me conduit avec dix autres ouvriers vers la parcelle où nous allons débuter. J'écoute attentivement les consignes, en me mélangeant avec mon groupe, composé de retraités, de travailleurs étrangers et de deux autres étudiantes. Je suis à côté d'une fille de mon âge qui me regarde. Elle a envie d'entamer la conversation. Je le vois à ses yeux et ses mimiques de sourire. Je suis en mode concentration. D'habitude, les filles de mon âge ne me parlent pas. Aucune raison que cela change. Je m'éloigne vers mon rang et, pas de bol, je me retrouve en binôme avec elle :

— Salut, je m'appelle Anna. Alors, c'est ta première année ? Moi aussi, je vais reprendre mes études après. Je rentre en deuxième année de fac d'histoire, j'espère être prof au collège après mon master… Blablabla. Et toi ?

Ouah, une pipelette, pas de veine. Cette fille vient de faire un monologue de cinq minutes. Je sais plein de trucs de sa vie privée et elle me demande « moi ». Je vais la décourager. Je n'ai pas l'intention de me laisser déconcentrer par une nénette bavarde qui me raconte sa life.

— Rien.

Elle attend la suite, la tête légèrement penchée, un peu idiote. Je continue de couper les grappes en prenant soin des rameaux et de ne pas faire tomber les grains au sol. Joseph nous a dit de ne pas les abîmer.

— Rien, comme rien du tout ?

Pas de réponse, je n'ai pas besoin de me fatiguer.

— Tu n'as pas envie de parler ?

— Non.

— OK, comme tu veux.

Voilà, une chose réglée.

Cette première matinée passe vite. Je finis mon premier rang et attends le verdict de l'intendant. Je me suis appliquée, j'ai fait attention à toutes les consignes. Ce job est hyper important, mon passeport pour ma nouvelle vie :

— C'est quoi ce boulot ? Un rang ? Nous n'avons pas dû nous comprendre : c'est mal coupé. Les grappes sont abîmées. Tu as fait ce travail de merde ?

Je reste immobile, la bouche ouverte, et tente même un petit regard au-dessus de mon épaule pour être bien sûr que les remontrances me soient adressées. Landry, le patron du domaine, vient de débouler. Sa voix est hautaine, cassante, désagréable. Je bredouille un « je ne comprends pas » qui meurt au bout de mes lèvres.

— À côté, ce n'est pas mieux. Les filles, vous croyez quoi ? Que nous avons tout l'hiver pour vendanger et qu'un domaine comme le nôtre peut supporter du travail médiocre ? Aujourd'hui, vous avez commencé une parcelle facile, et franchement, je ne vois pas comment vous pourrez faire mieux.

Autour de nous, les autres vendangeurs regardent la scène, ébahis. Avec Anna, nous avons plongé notre regard vers nos chaussures en espérant qu'il cesse. Il appelle Joseph et lui parle sur un ton tout aussi cassant.

— Viens voir ce travail. Putain ! Joseph, tu les as laissées faire ?

Il va nous virer : adieu permis, voiture, nouvelle vie et retour à la case taudis où je n'aurai rien, mais rien à faire.

Le pas lourd de Joseph se rapproche. À son regard, je comprends que nous allons de nouveau passer un sale quart d'heure. Pas un mot, il entre dans mon rang, se penche, regarde.

— Ouais, la coupe pourrait être plus franche. Je vais leur filer des sécateurs plus affûtés, et niveau vitesse, Landry, elles débutent. Nous verrons ce soir. Après, chaque année, c'est le bordel avec les étudiantes. Je ne sais pas pourquoi tu t'entêtes à en recruter.

— Arrange ça !

Landry fait demi-tour sans plus d'explication, nous laissant comme deux sottes ébahies : pas assez rapides, coupe pas assez franche, tout est à refaire. Quel sale type !

— Les filles, faites votre pause déjeuner et revenez un quart d'heure plus tôt. Je vais vous donner d'autres sécateurs. Cet après-midi, avancez plus vite et mieux, car, ce soir, je ne pourrai rien pour vous. Le Baron, il ne plaisante pas.

Nous nous dirigeons toutes les deux, dépitées, vers un hangar à côté du chai, où quelques tables ont été disposées pour le déjeuner des vendangeurs. Anna n'a rien compris, moi non plus, d'ailleurs : elle n'arrête pas de répéter que si nous avions été bavardes, encore, il aurait pu nous faire des reproches. C'est loin d'être le cas. Elle flippe, moi aussi : retrouver un autre job à cette période de l'année, c'est mort.

Les mots du « baron » l'ont blessée : elle ne doit pas avoir l'habitude qu'on lui hurle dessus. Pour ma part, je suis agacée et en colère : la façon dont il nous a parlé. Une attitude de mec qui se la claque. Anna me peine. Elle ne prononce plus un mot et reste les yeux dans le vide. Je la mate, mine de rien. Elle est différente des filles que je côtoie habituellement. Elle n'a pas cet air pimbêche. Elle est plutôt jolie, d'ailleurs : grande, blonde, des yeux verts, fine. Elle doit plaire aux mecs. Son visage est doux et, dans l'ensemble, elle fait sympa. Oui, la bonne copine, assez naturelle… et le regard triste. Elle est affectée et bien que, normalement, je ne parle pas avec une autre fille de mon âge, bien que je ne fasse pas dans l'empathie, je tente de la rassurer :

— Joseph va nous réexpliquer. Il ne semblait pas aussi catégorique. De toute façon, je suis comme toi, je ne retrouverai pas d'autre boulot.

Ce job ne peut pas finir au bout d'une pauvre matinée. Nous allons nous motiver et lui montrer de quoi nous sommes capables : ce n'est pas un « Landry De La Motte » qui va m'empêcher de mettre mon plan d'attaque à exécution pour quitter ma vie de merde. Je ne vais pas baisser les bras au premier obstacle.

— Écoute, je n'ai pas été très causante, ce matin. Je m'appelle Yaëlle. C'est la première fois que je fais les vendanges. En vrai, je n'ai pas de plans pour la suite, mais besoin de pognon et vite. OK ?

Un peu gauche, avouons-le. Elle retrouve un léger sourire. Je lui tape dans la main, pleine de motivation.

— Entre nous, ce n'est pas un bellâtre à la voix hautaine qui va me décourager. Nous avons travaillé de façon sérieuse. Ce mec, il a un problème. Il doit être gonflé à la testostérone. L'occasion était trop bonne pour passer ses nerfs sur deux étudiantes. Ce n'est pas parce que MONSIEUR LE BARON vit dans un grand château qu'il peut nous parler comme à des quiches. Tu sais quoi ? Nous allons lui montrer, et ce soir, il sera tout penaud, prêt à s'excuser.

Anna change de couleur. Mes mots lui font de l'effet. Elle me fait un signe de tête.

— Quoi ?

Sa main me montre de me retourner. À son air paniqué, la situation va se compliquer. Landry est derrière moi. Ses yeux lancent des éclairs.

— Mince, murmuré-je entre mes dents.

Il se rapproche à quelques centimètres. Son parfum, son odeur, sa chaleur me paralysent. Mes pieds sont scellés au sol, ma bouche, désespérément ouverte, comme si on m'avait coupé le son.

— J'attends de voir. Les excuses, jamais ! me rétorque-t-il.

Je crois qu'il a épelé chacune des lettres. Il me toise, froidement, se retourne et file vers le vignoble.

— Ouah ! Tu as eu un sacré courage, me lance Anna.

— Courage ? Je ne savais pas qu'il était là.

— Quand même, tu ne t'es pas excusée et ce que tu as dit, est vrai : il a un problème avec les femmes. Je préfère son frère. Je le trouve même très à mon goût.

Je vais me faire virer et cette fille trouve Clovis De La Motte à son goût. L'après-midi va être long, très long : demain, je suis bonne pour Pôle emploi.

Après le déjeuner, Joseph nous attend. Nouveau matériel, il nous donne les mêmes consignes que ce matin. Anna acquiesce et file vers son rang.

— Joseph, je ne suis pas d'accord.

Il se retourne surpris.

— Comment ça, pas d'accord ? souffle-t-il, agacé.

— Ce matin, j'ai bien compris. Je me suis appliquée, concentrée et a priori, j'ai tout fait de travers. Je ne comprends pas. Qu'est-ce que j'ai mal fait ?

— T'es peut-être nulle, me répond-il du tac au tac.

Sa remarque me blesse et résume bien ce que j'ai vécu toute ma vie : pas d'encouragements, et si je veux avancer, ne compter que sur moi.

— Laissez tomber, Joseph.

Je marche vers mon rang en secouant la tête, résignée. Je n'ai plus qu'à prier que l'autre sale type, baron de je ne sais quoi, m'oublie et que je passe à travers les gouttes.

— Attends, me lance Joseph. Les coupes, elles étaient correctes. Si tu prends ton sécateur plus penché, tu vas gagner en rendement. Après, le baron, c'est un exigeant. Il a repéré un truc dans ton rang et il va le généraliser. Il ne supporte pas le « à peu près ». Sois efficace et il sera moins sur ton dos.

Sacré conseil : je fais tout comme ce matin, avec de la vitesse en espérant qu'il ne me tombe pas dessus. Avec ce qu'il a entendu dans le hangar, la probabilité que je sois à l'embauche demain est quasi nulle. Tant pis, je vais leur montrer de quoi je suis capable et partir la tête haute.

J'ai mené un marathon tout au long de l'après-midi. Avec Anna, nous avons rattrapé les premiers coupeurs. Nous nous sommes appliquées, même fait un peu de zèle en repassant dans les rangs, en taillant des petits bouts de tiges, au cas où, et en vérifiant que nos seaux ne contenaient pas de feuilles. Je l'ai encouragée tout l'après-midi, avec mes mots, maladroite, pour suivre la cadence et gagner en dextérité dans le maniement des outils. Elle a retrouvé des couleurs, malgré les microcoupures et les ampoules sur nos mains. Elle m'a avoué que c'était son premier job, qu'elle l'avait trouvé seule et que se faire virer serait un aveu d'échec. Ses parents étaient contre, pas de besoin. Elle veut leur prouver qu'elle peut se gérer. J'ai aimé son besoin d'indépendance. Elle me parle et, au final, cette fille est sympa.

Nous sortons des rangs, épuisées. La chaleur est suffocante. L'été a décidé de jouer les prolongations. Nous sommes dans un sale état, en sueur, usées et moral bas. Le couperet va tomber et décider de notre avenir, enfin, du mien et de ma possibilité de partir au plus vite de cette région.

Joseph arrive, pas de Landry à l'horizon :
— C'est bon, à demain. Bonne soirée les gars.
Quoi ? C'est tout ? Pas de vérifications ? Je l'appelle. Il s'approche de moi, son air encore plus agacé.
— Si je te dis que c'est bon, c'est bon. Je ne vais quand même pas te filer une médaille ?
J'ai compris la leçon : me taire et me fondre dans le paysage.

Nous rejoignons le parking, un peu chamboulées, en mode « j'en ai déjà plein les bottes et je n'ai fait qu'une journée ». Je me demande bien comment je vais supporter de me faire aboyer dessus pendant trois mois :
— Le vendredi soir, ils organisent un repas des vendangeurs. Tu resteras ? me demande Anna, me sortant de ma réflexion.
— Pardon ?
— Le vendredi soir, ils font une fête.
Je suis étonnée de sa proposition. Peu de chance que nous soyons encore là en fin de semaine et fêter notre travail, j'ai comme un doute.
— Anna, je ne crois pas. Il fait super chaud, nous avons bossé dur. La seule chose dont j'ai envie ? Une douche et dormir.
Anna me donne un coup de coude.
— Danger, droit devant, me souffle-t-elle à l'oreille.
Landry est sur le chemin et descend dans notre direction.
— Tu vas te baigner ? me lance-t-il en me dévisageant de la tête aux pieds avec son regard.
Mais pour qui se prend ce type, mais pour qui se prend ce type ? Qu'est-ce qu'il vient de dire, j'ai compris ?
— Pardon ? Non, balbutié-je.
— OK.
Et il continue son chemin, mine de rien.
— Pourquoi te demande-t-il si tu vas te baigner ? Tu le connais ?

— Bien sûr que non, ne t'emballe pas, je ne me suis jamais baignée avec lui, ce mec a un grain. Anna, je te laisse, à demain.

En prenant mon vélo, je suis perdue. Il est complètement à la masse. Il me reluque avec ses yeux bleus transperçants, me hurle dessus, et maintenant, il me demande si je vais me baigner ? N'importe quoi ! Il m'exaspère. Je ne vais pas me laisser divertir par un kéké des plages, oui, c'est l'expression, un kéké des plages, un bellâtre, un, un… Ses yeux bleus, mon Dieu. Ils sont translucides, comme une mer chaude sous les tropiques, je pourrais m'y noyer. Non !

Le lendemain, je ne perds pas de temps pour retrouver mon poste de travail. Malgré les courbatures, avec Anna, nous avançons à bon train et avons même le temps de discuter. Elle est cool, pleine de joie et a une foi en l'avenir inébranlable :

— Yaëlle, oh là, là, ce mec est une bombe.

Je me retourne et aperçois Clovis.

— Il n'est pas mal, tu as raison.

Il avance vers nous.

— Alors les filles, on papote ?

Elle glousse, lui fait des yeux de biche. Pas croyable, elle en pince pour lui. Vu son sourire, je crois que le charme d'Anna ne lui est pas insensible.

— Je compte sur vous, vendredi soir : c'est le truc cool des vendanges.

— Oui, oui, nous venons, réplique aussitôt Anna.

— Comment ça, nous venons ? réponds-je en me retournant vers elle.

— Tais-toi ! Oui, oui, tu peux compter sur nous.

— OK, super, les filles. À vendredi.

Clovis continue son chemin. Je regarde Anna sans comprendre.

— Je t'ai dit que je n'avais pas envie.

— Non, tu n'as jamais dit « pas envie », tu as dit « si nous avions encore du travail », et comme nous n'avons pas perdu notre job, nous y allons.

— Je t'arrête, ce n'est pas mon truc.

— Yaëlle, tu as vingt ans. Faire la fête, t'amuser, ce n'est pas ton truc ? De toute façon, tu n'as pas le choix : tu ne peux pas me laisser tomber. Je ne connais pas les autres et j'ai besoin de toi pour m'empêcher de sauter sur ce mec canon.

— ANNA.

— Allez, s'il te plaît, s'il te plaît, s'il te plaît.

Je souris : comment résister à Anna qui a joint les mains pour prier et qui fait semblant de me supplier ?

— OK, OK, je viens.

— Nous allons nous éclater. Je pourrais apporter du maquillage. Dans les vestiaires, nous pouvons nous faire une beauté. Tu mettrais quoi, toi, un top décolleté ? Ou carrément une robe ?

Et blablabla.

En fin de matinée, Landry entame son inspection. Il arrive au bout de mon rang et vient à ma rencontre. Son visage est fermé. Je sens le mauvais quart d'heure arriver :

— Il ne faisait pas assez chaud ?

— Pardon ? Comment ça, pas assez chaud ?

— Pour te baigner.

— Je ne comprends pas.

— Laisse tomber.

Je le regarde, étonnée. Il passe sa main dans ses cheveux. Je n'aime pas quand il fait ce geste. Il est, comment dire : pas mal ? Non, un peu plus, soyons franches. Canon ? Oui, c'est ça, un très beau mec, sexy : le genre de spécimens masculins qui vous perturbe et qui vous empêche de réfléchir convenablement. Ses yeux sont pénétrants. Quand il vous parle, il vous mate. Déstabilisant. Le genre de types que je ne supporte pas.

Haute opinion, sûr de lui. Un bellâtre, le terme le plus approprié.

— Montre ton travail, m'ordonne-t-il.

Je le laisse passer devant moi en secouant la tête : il ne parle pas, il exige. De dos, le spectacle est tout aussi saisissant. Landry doit bien mesurer vingt centimètres de plus que moi. Il est musclé et en joue en portant des chemises qui lui moulent le corps. Fit, l'attirail du BG. Brun, cheveux souples, yeux bleu clair, peau mate, il ne doit pas avoir de difficulté côté filles. Je secoue de nouveau la tête : je m'égare complètement.

Il s'agenouille auprès d'un cep.

— Tu prends ta tige trop haute. Au pressage, nous avons des déchets et nous perdons du temps. En prenant sous la grappe, tu peux améliorer le traitement du raisin. Regarde.

Je me penche vers lui et examine sa coupe précise.

— OK, j'ai compris. Et là, quand les grains de raisin ont du botrytis, tu fais quoi ?

En voulant joindre mon geste à ma parole, je lui frôle la main. Le contact est brûlant, électrique. Je la retire aussi vite. Je viens de prendre une décharge : des petits papillons au fond de mon ventre ont bondi. Ouh. Ma bouche reste entrouverte. J'ai l'air bien cruche. Landry me dévisage, amusé, se redresse et se rapproche de moi comme un félin. Il se penche doucement vers moi, le regard moqueur. Son visage est à quelques centimètres du mien. Il va m'embrasser. Mon rythme cardiaque s'accélère. Je ferme les yeux. Mes lèvres s'entrouvrent. Il s'approche encore plus près. Mon Dieu, ses lèvres sont charnues, sexy.

— Le botrytis, tu l'enlèves. Si la grappe est trop abîmée, tu la mets de côté, me murmure-t-il

Douche froide, même glacée, limite un seau nordique lancé en pleine face. Je me retourne, essaie de retrouver une contenance.

— D'accord, oui, oui, j'ai compris, réponds-je d'une voix qui ne ressemble pas à la mienne.

Quelle idiote ! Qu'est-ce qui m'a pris de croire qu'il allait m'embrasser ? Comment ai-je pu, ne serait-ce qu'une micro seconde, baisser mes paupières, entrouvrir ma bouche ? Ce mec, c'est le patron du domaine de Bel Air, Landry De La Motte, baron de je ne sais combien de générations, et moi, bête comme je suis, j'ai cru qu'il allait m'embrasser. Un bellâtre, un mec que je ne supporte pas, un…

— Yaëlle, c'est bien ton prénom ?

Il a un grand rictus sur le visage, visiblement diverti de la situation.

— Dommage pour la baignade, me dit-il en quittant le rang.

Et voilà, il me prend pour une fille facile. Ridicule, je suis ridicule. Landry De La Motte ne doit avoir aucun problème à embrasser des filles canons. Son charme a un effet sur la gent féminine tous âges confondus, et il perdrait son temps à m'embrasser ? Comment ai-je pu deux secondes avoir cette faiblesse ? J'ai une énorme boule au ventre, de honte. Anna me rejoint et voit ma tête, pas du tout naturelle :

— Ça va ? Tu as l'air chamboulé ?

— Non, ce n'est rien, un coup de chaud.

3

Les jours défilent à grande vitesse. Le travail est physique, fatiguant. Mais l'ambiance est bonne. Avec Anna, nous avons trouvé un rythme qui nous évite les ennuis : plus de remarques ni de hurlements du baron. Joseph gère. Je n'ai aperçu mon patron que rapidement à l'embauche et ai bien vite tourné les yeux. J'ai le sentiment qu'il se moque encore de moi. Il a son petit rictus qui m'énerve, greffé sur son visage.

Heureusement, j'ai Anna. Elle a des conversations sur tous les sujets qui la préoccupent : mode, Clovis, bottes, re Clovis…. Elle me divertit beaucoup. Une fille rafraîchissante. Ses monologues ressemblent à des romans bons à écouter :

— Yaëlle, tu ne parles pas beaucoup de toi, je t'ennuie ?

— Non, Anna, j'aime t'écouter. Je n'ai pas d'anecdotes, pas d'histoires de mode, pas d'histoires d'amoureux. En résumé, ma vie est plate, ennuyeuse, et pour tout te dire, c'est la première fois qu'une fille me parle autant. J'apprends plein de trucs.

Elle penche la tête. Ses yeux me regardent très étonnés, comme si je débarquais d'une autre planète.

— Quoi tu n'as pas d'amis ? Pas de petits amis ? Pourtant, les garçons doivent te remarquer.

— Me remarquer ? réponds-je très surprise, en riant. Non, jamais, et non, pas d'amis.

— Quand même, tu as bien eu des aventures ?

— Non, fais-je, gênée. Pas de petits amis, pas de bisous, enfin, si, une fois, et pas plus.

Je me vois bien lui raconter que le type n'a pas vraiment compris le non et que j'ai eu du mal à m'échapper. Si, en plus, je lui donne les détails de la situation où je m'étais fourrée, elle va me fuir.

— Et les fringues ? Quand même, les fringues, tu aimes ?

— Non, Anna, je n'aime pas. Écoute, je… Comment t'expliquer ? J'ai une vie merdique. Je n'ai pas envie de rentrer dans les détails. Est-ce que c'est grave si je n'ai pas d'amis, pas de mecs, pas envie de faire les magasins et encore je ne sais quelle autre chose apparentée aux filles ?

Surprise de ma réponse, elle a l'air d'hésiter, pas rassurée. Elle fait cette petite moue et tripote sa bouche avec ses doigts. Anna est la seule personne à ne pas savoir que je suis un paria. Les jeunes de mon âge me fuient ou m'insultent. Elle doit croire que les vêtements que je porte sont pour le travail. Non, ma vraie garde-robe.

— Je dois te gaver ?

Je ne m'attendais pas à ce retour. J'imaginais qu'elle se moquerait, qu'elle fuirait, même.

— Bah non ! J'ai découvert que toute fille qui se respecte porte des *Stan Smith* avec un jean, que les boots imprimées, c'est l'accessoire indispensable pour cet hiver, que si tu ne sais pas te maquiller, tu n'as plus d'excuses : avec les tutos sur YouTube, même la plus maladroite des nanas doit savoir utiliser un eye-liner.

Anna éclate de rire. Il est communicatif.

— Ouah ! Je t'ai bien bassinée. Yaëlle, je ne juge pas ta vie. J'aime bien ta compagnie, je trouve que nous formons un beau duo. Tu m'écoutes alors que je suis superficielle. En plus, tu m'as aidé à garder ce job, alors, amies ?

— Amies ?

— Oui, amies. Tu me défends, je te défends. Tu m'aides pour le travail, et moi, je t'apprends plein de trucs pour devenir une *Fashion victim*.

— *Fashion victim* ? Toute ta bonne volonté ne suffira pas.

Nous rigolons de nouveau. En même temps, une amie, cela ne m'est jamais arrivé. Anna est cool. J'aime être avec elle. Une amie.

— Ce soir, je te propose de commencer ton initiation pour la soirée des vendangeurs.

J'avais oublié ce détail : la fameuse soirée festive du vendredi soir. Anna a décidé de me maquiller. Elle a apporté des tops pour que nous soyons irrésistibles. Je ne vois pas qui nous allons séduire. Quelque part, je sais qu'Anna a des vues sur Clovis, mais moi ? Personne, non, personne du tout.

Une grande tente blanche est dressée à proximité du chai. À l'extérieur, Joseph s'occupe de la grillade géante pendant que Landry et Clovis servent du vin aux vendangeurs des différentes équipes. Surprenant. Je voyais le baron comme une personne hautaine, pas du genre à se mélanger avec la base. Je l'observe quelques minutes en attendant Anna qui parfait son maquillage. Il sourit, discute avec les différents groupes. Étonnant.

Anna arrive fin prête. Elle nous a changées, pomponnées. Elle m'a même convaincue d'enfiler un top noir à fine bretelle, un jean stretch très moulant, de relever mes cheveux et m'a maquillée légèrement. Je me sens différente. Plus sûre de moi. Joyeuse.

Ça, c'est nouveau !

Notre arrivée est remarquée. Anna se dirige naturellement vers le bar, rayonnante, pour rejoindre Clovis. Elle va lui sauter dessus. Ses bonnes résolutions ont tenu moins d'une minute. Il lui sourit, se penche vers elle et lui murmure quelques mots à l'oreille. Son visage s'éclaire, Clovis a visé juste. Je pouffe en secouant la tête devant le peu de volonté de mon amie et vais les rejoindre.

Mon regard s'égare quelques secondes. Je croise ses prunelles bleu azur, froides, me fixant sans expression. Ma bonne humeur s'envole comme un souffle. Déstabilisée. Pas à l'aise dans ces vêtements qui ne sont pas les miens et n'ont pas ce pouvoir de me cacher. Son regard ne me lâche pas. Je baisse les miens, laissant ma belle assurance toute neuve partir. Je me sens petite et ridicule, presque déguisée. Ma seule envie : fuir.

— Ça va ? me demande Clovis, un verre à la main, me sortant de ma torpeur.

— Oui, oui, très bien, lui mens-je.

— Viens trinquer, ma belle, ne reste pas plantée.

L'apéro se poursuit. J'ai bu quelques verres, un peu vite, certes. Je commence à rire pour rien. Anna est dans le même état. Il est grand temps de passer à table. Nous sommes hilares pour des trucs sans queue ni tête. L'ambiance est bonne. Je me détends de nouveau. Un des vendangeurs sort une guitare et un groupe entonne des chansons festives. À table, nous reprenons les couplets : je m'amuse comme jamais.

Plus de baron, il s'est assis à l'autre extrémité de la table. Je n'ai pas recroisé son regard implacable. Nous continuons à boire, à chanter, et ma tête tourne sérieusement :

— Arrête de boire, tu vas être malade, me murmure-t-on à l'oreille.

Landry. Je ne l'ai pas vu s'approcher. Il s'est retrouvé à côté de moi en deux mouvements.

— Non, je gère.

Il ricane et m'exaspère.

— Excusez-moi, MONSIEUR LE BARON, je ne pensais pas que j'avais des comptes à vous rendre après le travail, il y a une clause dans mon contrat ? lui rétorqué-je, l'alcool aidant.

Ma remarque acerbe ne lui plaît pas du tout. Son regard en dit long.

— Viens, suis-moi.

— Non.

— Je ne le répéterai pas. Je n'ai pas l'intention de te supplier.

Son ton autoritaire me laisse de nouveau sans voix. Pour qui se prend ce type ?

— Si je dois te traîner de force, je vais le faire.

Il ne plaisante pas. Je le regarde droit dans les yeux et ne cille pas.

— OK.

Je me lève, étourdie, et essaie de me stabiliser avec mes mains.

— L'alcool te joue des tours.

— Pas du tout, je me suis redressée trop vite.

À ses yeux, je comprends qu'il n'est pas dupe. Je le suis en direction du chai. Nous entrons dans le bâtiment à l'abri des regards. Il me plaque contre le mur, sans préambule. Mon souffle se coupe. Il prend mes mains, me les colle au-dessus de la tête. Sa bouche s'empare de la mienne assez brutalement. Il glisse sa jambe entre mes cuisses et, de son autre main, me caresse la poitrine. Violent. Perturbant. Sa langue puissante s'enroule autour de la mienne. Je me laisse faire. Des frissons me parcourent le corps, je gémis sans comprendre ce qui m'arrive. Il se fait plus pressant, colle son bassin contre le mien. Je sens son sexe durcir à travers son jean. Je me demande si je ne suis pas en train de perdre la tête. Sa main se faufile sous mon T-shirt. Chaude, immense et brûlante, elle me percute d'une sensation inconnue. Il soulève mon soutien-gorge et s'empare d'un de mes seins. Nouveau gémissement.

— Tu me fais beaucoup d'effet, j'ai envie de te baiser fort, maintenant.

Mon Dieu, qu'est-ce que je suis en train de faire ? Je suis collée contre un mur à me faire peloter par mon patron qui, au passage, a failli me virer au bout de quatre heures.

Il veut me baiser.

Non. Non, ce n'est pas moi. Les mecs ne me collent pas contre un mur et ne me touchent pas avec leurs sales pattes.

— Non.

J'essaie de libérer mes mains. Sa prise est ferme.

— Non, arrête, Landry, arrête !

— Quoi ? Attends, c'est quoi ton délire, tu ne veux plus ?
— Non. Laisse-moi tranquille. Non… Je…. Non, tu ne vas pas me baiser, comme tu me le dis. Non, tu es mon patron, je n'ai pas envie.

Il se recule, passe la main dans ses cheveux. Aïe, aïe, aïe, vu son regard, la réponse va être cinglante.

— Ça n'avait pas l'air de te déplaire, ma belle, tu gémissais.
— Non.
— Allez, encore deux minutes et tu me suppliais de te faire jouir. Les girouettes et allumeuses, ce n'est pas mon truc. Je n'ai pas l'habitude de demander et encore moins d'entendre non.

Je reste bouche bée : allumeuse. Quel culot ? Je n'ai rien demandé, je ne l'ai pas dragué et encore moins traîné dans le chai. Monsieur le baron est peut-être canon. Pour autant, je ne vais pas me pavaner devant lui. Il rêve.

— Je n'ai pas l'habitude qu'un mec m'impose quoi que ce soit. JE décide. Quand je veux, où je veux. Tu n'es pas mon genre. Le gémissement ? Un réflexe. Avant de me faire jouir ton prénom, il te reste du chemin à faire.

Je tourne les talons et retourne à la fête en zigzaguant, en me demandant comment j'ai réussi à lui sortir un mensonge aussi gros.

— Ça va ? m'interpelle Anna en voyant ma démarche.
— Parfait.

J'éclate de rire en pensant à ce que je viens de sortir à monsieur le baron.

Je viens de vivre un baiser à couper le souffle. J'ai gémi. Rien de forcé. En moins de cinq minutes, j'aurais pu le supplier et même crier son prénom tellement il a du *sex appeal*. Oui, je l'avoue. Sauf que Landry est un bellâtre, doublé d'un sale con prétentieux et en rien un mec pour moi.

Nous terminons la soirée, fortement alcoolisées. Anna ne peut pas conduire et me supplie de l'emmener chez moi. Clovis est parti se coucher, notre dose d'alcool lui faisant peur. Je lui explique que chez moi, c'est un taudis. Anna est hilare et me répond qu'elle s'en fout. Nous partons à califourchon sur mon vélo en direction de ma bicoque, très éméchées.

~

Le réveil est dur, ça pique. Les chiffres de ma radio clignotent devant mes yeux. Pourquoi un camion a roulé sur ma tête ? Dans le brouillard complet, une main se pose délicatement sur mon épaule. Landry ? Il me caresse, c'est doux, délicat, bon, continu…
— Yaëlle, Yaëlle, eh réveille-toi !
— Oui, je suis réveillée, Landry, embrasse-moi, bredouillé-je.
La main se fait plus insistante.
— Réveille-toi. Tu es dans le coma ou quoi ?
J'émerge doucement. Je sors de ma torpeur, pas de Landry, seulement Anna. Elle me regarde avec un drôle d'air. Dans ma tête, tout se mélange. Ce camion passe des marches avant et marches arrière incontrôlées. Je n'arrive pas à remettre mes idées en place. Je n'ai jamais autant bu d'alcool. J'ai des flashs : Anna hilare, moi en train de chanter et les lèvres de Landry. Qu'est-ce que j'ai fait ?
— J'ai mal à la tête.
— Première fois ? me répond-elle.
— Première fois, quoi ?
— Première cuite ? Est-ce que c'était la première fois que tu ingurgitais autant d'alcool ?
— Oui, non, ça faisait longtemps.
— Tu as bien fait. Nous avons abusé, mais qu'est-ce que nous nous sommes marrées. Après, vu la tête de Clovis quand il est parti, j'ai dû le saouler. Au fait, pourquoi m'as-tu appelée Landry ?

— Je t'ai appelée Landry ? Je devais délirer ou mélanger les événements de la semaine avec notre patron dévastateur.

— En tout cas, je suis contente pour toi. Tu t'es rapprochée de Steve. Ce mec a l'air bien.

— Steve ?

Anna éclate de rire. Je la regarde, désespérée. Qui est ce Steve et pourquoi parle-t-elle de rapprochement ? Elle me raconte que vers la fin de la soirée, alors que nous chantions à tue-tête, je me suis jetée dans ses bras. Je n'arrêtais pas de lui dire que je le trouvais trop beau. A priori, le Steve en question a trouvé cette déclaration très à son goût.

— Tu as son numéro de téléphone portable écrit sur ta main. Tu lui as donné le tien également.

— Je n'ai pas de téléphone portable, lui dis-je de plus en plus inquiète. Le seul que je connais par cœur, c'est celui du camion pizza.

Anna est hilare. Son fou rire contagieux me rattrape. Mon Dieu, comment vais-je gérer lundi ?

— Lundi. J'ai trop hâte d'être à lundi, me dit Anna entre deux crises de fou rire. J'ai hâte de voir la tête de Steve. Je suis sûre qu'il a appelé vu comment tu l'as chauffé.

— Je l'ai allumé ?

— Oh oui, même le patron te regardait bouche ouverte.

— J'ai trop honte, je ne pourrai plus y aller travailler.

— Si, si, va falloir assumer. Ne t'inquiète pas, je n'étais pas mieux. J'ai déclaré ma flamme à Clovis.

Elle n'a pas l'air gênée, plutôt droite dans ses baskets. Après, nous nous sommes bien lâchées, et c'est ce qui compte. Bon, tu m'offres à manger ? Faut que je retourne chercher ma voiture.

— Anna, je te l'ai dit hier soir, chez moi c'est… comment te dire…

— Je ne suis pas là pour te juger, pas de problème.

— OK, attends-moi là, je vais te chercher un truc.

Petit-déjeuner avalé, Anna a voulu retourner au domaine pour récupérer sa voiture. Pour ne pas marcher les quatre kilomètres, elle a appelé Clovis, qui n'était pas ravi. Au vu de sa petite voix, des excuses, si son comportement n'était pas digne, de sa promesse de ne jamais recommencer, il a cédé et va venir la chercher.

Devant mon air ahuri, Anna m'explique que quand on veut quelque chose, on fait tout pour l'avoir. Elle est sûre d'une chose : elle veut Clovis. Elle me dit aussi qu'il faut savoir faire profil bas. Elle n'a peur de rien. Jamais je n'appellerai Landry de la sorte.

Pourquoi, je pense à lui, qu'est-ce qui me prend ? Et je revois les images du baiser endiablé d'hier soir. Je me souviens aussi très bien de mes propos. S'il m'a vue en plus draguer Steve, entre la rivière et le plaquage contre le mur, il va me prendre pour une marie-couche-toi-là.

— Je suis trop contente de mon coup. Je vais enfin me retrouver seule avec lui.

— Espérons qu'il ne te saute pas dessus comme son frère.

— Quoi ?

— Non, rien.

Je tousse.

— Je ne sais pas ce que tu as prévu aujourd'hui, tu as une petite mine. Repose-toi, et ce soir, je t'emmène faire la fête.

— La fête ? Ah non, Anna ! J'ai ma dose pour quelque temps.

— Ne sois pas rabat-joie.

J'accompagne Anna dans ma cour et attends avec elle l'arrivée de Clovis. Sa voiture apparaît. La joie envahit le visage de mon amie, elle me fait un clin d'œil, une bise et se dirige vers lui.

Il descend accompagné de… son frère.

— Pas lui, murmuré-je. Anna, passe une bonne journée. À lundi.

Je tourne les talons, récupère mon vélo et me dépêche de pédaler pour m'éloigner le plus vite possible.

— Yaëlle, Yaëlle, bon sang, attends, l'entends-je m'appeler.

J'accélère sans me retourner, des grands coups de pédales, prends de la vitesse et… bute sur une racine d'un arbre. Mon vélo vacille, je perds l'équilibre et m'étale de tout mon long. En quelques secondes, Landry est à côté de moi. Il m'aide à me relever. J'imagine déjà sa tête, sourire narquois, air hautain, sûr de lui. Je relève les yeux. Non, pas cette fois.

— Tu as mal ?

— C'est bon, lâche-moi, ce n'est rien qu'une petite chute de vélo.

Landry me détaille de la tête aux pieds.

— Tu saignes.

— Je t'ai dit que ce n'était rien.

En fait, j'ai très mal. Je serre les dents. Vous savez, les écorchures aux genoux quand on est gamin ? Identique, en version adulte.

— Pourquoi fuis-tu ?

— Je ne fuis pas.

— Tu appelles ça comment, alors ?

— Je n'appelle ça rien. Je ne te fuis pas, je n'ai pas envie de te voir ni de te parler. Nous sommes samedi. Aujourd'hui, c'est ma pause de Landry. Pas obligée de discuter avec toi, pas obligée de te voir.

— Comme tu veux. Avec Clovis, nous allons faire du bateau. Il voulait emmener ta copine. Je n'avais pas envie de leur tenir la chandelle et voulais te proposer.

Moi, faire du bateau, le lendemain d'une cuite ? Il est fou.

— Le bateau, ce n'est pas mon truc. Bonne journée, alors.

— Il faut te soigner.

— Oui, oui, je sais ce que j'ai à faire.

Nous retournons vers ma maison. Anna et Clovis nous attendent. Elle trépigne. Elle a oublié le camion qui a roulé sur sa tête et la mienne au passage. Elle vient à ma rencontre.

— Dis-moi que tu as dit oui, dis-le-moi. S'il te plaît, s'il te plaît.

— Non, Anna. La dernière fois que je t'ai fait plaisir, nous avons fini avec un mal de tête géant. C'était hier !

La porte de ma maison s'ouvre et ma mère sort en titubant.

— C'est quoi ce bordel ? Qu'est-ce que vous foutez chez moi ? hurle-t-elle.

Il ne manquait plus qu'elle pour que le si peu de confiance en moi s'évanouisse.

— Partez d'ici, crie-t-elle, la voix complètement éraillée.

— C'est moi. Ce sont des amis venus me saluer.

— Des amis, tu n'en as pas. Des amis, d'une pauvre fille comme toi. Traînée, va

Quand elle fait des scènes, qu'elle hurle, qu'elle m'insulte, le vin mauvais, la colère monte en moi, vite, fort. Je la ravale et encaisse. Je pourrais exploser, mais je n'ai pas envie de faire une démonstration devant mes patrons et mon amie.

— Rentre, ils vont partir.

Elle titube, nous assassine du regard. Je secoue mon visage. Pitié, rentre. Elle daigne retourner dans notre taudis, sans esclandre supplémentaire. Je sens leurs regards posés sur moi. Dans ma méga vie, je dois subir ce genre d'humiliation, être traitée comme rien par ma seule famille et endurer le jugement des autres. Je ferme les yeux, serre mes poings et prends mon masque, celui qui me permet de tout supporter.

— Cassez-vous, leur dis-je d'une voix neutre.

Anna vient vers moi. Elle essaie de me prendre la main. Je l'esquive.

— Non.

— Je ne te juge pas. Je suis ton amie. Ne reste pas ici, viens avec nous.

Ma poitrine monte et descend. J'essaie de me contenir. Difficile. Ma seule amie a découvert où je vis, avec qui et l'enfer qui rythme mon quotidien. Ses yeux à elle sont pleins de pitié et je déteste. Elle insiste.

— Non, Anna.

— Et tu vas faire quoi, rester avec elle ? me balance Landry.

Il me défie. Je n'aime pas du tout cette façon de me regarder. Il n'a pas son air habituel. Je le sens même en colère, comme s'il était concerné par ma vie pourrie.

— Viens avec nous, poursuit-il.

J'hésite. Je n'ai rien à perdre, après tout, et rien à faire chez moi. Nous montons dans la voiture. Landry se faufile à côté de moi.

— Yaëlle…

— Non, j'ai dit OK pour le bateau, pas pour parler et encore moins parler avec toi.

Je suis en train de passer mes nerfs sur lui. Je me reprends et m'excuse. Je ne suis pas juste et ce n'est pas mon genre de me défouler sur les autres.

4

Le reste du trajet, je regarde le paysage défiler par la fenêtre, triste. Anna fait la conversation pour tout le monde. Clovis rit de ses remarques. Landry est sur son portable. J'essaie de me détendre et n'y arrive pas.

— Voilà, les filles, nous sommes arrivés.

Je ne sais même pas où nous sommes et lis rapidement « Capitainerie de Pornichet ».

— Vous avez de quoi vous baigner ? demande Clovis. C'est jour de chance, la mer est magnifique et il fait chaud.

— Je n'ai pas apporté de maillot, répond Anna, tout ennuyée.

— Ne t'inquiète pas. Bon, pour Yaëlle, ce n'est pas un problème.

Mes joues s'empourprent couleur pivoine.

— Tu es con, le reprend Landry.

— Eh ! Je voulais détendre l'atmosphère. Anna, tu ne sais pas que ta copine se baigne nue dans la rivière et que mon frère a failli faire une attaque quand elle est sortie de l'eau ?

De pivoine, je deviens écarlate. Landry donne un coup dans le siège de son frère.

— Non, je ne savais pas. C'est pour ça que tu lui proposais de vous baigner ? enchaîne-t-elle.

Nous restons sans voix devant cet énoncé tronqué de la vérité.

— Détendez-vous, tous les deux. Yaëlle, ce qui s'est passé chez toi, ça ne nous regarde pas. Nous n'avons pas à te juger. Maintenant, nous allons passer une bonne journée et te changer les idées.

Les mots de Clovis me touchent. De petites larmes perlent au coin de mes yeux. Je les retiens. Elles ne méritent pas de couler, pas pour elle.

Le bateau est impressionnant : un voilier d'un blanc éclatant qui tranche avec le ponton en bois exotique. D'immenses voiles, il doit bien faire quinze mètres de long. Je ne m'attendais pas à un truc aussi démesuré, plutôt à une petite barque. Je reste bouche bée devant ce géant, admirant les détails des voilures, de la barre de navigation, et penche la tête pour lire le nom : *Andréa*. Bizarre.

— Il te plaît ? me demande Landry.
— Oui, c'est un gros bateau.
— Bah, tu t'attendais à quoi ?
— À rien. Tu sais barrer un truc pareil ?

Il secoue la tête, part à rire et ne répond rien. J'ai dit une bêtise ?

— Le prénom, c'est celui de ta mère ?

Il se fige et tourne les talons sans un mot. J'ai du mal à le suivre et ai l'impression que j'enchaîne les impairs.

Landry prend les commandes et Clovis lâche les amarres. Le bateau sort tranquillement du port pour rejoindre l'océan. La vue sur la Côte d'Amour est grandiose. D'un côté, Pornichet et son immense port ; de l'autre, la grande plage de sable fin de la Baule, bordée de palaces victoriens et jonchée de petites cabines rayées blanc et bleu. Les deux frères sont complémentaires pour manœuvrer notre embarcation. J'admire leur maîtrise. C'est la première fois que je monte sur un voilier et une des rares fois où je vois la mer. Magique : cette immensité, la sensation de liberté, de grandeur me font un bien fou. Au large, le bateau prend de la vitesse et les voiles claquent contre le vent. Anna s'extasie et enchaîne les commentaires. Pour ma part, je m'assois sur la proue, cheveux au vent, silencieuse, et admire les détails du paysage. Landry s'assoit à côté de moi.

— Donne ta jambe.

Il a un flacon de désinfectant et une boîte de pansements dans sa main. Il prend une compresse et soigne mon écorchure. Je sursaute quand ses doigts frôlent ma peau. Je n'ai pas l'habitude que l'on me touche, encore moins que l'on me soigne. Il relève ses yeux en posant délicatement le pansement et leur couleur me fait frissonner comme hier soir.

Il reste silencieux un moment avant de me demander :

— Elle est comme ça depuis combien de temps ?

Je réfléchis : depuis combien de temps ? Depuis combien de temps s'est-elle enfermée dans son silence ? Depuis combien de temps ne me voit-elle plus ? Depuis combien de temps pense-t-elle que je suis une traînée, moi, qui n'ai jamais couché avec un garçon, depuis combien de temps ? Je n'ai pas de réponse. Je ne la vois pas avec moi. Je n'ai pas de souvenirs de moments heureux ni de souvenirs de tendresse. Je ne sais pas si elle m'a aimée un jour. Est-ce qu'à la mort de mon père, elle a été différente ? Je ne crois pas. Tout s'est accéléré. Elle s'est mise à boire deux fois plus, à hurler, à me frapper régulièrement.

— Tu ne veux pas répondre ?

— Je réfléchis à ta question. Je ne sais pas depuis combien de temps ma mère est ainsi, peut-être au décès de mon père.

— Yaëlle, est-ce qu'elle est violente avec toi ?

— Quoi ? Oui, non, enfin, plus maintenant, je cours trop vite et je ne me laisse plus faire. Ses propos, oui, ils sont violents. Elle a une image de moi qui me… Landry, je n'ai pas envie d'en parler. C'est mon problème. Comme l'a dit Clovis, ce qui se passe chez moi m'appartient. Je n'ai pas envie de te parler, non plus.

— À cause d'hier soir ?

— Oui.

— Pourquoi ?

— Tu me demandes pourquoi ? Tu m'as traitée comme une fille facile. Ce n'est ni envisageable ni supportable. Tu vas dire vu les propos de ma propre mère…

Je secoue la tête. Mon ventre se noue. La colère monte en moi. Je ne supporte plus que l'on se méprenne, que l'on me traite comme une moins que rien. Landry se passe la main dans les cheveux (qu'il arrête de faire ce geste) et me regarde, un brin sensuel.

— Je ne te prends pas pour une fille facile. La preuve ? Je ne t'ai pas mise dans mon lit.

Il hésite.

— Hier soir, je regrette. Tu avais bu. Je n'aurais pas dû profiter de la situation. Tu m'as provoqué… J'ai le sens du défi. Comme tu me l'as dit, il me reste un long chemin à parcourir. Je peux t'assurer que la prochaine fois, tu ne me repousseras pas.

Et voilà, le séducteur sûr de lui est de retour.

— Dans tes rêves, Landry De La Motte.

Il se lève, me fait un clin d'œil et crie à la volée :

— Tous à l'eau ! Tu te baignes ?

— Très drôle, je n'ai pas de maillot.

— Ça ne me gêne pas.

— Landry…

— Tu as ce qu'il faut dans la cabine, me répond-il avec un air mutin.

Quelques instants plus tard, je suis sur le ponton avec un maillot de bain triangle, rose saillant (le seul à ma taille). Anna m'a assuré qu'il m'allait très bien. Je n'ai jamais porté de bout de tissu aussi échancré. Je ne suis pas sûre du résultat. Je ne me trouve pas à mon aise. D'habitude, je n'en mets pas, mais je suis seule.

Je m'approche du bord. Personne ne le sait, je ne me suis jamais baignée dans la mer. Landry et Clovis sont déjà en train de nager. Quand ils nous voient toutes les deux, ils se rapprochent et Clovis ne peut s'empêcher de siffler un : « Vous êtes canons, les filles. Allez, à l'eau. » J'essaie de me rassurer. Je n'ai pas pied, je sais nager. Landry me regarde bizarrement : entre des yeux amusés et intenses. Son frère a remarqué son expression.

— Fais gaffe, tu as la mâchoire qui tombe !

Anna s'élance et plonge. J'avance prudemment mes orteils du bord, mesure la hauteur, pince mes lèvres, inspire, prends mon courage à deux mains et me jette à mon tour. Je crie : elle est gelée, puis je ris, comme une gamine. Une sensation indescriptible. L'impression d'être perdue dans cette immensité, de flotter dans le mouvement des vagues et, mince, c'est aussi très salé. Landry me sourit, ni par le sourire narquois habituel ni celui qui me blesse, un sourire heureux. Je plonge, nage, remonte l'échelle pour sauter du ponton en criant, hurlant : je me sens libre et m'en donne à cœur joie. Rien ne m'arrête. Je poursuis inlassablement mes allers-retours et tente même des plongées sous quelques centimètres d'eau. Je suis une autre dans un rêve : oubliée ma vie, oubliés les hurlements de ma mère, oublié d'où je viens. Je respire à pleins poumons les alizées pour imprimer à jamais ce moment.

Clovis et Anna sortent de l'eau. Elle me fait un clin d'œil du ponton et pourrait limite se frotter les mains. Je reste avec Landry qui me regarde un peu trop intensément à mon goût. Danger. Je m'éloigne et monte sur le ponton pour sauter. Quand je refais surface, il n'est plus là. Je suis seule au milieu de l'océan. Je l'appelle. Deux mains fermes m'attrapent la taille et me tirent sous l'eau pour me couler. Je hurle et bois la tasse :

— C'est loupé, je voulais seulement te faire peur.

— Tu as failli me noyer, lui dis-je en toussant.

— N'exagère pas, ma belle.

Il me prend dans ses bras pour que je reprenne mon souffle. Mon corps se met à frissonner. Je suis collée contre lui, les yeux dans les yeux. La situation va déraper. Mon regard est accroché au sien. Mes yeux descendent sur ses lèvres, elles m'attirent, beaucoup, beaucoup trop.

Landry murmure mon prénom. La température de l'eau se réchauffe. Je reste immobile sans détacher mes yeux de lui, ne sachant quoi faire. Il me plaît. Beaucoup. Mon rythme cardiaque s'accélère : des petits boums de plus en plus rapides. Ma respiration s'empresse. J'effleure ses lèvres d'un léger baiser, sans réfléchir. Je m'éloigne comme si je venais de me brûler. Landry murmure de nouveau mon prénom. Il me rejoint. Sa main prend ma nuque et sa bouche s'empare de la mienne. Souffle coupé. Sa langue se fait impétueuse, dominatrice. Elle explore délicieusement ma bouche. Sa main glisse sous mes fesses pour me maintenir hors de l'eau et son baiser se fait plus demandeur.

— Viens, me susurre-t-il en m'indiquant l'échelle.

Il s'y agrippe, glisse de nouveau sa main sur ma nuque et prend mes lèvres. Je soupire et lui rends son baiser. C'est bon. Mon cœur palpite. Mon corps ? Il se délecte. Je flotte. Je m'accroche en enlaçant mes bras autour de son cou. Le désir monte. Des papillons bullent dans le creux de mon ventre. Je veux Landry. Et pour paraître une femme aguerrie, sans complexes, sûre d'elle, je colle mon bassin contre le sien, sans équivoque.

Il me fixe intensément comme s'il pesait le pour et le contre. J'insiste en ondulant, sans savoir dans quoi je m'engage. Dépasser mes peurs et me prouver que je sais.

— Tu es sûre ?
— Oui.

Landry me prend la taille et me fait monter l'échelle. Il m'entraîne dans la cabine du bateau. Je ne sais pas dans quelle galère je viens de me mettre. Je suis une autre, sur mon nuage, dans un rêve. Perdu le sens de la réalité, je me prends pour une héroïne d'un de mes romans, irrésistible qui manie l'art de la séduction à la perfection et du corps à corps endiablé. Je ne réfléchis plus. Il ferme la porte, m'attire à lui, sauvagement. Je gémis son prénom. Mon cœur s'emballe. Les battements cognent dans ma poitrine. Landry défait le nœud de mon haut de maillot de bain. Le tissu glisse sur ma peau. Je ne le quitte plus des yeux. Mes seins se dévoilent. Il les mate sans retenue.

Je pouvais encore dire non.

Ses doigts commencent une inexorable découverte de mon corps, caressant comme une sensation de velours chaque centimètre carré de ma peau. Du bout des doigts, il frôle mon ventre, des allers-retours. Je le contracte. Vibrant. Ses yeux attachés aux miens, je me laisse gagner par cette douce torpeur. Il prend mes seins à pleines mains, puis, passant d'un téton à l'autre avec sa bouche, il les suçote, les mordille. Mon souffle devient un râle réclamant ses caresses. Son exploration se poursuit, en douceur, comme si j'étais fragile, dessinant des vagues sur mon ventre et descendant dangereusement vers le bas de mon maillot de bain et mes fesses.

Je pouvais encore dire non.

Dans mon rêve éveillé, les sens en ébullition, j'ai envie de le toucher, de le regarder, en m'éloignant de son étreinte pour imprimer son corps parfait. J'agrippe son regard avec des yeux sensuels, effleure son ventre doucement, remontant de son duvet sombre vers ses abdos. Délicatement. Leur fermeté m'émoustille. Je continue, découvrant son torse, lui lapant, avec ma langue, un de ses tétons. Mes doigts puis mes lèvres s'égarent dans son cou. Il en attrape un et le suce. Érotique.

Nouveau gémissement.

Je ne pouvais plus dire non.

Dans mon rêve, nous n'avons pas parlé d'une découverte et d'effleurements, mais de sexe entre adultes aguerris. Landry reprend les choses en main. Tout s'accélère.

Le bout de tissu du slip de bain, dernière barrière de ma nudité, s'envole, me dévoilant sous ses doigts experts. Il m'agrippe autour de sa taille et m'assoit sur le cockpit du bateau. Ses doigts glissant dans mon intimité, m'ouvrant comme si je savais, deviennent inquisiteurs. Il m'écarte les cuisses et me couche sur le bois froid. Je me cambre. Il embrasse mon ventre, puis, avec le bout de sa langue, il entame des petits ronds. Il descend. Sa langue s'empare de mon clitoris, me bombant, perdue dans ce tourbillon de sensations nouvelles :

— Landry, je… je…

— Quoi ? Trop d'effet ? Tu as peur de jouir mon prénom trop vite ? Yaëlle, tu es délicieuse, je vais te baiser fort.

Je gémis, comme si j'acquiesçais sa proposition.

Et dans ma tête, je commence à réaliser que je ne suis pas dans un rêve. Dans le monde réel, je n'ai jamais couché avec un garçon. Même si ses caresses me rendent dingue de désir pour lui, un nœud dans mon ventre se forme. J'essaie de me laisser aller, de me convaincre que je peux le faire, que cet instant sera magique, que…

— Je vais mettre un préservatif. Je veux être en toi.

Préservatif ; le mot raisonne. Oh, mon Dieu… Qu'est-ce que je suis en train de faire ? Je lui ai dit de me baiser : je ne peux pas de cette façon. J'ai joué comme une débile, pensant être une autre, capable de me donner sans retenue. Je dois lui dire non. Qu'est-ce que je vais lui raconter : « Excuse-moi Landry, je suis plus trop certaine. J'ai omis un léger détail. »

Mon cerveau est en ébullition. Landry revient, déchire le sachet, enfile le préservatif.

— Yaëlle, tu es merveilleuse, j'ai envie de toi.

Il se rapproche, prêt à me pénétrer. Je panique et me redresse.

— Non, non, attends, Landry, non, pas comme ça.

— Quoi ? Tu préfères une autre position ?

— Non ! Pas d'autres positions. Non, je ne veux pas.

— Qu'est-ce que tu me fais ? Tu ne vas pas recommencer le numéro de l'allumeuse ?
— Landry...
— Putain ! Ne me fais pas un coup pareil.
— Ce n'est pas ce que tu crois.
— Comment ça, ce que je crois ?

Il hurle. Ses yeux furieux passent sur moi, avec vitesse, dans l'incompréhension.

— Va te faire voir !

Il enfile son maillot de bain et sort en claquant la porte de la cabine.

Je suis seule. Nue. Humiliée... et ridicule. Mes larmes coulent, même mon masque ne peut plus les arrêter. Je me rhabille en tremblant. Qu'est-ce que j'ai fait ? Je devais me laisser aller, rien de plus. Pourquoi je ne l'ai pas laissé faire ? Après tout, une première fois, ce n'est pas si important.

Il va me détester.

Après un long moment à essayer de me calmer, je sors de cette cabine, pas rassurée, tremblante de sa réaction. Il est capable de continuer de hurler et de raconter ce que je viens de faire. Il n'est pas sur le pont. Anna et Clovis sont sur la proue du bateau en train de batifoler. Elle se retourne vers moi en criant :

— Yaëlle, tu as faim ? Clovis va nous préparer un barbecue.

Le bruit de l'ancre qui remonte résonne dans mes oreilles. Le bateau démarre. Je me retourne. Landry est à la barre.

— Qu'est-ce que tu fous, Landry ? demande Clovis.
— Nous rentrons, hurle-t-il.
— Tu plaisantes ? Nous venons à peine d'arriver.
— Ce n'est pas négociable.

Son ton est ferme et sans appel. Anna se lève et vient à ma rencontre, incrédule.

— Ça va ? Qu'est-ce que tu as ? Tu pleures ?
— Non c'est le vent, arrivé-je à articuler.
— Yaëlle, qu'est-ce qui se passe ?
— Rien, ça va.
— Pourquoi Landry a l'air furieux ?
— C'est de ma faute, bafouillé-je.

Les larmes coulent de nouveau. Je vais m'asseoir dans un petit coin du voilier pour me faire petite et me cacher. Je tremble, ne sais plus où sont mes vêtements. Je veux quitter ce lieu au plus vite.

Le retour est glacial. Landry prend le volant sans négociation. Il roule vite, pressé de me quitter. Son frère lui demande de ralentir, sans succès. Sa colère palpite dans l'habitacle et même Anna n'ose pas un commentaire.

Elle me prend la main. Mes yeux rougis, je tourne la tête vers la fenêtre. Je ne veux pas que Landry me voie.

La voiture arrive très vite dans la cour de ma maison. Clovis et Anna descendent en même temps que moi. Elle lui fait signe de nous laisser.

— Yaëlle, dis-moi ce qui se passe ?
— Anna, ne t'inquiète pas, ça va, ce n'est rien.
— Il t'a fait du mal ?
— Non, rien de tout ça. C'est de ma faute. J'assume.

Clovis remonte dans la voiture et je l'entends interroger son frère.

— Tu me racontes ce qui se passe ? Qu'est-ce que tu lui as fait ? Pourquoi pleure-t-elle ?
— Rien à dire, c'est une conne. Dis à ta copine de se dépêcher ou je la laisse ici.
— Landry, arrête, et n'envisage même pas de la laisser en plan.
— Tu crois ? Regarde bien.

Landry passe la marche arrière, appuie sur l'accélérateur et fait crisser les pneus.

— Tu es fou ? Arrête tout de suite. Je ne plaisante pas.
— Anna, dépêche-toi, il va partir sans toi, lui dis-je.
— Il est fou, qu'est-ce que tu as fait de si terrible pour qu'il réagisse de la sorte ?
— Ne t'en fais pas et reste à distance ; allez, Anna, file.
Elle grimpe dans la voiture qui part aussitôt en trombe.

5

Lundi matin. J'arrive au domaine, une boule au ventre. La mine fatiguée et défaite : deux jours que je ne dors plus. Après la matinée désastreuse de samedi, je flippe des réactions d'Anna, Clovis et surtout Landry. Je dois m'armer. Vu le peu que je connais de lui, il peut être acerbe, et ses mots, durs.

Anna arrive sur le parking. Je lui fais un geste de la main, elle m'ignore. OK, c'est mal engagé. Landry lui a sûrement raconté mes exploits. Elle doit avoir une image négative de moi. Une allumeuse.

J'essaie de la rattraper et suis interpellée par Joseph :

— Yaëlle, tu me suis, ce matin, tu changes de parcelle. Attends-moi, je vais chercher les autres.

Dommage, je ne pourrai pas la voir avant la pause déjeuner.

Je me retrouve avec quatre autres vendangeurs. Ce sont des habitués et généralement, le patron leur confie les parcelles techniques. Pour arranger le tout, Steve fait partie de ce groupe, et vu sa tête, je pense qu'il a appelé le « allô pizza ». Je tente un petit salut, pas de réponse.

— Très bien, ce matin, nous allons rejoindre Landry sur le coteau ouest. Avec la chaleur du week-end, les cabernets francs ont mûri plus vite et ne peuvent attendre. Yaëlle, comme tu démarres avec cette équipe, je vais t'expliquer en chemin. Tu as intérêt à être en forme et bien bosser, nous attaquons les parcelles AOC.

Mon cerveau essaie de digérer les informations : parcelle AOC, petit groupe sous la direction de Landry. Une journée interminable en perspective.

Nous arrivons sur le haut du coteau. Joseph donne des consignes générales au groupe et me demande d'attendre pour bien m'expliquer.

— Nos meilleurs crus, nous les réalisons avec ces ceps. Ton travail doit être précis et tu dois prendre soin des grains.

— Qu'est-ce qu'elle fout là ?

Nous nous retournons en entendant l'injonction de Landry. Il a bien sa tête des mauvais jours. Ses yeux lancent des éclairs.

Joseph souffle.

— Tu as dit les meilleurs. Je t'ai amené les meilleurs.

— Tu plaisantes, Joseph ; elle n'a rien à foutre ici, ni même sur le domaine.

— Landry, faut savoir ce que tu veux. C'est urgent ou pas, cette parcelle ? Jérémy s'est fait une entorse au poignet ce week-end. Yaëlle bosse bien, vite, elle est capable de suivre les autres coupeurs. Si ça ne te convient pas, tu te débrouilles. J'ai autre chose à foutre que de changer mes équipes en fonction de tes envies.

— Tu n'as personne d'autre ?

— Non.

Il ne me regarde même pas et parle de moi comme si je n'existais pas. Je n'ose pas prononcer un mot. Mon visage s'est fermé, s'armant de sa protection pour supporter ses propos. La colère bout en moi, je me contiens pour ne pas exploser et le traiter de pauvre type. Je vais payer cher mon affront de samedi. Il me lance un regard noir et part dans les rangs.

— Bon, il est de mauvaise humeur. Ça ne va pas être simple.

Joseph regarde mes mains qui tremblent, seul signe de mon stress.

— Yaëlle, ça va le faire. Landry, c'est un gars bien. Il est parfois colérique. Soigne ton travail et ne le laisse pas te démonter. Il peut être blessant. Si ça ne va pas, demain, je te remets dans les parcelles du bas.

— OK, merci, Joseph.

— Allez, file, tu prends le troisième rang.

Je devrais partir en courant. Je suis sûre que je n'ai qu'un petit aperçu de ce qu'il est capable de me faire pour me rabaisser. J'ai déjà pris beaucoup de coups, je dois supporter ceux de Landry et m'accrocher pour garder ce job.

Au bout de deux heures, il est déjà sur mon dos :
— Tu es trop lente ! Regarde où les autres sont rendus.
Pas de réponse, je ne préfère pas. Je continue comme s'il n'était pas là.
— Tu m'écoutes, tu m'entends, Yaëlle !
Il ne parle plus, il aboie. Ma colère bout de nouveau. Il veut me faire craquer.
— Yaëlle, regarde-moi !
Je me relève, me tourne vers lui et le fixe droit dans les yeux. Je n'ai pas peur de lui. Il m'en faut plus : garder mon calme à tout prix pour ne pas lui donner une raison de me virer. Il me défie, le visage dur.
— Tu te rends compte de ton retard ? Joseph s'est trompé, tu es incapable de suivre la cadence. Ce n'est pas possible d'être aussi nulle.

Mon souffle est court. Je me contrôle, pourtant, je pourrais exploser. Il est odieux. Ses mots, malgré mon masque, malgré tout ce que j'ai supporté, me blessent au plus profond de moi. Mon visage n'a plus d'expression. J'endure intérieurement.
— J'ai perdu un quart d'heure ce matin, je vais rattraper mon retard, lui dis-je calmement.
— Tu rêves, et comment tu comptes faire ? Tu crois que le reste du groupe va ralentir pour toi ? Les boulets, ici, nous n'en voulons pas.
— Sur ma pause déjeuner.

Il me toise longuement. Son air hautain, je ne le supporte pas. Il me donne l'impression d'être nulle, insignifiante. Landry fait demi-tour. Mes mains se remettent à trembler. Je sens des larmes monter au creux de mes yeux. Je ne lui donnerai pas ce plaisir. Je bloque tout.

Midi. Je reste dans mon rang, en mode automate, répétant les gestes avec précision et rapidité. Ne pas réfléchir et avancer. Mes collègues s'interrogent. Je décline poliment de les accompagner. Pourtant, il mériterait que je laisse ses cabernets AOC trop mûrs en plan. Ils ont alerté Joseph qui vient à ma rencontre. Pas un mot, il secoue la tête quand je lui explique que je rattrape mon retard. Il tourne les talons et descend le coteau à grandes enjambées en marmonnant.

Je continue sans me poser de questions. Mon seul objectif : rejoindre les premiers coupeurs pour avoir la paix et aussi lui prouver que j'en suis capable.

Le groupe revient une heure plus tard, accompagné de Landry. Il ne fait aucune remarque et m'ignore complètement. Pourtant, je suis presque à leur niveau et me suis appliquée ; odieux jusqu'au bout. Steve me tend un sandwich et une bouteille d'eau :

— Tiens, je t'ai rapporté de quoi manger et boire, il fait super chaud.

— Merci, Steve. Je voulais te dire, je suis désolée pour vendredi soir. Je ne souviens pas bien, et le numéro de téléphone, je ne sais pas ce qui m'a pris.

— T'inquiète, tu étais bourrée.

— Allez, les gars. Au boulot. Ce n'est pas le moment de discuter, lance le baron avec un regard noir en direction de Steve.

Je reprends mon travail. Landry passe à côté de moi. Je me prépare à une nouvelle déferlante. Il continue son chemin, sans un regard.

La température grimpe. L'atmosphère devient lourde, annonciatrice d'un orage, si fréquent en Anjou. C'est dur de tenir le rythme dans ces conditions. Quand les premières gouttes tombent, le peu de fraîcheur me soulage. Si cet orage s'accompagne de grêle, les grappes peuvent être abîmées et réduire à néant tout le travail de l'année. L'équipe est nerveuse. La cadence augmente. De petites gouttes, l'averse se transforme en déluge. Mes collègues ont prévu leur K-way ; moi, non, j'ai oublié.

— Tant que cela reste mesuré, nous continuons, ordonne Landry.

Le sécateur glisse de mes mains. Je suis trempée et commence à avoir froid. J'essaie de faire au mieux. Avec la pluie, le travail se complique. Landry passe voir les membres de l'équipe. Je l'entends qui leur demande si c'est tenable. Ils sont tous motivés, habitués au travail des vendanges dans des conditions pénibles, et ne veulent pas arrêter. À moi ? Il ne demande rien. Il ne s'inquiète même pas que je ne sois pas protégée.

Fin de journée. Épuisée, frigorifiée, en colère. Il n'a même pas daigné venir me voir. L'orage s'est détourné, évitant des dégâts aux vignes. Nous avons travaillé comme des forcenés. Mes collègues ont les traits tirés. Je ne dois guère être mieux. Je n'ai qu'une envie : me barrer de ses rangs de vignes boueux.

— Tu n'avais pas de ciré ? me demande Steve.
— J'ai oublié de le prendre, ce matin.
— Tu vas attraper la mort. Tu es trempée.
— T'inquiète.

Il ne peut pas imaginer que j'ai un peu l'habitude de passer des nuits dehors et que ce n'est pas la première fois que je reste sous la pluie. Cette partie de ma vie, je ne vais pas la lui expliquer.

Landry se rapproche et m'appelle.

— Yaëlle, attends.

Je me retourne et je ne sais pas si je vais avoir la force de lutter.

— Tu es trempée.

Son regard descend sur ma poitrine. Mon T-shirt est collé à ma peau, dévoilant mon soutien-gorge. Il est insistant.

— Landry, si ta seule préoccupation, c'est qu'on voit mon soutif, t'inquiète, je vais survivre.

Son visage se ferme.

— Non, c'est vulgaire.

— Vulgaire ? Et quoi encore ?

J'explose. C'est le mot de trop. Mon esprit fait cocotte-minute et ce n'est pas toujours à bon escient.

— Pour qui te prends-tu, Landry De La Motte ? Est-ce qu'une seule minute, tu es venue me voir sous l'orage ? Est-ce que tu t'es inquiété de savoir si j'avais une protection ? Bien sûr que non, Monsieur était trop occupé à se venger, à faire la gueule et à essayer de me rabaisser. Tu as une sacrée gestion de ton personnel. Bravo, Landry, tu es au top, mais je ne suis pas vulgaire. J'ai supporté toutes tes brimades de la journée et c'est celle de trop. Si tu veux me foutre à la porte, ne te gêne pas ; moi, je ne te ferai pas ce plaisir. Tu sais quoi, aie des couilles, vas-y, vire-moi !

Je le menace du doigt. Les autres vendangeurs regardent la scène, médusés, et attendent avec impatience la réplique de Landry. Ses traits se durcissent : j'ose le prendre à partie devant ses collaborateurs. Son silence m'agace. Je termine ma tirade.

— Tu sais quoi, va te faire foutre !

Je tourne les talons et entame la descente du coteau au pas de charge. Landry me rattrape, me prend le poignet et me fait faire demi-tour.

— Lâche-moi.

— Yaëlle, arrête.

— Lâche-moi, LANDRY.

J'insiste sur toutes les lettres de son prénom. Sa poigne ne se défait pas, au contraire, elle se resserre. Mes collègues nous dépassent et personne n'ose un regard.

— Tu imagines que tu peux me parler sur ce ton devant mon équipe, que je vais laisser une pauvre fille dans ton genre m'insulter ? Des couilles, j'en ai ma belle, mais tu ne peux pas le savoir. Demain, ce n'est pas la peine de revenir. Tu n'as plus rien à faire ici.

Il lâche ma main. Ses mots m'assourdissent et me vident. Il vient de me virer. Des larmes coulent sur mon visage. Landry me fixe, immobile. Il n'aura pas ce plaisir. Je fais demi-tour et me mets à courir. Je veux partir loin, loin d'ici, loin de lui. Je sens ses yeux sur moi. J'ai mal. Mon masque, mon armure n'ont pas résisté. Il a gagné.

Arrivée sur le parking, je prends mon vélo et continue à pied, bien incapable de pédaler. J'ai oublié Anna. Sa voiture n'est plus là, elle ne m'a pas attendue. Il ne reste que Steve et Joseph qui avancent vers moi. Joseph me prend la main, puis par les épaules, doucement.

— Steve m'a raconté. Demain, tu reviens dans mon équipe. Landry, il n'a pas marqué de point. Tes collègues n'ont pas apprécié qu'il te laisse sous l'orage sans protection, c'est minable. Je ne sais pas ce que tu lui as fait et je ne veux pas le savoir. Je ne le laisserai pas faire.

— Joseph, ce n'est plus la peine. Je suis virée.

— C'est ce que nous allons voir. Viens demain.

— Non, Joseph, je ne peux pas passer une autre journée à stresser comme aujourd'hui.

— Yaëlle, je sais que tu as besoin de pognon. Je sais où tu vis, je connais ton histoire. Ton père faisait partie de mes connaissances. Qu'est-ce que tu vas faire ? Rester chez toi ? Tu es douée, tu apprends vite. Viens demain.

— Joseph, je ne sais plus.

— C'est un ordre, petite, me fait-il en me souriant.

Steve s'approche. Il me propose de me raccompagner. Je ne peux guère refuser, vu le coup que je lui ai fait. Il a un pick-up et peut facilement transporter mon vélo. Il est sympa et pas fier. Il me dépose et me conseille de me changer au plus vite en rougissant.

C'est si visible ? Je rentre chez moi et regarde dans un miroir. Le T-shirt mouillé met ma poitrine en valeur, moi qui porte des vêtements plutôt larges, c'est moulant, mais pas vulgaire pour autant. Je le déteste. Ses mots, son attitude m'ont blessée. Ce type est un sale mec. Joseph m'a redonné du courage. Pourtant, mon calvaire n'est pas terminé. Landry De La Motte est rancunier. J'ai conscience que mes journées vont être longues.

Reste le mystère Anna. Je dois la voir. Je veux savoir pourquoi elle m'a évitée, et si Landry lui a raconté mes frasques, elle doit aussi avoir ma version. Je reprends mon vélo et parcours la route jusqu'au village.

~

Je toque chez elle et tombe sur sa mère qui me dévisage bizarrement. Ma dégaine ne doit pas la rassurer. Anna vit dans une belle maison. Ses parents ont l'air d'avoir de bonnes situations. Elle ne sait pas si elle veut me recevoir et me fait patienter sur le palier. Après cinq minutes, elle apparaît enfin, l'air grave et fermé :

— Qu'est-ce que tu veux ?

— Te voir, je n'ai pas compris. Tu ne m'as pas attendue ce matin. J'ai eu l'impression que tu m'évitais.

— Hum, me répond Anna.

— Qu'est-ce qui se passe ? C'est à cause de samedi ?

— Yaëlle, c'est de ta faute. Je suis super en colère contre toi.

— Ma faute ? Explique-toi, j'ai l'impression d'avoir loupé un épisode.

Elle hésite, le regard noir.

— C'est de ta faute si Clovis est sorti avec une autre fille.

— Quoi ? Comment ai-je pu faire ça ?

Elle se met à pleurer. Je ne comprends pas. Pourquoi Clovis serait-il sorti avec une autre ? Il semblait bien avec elle.

— Anna, ne pleure pas, explique-moi.

Je la prends dans mes bras. Je n'ai pas l'habitude et suis maladroite. Ses larmes redoublent et de gros sanglots sortent de sa bouche.

— Ça fait mal.

Je la serre plus fort contre moi et lui caresse doucement les cheveux.

— Rentrons, je vais t'expliquer, finit-elle par me dire.

Arrivées dans sa chambre, elle allume son ordinateur.

— Je t'en veux, même si au fond de moi, je sais que tu n'y es pour rien.

Je la regarde, étonnée.

— Samedi, dans la voiture, j'ai dit à Landry ma façon de penser, continue-t-elle. Je ne supporte pas les mecs qui hurlent sans raison. Il nous a ramenés au château en trombe et a quitté la voiture comme une furie, sans explication.

Je ne suis pas à l'aise dans mes baskets. Il avait largement de quoi hurler. A priori, il ne s'est pas vanté de mes exploits.

— Clovis m'a raccompagnée à ma voiture, m'a fait une bise et dit qu'il devait s'occuper de son frère. Je lui ai demandé si on se voyait plus tard, et il m'a répondu : « Oui, on s'appelle. » Je lui ai envoyé un texto en fin d'après-midi, et voilà ce que j'ai reçu.

Elle me tend son téléphone et je découvre le message de Clovis lui indiquant qu'il a prévu une autre soirée.

— Et après, plus de nouvelles. Alors j'ai cherché. Clovis m'a parlé d'une boîte sur Nantes où il aime aller. Ils ont une page Facebook avec les photos de leurs soirées. Dimanche, j'ai fouillé. Regarde, c'est édifiant.

Sur l'ordinateur, Anna fait défiler des photos publiées hier soir, sur la page Facebook de cette fameuse boîte. Landry et Clovis sont entourés d'une bande de filles plus canons les unes que les autres. Sur une, Landry est enlacé et embrasse une beauté à pleine bouche. J'ai des frissons. C'est un sale type ; ce qu'il n'a pas eu avec moi, il l'a obtenu auprès d'une autre. Sur la suivante, il est toujours avec sa conquête du soir, sourit, un verre à la main, et Clovis est collé contre une brune au décolleté ravageur.

— Je ne peux pas rivaliser. Elle est canon, cette fille, me dit Anna avec un rire amer.

Un silence s'installe entre nous. Je reste scotchée sur les clichés et comprends sa colère.

— Tu m'en veux. Si je ne m'étais pas fâchée avec Landry, rien ne serait arrivé. C'est ça ?

— Oui, Yaëlle, je suis désolée. Je t'en veux, car ce mec, il me plaît beaucoup, beaucoup trop. Sur le bateau, c'était cool. Je pensais pouvoir aller plus loin. Alors, je t'en veux, même si je sais que ce n'est pas de ta faute.

Elle se remet à pleurer. Je culpabilise. Mon numéro de femme fatale est la raison de son chagrin. Si je ne m'étais pas prise pour la fille que je ne suis pas, si j'étais restée à ma place, Anna serait avec Clovis et pas désespérée comme maintenant.

— Tu as raison. C'est de ma faute. Je n'ai pas réfléchi. Je suis désolée.

— Non, Yaëlle, je suis trop dure. Je me suis trompée. Il se moque de moi. Je suis nulle.

— Anna, non. Clovis, il n'a rien compris et il ne sait pas ce qu'il loupe. Tu es trop bien pour lui. Ce mec, il a des œillères. La fille que tu me montres, elle ne t'arrive pas à la cheville, et je suis sûre que ses seins sont refaits.

— Tu crois ? me dit-elle en sanglotant. Je ne sais plus.

— Tu es la personne la plus extra que j'ai rencontrée : tu es joyeuse, confiante, croyante dans la vie. Tu es l'une des meilleures choses qui me soient arrivées. Anna, tu as dit, « amie », et moi, je veux être ton amie. Si tu ne veux plus, si tu me dis de partir, je comprendrai.

Je ne retiens plus mes larmes. Anna m'a fait du bien et est la seule personne qui a osé me parler d'amitié. Elle me prend dans ses bras et nous nous mettons à pleurer comme deux gamines.

— Yaëlle, pourquoi Landry était-il autant en colère ? Tu me dois une explication.

Mes mains deviennent moites, mon rythme cardiaque s'accélère. Explication ? Comment je vais lui dire que je me suis prise pour Mata Hari, que j'ai perdu mon esprit, que je me suis crue une autre et que j'ai craqué devant ses prunelles envoûtantes, son sourire charmeur et cette façon de me caresser, sensuelle. Le goût de ses lèvres, est-ce qu'elle imagine l'effet qu'elles m'ont fait, et… C'est mal engagé. Je lui dois la vérité : je l'ai allumé et n'ai pas assumé parce que je n'ai pas confiance au point de m'abandonner dans les bras d'un homme, tout bellâtre qu'il soit. En bredouillant, je lui raconte le baiser volcanique dans le chai, puis ma séance de grand n'importe quoi dans la cabine du bateau.

— Une euphorie. J'avais envie de lui : d'être désirée, de l'embrasser, de me sentir femme. Quand les choses sérieuses sont arrivées, j'ai paniqué. Je ne savais plus si ça devait se passer, dans cette cabine, limite à la vue de tous, enfin de vous. Alors j'ai dit non, un peu tard… Je n'ai pas su lui expliquer. Landry s'est mis à hurler. Il m'a traitée d'allumeuse, après, tu connais la suite.

— Il ne sait pas ?

— Pas quoi ?

— Que tu es vierge ?

— Non, je ne m'en suis pas trop vantée. Je n'ai pas eu le courage. J'ai joué aux grandes, car, Anna, je l'ai allumé, et je ne sais pas ce qui m'a pris.

— Yaëlle, viens là.

Anna me tend les bras. Elle me serre fort et je me laisse aller.

— Aujourd'hui, il m'a fait payer mon affront. Je n'ai plus de job. Il m'a virée.

— Quel sale con ! Ce type, il me sort par les yeux, il est tellement imbu de lui-même.

— Il m'a humiliée toute la journée. Ce soir, j'ai explosé. Je l'ai envoyé balader devant son équipe. Il était rouge de colère.

Anna me regarde, étonnée, puis elle se met à rire. D'un rire profond qui se transforme vite en fou rire.

— Arrête, ce n'est pas drôle.

Des larmes perlent au niveau de ses yeux. Elle a du mal à reprendre sa respiration. Son fou rire est contagieux, je la rejoins à en avoir mal au ventre.

— Tu sais ce qui est drôle ?

— Non, vraiment, non ; ça fait du bien.

— C'est d'imaginer la tête de Landry, quand tu l'as repoussé.

— Et je ne t'ai pas tout dit : nous étions prêts à passer à l'acte.

— Il avait enfilé un préservatif ?

— Oui… c'est à ce moment que j'ai dit non. Tu vois sa tête.

Anna repart de plus belle dans un très gros fou rire.

— Yaëlle, simple vendangeuse, met dans tous ses états monsieur le baron. Il ne doit pas avoir souvent de la résistance, et toi, tu lui dis non en pleine action et tu lui réponds, ça, c'est bon.

En réfléchissant, je trouve qu'elle a raison. Oui, moi, Yaëlle, ouvrière agricole dans un vignoble, fille transparente, insignifiante, je lui ai tenu tête.

— Yaëlle, tu es courageuse.

J'adore Anna. En quelques minutes, ce qui m'avait empêché de dormir depuis deux nuits s'est envolé et transformé en une aventure drôle. Il croyait quoi, Landry, que j'étais facile à attraper ? Je lui raconte également l'épisode avec Joseph qui m'a ordonné de venir travailler demain.

— J'espère que tu y seras pour lui tenir tête jusqu'au bout. Il n'a pas dit de ne pas venir sur le domaine, mais dans son équipe, faut qu'il soit plus précis.

Je pouffe. Bonne idée. J'ai le soutien de Joseph, d'autres vendangeurs, alors oui, ils ont raison, je ne vais pas me laisser faire, me rendre à mon travail demain et lui montrer qu'il ne m'impressionne pas. J'ai besoin de ce boulot : je vais continuer à me battre, et en évitant Landry, je dois pouvoir m'en sortir.

— Les photos de Clovis ne veulent rien dire. Oui, il est collé à une bombasse refaite. Il n'a pas sa langue dans sa bouche, lui. Ce n'est pas le genre. J'ai vu comment il te regarde.

— Tu crois ?

— Clovis n'est pas comme son frère : c'est un mec bien. Il t'apprécie. À la soirée de vendredi, vous étiez dans votre bulle. Est-ce qu'il a essayé de te mettre dans son lit dès le premier soir ? Non. Il respecte les femmes. En revanche, si son absence de message et les photos t'ont blessée, dis-lui. Regarde-les, nous ne parlons pas du même genre d'énergumène.

— Et encore, tu n'as pas tout vu.

Sur les photos suivantes, Landry embrasse une autre fille et le commentaire est pitoyable : « Soirée chaude, très chaude. » Cette photo me donne un nouveau coup ; comment j'ai pu le laisser me toucher ?

— Je ne dois pas avoir de regrets. Landry est un coureur de jupons. Je ne veux pas me souvenir que ma première fois, c'était avec un mec pareil qui sort avec plusieurs filles la même journée. Pour Clovis, parle-lui. Est-ce que tu l'as croisé, aujourd'hui ?

— Non, je l'ai évité. Il n'est pas venu me voir non plus.

— Il n'est peut-être pas fier de lui ?
— Peut-être. Comme toi, je me suis trompée. Les frères De La Motte sont des beaux mecs avec des petits pois dans le cerveau.
Anna réfléchit.
— Nous allons leur rendre la monnaie de leur pièce.
— Non, non. Je ne suis pas sûre que ce soit utile.
— Si, si, je vais le rendre jaloux et nous verrons bien. Tu vas faire pareil, car vu sa réaction, tu ne dois pas le laisser insensible. Tape là, Yaëlle.
Anna a cette faculté de vite remonter la pente, cet optimisme qui lui permet de passer à autre chose. Pourquoi, moi, je ressasse les moments douloureux ? Après tout, elle n'a pas tort : les frères De La Motte méritent bien une leçon. Elle m'invite à dîner et à dormir chez elle.
— Tu vas faire la connaissance de mes parents. Je leur ai parlé de toi.
Pour notre journée de demain, elle prévoit un arsenal : des tops décolletés, des jeans près du corps (je ne suis pas fan) et m'assure que pour le bronzage, c'est idéal. Moi, j'ai seulement besoin d'un k-way.
— Yaëlle, demain, il va faire de nouveau très chaud. Ta rivière où tu te baignes, c'est un coin sympa ?
— Oui, un endroit agréable. Je t'arrête, il est perso. Je ne le partage pas. Je connais un autre coin plus proche du domaine, si tu veux te baigner.
— Parfait. Je te prête un maillot. Nous allons inviter des collègues, plutôt masculins, à une fête à la rivière après le travail. Je prévois les boissons, je vais envoyer quelques textos et je peux t'assurer que je vais le faire savoir.
Je glousse ; Anna est diabolique.

6

J'arrive, pas rassurée, une nouvelle fois. Dans ma petite tête, je me suis imaginé Landry m'attendant an bout du chemin pour me virer comme une malpropre. Non, personne. Joseph m'attend sur le parking. Je suis stressée. Il le devine aisément. Il a réglé la situation avec le baron et je retrouve son équipe. Je lui dois une fière chandelle. J'ai l'impression qu'il en sait plus sur moi que je ne le connais. Il faudra que je l'interroge à l'occasion. Est-ce qu'il connaissait mon père ? En tout cas, son intervention me touche.

Je retrouve Anna. Elle a croisé Clovis et l'a ignoré fièrement.

— Regarde, j'ai reçu un texto de Clovis : *Tu fais la gueule ?*
— Qu'est-ce que tu vas lui répondre ?
— Jouer l'idiote : *DSL, vous avez dû vous tromper de numéro !*
— Anna, tu es trop forte.
— N'oublie-pas, il fait chaud, me répond-elle d'une voix lascive.

À midi, elle a déjà organisé notre soirée, invité plusieurs vendangeurs (carrément une quinzaine avec des filles, heureusement) et insisté sur notre bonne idée. Personne n'a pu manquer l'info. Je n'ai pas réussi à l'arrêter quand elle a affiché une annonce sur le panneau à l'entrée du chai : « Soirée piscine, interdite aux plus de vingt-cinq ans !!! »

Elle m'épate, aucune gêne. Elle assume jusqu'au bout, sans complexes. Et toute la journée, elle a vociféré sur son apéro baignade relançant et convainquant les indécis. J'affiche un sourire forcé de complicité, bien que notre association me gêne. J'aime être seule et pas le centre du monde.

Steve vient me chercher dans mon rang en fin de journée. Il insiste qu'il ne manquerait pour rien au monde les deux plus belles nanas du domaine en séance maillot de bain. Je rougis, bien qu'il ne m'attire pas. Son grand sourire devant mon air gêné ne me rassure pas. Steve est un mec sympa, un *friend zone*, rien d'autre :

— C'est dommage que tu ne sois plus dans mon équipe. C'est mieux ainsi ; le baron, il était imbuvable, aujourd'hui.

Des pas résonnent bruyamment derrière nous. Nous sommes dépassés par notre patron, justement, qui a l'air bien énervé. Je reste de marbre, un poil stressée, espérant ne pas prendre un commentaire comme il a le don de les faire. Il se stoppe, fait demi-tour et revient à toute vitesse vers moi. À ma hauteur, il se penche.

— La baignade, c'est un coup bas, me souffle-t-il.

Et il repart vers son bureau, nous laissant coites. Steve me regarde, interrogateur, je lève les épaules en signe d'ignorance. Il n'est pas dupe et souffle, agacé.

Je rejoins Anna. Elle me tend direct son portable. SMS de Clovis.

Je pensais être sur le portable d'une superbe fille avec qui j'ai merdé ! Si vous la connaissez, dites-lui que je suis DSL. Troublée, elle pince ses lèvres nerveusement.

— Tu crois qu'il est sincère ? me demande-t-elle d'une petite voix.

Je racle ma gorge.

— Il est derrière toi, pose-lui la question.

Petit sourire aux lèvres, regard ténébreux, épaules rentrées, il est à croquer. Mon amie ne va pas résister, c'est sûr. Je les laisse tous les deux et vais attendre sur le parking. Elle apparaît au bout de dix minutes.

— Déjà ?

— Oui, je ne vais pas craquer aussi facilement. Le plan baignade, c'est le truc qui rend jaloux. Il s'est excusé et m'a affirmé qu'il ne s'était rien passé. Je dîne avec lui demain soir.
— Je suis contente pour toi. Tu as bien géré.

La soirée est réussie. L'ambiance est bonne, la rivière, un havre de fraîcheur. Je ne voulais pas me baigner : me montrer en micromaillot de bain devant mes collègues de travail, une épreuve. Avec la chaleur, la tentation est trop grande et je finis dans l'eau. Je discute avec Steve en faisant attention de garder mes distances. Il tente de se rapprocher. C'est un pote de travail, rien de plus, et physiquement, pas mon genre. Je réfléchis en l'écoutant. Est-ce que j'ai un type en particulier ? Je crois que je ne me suis jamais posé la question. Au bahut, je ne m'intéressais pas aux spécimens masculins, enfin, je matais un peu en douce, comme tout le monde. Le regard, l'intensité des yeux m'attirent. Steve n'a pas d'aura dans ses prunelles.

La nuit commence à tomber. Nos invités partent les uns après les autres. Steve me demande s'il me raccompagne. Je refuse poliment, j'habite à côté. Une bise, je file vers ma maison.

Un quad est en travers de mon chemin. Je me stoppe, inquiète. Pas moyen de faire demi-tour. Une silhouette descend, ôte son casque et vient vers moi. Landry. Je souffle d'exaspération. Qu'est-ce qu'il fait là ?

— Yaëlle ?
— Tu m'as fait peur.

Silence. Il me regarde intensément. J'ai l'impression qu'il cherche ses mots, il passe sa main dans ses cheveux. Non, il ne m'aura pas avec ce geste. Je continue mon chemin.

— Yaëlle, attends.

Sa voix est douce, différente de ses intonations habituelles.

— Qu'est-ce que tu me veux, Landry ?
— Te parler. J'ai abusé, je sais. Je n'ai pas compris. Oui, ensuite non, ça m'a rendu fou.

— Le mieux, c'est que nous nous évitions. Tes mots, ton attitude m'ont blessée. Tu t'es vengé. C'est puéril. Nous pouvons faire comme si rien ne s'était passé. Tu considères que je fais partie des murs. Je bosse, et toi, tu es tranquille.

— C'est ce que tu veux, vraiment ?

— Oui, rien d'autre.

Je n'en mène pas large de lui tenir un tel discours, après la scène que je lui ai faite. Landry est expérimenté, tombeur. Je n'ai rien à faire avec lui. Il m'attire, je ne vais pas mentir. Un beau gosse sexy, avec un charme fou… et un foutu caractère : rancunier, odieux. Je déteste ce genre de types. Contrôler mon corps et ma tête pour résister, m'en tenir à ma décision de ne pas m'y frotter, voilà une sage résolution. Ma réponse ne lui convient pas. Je le sens, son visage s'est crispé. Landry aime gagner et il comprend que cela sera compliqué. Il passe de nouveau sa main dans ses cheveux (mais qu'il arrête) et souffle :

— OK. Je respecte ton choix. Mais j'ai droit à une explication. Pourquoi oui et après non ?

J'aimerais me terrer dans un trou de souris, honteuse de mon noviciat et ma subite envie de jouer aux délurées sexuelles. Je panique. Comment lui expliquer ? Il attend ma réponse et je ne vais pas réussir à lui faire faux bond.

— J'ai paniqué. Voilà, j'ai paniqué, et puis ça ne changera rien de savoir.

— Paniqué ? Mais pourquoi, Yaëlle ? Rassure-moi, je ne t'ai pas fait mal ?

— Non, ce n'est pas ça.

Je le regarde longuement, hésitante. De toute façon, il ne me lâchera pas, et si je lui avoue mon secret, il me laissera tranquille.

— C'était une première fois.

— Quoi ?

— Une première fois, Landry. Première fois dans la mer, première fois du désir et première fois d'avoir envie de coucher avec un mec. J'ai paniqué. J'ai joué aux grandes. J'avoue que t'allumer ainsi, ce n'était pas très malin.

— Attends, tu… Yaëlle… tu n'as jamais couché avec un garçon ?

— C'est ce que je suis en train de t'expliquer.

Il commence à m'énerver. Je sens bien que cela va le rassurer et lui donner un avantage sur moi. Ce n'est pas le *sex appeal* de Monsieur Landry qui est remis en cause, mais une vierge qui a joué à la femme fatale.

— Tu ne pouvais pas simplement me le dire ? Si nous étions allés jusqu'au bout, ta première fois, tu la voulais ainsi ?

Il marque encore un point.

— Non. Je me doutais de ta réaction. Tu te serais moqué. J'ai voulu te le dire dans la cabine. Tu hurlais et ne m'écoutais pas.

— Mais pourquoi ? Je t'ai embrassée comme un sauvage, caressée comme si tu savais, enfin, j'aurais mis les formes. Une première fois, c'est… Il faut le cadre.

Il se rapproche, sa voix calme, douce. Je sens la chaleur de son corps. Les papillons envahissent le mien. Non. Non, n'oublie pas comment il t'a traitée. Il attrape une mèche de mes cheveux, la glisse entre ses doigts. Son regard plongé dans le mien, sa main glisse vers ma nuque. Ses lèvres se rapprochent. Je veux, je dois lui dire, non. Mes bras, le long de mon corps, ne répondent plus. Je n'ai pas la force de lutter (et est-ce que je le veux vraiment ?). Alors, quand Landry pose ses lèvres sur les miennes, je lui rends son baiser.

— Yaëlle, j'adore tes lèvres, j'adore les embrasser, me murmure-t-il.

— Non, nous ne pouvons pas, ça ne sert à rien.

— Pourquoi ? Donne-moi une bonne raison.

— Nous ne nous entendons pas. Tu me hurles dessus. En plus, j'ai vu les photos de tes exploits en boîte. Je n'ai pas envie d'embrasser un mec qui sort avec plusieurs filles, pour ne pas dire tout ce qui bouge.

— C'est mon problème. Samedi, avec Clovis, nous avons abusé de l'alcool. Je suis incapable de te donner leurs prénoms.

— Ça résume bien ce que je pense.

— C'est-à-dire ?

— Que tu es trop séducteur et coureur de jupons pour moi ! Je suis inexpérimentée. Je n'ai rien à t'apporter. Les filles avec qui tu sors, nous sommes aux antipodes. Landry, regarde-moi. Tu vois le décalage qu'il y a entre nous deux ? Je ne pourrai jamais te donner du sexe facile.

Son visage se referme. J'ai visé juste. Lui, sortir avec moi ? Inconcevable. Nous ne pouvons pas faire plus mal assortis : le tombeur beau gosse à qui la vie sourit, et moi, la pauvre fille du coin.

— Ça m'a fait du bien de te parler. Je me sens apaisée. J'espère que nous pourrons avoir des relations professionnelles plus calmes.

Je poursuis mon chemin sans me retourner.

Ma nuit est agitée. Malgré notre échange et mes aveux, je me sens tendue. Il n'a rien répondu à mes propos. En plus, je n'arrive pas à effacer le goût de ses lèvres sur les miennes : mince, il embrasse vraiment bien.

~

Je retrouve Anna pour une nouvelle journée de travail, tout sourire et de très bonne humeur. Elle a échangé des textos avec Clovis toute la nuit et est ravie de la soirée qui se prépare : elle dîne avec lui.

— Oh là, là, en plus, j'ai prévu ma superbe lingerie, je ne sais pas comment je vais faire pour tenir toute la journée. Vivement ce soir.

— Anna, tu es trop mignonne. Fais attention quand même à ne pas aller trop vite. Clovis reste un De La Motte, et tu sais ce que l'on s'est dit.

Je lui raconte mon entrevue avec Landry et la fin de non-recevoir que je lui ai donné. J'omets de parler, en passant, de l'insignifiant baiser sensuel et passionné qu'il m'a donné. Je suis moins à l'aise sur ce détail.

— Tu es sûre que c'est que tu veux ? Pas de Landry ?

— Oui, j'en suis sûre.

— Tu es courageuse. Il te court après, et avec le charme qu'il a, pour y résister, merci. Et lui, il est OK avec toi ?

— Oui, enfin, il n'a rien dit. C'est bon, je gère.

Joseph nous fait de grands signes pour nous rapprocher, en même temps qu'il parle dans son téléphone. Cela m'arrange bien de mettre fin à cette conversation. Le ton d'Anna était un peu inquisiteur.

— OK, nous faisons comme ça, dit Joseph. Yaëlle, tu montes sur le coteau ouest pour rejoindre l'équipe de Landry. Nous attendons un méga orage. C'est branle-bas de combat pour ramasser le raisin. Anna, tu continues dans mon équipe. Dépêche-toi d'y aller, ils sont déjà en place.

Je salue Anna qui, au passage, me glisse un « oui, il a bien compris, cinq sur cinq !! » et je monte vers le coteau. Le temps est lourd. À l'horizon, des nuages noirs s'annoncent déjà. J'espère qu'il aura compris le message et qu'il ne va pas être sur mon dos.

— Yaëlle, OK, m'interpelle-t-il quand j'arrive. Nous sommes déjà en place sur cette parcelle. J'ai besoin de toi de l'autre côté. Tu seras seule pour l'instant. Avec l'orage qui s'annonce, je crains le pire. Essaie de faire vite. La météo indique de la grêle et de l'orage dans deux heures. Je peux compter sur toi ?

— Bien sûr, Landry.

Je rejoins mon rang et attaque mon travail de coupe : quel changement ! Landry poli, sans colère dans sa voix, mon message est passé. Je m'attèle à ma tâche avec entrain.

Un éclair strie le ciel et tombe à quelques mètres de moi dans un bruit assourdissant. Je me jette à terre, par réflexe. Je n'ai pas peur de l'orage, ni des éléments, d'ailleurs, pour avoir passé du temps, dehors, seule. La température est suffocante et la lumière du jour devient sombre. Je ne me suis pas stoppée avant, quand le tonnerre a commencé à gronder et se rapprocher. J'ai enchaîné les gestes avec rapidité pour cueillir un maximum de grappes et lui prouver que j'étais capable de tenir la cadence et qu'il pouvait me faire confiance.

Le grondement résonne dans mes oreilles, les éclairs se déchaînent. Je n'ai aucune idée de si les autres sont encore là, je n'entends plus rien. Ne pas bouger, rester près du sol, malgré la pluie qui redouble, malgré le froid. Je ne dois pas paniquer. La grêle frappe mon dos, mes jambes. Mon souffle devient court. Je sens des larmes monter dans mes yeux. Pourquoi m'a-t-il laissée seule ? Du courage, rester stoïque et attendre que le temps se calme.

Des bras puissants me serrent et me lèvent. J'entends sa voix, lointaine.

— Yaëlle, Yaëlle, tu m'entends ?

Je suis couverte de boue, trempée, tremblante et complètement perdue.

— L'éclair, le bruit, je ne t'entends pas.
— Viens avec moi.

Il me porte et m'entraîne vers une cabane en pierre qui sert à stocker le matériel. La porte est fermée. D'un grand coup d'épaule, Landry l'enfonce et m'emmène à l'intérieur. Il me garde dans ses bras.

— Yaëlle, dis-moi, comment tu vas ? Je suis désolé. Pourquoi n'es-tu pas redescendue avec le reste de l'équipe ?

— Je ne les ai pas vus partir.

Je me mets à pleurer : trempée, grelottante, transie de froid et de peur.

— Je voulais ramasser les grappes et tenir le rythme, et… le bruit, l'éclair, je me suis jetée à terre.

Et je pleure de plus belle.

— Chut. Je suis désolé. Je suis descendu au chai et ai demandé à Steve de vous donner les consignes quand l'orage serait trop près. Tu n'étais pas avec eux. J'ai flippé, Yaëlle.

Il prend sa veste et la pose délicatement sur mes épaules. Elle est aussi trempée que moi. Je souris, son attention me touche.

— Merci d'être venu me chercher.

— Je n'allais pas te laisser là-dessous.

— Tu as pris des risques.

— Tu m'as dit que je gérais mal mon personnel : pas tout le temps, en tout cas.

Je secoue la tête et ferme les yeux. Mes mains tremblent, inexorablement.

— Tu as peur ?

— Quand l'éclair est tombé, j'ai vu une lumière blanche et le bruit… Je, oui, j'ai eu peur, vraiment peur. J'ai cru que j'allais mourir. Je me suis demandé pourquoi vous m'aviez laissée seule, dessous.

Et mes sanglots repartent.

— Chut, je suis là. Je suis vraiment désolé. Chut, je ne te quitte pas.

Landry envoie un texto pour prévenir qu'il m'a retrouvée. L'orage continue violemment. Je ne suis pas du tout rassurée. Je lève les yeux vers lui. Son regard est soucieux, et à la fois bleu électrique, intense et envoûtant. Je suis scotchée à ses prunelles qui brillent naturellement d'une aura. Je murmure son prénom. Il entrouvre ses lèvres. Je descends lentement mon regard vers sa bouche.

Il ne fera pas le premier pas : j'ai dit non.

Il lève la main vers moi pour toucher mon visage et arrête son geste : j'ai dit non.

Un éclair tombe dans un bruit fracassant, me faisant hurler. Je me cache dans ses bras. Landry m'entoure, me serre fort. Nos cœurs battent la chamade. Il me murmure des mots rassurants, mon visage contre sa poitrine, et répète mon prénom. Je lève ma tête et ne vois plus que ses lèvres. Sur la pointe des pieds, je dirige lentement ma bouche vers la sienne. Je l'embrasse : une légère pression. Son goût ? La seule chose que je réclame. Me perdre dans ses bras et me délecter de sa sensualité. Le temps s'est suspendu. Landry ne me repousse pas, il appose ses mains sur mes joues et murmure mon prénom. Son baiser est d'abord tendre, puis devient plus exigeant. Sa langue rencontre la mienne. Je perds pied et m'accroche à lui.

— Yaëlle, je te veux, me murmure-t-il. Laisse-moi être celui, laisse-moi t'initier, t'apprendre.

Ses mots s'impriment dans mon être. Dans cette cabane, protégée par ses bras, je pourrais tout lui donner. Son baiser se poursuit. Son corps épouse le mien. Ses mains descendent le long de mon buste et me caressent.

Yaëlle, dis-moi que tu le veux.

— Ici ?

— Non. La première fois, je vais prendre tout mon temps pour te déguster. Je vais prendre tout mon temps pour t'apprendre et te savourer. Je peux t'assurer que ça ne sera pas à la sauvette.

Je secoue la tête en faisant non. Je ne sais plus. Je dois refuser et tenir mes résolutions. Pourtant, dans ses bras, je m'égare complètement et éprouve un désir que lui seul éveille en moi.

— Yaëlle, seulement oui.

Je dois lui dire non : ses mots passent en boucle dans ma tête. Le son et les nuances de sa voix, son regard, sa chaleur, son corps ; je craque.

— Oui.

Il sourit, timidement et m'embrasse : un baiser qui dure une éternité, qui me fait perdre mon esprit et que je viens d'accepter.

L'orage décroit. Lovée dans ses bras, je le sens inquiet pour ses vignes. Il passe avec nervosité la main dans ses cheveux.

— Tu es soucieux ?

— Oui et non, me répond-il. Non, car tu vas bien, et oui, car j'ai peur que les grappes soient massacrées. C'est ingrat, tout peut s'arrêter, le travail d'une année à cause du gel, de la grêle, de l'orage. Tu peux faire tout ton possible, pour ton domaine, mais les éléments, tu ne peux pas lutter. Yaëlle, je te dépose au hangar. Je vais demander à quelqu'un de te raccompagner chez toi. Je dois gérer les dégâts. Dès que j'ai réglé ce merdier, je m'occupe de toi, et je peux t'assurer que ça va être magique. Tu me files ton numéro ?

Des papillons plein mon corps et ma tête, j'ai du mal à parler.

— Mon numéro de téléphone ? Je n'ai pas de portable.

— Tu plaisantes ?

— Non, pour appeler qui ?

Landry sourit.

— Tu es à part. Dans ce cas, réserve-moi ta soirée… Non, nous allons faire mieux. Ce week-end, je t'enlève.

Landry me redescend au hangar. Steve se confond en excuses : il m'a oubliée. Anna me saute dessus également, elle a eu peur. Je suis sonnée, certes, et incapable de savoir ce qui m'a le plus bouleversé : l'orage ou Landry ?

Les dégâts sont moins importants que prévu. La grêle n'est tombée que partiellement sur les vignes. L'orage a occasionné des dommages électriques et a fait tomber des arbres. J'aimerais aider. Je ne suis d'aucune utilité, dixit Joseph. Anna me raccompagne. Elle pense que son dîner avec Clovis va tomber à l'eau. Elle reçoit un texto d'excuses dans la foulée : priorité au domaine. J'essaie de lui remonter le moral. C'est triste qu'elle me laisse chez moi.

7

Jeudi. En arrivant, Joseph m'envoie au secrétariat. L'assistante de Landry, Marie, me reçoit dans son bureau. Elle me demande si je souhaite faire une déclaration d'accident du travail, s'inquiète de ma santé.

— Non bien sûr que non. Je vais bien, j'ai eu peur.

— Mademoiselle Hadrot, j'ai un colis pour vous. Monsieur De La Motte m'a demandé personnellement de vous le remettre en main propre.

Elle insiste fortement sur le « personnellement » et me regarde avec un air inquisiteur. Je souris bêtement et ai bien envie de lui dire ce qu'il veut me faire.

C'est un petit carton avec mon nom écrit dessus. Je le regarde longuement avant de me décider à l'ouvrir. J'aime bien la façon dont il a noté mon prénom. Je découvre à l'intérieur un téléphone portable avec une carte :

« *Je veux pouvoir te joindre tout le temps.* »

Au verso, il a ajouté :

« *Il est programmé, tu as juste à l'allumer.* »

Je tombe des nues : me joindre tout le temps ? Après une ou deux tentatives, un peu empotée, je l'allume enfin. J'ai déjà un message.

Bébé, je te veux.

RDV samedi, 16 h, je passe chez toi, L.

Je rougis et reste très bête. Le souffle coupé, des frissons tout le long du corps, je regarde autour de moi ; non, personne ne voit mon air idiot. Il me veut, un rendez-vous galant et m'appelle « Bébé ». Je suis, en vrai, un peu paniquée, et aussi joyeuse, bien que je déteste qu'il m'offre un truc que je ne puisse pas m'offrir. Je le lui rendrai ce week-end. Je ne veux pas de cadeaux de lui.

Je lui réponds.

Jolie surprise. Je n'ai qu'un contact.

Je ne suis pas sûre que vous ayez les meilleures intentions, notamment pour samedi, alors j'hésite… Y

Je suis en train de badiner et cela m'amuse beaucoup. Je pense aussi que Landry doit toujours être sur le pied de guerre.

DSL, je pense aussi au domaine.

J'espère que les dégâts sont limités et que tu t'en sors, Y

Je retourne travailler avec beaucoup, beaucoup de motivation. Je croise Anna qui me demande pourquoi je suis si joyeuse. Pour rien, sûrement la foudre.

Je ne l'ai pratiquement pas vu depuis l'orage. Un petit baiser volé, mine de rien, entre les vignes qui m'a chamboulée et un autre plus long caché derrière le chai. Côté texto, c'est le top. Je m'amuse comme une folle et suis sur un petit nuage. Je n'ai jamais été dans cet état. Je rigole pour un rien, chantonne, même. Anna commence sérieusement à se demander ce qui m'arrive. La joie d'être encore en vie, lui avancé-je lors de l'une de nos nombreuses conversations.

Vendredi, le stress monte. Anna s'inquiète, je ne suis pas dans mon assiette. Je commence à réaliser ce que j'ai accepté. Ma nouvelle joie de vivre se dégonfle au fur et à mesure que les heures passent. Je me sens complètement à côté de la plaque. Je n'ai rien pour me rendre à ce week-end et ne sais comment demander à Anna sans qu'elle sache ce que je vais faire :

— Tu vas finir par me dire ce qui te tracasse ? Je te vois me jeter des regards en coin depuis ce matin, genre « j'ai un truc à te demander, mais je n'ose pas ».

Elle va m'interroger. C'est sûr. Je ne veux pas lui dire, pas maintenant ; après, oui, mais pas maintenant. J'ai trop peur de sa réaction et qu'elle me convainque de tout annuler. Je l'entends déjà : « C'est un coureur de jupons, il va te faire mal. » Elle aura raison. Je n'ai pas envie de réfléchir, seulement assumer le « oui » que j'ai donné et me perdre dans ses bras.

— Si je te demande un service, sans me poser de question, tu crois que tu peux ?
— Dis toujours.
— Non, vraiment sans me poser de questions.

Je n'ai pas envie de lui mentir.

Elle prend son air indiscret que je n'aime pas.

— Laisse tomber, Anna.

Elle souffle.

— Tu ne veux pas ou ne peux pas m'expliquer ?
— Je ne veux pas pour l'instant.
— OK. Tu me diras un jour ?
— Oui, je te le dirai.
— Je ne te pose pas de questions et tu me dis ce qui te tracasse ?
— Oui.
— Je t'écoute.
— Est-ce que tu pourrais me prêter des vêtements ?
— C'est tout, des vêtements ? Je m'attendais à autre chose, genre comment on fait les bébés ?

Je rougis et lui fais remarquer que même si je ne sais pas réellement comment ça marche, il existe des livres très bien documentés sur le sujet. Anna sourit. C'est entendu, si je n'ai pas d'autres questions sur le comment on fait et si mes livres m'ont tout expliqué, alors.

— Tu veux quoi comme type de vêtements ?
— Je ne sais pas trop en fait.
— C'est pour quel type d'occasion ?
— Je… Anna, tu étais d'accord, pas de questions.
— Tu ne m'aides pas.
— Jolie, je veux être jolie.

— J'ai ce qu'il te faut. Nous passerons chez moi ce soir.
— Merci, Anna.

Samedi. Seize heures. J'attends Landry, impatiente et inquiète en haut de mon chemin. Les mains moites, le cœur en mode boum, je flageole. Anna m'a prêté une petite robe grise décolletée pour l'occasion et de la lingerie noire qu'elle n'avait jamais portée, trop grande. J'ai détaché mes cheveux, maquillé mes yeux : j'espère que je vais lui plaire. Mon niveau de stress ? À son maximum. À plusieurs reprises, j'ai voulu lui envoyer un SMS pour tout annuler. La tentation est trop grande.

Seize heures cinq. Je commence à paniquer. Pas de texto. À dix, je m'en vais.

Seize heures huit. Non, il ne va pas me faire un coup pareil. Toujours pas de texto.

J'entends rugir un moteur. Landry arrive dans un très joli coupé. Il descend et le temps se suspend. Ma respiration se bloque, je le dévore des yeux et chacun de ses pas m'électrise. Il est beau, sexy à mourir. Ray-Ban vissées sur la tête, polo bleu clair ajusté, qui moule ses pectoraux, deux boutons ouverts (mon Dieu, j'ai envie de lécher ce petit bout de peau), jean beige fuselé. Mal rasé, comme j'aime. Il sourit, légèrement coquin. Ses cheveux sont en bataille et ses yeux… d'un bleu. Il me trouble. Je me sens toute petite, bien que je crépite en mon for intérieur. Landry est une bombe, un sexy boy d'enfer. Il m'embrasse du bout des lèvres, me souffle que je suis « très jolie » et m'entraîne vers sa voiture.

Comment arrive-t-il à garder son calme et être aussi détendu ?

Nous filons vers l'ouest, sans qu'il me donne notre destination. Je n'arrive pas à me détendre ni trouver quel sujet aborder. Il n'est pas loquace non plus, il semble ailleurs. Je me sens de plus en plus gauche, alors je me lance sur la météo.

Landry me lance un regard surpris et me répond par des onomatopées de type « Hum, Hum » qui ne m'aident pas.

L'atmosphère devient pesante. Mon stress monte, me nouant le ventre. Je joue nerveusement avec mes mains et commence à regretter d'être montée dans cette voiture :

— Nous n'avons rien à nous dire. Je ne sais pas quel sujet aborder, toi non plus. Ce week-end, ce n'est pas une bonne idée.

— Hum, hum.

— Tu te moques de moi ?

— Non.

— Tu comptes répondre par un mot ?

— Oui.

— C'est insupportable. J'ai l'impression d'être un animal que l'on emmène à l'abattoir.

Landry éclate de rire.

— Tu vois, tu te moques !

— Non.

— Landry, arrête.

Mon ton monte.

Il reste dans son silence avec un sourire narquois en coin. Je fulmine et préfère me retourner vers la fenêtre pour regarder le paysage. Nous venons de passer Nantes et nous dirigeons vers la Côte.

— Tu es inquiète. C'est normal. Je t'ai dit « magique ». Je vais tout faire pour. Je peux t'assurer que je n'ai pas envie de parler, car je suis aussi stressé que toi. Je trouve cette route interminable et te voir t'énerver, c'est drôle.

Je souffle. Stressée, qu'est-ce qu'il en sait ? Je n'ai pas dormi de la nuit. Éveillée par de doux songes. Ce soir, je vais me donner. Ce soir, je vais accepter que ses mains m'effleurent, me découvrent, que sa bouche déguste ma peau, qu'il m'initie. Ce soir, je serai sienne.

Nous arrivons à Pornic, une jolie ville médiévale en bord de mer qui a su garder son caractère typique. Par la vitre de la voiture, je regarde de tous les côtés découvrant le port, les rues, l'animation : je ne suis jamais venue, et j'adore. Landry sourit : il aime cet endroit, et jouer les guides le rend radieux.

Il se gare devant un grand hôtel, avec une vue imprenable sur l'océan, le chemin de ronde et les pêcheries. Un bel établissement, chic… Je ne me sens pas dans mon élément. Heureusement qu'Anna m'a prêté des vêtements. L'ambiance jogging et vieux pull à capuche m'aurait coûté. Landry me souffle qu'ils disposent d'une thalasso et proposent des soins en duo. Devant mon air hésitant, il me prend la main et m'entraîne vers la réception.

L'hôtesse le dévore des yeux (elle m'énerve) et insiste sur le Monsieur et Madame De La Motte. Landry glousse, lui répond en me regardant droit dans les yeux et en accentuant chaque mot :

— C'est bien ça, Monsieur et Madame De La Motte.

(Je crois que je vais m'évanouir.)

Dans l'ascenseur, je me colle contre la paroi opposée, timide. Il me dévore des yeux, me détaille avec cet air sensuel et sexy qui crée une armée de papillons en moi. Quand il ouvre la porte, je reste bouche bée. Il a réservé une suite magnifique avec une vue imprenable sur l'océan. Elle possède un salon, une salle de bains avec une immense douche à l'italienne. Le lit est king size et les tons de la chambre me plaisent beaucoup : chaleureux et modernes. Je suis sidérée ; il avait dit magique. Je ne suis jamais allée dans un endroit comme celui-ci.

Du bout des doigts, je frôle le montant du lit, m'avance vers les baies vitrées et reste à regarder les vagues s'écraser contre les rochers. Il scrute chacune de mes réactions. Je me retourne. Ses yeux, mon Dieu… ses yeux expriment du désir, comme si j'étais précieuse, comme si j'étais la seule femme au monde qu'il ait désirée. Quand il le fait, je me sens belle. L'inexpérience se nourrit du regard de l'autre. Aujourd'hui, je ne suis pas dans un rêve, je ne suis pas une de mes héroïnes. Landry est expérimenté. J'ai envie d'être à la hauteur, et à la fois, envie d'être moi, de laisser parler mon corps qui le réclame. Ses yeux me guident, m'encouragent et me donnent la force de lâcher prise.

Je m'avance vers lui, impressionnée. Quelques pas. Je ferme les yeux, descends une bretelle de ma robe. J'inspire profondément, lève de nouveau mon regard vers lui. Landry se tend. Il passe sa main dans ses cheveux.

Je fais tomber l'autre bretelle. Ma robe tombe à mes pieds dans un bruissement.

Ses yeux deviennent translucides, explosifs, comme j'aime. Je crois qu'il attend un feu vert de ma part. À quelques centimètres de lui, je pince ma lèvre avec gourmandise. Landry est canon, terriblement sexy : un fruit défendu que j'ai envie de dévorer malgré ma méconnaissance. J'arrête de réfléchir, laisse mon désir, boosté par une armée de papillons affolés d'un tel *sex appeal*, me guider. Agrafes de mon soutien-gorge. Bretelles, descendant langoureusement, mes épaules, le haut de mes bras, sensation exquise de frôlement. Je ne quitte plus ses yeux et lui dévoile ma poitrine. Offerte. Du bout des doigts, je viens délicatement le toucher. Du bas de son ventre, je remonte jusqu'à la naissance de ses pectoraux et redescends inversant le sens de cette caresse. Son souffle rauque vient jouer avec ma nuque.

Il m'a dit : « Je veux être celui qui... » Il fera de moi une femme.

Ses doigts se posent sur ma peau. Ses yeux accrochés aux miens, il effleure ma nuque, mon bras, mon épaule. Cette caresse est douce et nous connecte. Je lui enlève son polo. Je le veux nu et défais son pantalon. Son souffle devient court. Un bouton. La tension sexuelle monte entre nous. Deux boutons. Je retire sa ceinture passant par passant.

Je m'approche tout près de lui, suffisamment pour que la pointe de mes seins gonflés frôle son torse. Mes doigts se promènent sur le bas de son ventre. Je vois bien que cela le rend dingue. Je murmure son prénom.

— Apprends-moi.

Il passe sa main dans mes cheveux et dévore mes lèvres. Électrisant. Un gémissement sort de ma bouche. Il me murmure qu'il me veut, qu'il me désire. Je frissonne de peur de ne pas être à la hauteur. Il continue de distiller des paroles douces au creux de mon oreille, m'encourageant. Ses chuchotements déclenchent des frémissements qui courent le long de ma colonne vertébrale. Ma respiration s'accélère. Tout doucement, ses doigts descendent le long de mon épaule. Ses lèvres prennent le même chemin. Mes mains s'égarent dans ses cheveux. Il poursuit sa caresse et vient effleurer mes seins, du bout des doigts, comme si je le brûlais. Il pince doucement mes tétons et une petite décharge me fige le corps. Sa bouche s'empare d'un de mes mamelons. Sa langue s'enroule délicatement autour, m'existant au plus haut point. Divin, doux, excitant. Il remonte et prend de nouveau ma bouche, trop doucement à mon goût. J'ai aimé sa façon féroce de m'embrasser sur le bateau, sa façon de toucher mon corps, sauvage. Mes mains s'agrippent à ses cheveux. Je lui réponds avec ferveur.

— Bébé, je veux prendre mon temps, aller doucement.

— Landry comme sur le bateau : fort.

Il secoue la tête négativement, en souriant avec ses yeux charmeurs. Il me soulève d'un coup et accroche mes jambes à sa taille en continuant de me dévorer les lèvres, farouchement. Je gémis de plus en plus et lui griffe le dos. Il grogne. Il me porte dans ses bras et me lance sur le lit. Allongée, je suis à sa merci. Il me mate en détaillant chaque partie de mon corps, me faisant rougir : ses yeux sont pénétrants, l'expression de son visage, charnelle. Ses doigts mènent une lente danse sur ma peau et il s'empare, avec sa bouche, de la pointe de mes seins, sans préambule. Avec sa langue, il entame une infernale descente le long de son corps et s'approche de ma féminité.

— Je veux que tu jouisses, ma belle, que tu lâches prise.

Du bout des doigts, il effleure mes lèvres, m'écarte les cuisses. Je me relève sur mes avant-bras pour le mater. Son pouce vient délicatement s'appuyer sur mon clitoris et tournoyer autour. Ma tête tombe à la renverse, des tremblements puissants remontent le long de mon ventre et viennent s'écraser sur ma poitrine qui se tend inexorablement. Sa bouche s'empare de mon sexe. Je me cambre. Cette caresse me rend folle et m'emmène vers un plaisir inconnu. Mouillée, haletante, Landry prend son temps, me déguste. Sa langue titille mon clitoris, le suce. Ce plaisir me submerge. Ma main se faufile dans ses cheveux. Sa langue poursuit son exploration. Il me dévore. Quand elle entre dans mon intimité, mes gémissements s'amplifient. Il se relève. Son regard bleu est électrique, intense.

— Tu es délicieuse, Bébé.

Il plonge un de ses doigts en moi, doucement, et entame devant mon bassin qui se cambre pour l'accueillir un va-et-vient explosif qui me fait complètement perdre pied. Je sens une vague grandir en moi, partir du bas de mon ventre, monter, me durcir les seins et prendre mon cerveau. Sa caresse se poursuit longtemps, plus forte, plus précise. Je soupire, gémis et sens mon corps se libérer. Mon dernier souffle est un cri sourd qui me fige.

— Bébé, j'adore t'entendre jouir.

Jouir : la vache ! J'ai joui sous ses doigts, sa bouche vibrante, et ressens une sensation de plénitude qui me bouscule. Mon esprit retourné, je m'écroule sur le lit, bien incapable de calmer ma respiration. Sa bouche de nouveau embrasse mon ventre, mes seins et son sexe dur se colle contre mon corps.

Je l'ai laissé me guider, mais lui, qu'est-ce qu'il aime ? Je me redresse, attrape ses lèvres et lui murmure un « toi, tu jouis comment ? » sur un ton sensuel, provocant qui lui plaît.

— Je veux jouir en toi, Yaëlle. Dans ta bouche, dans ton sexe, que ton corps se serre sur moi et se cambre de plaisir.

Mes joues s'enflamment, mon rythme cardiaque s'accélère, mon souffle est rauque. Landry m'embrasse de nouveau avec sa langue puissante, ne me laissant aucun répit. Je crois qu'il attend mon accord, que je lui dise : « Prends-moi. »

Je le libère de son pantalon, lui ôte son boxer. Son sexe est tendu, dur, extrêmement viril. Je le caresse du bout des doigts en le regardant dans les yeux. Il aime. Il enserre ma main pour me montrer les va-et-vient qui lui procurent du plaisir. Je m'applique. Son visage se crispe. Je m'approche de lui et colle mon corps contre le sien.

— Viens, lui murmuré-je. Sois celui, Landry.

Il enfile un préservatif, me positionne. Son sexe vient se lover contre mon intimité. Ses mains empoignent mes cuisses.

Premier mouvement. Oh. Souffle coupé, c'est douloureux.

Landry s'accroche à mes yeux, comme un guide.

— Bébé, dis-moi, si…

— Attends.

Je reprends mon souffle.

— Viens, Landry, doucement.

Deuxième poussée. Son sexe m'emplit. Cette sensation de plaisir, de désir mélangée à cette douleur me trouble.

Troisième poussée, une résistance. La douleur s'accentue, mais mon désir et mon plaisir enflent. Paradoxal. Il accélère son rythme tout en prenant soin de moi. Tout est douceur, sensualité. Son rythme se presse. Je me détends et bouge mon bassin pour mieux le sentir. Je commence à ressentir des sensations. Le corps de Landry se couvre de sueur. Le rythme accélère encore, encore. Il halète. Son corps se tend, se fige. Il pousse un cri, son visage se libère et prononce mon prénom, « Yaëlle », dans un murmure essoufflé.

Nous restons enlacés un moment. Nos corps collés, lovés, sans un mot. Landry se retourne sur le dos et me prend dans ses bras. Au creux de lui, je digère la déferlante d'émotions qui m'a envahie. Je suis passée de l'ardeur, du désir profond à la jouissance. Maintenant, je suis presque triste. Il me caresse mes cheveux tendrement. Je dois casser ce silence, je ne trouve pas les mots, alors, blottie, je repense à tout ce qui s'est passé depuis quinze jours.

— Tu avais raison.

— Raison pour quoi ?

— En fait, tu avais doublement raison, lui dis-je d'un ton mutin.

— Tu m'intéresses, j'adore avoir raison.

— Premièrement, tu as dit « magique » : je te le confirme.

Landry sourit. Ce petit complément lui plaît bien. Je crois que le deuxième va lui convenir aussi.

— Et deuxièmement, tu m'as dit que je crierais ton prénom : vrai aussi.

— Yaëlle, tu es délicieuse, continue.

— En revanche, lui dis-je en me redressant sur mes avant-bras et en le regardant droit dans les yeux, tu m'as dit que je te supplierais et tu avais tort.

Ma petite répartie lui redonne son regard intense. Je peux même y lire du désir ; sa respiration s'accélère.

— Bébé, nous ne sommes qu'au début. Tu vas me supplier, je peux te l'assurer.

— Prétentieux.

Son sourire lui donne un air sûr de lui, très viril qui me plaît. Je badine avec Landry De La Motte sans complexes et je me demande si je ne suis pas en train de perdre la tête.

— Viens, Bébé, nous allons prendre une douche, et ensuite, seulement et seulement si je le veux, je vais te b… me murmure-t-il dans l'oreille.

Les papillons au fond de mon ventre font des bonds, mes seins se durcissent et je me demande ce que cela peut faire de supplier Landry.

La grande douche nous accueille. L'eau est chaude. Landry commence à me caresser. Il prend du shampoing et me frotte les cheveux. C'est sensuel, intime, aussi, trop, sans doute. Je ferme les yeux et pense à ma mère. M'a-t-elle une seule fois lavé les cheveux ?

Cette interrogation me bloque et cette caresse se transforme vite en moment désagréable. Pourquoi ai-je pensé à elle ? Je repousse ses mains en lui disant que je vais le faire. Il s'écarte, étonné, et passe la main dans ses cheveux mouillés.

— Tu n'aimes pas ?

Je ne peux pas lui dire que sous cette douche, son geste fait remonter de mauvais souvenirs. Il stoppe l'eau.

— Dis-moi ce qui se passe ?

— Rien.

— Arrête, tu ne veux pas que je te touche les cheveux. Au début, c'est oui, ensuite, non. Je t'ai déjà expliqué que les girouettes, ce n'est pas mon truc. Soit tu joues cartes sur table, soit ça ne fonctionnera pas.

— Ce n'est rien, lui soufflé-je. J'ai pensé à ma mère quand tu me lavais les cheveux, et je me suis demandé si elle l'avait déjà fait. Voilà, le moment est gâché. Désolée.

— Ce n'est pas interdit d'avoir des moments comme celui-là. Tu es très différente, à fleur de peau. Nous pouvons y aller plus doucement, si tu veux.

— Doucement ? Non, cette première fois m'a donné beaucoup d'émotions. Je vais gérer.

Je rallume la douche et l'attire vers moi. Je vais le laver, pas de questions à se poser et c'est un bon moyen pour découvrir son corps. Il est très beau. Sa musculature ? Parfaite. Du bout des doigts, je le caresse, puis je pose mes mains contre son torse. J'ai envie de caresser son visage : c'est intime, aussi, alors j'hésite. Je passe derrière lui. Mes doigts s'égarent sur son dos. Je descends doucement vers ses fesses, en prenant mon temps pour imprégner chacun de ses muscles. Elles sont rebondies, fermes. Cette exploration me met dans un état d'ébullition, fort. C'est partagé. Landry se retourne. Il est majestueux et très excité. Je prends son sexe dans ma main et le caresse un peu gauchement. Je le regarde. Ses pupilles se dilatent, son souffle se fait plus court. Il enserre ma main de nouveau, descend et remonte avec souplesse le long de sa verge. Il murmure mon prénom. Je poursuis en serrant plus fort, comme lui. J'ai très envie de lui donner du plaisir. Il m'a dit aussi qu'il voulait jouir dans ma bouche. Je rougis en pensant à ce que j'ai envie de lui faire. Sans le quitter des yeux, en pinçant légèrement ma lèvre, je me baisse en collant mes mains le long de ses cuisses.

À genoux, je commence à embrasser son sexe du bout de mes lèvres. Avec ma langue, je lape, puis lèche son gland. Son sexe durcit. Landry passe sa main dans ses cheveux. Cette caresse lui plaît, je le sens. Alors je continue et prends son membre dans ma bouche. Je ne sais pas comment on fait et suis mon instinct. Je le suce lentement, langoureusement. Je m'attarde sur son gland. Je le sens se raidir. Je veux lui donner ce plaisir. J'accélère mon mouvement. Landry m'agrippe les cheveux.

— Bébé, c'est divin, me murmure-t-il.

Dans un état d'excitation extrême, j'ai un sentiment de force. Je me sens femme, sexy. Ma caresse se poursuit plus vite, plus intensément. Landry se cambre.

— Bébé, je vais jouir si tu continues, me dit-il en essayant de me relever.

Je plaque mes mains sur ses cuisses. Non, je ne veux pas arrêter. Je le veux entier, je veux tout de lui. Je veux qu'il jouisse dans ma bouche. Il halète. Le son de sa voix se mue en un cri, un grognement masculin. La sensation de lui dans ma bouche ? Étrange, mais excitante. Je rougis d'avoir osé, j'ai peur qu'il me juge. Je n'ai pas réfléchi, écouté mon désir. Landry me relève et m'embrasse férocement.

— Bébé, je vais te donner autant de plaisir.

Il me plaque contre la paroi de la douche. Je le laisse me guider. Sa bouche est de plus en plus féroce. Ses mains agrippent mes seins. De longues caresses, intenses, il me dévore, me lèche, m'embrasse. Je suis transportée. Il me finit par prendre une de mes jambes et l'entoure autour de sa taille. Son sexe frôle mon intimité. Il me veut. Je suis prête à l'accueillir, dévorée d'excitation.

— Bébé, nous devons régler un problème une bonne fois pour toutes.

Mes yeux s'écarquillent : quel problème ?

— Est-ce que tu prends la pilule ?

— La pilule ?

De quoi parle-t-il ? Il répète, très sérieux. Je reste bête. La pilule ? Oui, je la prends. Je vais lui passer les détails de mes cycles irréguliers et du pourquoi du comment.

— Bébé, je suis archi clean. Je ne baise jamais sans préservatif. Je peux te faire un test dans l'heure, si tu veux. Laisse-moi te prendre vraiment. Je veux te sentir complètement.

— Oui, entièrement, lui susurré-je comme si j'avais longuement réfléchi avec ce que je viens de lui faire.

Il me soulève et me pénètre. Mon souffle se coupe. La sensation est différente. Il m'emplit plus profondément. Il me faut quelques instants pour m'habituer à lui. Il attend, ses yeux accrochés aux miens. J'expire plusieurs fois et finis par lui prendre les lèvres sauvagement, lui donnant le signal de poursuivre. Il entame un va-et-vient torride, de plus en plus fort. Violent et mélangé de plaisir. Chaque mouvement me propulse plus loin. Il s'enfonce jusqu'au fond de mon intimité, déclenchant des sensations inconnues. Ses balancements, ses mugissements, son corps collé au mien, je ne résiste pas. Une vague orgasmique intense déferle en moi.

— Landry, Landry, oui, je te veux.

L'effervescence envahit ma tête. Le plaisir me submerge, je jouis et enfonce mes ongles dans la peau de ses épaules. Il continue inexorablement, se tend et me rejoint. C'est bon, tellement bon. Nos souffles se répondent. Landry repose mes jambes. J'ai du mal à tenir debout. Il m'embrasse de nouveau, tendrement.

— Bébé, c'était…
— Magique, lui soufflé-je.
— Oui, magique.

8

Nous quittons notre chambre d'hôtel pour une balade en ville. Landry veut me faire découvrir Pornic, où il a passé ses vacances d'enfant. Nous descendons vers les rues commerçantes et flânons en bavardant joyeusement.

Il me raconte quelques anecdotes croustillantes, des bêtises qu'il a faites avec ses cousins. Sa grand-mère maternelle possédait une grande maison de famille. Pour lui, elle était synonyme de bonheur. La façon dont il me parle d'elle, je sens de l'émotion, du respect et un amour profond. Elle est décédée il y a trois ans. Je comprends que la douleur soit vive. Il a continué à venir différemment, car cette ville l'apaise.

— Andréa, c'est son prénom. Tu voulais savoir pour le bateau, me confie-t-il.

Nous déambulons. Il n'a pas pris ma main ni touché mon épaule quand nous sommes sortis pour traverser. Je ne sais pas si je dois le faire. Intime ? Un geste de couple ? En l'écoutant, je m'interroge : est-ce que nous en sommes un ? Est-ce que nous sortons ensemble ? Landry est-il devenu mon petit ami ?

Je n'ai pas de réponse. J'ai un doute sur cette question. Landry est un séducteur. Je suis une de plus sur la longue liste. Les images de lui embrassant la bimbo de la discothèque me reviennent en tête. Qu'est-ce qu'il peut bien me trouver ? Est-ce le fait qu'il soit le premier ?

— Tu m'écoutes ?

— Oui, non, excuse-moi, j'étais dans mes pensées.

— Elles sont bizarres, elles t'ont fait perdre ton joli sourire.

— Je réfléchissais, et t'écoutais en même temps. Landry, tu ne sais pas qu'une fille peut faire deux choses à la fois ?

— Une femme, Yaëlle.

Ces paroles m'interpellent : une femme. Ce n'est pas anodin. Dans ses bras, je le suis devenue. Je lui souris et badine avec lui.

Nous arrivons rue des Sables. Landry est hélé par un homme habillé comme un marin pêcheur. Bonnet de laine rouge sur la tête, marinière, jean et bottes jaunes : la belle panoplie. Arnaud, un copain d'enfance, très étonné de le voir. Landry me présente comme une amie. Son copain ne peut s'empêcher de faire une réflexion limite lourde sur le fait qu'il comprenne mieux pourquoi il ne s'est pas vanté de sa venue. Je ne suis pas à l'aise, Landry non plus. Je déteste ce genre de situation. Je reste en retrait en espérant être transparente. Je le salue d'une petite voix, un peu impressionnée par ce grand gaillard et par le fait qu'il soit obligé de me révéler.

Arnaud tient un bar à huîtres et à vin dans cette rue commerçante. Il nous invite à prendre un verre et à déguster des coquillages fraîchement ramassés.

— Installez-vous. Je vais vous faire découvrir un blanc, délicieux, vous allez m'en dire des nouvelles.

— Comment s'est terminée ta saison ? demande Landry.

— J'ai fait une bonne année. L'été s'est prolongé et les touristes sont restés. Je n'ai pas encore fait mon bilan : il devrait être bon. L'idée que tu m'as soufflée m'a bien aidé.

— Quelle idée ? demandé-je.

— J'ai conseillé à Arnaud pour doper sa clientèle de revoir sa terrasse. Elle était basique et ressemblait à toutes les autres. Avec des tables hautes et des espaces canapés, le lieu donnerait envie de s'installer après la plage pour déguster le vin, les huîtres. Une déco moderne. Je lui ai aussi conseillé de démarcher sur la plage. Des flyers, des hôtesses sympas, commande en direct à venir chercher à la boutique. L'an prochain, il te faut une appli.

— Landry, tu es plein d'idées. En tout cas, merci, mec, tu as boosté le business.

Je le regarde. Une nouvelle facette de sa personnalité ? Quoique je n'aie aucun doute sur son côté entrepreneur.

— Et toi, Yaëlle, que fais-tu dans la vie ?

— Moi ?

Pourquoi me pose-t-il cette question ? Quand je dis que je n'aime pas ce genre de situation. Je déteste parler de ma petite personne.

— Oui, toi !

— Je fais les vendanges.

— Chez Landry ?

— Oui, au domaine de Bel Air.

— Tu es étudiante ?

— Non, je viens d'avoir mon bac.

— Ah oui ! Je te croyais plus âgée.

Ses questions me gênent. Notre écart d'âge, pour l'instant, ne m'avait pas posé question : huit ans nous séparent.

— Mec, tu les prends de plus en plus jeunes, répond Arnaud avec un sourire.

Landry se rembrunit ; moi aussi. Quand je disais improbable.

— C'est une boutade. D'ailleurs, je ne sais pas si vous êtes ensemble. Depuis combien de temps vous connaissez-vous ?

Nouveau malaise. Landry souffle.

— Je ne suis pas venu ici pour un interrogatoire.

— OK, OK, j'arrête avec mes questions. Goûtez-moi cela, c'est divin.

Il pose sur la table, une assiette d'huîtres et nous sert deux verres de vin blanc. Je n'en ai jamais mangé et me demande comment je vais passer cette épreuve. Visqueux, gluant, vert, je sens mon estomac se nouer. Landry a dû remarquer que j'ai blanchi.

— Première fois ?

— Oui, je réponds d'une petite voix.

— C'est très bon, tu sais. L'aspect n'est pas des plus appétissants, pourtant, les huîtres ont un goût frais, iodé, inégal en bouche. En plus, c'est aphrodisiaque, finit-il avec un sourire charmeur.

— OK, je vais essayer.

— Vous n'aimez pas ? nous demande Arnaud.

— Si, si.

— Ce vin est intéressant, il est plein, charpenté, lance Landry en dégustant.

Comment font-ils pour manger un truc pareil ? Je prends une petite (c'est sûrement moins difficile), attrape le citron, mets quelques gouttes dessus et drame : l'huître a bougé.

— Elle est vivante ? lancé-je, les yeux exorbités.

Les deux garçons me regardent, médusés. À mon avis, je viens de dire une énormité. Ils éclatent de rire. Je me joins à eux.

— Celle-là, on ne me l'avait jamais faite. Bien sûr qu'elle est vivante. Elle est fraîche, tout juste cueillie de la mer, un produit de la nature. Regarde, tu coupes le petit nerf, ici. Avec ta coquille, tu la gobes et tu laisses toutes les saveurs emplir ta bouche. C'est divin.

— Je ne pensais pas qu'une huître pouvait provoquer autant d'émotions, lui réponds-je avec mon air mutin.

Je me lance et goûte ce fameux coquillage. C'est spécial en bouche : iodé, frais et mou. Je tousse et prends vite un peu de vin pour faire passer ce monstre.

Nouvel éclat de rire.

— Tu n'avais jamais mangé d'huîtres ? me demande Arnaud.

— Non, c'est bon.

— Tu viens de quelle planète ?

— Loin, très loin, lui réponds-je, visage fermé.

J'ai l'impression que me confronter à la vraie vie avec Landry est compliqué. Pas de situation professionnelle, pas réalisé la moitié des choses des jeunes ordinaires. Découverte de tout. Oui, je viens de quelle planète ? Est-ce que je ne me suis pas laissé enfermer et est-ce que je n'ai pas accepté cette situation, car c'était plus simple que d'aller de l'avant ?

En tout cas, nos univers se percutent et ne se ressemblent pas.

La dégustation se poursuit. La conversation entre les deux hommes va bon train. Arnaud est un mec charmant, joyeux : il aime le taquiner. Les deux se lancent des réparties. Je ris à leurs récits mêlés de souvenirs d'enfance où les versions divergent. Landry est heureux, détendu. Je me sens bien.

— Les autres ne vont pas tarder, vous restez ?

— Je ne sais pas Arnaud. Nous avions prévu de faire un resto sympa.

— Ça serait dommage, nous ne te voyons plus ; au moins l'apéro. Allez, ça ferait plaisir à tout le monde.

Landry me regarde, hésitant. Est-ce le fait de justifier ma présence, d'expliquer qui je suis ?

— Tu en penses quoi, ça te dérange ? Je te préviens, ça fait pas mal d'individus dans son genre à supporter.

— Plusieurs énergumènes ? Ça va être compliqué, réponds-je du tac au tac.

Leurs visages se figent. Je laisse passer un silence. C'est trop bon de les voir un peu bêtes.

— Je plaisante. Détendez-vous. Landry, ça me va. Tu ne les as pas vus depuis longtemps, je comprends.

— Merci, Yaëlle, répond-il en se penchant vers moi et en me volant un baiser.

Ne pas avoir vu des gens qu'on aime depuis longtemps ? Une sensation inconnue pour moi. Gérer les amis de Landry, sans être ridicule ? Idem, être forte, me la jouer cool, pour lui… pour mon homme, me vient aux lèvres. Un peu prématuré, non ?

Une demi-heure plus tard déboulent cinq autres gaillards dans ce petit bar, ravis de le retrouver. Ils se prennent dans les bras, se tapent dans le dos. Landry fait les présentations, en employant de nouveau le terme « amie » qui me plaît à moitié. Je souris, bien que mal à l'aise. Deux filles arrivent à leur tour pour compléter cette bande de copains. Une brune et une blonde. La fille blonde est très jolie, fine, de grands yeux bleus, habillée à la mode. Il émane d'elle beaucoup d'assurance. Quand elle aperçoit Landry, ses yeux la trahissent. Je devine qu'elle a fait partie de la liste. Elle l'embrasse trop longuement, le touche un peu trop à mon goût. Elle soutient son regard. Je vois bien son visage se rembrunir quand elle comprend mon rôle. Son bonjour est glacial et, bien vite, elle m'ignore pour ne s'adresser qu'à lui.

Elle s'appelle Natacha. Je comprends qu'une « vieille » histoire les lie.

Complètement fou, mon ventre s'est serré. J'ai un sentiment bizarre. De la jalousie ?

Landry est dans son élément, heureux au milieu de ses amis. Il me laisse pour s'approcher du bar. Je reste avec la fille brune, Clara, et Natacha.

— Vous êtes ensemble avec Landry ? me demande Natacha.

Quoi répondre ? Oui, non. Je ne sais pas si coucher ensemble, passer un week-end à deux, cela compte pour le dire. Je n'aime pas cette fille qui me toise et me juge. Et pour qui pour quoi, je me sens pousser des ailes pour la remettre à sa place. C'est nouveau. Alors je joue sur les mots et reste floue.

— En quelque sorte, lui dis-je en essayant de sourire, façon fille sûre d'elle.

— Ah. Depuis combien de temps vous connaissez-vous ?

Sous-entendu, vu le ton qu'elle emploie : « Est-ce qu'il t'a pécho hier soir dans une boîte de la région ? »

Tout dépend. Si nous tenons compte du fait que nous avons grandi dans la même commune sans vraiment nous rencontrer ou si nous tenons compte du fait qu'il se rende compte que j'existe. C'est une autre histoire. Je ne vais pas lui faire ce plaisir.

— Oui, depuis longtemps.
— Il ne m'a jamais parlé de toi.

Un coup bas.

— De toi non plus.

Elle n'aime pas la réponse que je lui viens de lui balancer avec mon sourire de façade. Ses yeux lancent des éclairs. Je sens monter la tension.

— Je vais me chercher un verre. Clara, tu veux quoi, un Quincy ?

Je reste seule avec Clara. Elle a senti le malaise.

— Ils sont sortis ensemble un moment. Natacha était attachée. Ils ont passé beaucoup d'étés tous les deux. Elle était très amoureuse. Maintenant, Landry n'avait pas les mêmes sentiments… Enfin, tu sais comment il est. En tout cas, je l'espère pour toi.

— Oui, je sais à qui j'ai affaire.

— Dans ce cas, si tu sais… Elle va se détendre. Elle n'aime pas voir d'autres filles dans ses bras. Elle n'est pas complètement guérie.

En me tournant vers le bar, je découvre Natacha se lovant contre Landry. Mon sang se met à bouillonner. Pour qui se prend-elle ? Je n'ai pas envie de faire de scène. Je n'apprécie pas. En plus, il lui sourit et rit aux mots qu'elle lui murmure à l'oreille. Il me prend pour une conne. Je n'ai qu'une envie : partir. Je me dirige vers les toilettes pour me rafraîchir et voir si je peux m'éclipser discrètement. Fuir ? Ma grande spécialité. Je m'enferme et essaie de contrôler le tremblement de mes mains. Je souffle pour garder mon sang froid. Il ne va quand même pas se la taper devant moi ? Elle joue et veut que je réagisse mal. Elle n'aura pas ce plaisir. Je me passe un peu d'eau sur le visage. L'alcool m'a donné des couleurs. Je ne dois pas boire d'autres verres, sinon, j'ai peur de perdre le contrôle et ma patience.

En sortant, le regard de Landry m'accroche. Natacha est toujours à ses côtés. Il ne l'écoute plus, ne la regarde plus. Il me mate. Je lui rends son regard, pas de sourire, seulement le soutenir, sans ciller. Il vient me rejoindre, me prend la main et se penche vers moi.

— Nous y allons, Bébé.

— Comme tu veux, Landry. Ta copine, elle vient avec nous pour un plan à trois ou elle te lâche ? ne puis-je m'empêcher de lui demander.

— Yaëlle, me répond-il au creux de l'oreille, je ne crois pas que nous ayons besoin d'elle.

Et il m'embrasse fougueusement, là, au milieu de ce bar, salue ses amis et la tête déconfite de Natacha.

Nous sortons pour dîner en tête à tête : une crêperie toute simple où la cuisine est faite maison avec des produits locaux et de saison. Les galettes sont délicieuses et notre conversation se poursuit tranquillement.

— Yaëlle, je peux te demander un truc ?

Il hésite un peu.

— Tu es jalouse de Natacha ?

— De Nata qui ?

— Arrête, Natacha.

— Non. Je n'ai pas aimé qu'elle se colle à toi. J'ai compris que vous aviez été ensemble. Enfin, il suffit de voir comment elle te regarde pour le comprendre. Quand tu seras avec une autre, je ne viendrai pas te coller.

Son expression est indéchiffrable. Je n'ai pas dit « si », mais « quand ». Est-ce une évidence pour moi ? Je crois que oui. Je pense être une passade pour Landry, plus qu'une fille « définitive ».

— OK, c'est clair. Je n'ai pas aimé non plus. Je ne te voyais plus. J'ai cru que tu étais partie.

Je ne réponds rien. J'ai l'impression qu'il lit en moi comme dans un livre ouvert. Oui, je voulais partir. L'option toilette ? Uniquement parce que j'ai pris sur moi.

Après le repas, il me propose de remonter par le sentier côtier. Il fait nuit. Le chemin est légèrement éclairé. Le spectacle est beau. La lune se reflète sur l'océan, le ciel est dégagé et les étoiles brillent.

— Viens, me dit-il en nous dirigeant vers la plage.

Je manque de trébucher sur un rocher. Landry me retient et en profite pour m'embrasser. C'est bon, tout simple, mais bon. Il me prend la main pour me guider. Nous nous asseyons sur le sable, le bruit des vagues pour seul écho. La mer calme, Landry qui me love, le paradis. Je frissonne.

— Tu as froid ? me demande-t-il.
— Non, je n'ai pas froid.
— Tu frissonnes.
— C'est à cause de toi.
— Et qu'est-ce que je dois en déduire ? Je m'éloigne ou, au contraire…

Dans la pénombre, je distingue mal ses yeux, mais je sais, je sens qu'il me fixe intensément.

— Au contraire.

Je me blottis contre lui et lui frôle les lèvres d'un petit baiser. Landry prend ma nuque, attire mon visage pour un baiser profond, ténébreux, sensuel qui me fait perdre la tête. Intense. Ses lèvres, sa langue se mêlent aux miennes. À cet instant, je ne veux que sa bouche. Mes mains sont posées sur son visage comme s'il m'avait manqué. Je ne veux que ce moment, rien d'autre, lui, lui, lui. Ce n'est pas le désir qui nous guide. La sensation n'est pas la même que cet après-midi. Plus fort. J'ai du mal à le définir.

Ce baiser dure une éternité. Quand, enfin, nous calmons notre ardeur, je suis complètement désorientée. Un sourire idiot sur mon visage. Je crois, même que je pourrais lui dire des mots d'amour du type « je tiens à toi », un « je t'... ». Non. Je suis novice. L'amour, les coups de foudre, les princes charmants, cela n'existe que dans l'imaginaire des petites filles.

Nous retournons à l'hôtel. Je suis secouée. En plus, il pose son bras sur mon épaule. Ce geste, anodin pour beaucoup de couples, me trouble complètement.

Notre nuit est magique. Ses baisers, sa peau suave, nos mains qui se joignent, ses caresses, son corps lourd contre le mien, nos prénoms murmurés. Tous ces ingrédients savamment dosés bouleversent mon être, mon cœur. Cette nuit, je suis devenue différente. Jamais je n'aurais pensé qu'un autre pouvait vous être si complémentaire, si révélateur. Je me suis effondrée dans ses bras. J'ai dû soupirer son prénom et me suis laissé aller au sommeil avec une sensation de plénitude.

Est-ce que Landry m'a fait l'amour ?

Je me réveille, seule, dans ce grand lit. Les draps sont défaits à côté de moi. Je passe la main. Froid. OK, il est levé depuis longtemps. Je n'ai aucune notion de l'heure. Je lève la tête et vois une table de petit-déjeuner. J'apprécie l'attention. J'ai une faim de loup. Je passe à la douche, enfile un peignoir et vais m'attabler.

La porte de la chambre s'ouvre sur un Landry en tenue de sport qui le met particulièrement en valeur : un T-shirt noir moulant ses pectoraux et ses abdos, son visage et ses cheveux en sueur lui donnent un côté sauvage. Je m'en mords la lèvre de plaisir, puis lui souris timidement. Je ne sais pas comment réagir vis-à-vis de notre nuit. Il s'avance vers moi, comme un prédateur, lentement, son sourire charmeur au coin des lèvres. J'ai chaud d'un coup. Mes joues rosissent.

— Salut, ma belle, bien dormi ? me demande-t-il d'une voix sensuelle.

— Hum, hum, lui réponds-je avec un air faussement blasé.

— Tu sais que tu parles dans ton sommeil, Bébé, lance-t-il d'un air malicieux.

— Tu es sûr ? Tu n'as pas entendu des voix ?

Landry sourit.

— Non, Bébé, je peux t'assurer que c'était audible et c'était toi qui parlais.

— Hum, hum.

— Tu ne me demandes pas ce que j'ai entendu ?

— Non.

Je garde mon air blasé. Je flippe carrément de ce que j'ai pu lui dire vu l'état dans lequel il m'a mis. J'espère que je ne lui ai pas dit de niaiseries, type mots d'amour. Landry remarque que je me rembrunis.

— Quoi ? Tu as peur de ce que tu marmonnais ? Ne t'inquiète pas, ça n'avait pas de sens. Je vais me doucher et je te rejoins.

Mince, ce qu'il vient de me dire ne me rassure pas. Je ne parle pas dans mon sommeil : des cauchemars qui me réveillent, oui, mais pas ça. Dites-moi que je ne lui ai pas dit « je t'aime », pourvu que non.

Landry revient avec un jean brut, ajusté, et rien d'autre. Il s'installe, me dit qu'il a une faim de loup et continue de me mater en coin avec un air espiègle. Je n'ai plus faim, enfin, plus de nourriture.

— Tu ne manges pas ? me demande-t-il en levant un œil sur moi.

— Non, j'ai grignoté en t'attendant.

— Yaëlle, pourquoi me regardes-tu de cette façon. J'ai l'impression d'être ton petit-déjeuner.
— Tu es torse nu. Déroutant pour prendre le petit-déjeuner.
— Je te trouble, Yaëlle ?

Cette façon de prononcer mon prénom, de me chercher, de mine de rien arriver à moitié à poil au petit-déjeuner, il croit que je vais rester sans bouger ? Je me rapproche de lui. Mon sourire a disparu de mon visage pour laisser place à une expression sans équivoque. Les pupilles de Landry se dilatent. Je me colle à lui, peignoir entre ouvert. Landry souffle et passe sa main sous mon seul vêtement. Sa paume est douce, chaude. Je pousse sa tasse et monte à califourchon sur ses cuisses. Landry retire ma ceinture et découvre ma nudité.

— Tu es nue au petit-déjeuner, c'est assez déroutant, dit-il d'une petite voix pour m'imiter.
— Landry, laisse-moi faire.

Il me répond non de la tête et se penche pour dévorer un de mes tétons. Il passe de l'un à l'autre. Ma poitrine se durcit. Divin, mais je veux mener la danse. Je me redresse et l'attire vers le lit. Il me suit, veut prendre mes lèvres. Je me dérobe, en faisant non de la tête.

— Allonge-toi, Landry.

Il hésite. Alors, je lui prends sa bouche férocement comme lui me le fait. Je déboutonne son jean, plaque mes mains contre son torse et le pousse vers le lit. Il tombe à la renverse. Je lui enlève son jean, son boxer. J'ai envie de lui, vite. Je remonte avec ma langue à l'intérieur de ses cuisses. C'est dingue l'effet que cela lui fait. Il lâche, un « putain, c'est bon ». Des petits ronds du bout de ma langue, en remontant dangereusement. Je lèche ses testicules, son sexe. Landry gémit : « Yaëlle ». Je continue : ses abdos, sa poitrine, ses tétons et sa bouche. Je suis à califourchon sur lui. Mon sexe collé contre le sien. Je le sens qui crépite. Je prends ses mains pour qu'il les pose sur mes seins. Il gémit de nouveau. Je me frotte contre lui doucement pour augmenter mon excitation. Mon souffle est court. Je le dirige et m'empale sur son sexe dur. Landry pousse un cri. Cette façon de m'emplir me fait pousser de petits râles sensuels. Je rive mon regard sur le sien. Il aime. Je le vois à ses yeux, à la sueur qui perle sur son front. Je soulève mes fesses et me lance dans un mouvement de chevauchement torride. J'adore cette impression de le dominer, de contrôler la situation. Landry m'agrippe les hanches et donne plus de rythme à mon mouvement. Je gémis. Mon souffle s'emballe. Ma tête tombe en arrière en le sentant au plus profond de moi. J'accélère pour le rendre fou et sens qu'il est sur le point de craquer.

— Non, Bébé, je ne jouirai pas sans toi.

Il m'empoigne et je me retrouve sous lui. Il prend les rênes. Plus violent, plus fort, sans appel. Deux mouvements de Landry, mon corps se cambre, se consume. Je m'envole vers une myriade de plaisirs. Je crie son prénom. Sa réponse ? Un mugissement viril. Mon corps est pris de soubresauts, secoué par l'intensité de nos ébats.

— Putain, Bébé, c'est tellement…

Sa phrase reste en suspens. Il m'embrasse sauvagement.

— J'ai du mal à croire que tu n'as pas eu d'autres mecs. Tu m'as donné ta première fois, mais tu es si experte.

Je le regarde, déroutée. Non, je n'ai pas eu d'autres mecs. Il vient de me vexer et le voit.

— Yaëlle, il n'y avait rien de méchant dans ce que je t'ai dit. J'ai un peu d'expérience, et pour une débutante, tu es divine.

— Ton corps.

— Quoi, mon corps ? me demande-t-il en se redressant sur ses avant-bras.

— J'écoute ton corps et le mien, c'est tout.

Je me lève et vais me doucher. Mince, il a gâché ce moment et m'a vexée. En mode susceptible, je ferme à clé la porte de la salle de bains pour être seule. Je prends mon temps. Quand je ressors, Landry est pendu au téléphone.

— Oui, oui, OK, j'y serai. Quatorze heures, j'ai compris, à tout à l'heure, Clovis. Non… Je t'expliquerai.

Il me regarde, passe la main dans ses cheveux et m'annonce qu'il doit écourter notre week-end.

— Il faudrait que nous partions d'ici une demi-heure. Je me change ; si tu pouvais préparer tes affaires.

— Je serai prête, lui dis-je d'un ton las.

Quand Landry s'enferme à son tour dans la salle de bains, une vague de tristesse m'envahit. J'ai un mauvais pressentiment.

Le retour en voiture est quelconque. Landry roule vite. Notre conversation tourne autour de quelques banalités. J'essaie de mettre de côté ma susceptibilité pour avoir l'air de la fille qui gère, mais sa phrase repasse sans cesse dans ma tête. Je l'interroge sur l'urgence au domaine. Il reste évasif, un rendez-vous à préparer avec un client important.

Landry ne parle pas de notre week-end : aucune remarque, aucune allusion. Le sujet est peut-être clos pour lui. Je ne reviens pas dessus. Mince ! Comment fait-on dans pareilles circonstances : « Oui, chéri c'était super, tu as aimé, on se revoit quand ? » C'est sûr, ce n'est pas expliqué dans les livres. J'ai l'impression que me taire est la meilleure solution. Il me dépose à l'entrée de mon chemin, où nous nous étions retrouvés. Il me donne un petit baiser, descend mon sac et me lance un « à lundi », pas très convaincant. Ma réponse n'est pas plus éloquente :

— À lundi, Landry.

Quand sa voiture disparaît, je ne me sens pas bien, même triste. J'ai l'impression d'avoir loupé un événement. Après, il est peut-être tracassé par ce client pour retourner au domaine aussi vite, et puis il n'a peut-être pas aimé que je m'enferme dans la salle de bains. Il venait de m'offrir un week-end magique. Demain, je lui dirai. Quoi, d'ailleurs ? Je ne vais pas m'excuser, plus lui demander si mon attitude l'a chiffonné. Je pourrais lui envoyer un texto. J'hésite. Ça m'énerve. J'ai l'impression d'être une idiote : dois faire, ne pas faire ? Landry est si imprévisible. Je m'abstiens, je gérai demain.

9

J'arrive au domaine tôt. J'ai mal dormi. J'étais réveillée par des angoisses. J'ai beaucoup regardé mon téléphone. Il est resté muet. Pas un texto. Vu le nombre de SMS que j'ai reçu avant notre week-end, j'ai une sacrée boule au ventre. Je suis même sortie en pleine nuit dans ma cour pour vérifier le réseau 4G. Aucun souci de ce côté-là. J'aimerais le voir avant l'embauche. Il n'est pas à l'appel ce lundi matin. Je file rejoindre mon poste et attaque ma semaine. Les heures passent, toujours pas de Landry. Je consulte de plus en plus nerveusement mon smartphone.

Rester calme… Je n'y arrive pas. J'ai une sensation d'abandon et de m'être fait avoir. J'ai beau me raisonner, elle ne part pas.

Anna me rejoint en milieu de matinée et attaque le rang à côté du mien. Elle a une mine superbe, rayonnante, avec un sourire jusqu'aux oreilles :

— Coucou, ma belle. Comment vas-tu ?

— Tu as l'air de super humeur, je suppose que ton week-end a été bon ?

— Tu ne peux pas imaginer.

Je l'imagine très bien.

— Je l'ai passé avec Clovis. Un super moment. Enfin, je te passe les détails. Ce mec est trop bien. Il a été romantique comme tout, il m'a traitée comme une princesse : super resto, petit bar qui va bien…

— Et ?

— Et, j'ai passé la nuit avec lui.

Son téléphone bipe. Anna se précipite sur l'écran. Ses yeux s'illuminent à la lecture du message qu'elle vient de recevoir.

— Clovis, j'imagine ?

— Oui. Il me dit que je l'ai fait rêver ce week-end, que je lui manque et qu'il veut me voir ce soir. Je n'arrive pas à croire ce qui m'arrive, je suis trop heureuse.

— Je suis contente pour toi, c'est cool.

— Merci, Yaëlle. C'est grâce à toi. Si tu ne m'avais pas dit de m'accrocher, je n'aurais pas insisté.

— Anna, non, enfin, c'est toi et lui. Vous allez bien ensemble. J'espère que c'est une belle histoire qui commence.

— Je ne te demande même pas ce que tu as fait ce week-end. Regarde-moi, tu as une petite mine ; mal dormi ?

— Oui, ça m'arrive de faire des insomnies, l'angoisse du lundi matin.

— Et ce week-end ?

— Rien de spécial.

— Ça va ? Tu es sûre ? Et les vêtements que je t'ai prêtés ?

— T'inquiète. Pour tes fringues, je vais te les rendre, lui réponds-je sans commentaire supplémentaire.

Je ne peux pas lui raconter. Je ne trouve pas les mots, et puis je ne vais pas gâcher son beau moment avec ma petite histoire de sauterie. Le récit de son week-end m'a désarçonnée : « comme une princesse, il m'a fait rêver… » Clovis, lui, a trouvé le temps d'envoyer un texto, pas son frère. Je ne sais pas comment je pourrais lui dire, surtout avec le nœud au ventre qui vient de doubler. Anna continue en monologue. Elle est accro. J'espère que Clovis est un mec bien, sinon, je vais la ramasser à la petite cuillère.

— Regarde, Landry et Clovis avec le futur client.

— Qu'est-ce que tu racontes ?

— Il avait omis de me dire qu'elle était canon. Bon, c'est plus pour Landry.

Je regarde dans la direction qu'elle m'indique et vois Clovis, Landry et une femme qui entrent dans les vignes. Ils sont trop loin pour saisir leur conversation. Landry fait des gestes en pleine explication. Il a un grand sourire sur son visage. Mon ventre se serre.

— Tu sais qui c'est ?

— La représentante d'une chaîne de caves à vin, Laetitia Fromanger. A priori, elle est connue dans le milieu. Il a dû me quitter plus tôt dimanche, il devait préparer le rendez-vous avec son frère. Il m'a expliqué qu'il négociait un gros contrat qui leur permettrait de référencer leur vin dans toute la France plus quelques points de vente à l'étranger, en Asie, si j'ai bien compris. Elle décide qui est diffusé dans sa chaîne et c'est elle qu'ils doivent convaincre.

— Ah oui, ça a l'air important.

— D'après Clovis, c'est presque gagné. Landry connaît très bien cette fille, si tu vois ce que je veux dire. Il était très content de la revoir.

Ses mots m'assomment : « Connait très bien, ravi de la revoir. » Je garde contenance. Cela va me couler dessus, cela doit me couler dessus. Au lieu de me protéger, je sors la pire question que je puisse poser qui va me faire mal, mais je ne peux pas m'en empêcher.

— OK, je vois le genre. Une fille de la longue liste des prétendantes de Landry ?

— D'après Clovis, c'était plus sérieux.

Sa réponse m'achève. Une douleur vive m'envahit. Non, il n'a pas pu. Des larmes montent. Je ne veux pas qu'Anna me voie, alors je me penche bien vite vers les ceps et continue comme si tout allait bien, comme si tout était normal. Elle fait un signe à Clovis. J'expire et fige mon visage.

— Ils viennent vers nous, lance-t-elle sur un ton enjoué.

Clovis la prend rapidement dans ses bras et l'embrasse. Landry, accompagné de sa pouffe, passe dans le rang à côté de moi, en rigolant des remarques de cette fille que je déteste déjà. Elle glousse et prononce son prénom avec des « oh » qui m'horrifient. Je me mords un doigt et ferme les yeux pour entrer dans ma bulle qui est censée me protéger. Il s'est foutu de moi. J'ai plongé.

La journée est interminable. Je n'ai rien avalé au déjeuner, prétexté une petite forme à Anna, un coup de froid, et continué comme un automate.

Je ne m'attarde pas sur le parking, en fin de journée. Je veux m'enfuir loin des vignes. Qu'est-ce que je lui ai dit ce week-end ? « Quand tu seras avec une autre, je ne viendrai pas te coller. » Je ne pensais pas que ma réflexion serait mise en application dès le lendemain. Je ne lui laisse même pas le bénéfice du doute. J'ai compris. Il s'est amusé, a joué avec moi. J'ai foncé tête baissée.

En quittant le domaine, Landry me double en voiture avec cette fille à ses côtés. Nouveau coup de poignard au ventre, il ne peut pas ne pas m'avoir vue. Je pédale comme une folle pour rentrer chez moi, vite, trop vite. Je grille la priorité. Personne. Je n'ai pas réfléchi. Je crois même que si le choc avait eu lieu… Non ! Pas pour lui. Arrivée, je me précipite dans le cagibi qui nous sert de salle de bains. Je me sens sale, humiliée. Il a souillé chaque centimètre carré de mon corps. Je me frotte comme une malade, arrache mes vêtements pour me nettoyer partout. Insupportable. Je frotte de plus en plus fort. Ma peau rougit et commence à me faire souffrir. Je continue. Je ne veux plus sentir ses mains, son odeur sur mon épiderme. J'ai envie de crier, pleurer, mais rien ne sort. Je continue. Ma peau est éraflée sur mes bras. Je saigne et me stoppe enfin. Un sentiment de dégoût, de culpabilité vient de prendre possession de moi.

Je craque complètement et tombe au fond de ma douche. Je reste assise sous le jet d'eau. Mes larmes coulent. Dévastée, l'épreuve de trop. Comment ai-je pu être aussi naïve ? Comment ai-je pu arrêter de réfléchir ? Sortir, coucher avec Landry De La Motte. Il s'est moqué de moi et doit bien se marrer, maintenant. Je pleure de plus belle.

Je sors de la salle de bains pour rejoindre ma chambre. Ma mère est sur le canapé, affalée, endormie, sa dose d'alcool ingérée. Voilà ma vraie vie, ma réalité. Je suis vidée, je n'ai plus d'énergie. Je monte me coucher.

Des cauchemars m'ont hantée toute la nuit. Landry me montrant du doigt : « Tu croyais quoi, que j'avais du respect pour toi, que j'allais t'aimer ? Regarde-toi, tu es une pauvre fille. » Je me suis réveillée en sueur avec des difficultés pour respirer et suis retournée à la douche pour frotter de nouveau fort, très fort. Mon réveil a sonné. J'étais déjà assise sur mon lit, bien incapable de savoir si j'avais dormi. Dans le vide, usée et profondément triste. Mon téléphone a bipé, cette nuit. Je n'ai pas osé le regarder. J'avais peur d'avoir un message de lui. Même là, je me sens idiote de penser qu'il allait m'envoyer une explication, des excuses. Il est avec sa nouvelle conquête et se fiche éperdument de ma petite personne. Je lis rapidement : deux textos d'Anna et un de Steve.

Je ne sais plus ce que je dois faire. Je ne veux plus aller au domaine.

J'entends du vacarme dans la cuisine. Ma mère est sûrement tombée. Je descends et la trouve affalée de tout son long. Pitoyable. J'essaie de la relever. Elle me repousse, hurle de ne pas la toucher. Je l'agrippe et la traîne vers sa chambre. Elle m'insulte une nouvelle fois, dit que je ne suis rien pour elle, et son refrain, malheureusement, je le connais par cœur. Ses propos ne m'atteignent plus. Trop souvent entendus, je suis complètement blasée. Je la hisse sur son lit, elle essaie de se débattre. J'ai plus de force qu'elle et l'oblige à rester en place. Elle finit par se calmer.

Je sors comme un zombie. Je repense à la nuit que je viens de passer. Je n'ai plus de larmes et ne suis pas sûre que Landry les mérite. Il doit se régaler : se taper une vierge et la jeter. Bravo, Landry, bravo, tu es très fort pour blesser les autres.

Une évidence : je dois aller bosser. Ici, c'est pire. Je pourrais partir, me barrer. Sans pognon, je sais déjà ce que cela va donner. Et même si je la déteste, je ne veux pas la laisser. Elle serait capable de ne pas de se réveiller. J'ai promis à mon père.

Avant sa mort, je suis partie après une altercation violente avec elle. Deux mois à la rue. Ce souvenir me donne un frisson. Je m'étais juré que cela ne recommencerait plus : prendre le courage qui me reste, ma dignité pour affronter cette journée et toutes les autres. En m'habillant, je constate les dégâts. J'ai des écorchures plein les bras, le ventre et les cuisses. Douloureux. Des larmes reviennent, des larmes de colère contre moi. Je m'étais interdit de récidiver…

Arrivée au domaine, la voiture de Laetitia est garée devant chez Landry. Nouveau coup de poing au ventre. J'avance et essaie d'effacer cette émotion de mon visage. Je retrouve Anna sur le parking, qui s'étonne de ma tête.

— Ça ne va pas fort ?
— J'ai connu mieux.
— Je t'ai envoyé des messages, tu ne réponds pas ?
— J'ai dormi, je ne les ai pas vus. Excuse-moi, j'avais l'esprit ailleurs.
— Il faudrait que tu voies un médecin.
— C'est un coup de froid.

Je file vers mon rang et croise Steve. Mince, il m'a envoyé un texto, lui aussi.

— Salut, Steve. Désolée, j'ai aperçu ton texto. J'étais couchée, petite forme.
— T'inquiète. C'est vrai que tu as une petite mine. Tu ne l'as pas lu ?

Je prends mon téléphone pour le consulter. Steve retient mon geste et touche mon bras. Sous sa pression, je grimace de douleur. La manche de mon T-shirt se relève un peu. Steve aperçoit les marques.

— Qu'est-ce que c'est ?
— Rien, une écorchure.
— Arrête, c'est à vif. On dirait que ta peau est râpée.
— Non.
— Montre-moi.

Je monte le ton.

— Non, Steve.
— Ne fais pas l'enfant, montre-moi, si ce n'est rien. Ça ne devrait pas te poser de problème.
— Steve, arrête !

Il me regarde longuement et a un air triste.

— Je ne sais pas ce qui se passe. Il y a un truc qui ne colle pas. Hier, je t'ai regardé travailler. Tu avais l'air effondrée. Tu n'as peut-être pas envie d'en parler. Je suis là, si tu veux. J'espère que ce n'est pas l'autre playboy qui t'a fait du mal.

Je ne réponds rien, file mon chemin. Joseph m'a déjà rappelée à l'ordre. Je ne suis pas dans l'équipe d'Anna, ce matin ; tant mieux, car je crois que je n'arriverai pas à supporter son regard et ses soupçons. J'enchaîne les gestes comme un robot, essaie de ne pas réfléchir : faire ce que l'on me dit et fermer mon esprit. Je me répète en boucle cette phrase pour tenir.

Joseph nous dirige vers une autre parcelle. Il fulmine, car il a oublié son talkie où nous avons démarré ce matin. L'aller-retour va lui faire perdre du temps. Je lui propose d'aller le récupérer. Cela l'arrange, et moi, marcher va me faire du bien. Je me dépêche et pars en courant.

Je le trouve en bout de rang, comme il me l'avait indiqué. Je m'apprête à repartir quand j'entends des rires derrière moi : Landry et sa nouvelle pouffe. Ils ont l'air heureux et d'avoir profité de leur nuit.

Je n'arrive pas à contrôler l'expression de mon visage. Quand Landry lève ses yeux sur moi, la fureur m'habite. Il me demande pourquoi je suis ici d'une voix normale, sans gêne ni remords. Je ne réponds rien, fais demi-tour et remonte retrouver mon équipe.

Je l'entends dire :

— Laetitia, excuse-moi, un détail à régler.

Un détail ? La colère pulse. Il m'appelle. J'accélère mon pas. Il me rattrape et me prend par le bras. Je pousse un petit cri de douleur. Je ne veux pas l'observer, non, jamais. Il prononce mon prénom sur un ton très dur et me force à lever les yeux sur lui. Son regard est dénué d'émotions.

— Yaëlle, je n'apprécie pas ce comportement devant une cliente importante pour le domaine.

Je rêve. Il n'apprécie pas, mais quel con ! Je vais lui dire ma façon de penser, à ce sale type. Il ne me laisse pas le temps de répondre et poursuit avec ce ton froid, hautain que je déteste :

— Écoute, notre petit week-end, c'était très bien. Je n'ai pas parlé d'une suite et encore moins promis quelque chose. Il n'y a pas de notion d'exclusivité entre nous. C'était un bon moment entre adultes consentants. Point. Je veux que les choses soient claires.

Qu'est-ce que je peux répondre ? La pauvre fille qui n'a rien compris, qui s'est donnée à lui sans expérience, sans bouclier et sans imaginer que cela pouvait faire aussi mal, n'a rien à lui rétorquer. Adultes consentants. La tristesse envahit mon visage. J'inspire, ferme les yeux, déglutis péniblement, me retourne et remonte le coteau.

Ce matin ? Pire. Quatre jours que je ne dors plus. Je n'arrête pas de me passer en boucle l'entrevue avec Landry. Sa froideur, ses mots, « pas d'exclusivité, un petit week-end, pas de promesse » et moi qui me suis donnée à lui sans retenue, moi qui lui ai permis d'être celui. J'ai des cernes, un teint de plus en plus blanc. Anna ne croit plus au coup de froid et va finir par m'emmener aux urgences. Je n'ose pas lui répondre que je sais de quoi je souffre : peine de cœur.

Je suis à côté de mes pompes. Joseph m'a reprise plusieurs fois. Dans mes pensées, moins attentive, je me blesse avec le sécateur. Aïe. Le sang se met à gicler. La blessure est profonde, alors j'entoure mon doigt dans un mouchoir en papier, persuadée que je peux tenir ainsi. Le sang continue à couler. Je grimace à chaque geste. Joseph arrive dans mon rang. Je fais mine de rien. Il est trop près et remarque tout de suite le mouchoir devenu rouge. J'ai droit à la remontée de bretelles de ma vie, que je suis complètement inconsciente, et patati, patata… qu'il espère que je suis à jour dans mes vaccins, et cela continue. Il me traîne jusqu'à son pick-up et me descend illico vers les bureaux du chai qui disposent d'une infirmerie.

Landry est au milieu du hall en pleine conversation avec Miss Pouffe. Il se retourne vers Joseph, me regarde, repasse vers Joseph et l'interpelle (lâche !) :

— Qu'est-ce qui se passe ?

— Yaëlle s'est tranché le doigt avec le sécateur. Elle pisse le sang. Elle pensait pouvoir continuer à travailler sans souci. Je n'ai pas vu s'il fallait des points.

— OK, je vais gérer. Yaëlle, viens par là.

— Non, bredouillé-je.

Joseph me reprend que je ne dois pas me faire prier, que cela frise l'inconscience. Ma tête commence à tourner. Je m'agrippe à lui.

— Yaëlle, tu vas tomber dans les vapes ? Tu es avec nous ?

— Oui, oui, Joseph, arrêtez de crier.

— Joseph, c'est bon, je vais gérer, tu peux retourner sur le vignoble.

Il repart en maugréant que j'ai un grain. Je suis Landry. Il veut me prendre le bras. J'esquive son geste. Son visage se rembrunit. Nous arrivons dans la salle qui sert d'infirmerie. Il sort une trousse et veut de nouveau prendre ma main pour me soigner.

Hors de question.

Je recule.

— Je vais gérer, ce n'est rien.

Pas de réponse. J'essaie d'ouvrir une compresse. Je mets du sang partout. Le mouchoir tombe. Mon pouce n'est pas beau à voir.

— Putain, Yaëlle, c'est ridicule ! Laisse-moi faire, m'ordonne-t-il.

— TU NE ME TOUCHES PAS.

Je lui réponds en insistant sur toutes les lettres.

— Arrête, Yaëlle.

Le ton monte. Je le regarde droit dans les yeux.

— Je préfère pisser le sang plutôt que d'avoir tes mains sur moi.

Ses yeux brillent de colère. Il me lance la pire réflexion qu'un mec peut sortir.

— Ça n'avait pas l'air de te gêner, ce week-end.

J'explose.

— Pauvre type ! Tocard ! Comment oses-tu me le dire ? Landry, tu es un minable, un vrai minable de la pire espèce. Tiens, tu peux te le garder.

Je lui balance son téléphone portable en pleine tête. Il a juste le réflexe de l'esquiver. En faisant ce geste, je tape dans mon doigt. Un spasme douloureux me déchire le corps. Je me cramponne à la table et entends de l'autre côté de la porte l'autre pouffe lui demander ce qui se passe. Je voudrais continuer à hurler, plein de petits points blancs apparaissent au niveau de mes yeux. Je me sens devenir de plus en plus coton… Je m'écroule.

10

J'entends des voix, mon prénom. Je n'arrive pas à lever les paupières. Tout tourne, arrêtez de m'appeler, je suis là, ça tourne tellement, je suis là.

— Yaëlle, Yaëlle, putain, arrête ça ! Yaëlle, Bébé, reviens.

— Monsieur De La Motte, mon Dieu, que se passe-t-il ?

Des bribes, la voix de la secrétaire de Landry qui s'affole. Il me touche, je sens ses mains sur moi. Je voudrais lutter pour les lui ôter. Je n'arrive pas à refaire surface et ne contrôle plus mon corps.

La voix de Landry raisonne : « perte de connaissance, blessure, pouls faible, faites vite », et après, sa voix qui se crispe.

— C'est quoi sur son bras ?

Non, il a dû voir mes marques. Mon esprit s'envole. Le noir envahit tout.

La sirène, les pompiers, réveil dans l'ambulance, je les supplie de ne pas m'emmener à l'hôpital. De nouveau, les points blancs et le grand vide. Je me réveille dans une chambre blanche sans vie. J'ai du mal à émerger. Je prends mon temps. Je suis seule. Mes bras sont bandés, ma main aussi. Je ne sais plus ce qui s'est passé. Tout se mélange. J'ai mal à la tête. Des images reviennent : le sécateur, Landry qui hurle, et plus rien. Petit à petit, le film se remet en marche dans le bon sens. Je me souviens de la blessure, de mon altercation avec lui qui ne va pas arranger mes affaires.

La porte de ma chambre s'ouvre sur un médecin suivi d'une infirmière. Il m'explique que ma coupure n'est pas extrêmement sérieuse et que je devrais retrouver mon doigt. (Ah bon, je pouvais le perdre ?!) Comme j'ai tardé à le soigner, ils ont fait leur possible, mais j'aurai une cicatrice (sur le doigt ?

Ah oui ! Je devrais survivre). Il me dit aussi que je suis complètement anémiée et que c'est pour cela que j'ai perdu connaissance. (OK, c'est grave ?) Il m'explique qu'un traitement fort pour me booster devrait me remettre sur pied. (Oui, oui, donnez-moi des vitamines) Et ensuite, il prend un air qui me dit que les ennuis vont commencer.

— Mademoiselle Hadrot, nous avons soigné les blessures que vous aviez aux bras, aux cuisses et sur le ventre. Mademoiselle, nous aimerions savoir, comment avez-vous été agressée ? Vous savez, nous avons du personnel qui peut vous aider.

Agresser ? De quoi parle-t-il ?

— Pourquoi me parlez-vous d'agression ? Je ne comprends pas.

Il continue en désignant les marques sur mon corps, signes évidents de mauvais traitements. J'ai le droit à un laïus complet qui amplifie mon mal de tête. Il me fatigue avec ses mots condescendants et encore plus quand il insiste pour savoir qui me les a fait subir. J'ai bien envie de lui répondre « un pauvre type qui m'a pris pour une idiote », sauf que je ne peux m'en prendre qu'à moi-même. J'étais parfaitement au fait de qui était Landry. Bon, il ne va pas me lâcher. Je lui sors une petite histoire pas crédible de chute de vélo malheureuse où j'ai ripé, glissé et écorché par inadvertance mes bras, mes jambes et mon ventre. J'ai peur qu'il me réponde que la marmotte met le chocolat dans le papier, alors je tente la petite voix et les yeux innocents de chien battu. Quelques instants de silence, il me fixe et enchaîne de nouveau que je peux lui parler, qu'ils sont des professionnels avertis et patati patata. Leur refrain, déjà testé quand j'étais plus jeune : à part retourner chez moi pour me prendre une nouvelle dérouillée, il ne s'est pas passé grand-chose.

Il commence sérieusement à m'énerver avec ses questions et son air méprisant. Il ne comprend pas. Un petit malaise anodin. Anémie, je connais.

Je veux rentrer chez moi, maintenant. Il me parle, je ne l'écoute plus. Je regarde partout : est-ce que je suis branchée ? Mince, ils m'ont mis une perf. Je vais la retirer pour partir.

— Qu'est-ce que vous faites ? lance le médecin affolé. Arrêtez de suite.

— Je vous répète que je veux rentrer chez moi. Je vous signe une décharge. Voilà, merci pour tout, je prendrai les cachets ; maintenant, ça suffit.

— Mademoiselle, nous avons compris. Laissez cette perfusion tranquille. Mademoiselle, si vous ne vous calmez pas, alors je vous administre du Lexomil, vous m'entendez ?

— Calmant ? Non, ce n'est pas utile.

Je sais ce qui va se passer après. Ils vont me droguer, maison de repos… Non, cela ne recommencera pas. J'expire pour calmer ma respiration. Il faut que je me calme.

— J'entends. Vous ne me dites pas quand je vais sortir.

— Une nuit en observation. Demain, si vos constantes ont remonté, nous reparlerons de votre sortie. Mademoiselle, les crises d'anémie ne sont pas à prendre à la légère. Vous avez aussi fait une chute de tension importante, nous ne voulons pas prendre de risque, dans votre intérêt, bien entendu.

— OK, j'ai compris.

— Vos amis attendent dans le couloir. Est-ce que vous souhaitez les voir ? Nous n'avons pas réussi à joindre votre famille.

— Je n'ai pas de famille.

Je les vois bien en train d'appeler ma mère.

— Mes amis, quels amis ?

— Une jeune femme qui dit être votre amie, inquiète pour vous, accompagnée de deux jeunes hommes.

— Oui, c'est Anna, elle peut rentrer.

— Et pour les deux hommes ?

Mon cœur accélère. Mes mains se mettent à trembler. Je ne veux pas voir Landry. De toute façon, il est sûrement avec sa nouvelle conquête. N'empêche que s'il est là, je ne veux pas le voir. Il serait bien capable d'être venu pour jouer au bon samaritain et s'acheter une conscience.

— Non, pas pour le moment.

— Très bien. Nous nous voyons demain. Essayez de vous reposer. Je vais demander à notre psychologue de passer, pour parler avec vous.

— Je suis tombée et j'ai ripé.

— Nous en reparlerons demain.

Il vient de me faire paniquer : psychologue ? Je dois sortir, il ne peut pas me retenir. Anna va m'aider.

La porte s'entrouvre, elle apparaît, un air inquiet sur le visage. J'essaie tant bien que mal de lui sourire pour la rassurer. Elle se met à pleurer.

— Je n'ai pas compris. J'étais avec toi, ce matin. Après, Joseph est venu. Il m'a dit que tu étais barrée. Il a eu le message, il a parlé de l'hôpital, que ton pouls s'était arrêté. J'ai couru, j'ai vu l'ambulance qui partait, j'ai cru, enfin, j'ai cru que tu, enfin, que tu…

— Ne t'en fais pas, non, ne pleure pas. Je vais pleurer aussi.

— J'ai eu peur. Je ne devrais pas pleurer et te remonter le moral. J'ai eu peur du pire. Landry ne voulait pas me dire ce qui s'était passé. Il était comme un automate. Il disait que tu ne répondais plus, que tu ne réagissais plus. Il était tellement blanc. Marie m'a appelée et dit que vous vous étiez crié dessus, que tu hurlais que c'était un pauvre type, alors je n'ai pas compris. Yaëlle, qu'est-ce qui se passe ?

— Je ne veux pas t'inquiéter. Je me suis coupé le doigt. Ça saignait beaucoup. Joseph m'a emmenée de force à l'infirmerie. Landry a voulu me soigner, j'ai refusé. Le ton est monté. Ensuite, c'est flou, j'ai hurlé, j'ai dû l'insulter, et puis plus rien, comme un grand vide. Du bleu, des points blancs, du bruit, l'ambulance et ici. Voilà, tu sais tout, rien de grave : mon doigt, une petite blessure, et le reste, de l'anémie. Un peu de boost et je vais courir comme un lièvre. Impressionnant sur le coup, c'est tout.

— Il ne trouvait plus ton pouls, et pourquoi tu as les bras bandés ? Clovis a dit qu'il était remué, qu'il avait vu des marques importantes.

— Je suis tombée de vélo. Rien d'inquiétant non plus.

Qu'est-ce qu'ils ont tous à me faire un sketch et à s'inquiéter ? Je vais bien. Je veux rentrer chez moi, me cacher et ne plus penser, ce n'est pas compliqué.

— Anna, peux-tu m'aider ? J'ai besoin d'une décharge. Est-ce que tu pourrais demander un formulaire à l'accueil et me ramener ? Tu as ta voiture ?

— Mais non ! Tu ne peux pas sortir. Le médecin a dit du repos. Non, je ne vais pas chercher une décharge. Tu es toute blanche, enfin, c'est grave. Et je n'ai pas ma voiture.

— Comment es-tu venue ?

— Avec Clovis et Landry, ils sont dans le couloir. Ils sont inquiets. Landry est comme un lion en cage. Il a harcelé le médecin pour savoir comment tu allais. Je crois qu'il voudrait te voir.

— Non, hors de question. Je ne veux pas le voir, jamais.

— Mais qu'est-ce qu'il t'a fait ?

Je réfléchis. Elle ne va pas comprendre et encore moins que j'ai joué aux cachotières et ne lui ai rien dit. Je ne suis pas obligée de lui parler, en tout cas pas tout de suite.

— Rien. Je n'ai pas envie de le voir alors que je suis en tenue d'hôpital et Clovis non plus. Anna, s'il te plaît.

— Si je vais chercher une décharge, les garçons vont me tomber dessus. Landry, limite me sauter à la gorge. Je te fais sortir comment, après ?

Je souffle. Je ne veux pas rester. Pourquoi elle n'est pas venue seule, et pourquoi avec Landry ?

— Demain matin, est-ce que tu peux venir me chercher au plus vite, si possible ? Si tu ne veux ou ne peux pas, ce n'est pas grave, je vais me débrouiller.

— Je ne vais pas te laisser te débrouiller. Qu'est-ce qu'il t'a dit, le médecin ?

— Une nuit en observation, cure de vitamines. Tu vois, rien de grave.

— Yaëlle, tu ne me caches pas quelque chose ?

— Non.

— Les marques sur tes bras, c'est une chute ?

Je m'assombris. Elle espère que je lui raconte que j'ai frotté comme une malade et pourquoi j'ai fait cela ? Je ne suis pas prête.

— Oui, Anna.

Je viens de mentir à ma seule amie. La situation ne peut pas être plus moche. Cela me met un nouveau coup au moral. Je suis nulle.

— Je t'expliquerai, promis. Pas maintenant, lui dis-je d'une petite voix. Pas là.

Nous nous regardons un moment. Une énorme fatigue m'envahit. Je suis triste et lasse.

— J'ai besoin de dormir. Tu as raison, ce ne serait pas raisonnable de sortir. Ne t'inquiète pas pour moi. Tu sais, j'en ai vu d'autres.

— Je te laisse. Promis, je viens demain.

Anna sort. Je me rallonge dans le lit. Je n'ai plus de force.

Le lendemain, le réveil est douloureux : pas d'énergie, le contrecoup. Les infirmiers ont essayé de me lever. Nouveau malaise. Retour au lit. Départ compromis.

Anna est à l'heure. Le médecin n'est pas emballé. Comme ils ont besoin de lits et que je lui assure que je serai bien entourée, il me signe ma sortie avec quinze jours d'arrêt, ramenés à trois jours après une nouvelle négociation.

Anna me regarde, effarée. Une fois dans la voiture, j'ai un fou rire contagieux en lui disant que la blouse bleue ouverte derrière, ce n'est pas mon truc, non négociable. Anna me propose de m'installer chez elle pour me reposer. Elle me dit aussi que Steve a demandé de mes nouvelles, il est inquiet. Je la remercie pour son aide. J'ai besoin de rester seule. Je lui explique que c'est difficile à comprendre, mais la solitude me ressource. Je l'aime beaucoup : elle est mon amie, elle me l'a prouvé, sauf que les démons dans ma tête, je dois les gérer.

11

Jeudi, je peux reprendre le travail. J'ai peur de retourner au domaine. J'ai fait un grand ménage dans ma tête, organisé tous mes ressentis dans des petits compartiments : ranger ma colère, ma rancœur, ranger mes envies de me faire mal et ai mis sous cadenas Landry et notre week-end magique. J'ai écrit plusieurs lettres de démission. Nous avons reçu une série de factures, alors je me suis programmée. Pas le choix, je dois travailler. Je les ai déchirées les unes après les autres. Je me suis levée tôt, préparée psychologiquement à affronter les remarques de mes collègues et surtout celles de mon patron.

S'il veut me parler, je vais l'écouter, ou mieux, je vais prendre les devants. Maintenant que tout est en ordre, je peux faire couler ses mots sur moi. Il pourra me traiter de moins que rien, je m'en fiche. Je vaux mieux. De toute façon, dans un mois et demi, ma saison s'arrêtera et j'aurai de quoi partir.

Mes pensées bien casées, je m'apprête à prendre mon vélo pour rejoindre le domaine. Un pick-up déboule dans ma cour. Steve. Il est venu me chercher. Il me sourit et me prend dans ses bras. Il est une personne à part : aucun commentaire, il me dit qu'il est content que je sois de retour. Sa bonne humeur et sa diligence me font du bien. Je pars avec lui, souriante.

Arrivée sur le parking, Anna m'attend avec un air soulagé. Elle me prend aussi dans ses bras. Joseph arrive à son tour, suivi de Clovis et de quelques vendangeurs avec qui je m'entends bien. Ils sont heureux de me voir. Cela me touche. Je me préparais à une vague de mauvaises remarques. Je reste même un peu bête ne sachant quoi dire. Je les remercie et ai des larmes qui coulent toutes seules. Les boîtes ne sont pas peut-être pas si bien fermées.

Joseph ne peut s'empêcher de me faire la leçon. Méritée. Il se demande d'ailleurs comment je compte m'y prendre pour couper les grappes avec mon bandage. Je le rassure, j'ai de la technique. Nous filons vers notre rang. En parcourant les quelques mètres, j'aperçois Landry au loin qui me fixe. Est-ce que je vais le voir, est-ce que je fais ce que j'ai dit ? Je ne suis plus trop sûre, mais prends mon courage à deux mains : autant l'affronter tout de suite.

— Salut, Landry.
— Yaëlle.

Visage fermé, air grave, je dois rester calme.

— Je, enfin… je voulais savoir si j'avais le droit de rester travailler ici ?
— Pourquoi tu n'aurais plus ta place ? me demande-t-il, étonné.

Facile, il me balance les questions, à moi de me justifier. J'ai bien envie de lui dire « pour rien, pauvre type », mais j'ai pris de bonnes résolutions.

— À cause de notre altercation.
— Tu t'en souviens ?
— Oui, je suis tombée après.
— Tu regrettes ?
— De quoi ?
— Ce que tu m'as dit ?

Il abuse. Il m'a assommée avec ses propos, j'ai fini à l'hôpital et il me demande si je regrette ? Bien sûr que oui, mon petit poney, je t'ai dit des mots méchants et pas mérités.

— Non.

Reste calme, reste calme.

— Je peux travailler ou pas ?
— Tu peux. Tu as encore un pansement, ce n'est pas sérieux.
— C'est guéri. Le bandage, c'est pour protéger.

Je tourne les talons et rejoins mon groupe. Anna me félicite d'avoir parlé avec lui. Je lui fais de grands yeux et ne comprends pas. Elle me raconte qu'il était inquiet et, à l'hôpital, affecté quand il m'a vue.

— Comment ça ?

— Je n'ai pas pu m'interposer. Clovis m'a demandé de le laisser faire. Il est resté à ton chevet un moment et est ressorti sans un mot, avec une tête bizarre.

Je laisse tomber de toute façon, cela ne changera rien. Landry ? De l'histoire ancienne.

La fin de semaine, passe vite. J'ai de la difficulté avec le sécateur, ai perdu en vitesse et suis vite essoufflée. Chaque fois que Joseph passe à côté de moi, il me fait de grands yeux qui montent au ciel.

Je sais.

Vendredi. Anna et Steve insistent pour aller à la fête des vendangeurs. La troisième que je loupe. Ils pensent que sortir est un bon remède. Je cède : ce n'est pas en restant chez moi avec ma mère que mon moral va remonter.

La soirée est douce, joyeuse, faite de chants mélangés aux vins. Je suis détendue, bien. Steve est à mes côtés. Notre conversation va bon train sur nombre de sujets : musiques, vins, livres. Anna est collée à Clovis, qui n'est pas méga à son aise. Je l'ai vu lancer des regards sévères vers Steve sans comprendre. Pas de Landry. Tant mieux.

À minuit, nous nous dirigeons vers une boîte aux alentours d'Angers. Elle est à la mode. Beaucoup de monde se presse devant l'entrée. Clovis a des passe-droits. Nous rentrons par le porche VIP, ce qui n'est pas pour déplaire à Anna. Steve me glisse un « on aurait pu attendre, nous » que je ne comprends pas. Attendre quoi ? Cela serait dommage de ne pas en profiter. À l'intérieur ? Blindé. Le passe-droit de Clovis continue. Nous obtenons une table avec champagne. J'adore ces petits privilèges. Anna est survoltée : elle aime se trémousser sur le *dancefloor*. Je me laisse tenter par une petite coupe de champagne qui me réchauffe les joues.

Mouvement de foule. Une table est libérée pour un groupe important. Plusieurs bouteilles de champagne et de whisky sont disposées. Le baron arrive avec une bande de potes, plusieurs filles dont la négociatrice, l'officielle du moment. Ils ont déjà bien entamé leur soirée. Ses yeux sont brillants. Pour les éviter, je me tourne bien vite. Je fais comme si je ne l'avais pas vu et ne le connaissais pas. Comme au domaine, je l'ignore et le confonds avec le paysage. Pratique, cela m'évite de ressasser le passé.

Clovis le rejoint. J'en profite pour aller danser avec Anna. Le son que lance le DJ, *In my mind* de Dynoro, nous rend hystériques. Je lève les bras, me meus et me déhanche en rythme sur la musique. Je n'ai pas l'habitude de sortir en boîte, mais danser en cachette sur des tubes qui passent en boucle sur les chaînes musicales, oui. Après une heure de danses endiablées, nous rejoignons notre table où Steve fait la gueule. Je l'ai laissé tomber. Les mots qu'il emploie me font bien comprendre que cela ne lui a pas plu. Il qualifie mon attitude sur la piste d'« aguicheuse ». La vache, c'est quoi son délire ?

— Je n'ai pas vu le temps passer. Je dansais, c'est tout. Tu pouvais venir.

— Ouais.

À la table de Landry, les hurlements et éclats de rire résonnent : ils trinquent plus que la normale. Une autre série de bouteilles arrive.

— Allons danser, me demande Steve.

Je n'ai pas envie, vu sa réflexion, mais je fais un effort. Puis Landry est trop proche.

— Je te préviens, je marche sur les pieds.

— C'est ce que nous allons voir.

Nous dansons sagement. Steve essaie de me parler. La musique est forte. Je ne le comprends pas et secoue ma tête en faisant non. Arrive une danse plus lascive. Il me prend dans ses bras, me colle direct contre lui. Son regard en dit long. Ses mains se posent sur ma taille avec possession : il attend autre chose de moi qu'un ballet sage. Je n'aime pas. Je ne suis pas prête. Je n'ai pas envie de lui. J'essaie de le repousser. Sa prise est ferme.

— Putain, tu la lâches !

Tout s'enchaîne à la vitesse de l'éclair. Steve, sous mes yeux ahuris, tombe à la renverse, poussé violemment par un Landry furieux. J'ai beau lui crier qu'il est fou, essayer de m'interposer, les deux garçons en viennent aux mains, me bousculant au passage sans ménagement. Qu'est-ce qui lui prend ?

Steve fonce vers Landry en lui criant qu'il ne me mérite pas : l'unique répartie qu'il a le temps de prononcer avant de prendre un uppercut en plein visage l'envoyant au tapis. Je n'oublierai jamais les yeux de Landry, déterminés de rage.

— Connard, tu ne la touches pas.

— Tu es complètement malade. Ça ne va pas, Landry, arrête !

Je hurle, l'insulte qu'il est barré. Rien n'y fait. Si Clovis ne l'avait pas enserré pour le calmer, il aurait continué.

Je recule. Je vais me sentir mal. Je déteste la violence, quelle que soit sa forme. Je déteste toutes les violences. Encore plus quand elle est arbitraire. Encore un pas. Landry enrage jurant qu'il n'en a pas fini. Il va l'achever si Clovis le libère. Je déteste le voir dans cet état. Un autre pas, demi-tour, je fonce vers la sortie en courant, perdue. J'entends mon prénom crié. Anna.

— Yaëlle, attends-moi.

Elle est rejointe par Steve, le nez déformé, rouge, ensanglanté.

— Yaëlle, tu te rends compte du dingue qu'il est ? Que te faut-il de plus ? Ce type est taré. Tu ne peux pas sortir avec quelqu'un d'autre alors que tu n'es pas avec lui.

— Arrête Steve, crie mon amie. Ton plan drague « Landry est un enfoiré » est nul, continue-t-elle. Laisse-nous.

Je reste interloquée par le son de sa voix, Steve aussi, d'ailleurs. Son visage est en colère. Je ne comprends pas pourquoi elle lui en veut : il est la victime.

Il hésite, le regard mauvais.

— Je vous laisse. Yaëlle, appelle-moi.

— Pourquoi l'envoies-tu balader ?

— Je n'aime pas son jeu. Sa seule motivation, c'est de te mettre dans son lit. Il ne le fait pas pour de bonnes raisons. Landry a pété un câble. C'est un mec bien, donc je suis persuadée qu'il a une bonne raison. Maintenant, j'aimerais comprendre pourquoi Steve lui a dit qu'il ne te méritait pas, j'aimerais aussi comprendre pourquoi mon amie ne veut pas me parler. Tu crois que je ne vois pas les expressions de ton visage, que je ne vois pas que tu fais tout pour l'éviter ? Tu crois que je ne vois pas qu'entre vous deux, c'est électrique ? Yaëlle, tu m'as dit que tu me parlerais, mais non, tu restes dans ton silence. Enfin, si je suis ton amie, je peux comprendre, non ?

— Anna, c'est compliqué. Je ne trouve pas les mots.

Triste, je n'arrive même pas à lui expliquer pourquoi tout part en vrille dans ma vie. Je ne peux plus tout garder pour moi, tout ranger dans des boîtes qui vont exploser à force d'être remplies.

— Anna, je voudrais. Mais j'ai peur de ta réaction.

— Une amie peut tout entendre. Viens, rentrons chez moi, nous allons parler.

~

Chez Anna, je n'ai plus de larmes. Elle m'installe dans son lit à côté d'elle et attend patiemment que je lui raconte le fin mot de l'histoire.

— Tu vas me détester.

— Yaëlle, mais non.

— Je ne t'ai pas dit toute la vérité.

Les yeux coupables de celle qui va passer aux aveux, je me lance dans le récit des trois semaines qui viennent de s'écouler : des baisers de Landry à la cabane sous l'orage en passant par le week-end à deux, de ce moment magique où je lui ai donné ma virginité, entachée en moins de vingt-quatre heures par une trahison.

— Je me suis sentie sale, humiliée. Je t'ai menti, Anna. Je ne suis pas tombée de vélo.

Je me stoppe, hésitante. La suite va être difficile à raconter. Je marmonne quelques mots inaudibles.

— Fais-moi confiance, Yaëlle, tu peux tout me dire.

Les poings serrés, le visage grave, j'avoue mon secret.

— Les marques sur mes bras, c'est moi. J'ai frotté comme une malade. J'avais l'impression de sentir ses mains sur mon corps, son odeur comme s'il m'avait marquée.

Silence.

— Anna, ça m'est déjà arrivé.

Avec beaucoup d'hésitations, je continue mon histoire. Elle va me détester. Elle va saisir la pauvre fille que je suis, le milieu d'où je viens. Tant pis, si elle est mon amie, elle comprendra.

— Mon enfance a été compliquée.

Ma mère ne m'a jamais montré de signes d'affection. Mon père l'a mise enceinte. Elle s'est retrouvée coincée avec nous. Elle était tout le temps ailleurs et dure avec moi. J'ai pris pas mal de coups, des dérouillées en bonne et due forme quand mon père n'était pas présent. Avec le temps, quand il partait pour un nouveau plan foireux, je me cachais, passais la nuit dehors, même sous la pluie, pour l'éviter. J'ai grandi et commencé à répondre. J'avais quatorze ans quand je lui ai mis une gifle. Ce geste, il est gravé au fond de moi. Porter la main sur ta mère : compliqué à accepter, malgré ce qu'elle m'a fait subir. Je m'en suis voulu, j'avais ce sentiment d'humiliation : j'étais comme elle. Alors j'ai commencé à me sentir sale et à me mutiler. Après cet épisode, elle a cessé. Le silence entre nous est devenu quotidien, je l'ignorais et c'était réciproque. Je suis rentrée plus tôt un jeudi du collège. Je l'ai trouvée en train de baiser avec un type. Un sale type. Il lui a filé du pognon. J'ai pris ma mère à partie par rapport à mon père. Elle m'a jeté son venin. C'était ma faute si elle en était réduite à vendre son corps. Nous étions des boulets qu'il fallait entretenir. Enfin, tout ce qu'elle a pu me dire pour me détruire, elle l'a fait. Que si je le disais à mon père, j'allais le tuer ! Il se rendrait compte du minable qu'il était. J'ai pris mon sac et suis partie. J'ai fugué pendant deux mois : atterrie sur Paris, vécu dehors, connu de nouveaux coups, échappé à des mecs aux mauvaises intentions. La police m'a coincée pour un vol dans un supermarché. Mon père est venu me chercher et m'a ramenée dans cet enfer. Il pleurait, m'a fait promettre de ne plus recommencer, de ne plus l'abandonner. Il m'a raconté la vie que ma mère avait avant de le rencontrer : famille bourgeoise, belle situation, et que s'il avait été plus prudent, elle ne serait pas aigrie, et moi, pas là, par la même occasion. Il m'a aussi fait promettre que s'il lui arrivait quelque chose, il faudrait que je prenne soin d'elle, sinon, elle se laisserait emporter. « Jusqu'à ta majorité, Yaëlle, s'il te plaît, Yaëlle. » Ce sont ses mots. Je suis restée après sa mort pour tenir ma promesse. J'ai continué les mutilations. J'ai été suivie par une assistante sociale, mise en maison de repos et bourrée de calmants. J'ai compris que je gâchais ma vie, que je devais m'endurcir pour tenir jusqu'à la fin de mes études, après, je partirais et ma vie commencerait. J'ai repris l'école et j'ai bossé dur. J'ai arrêté de me mutiler, mis une armure pour supporter les railleries sur ma dégaine.

Anna ne dit rien. Elle m'écoute. Pas de jugement. Dans son regard, un peu de stupeur.

— Après les vendanges, je fous le camp. J'ai un peu d'argent de côté. Je m'en vais. Et là, je te rencontre toi, et je rencontre Landry.

Je reste silencieuse un moment. J'ai sorti toute ma vie de merde comme une tirade. Je n'en reviens pas que les mots aient franchi mes lèvres. J'avais l'impression que les boîtes dans ma tête étaient bien fermées à clé, et pourtant. Il me reste à finir mon récit avec la boîte Landry pour ne plus rien lui cacher.

— Le lundi, il est avec une autre. J'ai été si nulle qu'il est déjà avec une autre, dans son lit. Il m'a offert une bulle où je me suis sentie protégée, en capacité de libérer mon véritable moi. Sans armure, sans protection, simplement celle que je suis. Elle a explosé quand il m'a doublée avec sa nouvelle conquête.

Je ferme les yeux, déglutis péniblement : humiliant de lui confier que l'homme que j'ai laissé me déflorer a résumé ce moment magique à une partie de jambes en l'air, de la baise entre adultes consentants. Reste l'épisode de la coupure où, en grand seigneur, il a voulu me soigner. J'ai explosé. Je suis naïve, insignifiante, mais je sais me défendre quand on me pousse dans mes retranchements.

— Je ne voulais pas revenir travailler. Chez moi, c'est l'enfer. Le besoin d'argent a été plus fort. Je me suis préparée mentalement pour le supporter et garder ma dignité. Et ce soir, il casse la gueule à Steve. Je ne comprends pas, que croit-il ? Que je lui appartiens ?

Anna, immobile, prend ma main, son visage, affligé. Mes zones d'ombres, mes réactions saugrenues n'ont plus de secrets pour elle. J'ai honte de ce que je viens de lui dire, et à la fois, un sentiment de soulagement dénoue mon ventre.

— Ce que tu viens de m'avouer, je le prends comme une grande marque de confiance. Je n'ai pas les mots pour cette enfance gâchée, pour ce que tu vis avec ta mère. Je n'ai pas les mots, mais je comprends pourquoi mon amie ne sait pas faire la moitié des choses des filles de notre âge.

Elle reste silencieuse un moment, pas de pitié dans son regard : le timbre et le ton de sa voix, justes.

— Ça fait partie de ton charme d'être différente. Moi, tu m'as fait me sentir utile, tu as écouté mes monologues. Tu me posais des questions, tu t'intéressais. Je sais que tu étais sincère. Je n'ai pas de mots non plus pour savoir à quel moment on accepte de se faire mal. Je sais que je peux compter sur toi, que tu seras toujours présente. Tu es entière. Tu es une belle personne, courageuse, bosseuse et une jolie femme. Aucun mec ne doit te faire souffrir au point de te mutiler. Jamais, Yaëlle. Interdit. Je t'interdis de douter de toi.

Mes larmes redoublent. Moi, Yaëlle Hadrot, je serais quelqu'un de bien ? Une belle personne ? Anna a l'air d'y croire.

— Merci, Anna, merci de ne pas me juger, merci de tes paroles, de m'avoir écoutée.

Ma voix est étouffée par mes sanglots. Je n'arrive pas à poursuivre. Anna m'étreint dans ses bras. Nous restons un moment, enlacées.

— Yaëlle, par rapport à Landry, je crois qu'il est attaché à toi.

— Tu ne peux pas me le dire : tu l'as vu ce soir, tu sais ce qu'il m'a fait.

— Oui, je sais. J'ai vu sa panique à l'hôpital quand il est rentré dans ta chambre, quand il t'a regardée, caressé les cheveux. Il en était malade. Ce soir, il se bat, car il te veut pour lui. Moi, je trouve que ce mec a des couilles, j'aimerais que Clovis en fasse autant.

— Tu ne vas pas cautionner son comportement. Tu m'as dit que c'était un mec bien. Il ne l'est pas, non.

— Yaëlle, ne t'énerve pas. Je dis que Landry ne sait pas faire. Je suis persuadée qu'il tient à toi et qu'il est bien incapable de te le dire. Clovis m'a raconté qu'ils ont eu une éducation très stricte et que le côté rebelle de Landry a été maté très tôt.

— Je ne vois pas le rapport. Je ne vais pas le plaindre.

— Laisse-moi finir. Pour moi, il n'a jamais dit à quelqu'un ce qu'il ressent. Ce mec drague, prend, jette et n'a pas de résistance.

— Jolie version : le méchant prince se transforme en crapaud, épouse la vilaine souillonne, ils vivent heureux et ont plein d'enfants. Je fais la part des choses. Je me suis fait avoir avec consentement et en sachant parfaitement qui était Landry. Ma décision est prise : j'arrête les vendanges. Je ne retournerai pas au domaine. Je vais chercher un autre job et pourquoi pas continuer mes études.

— C'est malheureux. Tu aimes le domaine. Tu baisses les bras.

— Anna, je ne veux pas que cela prenne plus de proportions. Oui, c'est lâche.

Le téléphone d'Anna bipe.

— C'est Clovis ?

Elle reste silencieuse et concentrée sur son écran.

— Oui, il gère son frère. A priori, la tâche n'est pas simple. Il note aussi que Landry a sérieusement merdé avec toi.

— Ah. Nous ferions mieux de dormir, Anna.

Je n'arrive pas à m'endormir, mon corps refuse : trop de sentiments contradictoires, et dans ma tête, un bazar sans nom. Pourquoi s'est-il battu pour moi ? Pour me protéger ? Qu'est-ce que sous-entendait Clovis ?

— Yaëlle, tu dors ?

— Nan.

— Laisse-le s'expliquer. Donne-lui l'occasion de te parler.

— Anna !

— Bonne nuit.

12

Anna me dépose en fin de matinée chez moi. La voiture de Steve est garée dans ma cour. Il m'attend à l'intérieur. Il sort quand nous arrivons et se colle contre sa portière, les bras croisés sur son torse.

— Je n'aime pas ce type, me dit Anna avant que je descende. Pourquoi est-il déjà là ? Je vais rester avec toi.

— Ce n'est pas utile, je ne crains rien. Clovis t'attend. File. Anna, merci, merci encore de tout mon cœur.

Je la laisse et vais rejoindre Steve. Il a une expression pas commode, amplifiée par son nez amoché qui ressemble à un phare.

— Salut.

— Salut, Yaëlle.

— Pourquoi es-tu là ?

— Parce que tu ne réponds pas à mes SMS, mes appels.

— Je n'ai plus de portable depuis une semaine. Pourquoi devrais-je répondre à tes SMS ?

Je n'aime pas son ton : il est agressif.

— Je m'en doutais.

— Je ne comprends pas.

— Tu l'as choisi, lui, c'est ça ? me hurle-t-il.

— Je ne sais pas de quoi tu parles, et pourquoi tu emploies ce ton ?

— Pourquoi ? Parce que je me suis fait défoncer le nez par ta faute. Tu sors avec l'autre connard. Tu n'es pas foutue de lui dire non. Alors il se croit tout permis. Je vous ai vu l'autre jour, vous embrasser en cachette. Je pensais que tu valais mieux.

— Je t'arrête tout de suite. À aucun moment je n'ai fait quoi que ce soit qui aurait pu t'induire en erreur. Discuter et danser ensemble, cela ne veut pas dire sortir ensemble. Nous nous sommes tout dit. Je veux que tu partes.

Je tourne les talons pour rentrer chez moi. Steve m'attrape le bras avec force.

— Tu me fais mal, lâche-moi !

— Tu fais une erreur, Yaëlle, crois-moi.

Son regard est froid, bien loin du mec sympa que je pensais connaître. Je ne suis pas rassurée. Je suis seule. Ce n'est pas ma mère qui va me venir en aide. Un bruit de moteur résonne dans le chemin. Steve lève les yeux et dessert sa prise quand il aperçoit la voiture de Landry. Celui-ci se précipite hors de l'habitacle et fonce vers nous.

— Qu'est-ce que tu n'as pas compris, hier soir ? hurle-t-il.

Steve me lâche, recule et se dirige vers la sienne.

— Va te faire voir, lui dit-il en lui faisant un geste sans équivoque.

Landry avance vers lui. Je fais barrage.

— Non. Laisse-le partir.

Il reste tendu jusqu'à ce que la voiture de Steve disparaisse de mon chemin.

— Est-ce qu'il t'a fait mal ?

— Non, serré mon bras un peu fort.

— Montre-moi, je…

— Non !

— Yaëlle, je… Enfin, je voudrais te parler.

— Non, Landry. Nous n'avons rien à nous dire.

— Écoute-moi.

— Landry. Je n'ai pas envie de t'entendre. Tout est dit.

Je le regarde droit dans les yeux sans sourciller. Je ne céderai pas.

— Attends-moi.

Je rentre dans ma maison, trouve une feuille blanche et commence ma rédaction. Je ressors avec mon papier et le lui tends.

— Tiens, c'est pour toi.

Landry hésite et finit par prendre la feuille. Il lit : ma lettre de démission. Quand son regard se repose sur moi, il est blasé.

— Comme tu veux.

Il fait demi-tour, hésite de nouveau et me lance le portable qu'il m'avait offert.

— Garde-le. Tu as plein de messages et appels de l'autre débile.

Il repart à toute vitesse comme il est venu.

Est-ce que j'aurais dû l'écouter comme me l'a soufflé Anna ?

Je reste plantée un moment au milieu de ma cour. Mon ventre est noué. C'est fait : j'ai démissionné. Je devrais me sentir libérée, mais non. J'ai froid, me sens très seule et même absurde. Je viens de quitter l'emploi qui devait me permettre de me casser d'ici.

Est-ce que j'aurais dû l'écouter ? Cette petite phrase résonne dans ma tête. Est-ce que j'aurais dû l'écouter ? La difficulté avec lui, c'est que je ne suis pas sûre de pouvoir contrôler mes émotions et mon corps. J'ai peur que les papillons s'emballent et que le moindre son de sa bouche, que le moindre geste de son corps soit une invitation et que je n'arrive pas à lui dire non. Il a chamboulé mon esprit. J'en suis là, faible avec la peur de ne pas pouvoir lutter s'il insiste de trop. Je me sens bête. Je devrais être fière de lui avoir résisté. Sauf qu'au fond de moi, sa venue providentielle me plaît. Il vient de me protéger de Steve et j'aime me sentir en sécurité avec lui. Non, ne pas oublier qui est Landry et ce qu'il a osé me faire. Je dois assumer mon choix : démissionner et rester le plus loin possible de lui.

Je rentre chez moi et en profite pour jeter un œil sur le portable.

— C'est quoi ce délire ?

Steve m'a bien envoyé une cinquantaine de messages. Les derniers me glacent le sang.

Réponds ! Réponds !!!!!!!!!!

Qu'est-ce que je n'ai pas compris ? Il était tout le temps sympa avec moi. Est-ce le fait de m'avoir vu l'embrasser ? Il espérait que j'allais sortir avec lui devant Landry ? J'ai aussi deux messages d'Anna, avant l'hôpital. Je lui envoie un mot pour lui dire que tout va bien et que j'ai démissionné, c'est officiel.

Et un message de Landry qui date de ce matin.

Il faut que je te parle. L.

Il avait prévu que je ne voudrais pas ? Est-ce que je lui réponds ? D'aller se faire voir et de me laisser tranquille ? Je serais bien tentée de lui dire que je bosse demain. Non, j'ai pris ma décision. Je ne dois pas revenir en arrière. Pourtant…

~

La nuit a été longue, pas beaucoup dormi. Mon état ce matin ? Pas mieux qu'hier. La boule dans mon ventre n'a pas bougé. Quand mon réveil a annoncé sept heures, elle s'est amplifiée. À huit heures, elle était énorme. Je ne suis pas sortie de ma chambre avec l'impression de devenir folle. Anna m'a fait parvenir un texto.

Tu me manques.
Je comprends, mais tu me manques.
Anna

C'est la bonne décision. Tu me manques aussi, on s'appelle ce soir.
Yaëlle.

Sortir de cette baraque pourrie et m'occuper l'esprit : la solution pour ne pas péter un câble. Notre terrain n'a pas été entretenu depuis des lustres. Mon voisin a tendance à avoir une allergie aux chardons et à hurler dès qu'ils sortent de terre. Ce travail physique devrait me détresser et sortir ma colère à revendre. Je sors de chez moi, remontée comme un pendule, débroussailleuse à la main pour en découdre. Je l'enclenche et me lance comme une furie : tout va être nickel.

Une heure, deux heures, je ne compte plus. En sueur, je fulmine. Je voudrais juste que ce nœud au ventre passe, que ma vie redevienne comme avant, insignifiante. Je m'acharne sur une souche quand le bruit d'un moteur d'une voiture inconnue me fait lever la tête. Elle s'annonce en haut de mon chemin à grande vitesse. En revanche, je reconnais le conducteur : Landry. Je me stoppe. Il ne peut pas me laisser tranquille. Il sort de sa voiture d'un bond et se dirige vers moi. Il est en colère, sa démarche le trahit. Plus il se rapproche, plus j'ai la confirmation que je vais avoir droit à une altercation de premier ordre. Je ferai mieux de partir. J'éteins ma STHIL. Dommage, je n'aurai pas le temps de lui échapper.

OK, je m'apprête à l'affronter.

Il est tout près de moi. Je le défie du regard (enfin, j'essaie), visage fermé. Il ne dit rien. Il a rêvé, je ne vais pas commencer les hostilités. Mais il m'énerve, alors j'attaque.

— Dégage !

— Tu ne veux pas m'écouter ! Mais arrêter de bosser, c'est une connerie. Reviens travailler.

— Non.

Pas plus, pas moins, juste non.

— Yaëlle, prononce-t-il en détachant les deux syllabes, je ne vais pas le répéter : reviens bosser.

— Non, Landry !

Il passe sa main dans ses cheveux, souffle un grand coup, s'approche de moi et m'agrippe par la taille pour me jeter sur son épaule en un tour de bras.

— Landry, arrête. Que fais-tu ? Repose-moi.

Je lui donne des coups de poing dans le dos, me débats. Il est plus fort que moi et ne me lâche pas. Il ouvre la portière côté passager et veut m'y faire monter de force. J'essaie de me dégager. Spectacle pitoyable. Il me descend et me plaque le long de sa voiture. Son corps contre le mien. Nous nous regardons. Mon cerveau est en ébullition. Son regard est si déterminé.

— Lâche-moi, tu me fais mal.

Il desserre un peu sa prise.

— Il me reste l'option coffre, ne me tente pas ! C'est stupide comme réaction : démissionner alors que tu as besoin de ce job. J'ai déchiré ta lettre, je n'en veux pas. Monte dans cette voiture, YAËLLE !

Il ne va pas me lâcher. Je le défie toujours du regard, menton relevé, poings serrés, et ne réponds rien. Des gouttes d'eau commencent à tomber. Il ne bouge pas. Je ne sais pas combien de temps nous sommes restés face à face à nous dévisager. Je suis en colère contre lui. C'est trop facile de jouer de sa force. J'ai la certitude qu'il ne cédera pas. La pluie redouble.

— OK, je vais monter.

Étonné, il relâche sa prise. Je m'exécute docilement en ayant bien l'intention de lui fausser compagnie.

Il vient s'installer côté conducteur, démarre, prend un peu de vitesse. Il se concentre sur le chemin, ralentit en haut de celui-ci. J'en profite. Maintenant ou jamais. J'ouvre la portière pour sauter, très sûre de ce que je suis en train de faire. La poigne de Landry me rattrape au vol. Grand coup de frein, je suis projetée à l'avant. Il bloque mon corps de son bras.

— Tu es folle, me crie-t-il avec un air incrédule. Putain, Yaëlle, combien de temps ça va durer ? Tu veux te tuer ? Oui, j'ai merdé. Oui, j'ai complètement déconné avec toi. Oui, c'est minable de sortir avec une autre fille. Je le sais, hurle-t-il.

Sa respiration est saccadée. Il reprend d'une voix plus calme.

— Je suis désolé, Yaëlle, désolé. J'ai paniqué, tu comprends, paniqué. Le week-end à Pornic, ça a été un peu trop magique. Je te laisserai tranquille. Le message est passé. Ne gâche pas tout parce que j'ai merdé avec toi. Yaëlle, finit-il par me murmurer, les yeux pleins de regrets.

J'essaie d'assimiler ses propos. Je ferme mes paupières. La rancœur envahit mon visage. Ses mots me font mal. Il s'excuse et a paniqué, mais de quoi ? D'avoir couché avec une autre ? Je secoue la tête en faisant non, de colère.

— Personne ne m'a fait me sentir aussi nulle que toi. Qu'est-ce que j'ai ressenti quand tu m'as doublé avec ta nouvelle conquête alors que je m'étais offerte à toi ? D'après toi, Landry ? Je t'ai fait confiance, à tort.

Mon ton est amer.

— De l'humiliation et un sentiment de culpabilité. C'est comme si j'avais plein de feux clignotants qui me disaient danger et que j'avais continué mon chemin, tête baissée et sans prendre garde. Les mots que tu emploies, la façon dont tu me parles, même aujourd'hui, je ne le supporte pas : tu hurles, ordonnes, et ce n'est pas tolérable. Oui, je suis dans la merde financièrement, pas au point de tout accepter et surtout de perdre ma dignité. Je ne reviendrai pas travailler au domaine.

Son visage a blanchi. Son regard est différent : fini le bleu azur, fini la brillance translucide, sombre comme touché par mes paroles. Il n'a pas retiré son bras.

— Je ne voulais pas t'humilier ni porter atteinte à ta dignité. Je n'ai pas pensé à cela, jamais. Mes actes, je ne les ai pas mesurés, me chuchote-t-il, hésitant.

Ses yeux balayent mon visage, cherchant désespérément à accrocher les miens. Il secoue la tête, dépité.

— Quand nous étions sur la plage tous les deux, ce baiser, jamais arrivé, bredouille-t-il. Pas aussi intense, en tout cas. Le lendemain, je ne pensais qu'à toi. Et non, pas aussi vite. Quand Laetitia est venue, elle était la facilité. J'avais déjà couché avec elle. J'ai pensé qu'elle effacerait notre nuit. Non, elle a été pitoyable. Je suis comme marqué par toi. Oui, je t'ai tenu des propos de salaud parce que tu étais si sûre, comme si mes mots coulaient sur toi. Tu me faisais le reflet de ma médiocrité. Yaëlle, je bloque. Je ne sais pas faire. Quand tu t'es évanouie dans l'infirmerie, j'ai flippé : j'ai cru que j'allais te perdre.

Il souffle, passe de nouveau sa main dans ses cheveux, comme s'il avait du mal à me parler.

— Pour Steve, je n'ai pas de regrets, et s'il fallait lui casser la figure de nouveau, je le ferais sans hésiter. J'ai vu les messages passer sur ton téléphone. Ce type a un grain. L'an dernier, il a déjà fait les vendanges et il s'est amouraché d'une étudiante. Il ne la lâchait plus. J'ai dû intervenir. Il s'est calmé et l'histoire a été close. De le savoir à côté de toi, pas supportable. Quand il t'a déposée le jour de ta reprise, je n'ai pas aimé et j'ai pris un coup. J'aurais dû venir te chercher, pas ce minable.

Je suis confuse, perdue. Les mots de Landry me percutent de plein fouet. Je ne comprends plus. Je croyais qu'il n'en avait rien à faire de moi.

— Bébé, je… enfin… je veux arrêter le combat. Nous faisons comme tu as dit : nous nous ignorons poliment. Tu reviens bosser au domaine et je te laisse tranquille.

— Landry, tu viens de m'appeler Bébé, ce n'est pas possible.

Il cherche encore ses mots. Son regard se perd au loin. Il revient vers moi, les yeux intenses, comme j'aime, et accroche les miens.

— Yaëlle, je t'ai dit que nous allions faire ce que tu voulais. Ce n'est pas ce que je veux, moi.

Il laisse planer un silence. L'intensité de ses prunelles m'ensorcelle. Je vais perdre pied s'il continue. Je recule sur mon siège.

— Tu sais ce que je veux, Yaëlle

Il murmure un « Bébé ».

— Je vais te prouver que je peux me tenir à carreau : un deal, si tu veux.

Pourquoi n'arrivé-je pas à me détacher de ses iris azur ? Pourquoi je n'ai pas fui, pourquoi je l'ai écouté ? Je suis hypnotisée. Je sais qu'il ne m'aurait pas laissée tranquille. Je me laisse doucement attendrir, c'est quand même Landry. Quand il me murmure des mots apaisants, quand il se montre possessif, déterminé, quand il s'ouvre, des papillons s'envolent dans mon corps : danger, danger.

— Yaëlle, je dois te demander deux choses. Enfin la première, c'est plus une explication. Joseph m'a engueulé comme un malade ce matin pour que je vienne te chercher. Avant que tu n'interprètes quoi que ce soit, je ne cède pas à un chantage, même si sur le papier, ça y ressemble. Ce que je viens de te dire, je voulais le faire hier. Steve chez toi, ta lettre de démission et ton visage fermé ont eu raison de ma volonté. Joseph a crié, m'a traité de « petit con ». J'avais beau lui donner le change, toutes ses paroles étaient vraies. Il m'a donné le coup de pied nécessaire pour prendre mon courage à deux mains. Je serais revenu de toute façon. Je ne veux pas qu'il y ait de méprise. Je suis présent pour toi et rien d'autre.

Il joue la transparence, j'apprécie.

— Ma deuxième demande est une question : pourquoi avais-tu des marques sur tes bras ? Je veux savoir qui t'a fait cela. Est-ce ta mère ?

— Arrête, Landry.

Changement de visage, il se rembrunit au ton de ma voix. Je plie mes bras en signe de protection. Il laisse le silence s'installer. Le bruit de la pluie bat sur le pare-brise. Ses yeux, eux, ne me lâchent pas.

— Je ne veux pas en parler.

Mon rythme cardiaque s'accélère.

— Bébé, c'est le moment pour parler de tout, ne rien se cacher. Je peux comprendre. Je veux t'écouter.

— Non.

J'ouvre la portière, me lève précipitamment et sors de la voiture en courant sous la pluie pour fuir. Landry me rattrape. Il me ceinture dans ses biceps. Je le repousse, m'échappe. Il me reprend aussitôt et me supplie d'arrêter. Je suis essoufflée, fatiguée. Je n'ai plus envie de lutter. Petit à petit, je cède, et mon visage vient se coller contre son torse. Il m'étreint fort, prononce mon prénom, me caresse les cheveux. Je m'effondre. Mes larmes se mettent à couler. Des sanglots forts. Landry me serre, me protège : mon antre, c'est ses bras.

— C'est moi, lui dis-je en relevant la tête vers lui. C'est moi, Landry.

Il se fige, desserre son étreinte, son visage empli de stupeur.

— Toi ?

Je recule, m'éloigne de lui. Et de nouveau, la colère palpite en moi.

— Tu veux tout savoir ? C'est moi qui me suis fait mal. Et tu veux savoir pourquoi ? lui dis-je avec violence. Parce que je me suis sentie sale.

Je lui crie :

— SALE.

Nous restons un long moment sans bouger, à nous dévisager. Je ferme les yeux, déglutie péniblement.

— J'avais ton odeur sur moi, je sentais ta bouche sur ma peau, tes mains. C'était insupportable, tu m'entends ? Insupportable.

— Quoi ? me répond-il en tendant une main vers moi.

— Je suis bien trop bousillée. Ça, dis-je en lui montrant mon corps, tu as réveillé des souvenirs douloureux, des choses enfouies.

Mes yeux sont emplis de larmes. Je me sens moche, mise à nue, et j'ai le sentiment qu'il souffre de ce que je viens de lui balancer.

— Tu m'as demandé d'être celui et je te l'ai donné. J'ai le sentiment au final que tu l'as volé et que je suis trompée. Landry, j'étais consentante, j'assume, poursuis-je, la voix embuée.

Landry se rapproche tout près de moi.

— Je suis désolé. Je ne t'ai pas salie, Bébé. Je ne t'ai pas humiliée, me murmure-t-il. J'ai mal agi. À aucun moment, même si j'ai tout fait pour te prouver le contraire, je n'ai regretté, et à aucun moment je ne regretterai d'être celui. J'en suis fier. Je suis fier d'être celui qui a caressé ton corps, qui t'a initiée. Fier de t'avoir donné du plaisir. Ton corps m'a rendu fou. J'ai ressenti avec toi des émotions que je ne connaissais pas. Que tu te sois fait du mal à cause de moi, c'est dur et j'aimerais revenir en arrière, effacer et mieux gérer. C'est trop tard. Je ne sais pas si tu trouveras la force de me pardonner, de me donner une deuxième chance, si tu me permettras d'être de nouveau celui. Je serai patient. Bébé, je te veux et je ne veux plus le combattre.

Ses mots résonnent en écho, s'insinuent dans les pores de ma peau et remontent lascivement vers mon esprit. Je ferme les yeux pour essayer de bien les comprendre. Il me dit qu'il veut encore un nous deux, qu'il regrette.

Est-ce que je peux accepter de lui pardonner ? Est-ce que je dois lui dire non à jamais ? J'ai peu d'expérience en matière de sentiments. Il a percuté ma vie comme personne. J'ai des images de nous qui me reviennent : l'orage, ses bras qui m'entourent dans la cabane de pierre, les images de ma première fois avec lui, de son regard, de ses mots, de la façon dont il m'a dit que j'étais belle, de la façon dont il a pris mon corps contre le sien pour m'endormir. Des images intenses. Ma réponse sera lourde de conséquences. Tous les mots que je vais prononcer joueront sur notre avenir. Est-ce que oui ou non je lui redonne une chance, est-ce que je vais être capable de gérer, quelle que soit la réponse ? Toutes ces questions se bousculent dans ma tête. Peut-être qu'un jour, j'aurai des regrets et je repenserai à ces quelques minutes.

Je rouvre les yeux. Landry est toujours immobile. Il attrape mon regard malgré mes larmes. Je le sens prêt à bondir pour me blottir. Il attend. Alors, doucement, tout doucement, je m'avance vers lui. Tout doucement, j'écoute mon cœur et je prends la décision qui va changer ma vie.

Je pose mes mains sur son torse. Je le regarde et dépose un petit baiser sur ses lèvres. Je me recule, un peu comme si je m'étais brûlée. La pluie nous a trempés. Je ne sens pas le froid ni l'humidité. Je sens cette chaleur que je n'ai ressentie qu'avec lui.

D'un geste, il m'attrape et me cramponne. Sa bouche prend la mienne, férocement, comme j'aime. Je passe mes mains autour de sa nuque. Ses bras me tiennent contre lui. Un baiser violent, presque douloureux, fait du trop-plein de nos émotions. Comme si nos corps n'avaient réclamé que ce moment, comme s'ils étaient en manque. J'ai envie de lui, maintenant : fort. Je veux qu'il assouvisse ma pulsion, mon besoin. Ses mains se plaquent sur ma taille. Il a envie de moi. Son désir répond au mien : palpable, intense, impatient.

Quand Landry m'allonge sur le talus, malgré la pluie, je ne résiste pas. Je le veux. Il défait mon jean vite, déboutonne le sien. Je le descends sous ses fesses, prends son sexe dans ma main et le positionne à l'entrée de mon intimité. Il me regarde, essoufflé, pendant, haletant, et me pénètre. Il m'emplit. La sensation est douloureuse. Il le sent, me rassure, dit mon prénom, m'embrasse. Avec mes hanches, je fais un mouvement pour qu'il continue. Il gémit.

— Yaëlle, Bébé, je te veux, sans te faire mal.

— Fort, Landry, lui murmuré-je.

Ses yeux perdus dans les miens, il entame un mouvement de va-et-vient insoutenable. Il sort pour mieux s'enfoncer au plus profond de mon intimité. Une vague intense me submerge, du plaisir déferle. Frénétique, fou… Landry se cambre, souffle un « Bébé, je veux jouir avec toi ». Le dernier coup de butoir m'est fatal. Je perds pied. J'agrippe ses fesses férocement. Dans un cri guttural, puissant, masculin, il me rejoint.

Nous sommes essoufflés. Un instant hors du temps, hors des éléments, la réunion de nos deux êtres, de notre besoin charnel de s'appartenir. Il m'a dit « je te veux ». Moi aussi, je le veux, et ne veux que lui.

Landry m'entraîne vers sa voiture pour nous mettre à l'abri. J'essaie de comprendre ce qui m'arrive et surtout ce qui vient de se passer. J'aimerais avoir les idées claires et n'aurais pas imaginé une minute que mon corps pouvait le réclamer avec autant d'intensité.

— Je te ramène chez moi, me dit-il.

Il a l'air aussi déboussolé. Nous sommes trempés, dégoulinants et comme enveloppés d'un voile de sexe sauvage. Je vois bien son air hésitant. Cette étreinte est-elle normale ? Est-ce que deux êtres peuvent être en tel besoin de connexion qu'ils en oublient tout le reste : les éléments, le contexte, la trahison ?

— Landry, je dois réfléchir, beaucoup réfléchir. Ta présence ne m'aide pas. Je vais rentrer chez moi. Toi aussi, tu dois réfléchir. Je ne sais pas si ce qui vient de se passer est bien ou mal.

— Je ne sais pas non plus, Bébé. C'était si explosif. En revanche, je suis sûr d'une chose : quand je t'ai dit « je te veux », ce n'est pas que maintenant. Je te veux demain, après-demain. Je ne lâcherai pas. Je peux te l'assurer. Je te laisse décider : soit tu nous donnes une chance, soit nous continuons notre chemin chacun de notre côté. Bébé, c'est la première fois que quelqu'un décide à ma place. Je ne t'influencerai pas et respecterai ton choix.

Je le regarde longuement. Landry, mon beau Landry. Il me touche, ses mots me percutent. Je sens du respect dans ces gestes, dans sa façon de me parler, et j'aime.

Je lui donne un rapide baiser et sors de la voiture sous la pluie battante. Je fais quelques pas, me retourne, ouvre sa portière.

— Je reviens travailler au domaine. À demain, Landry.

13

Assise en tailleur sur mon lit, j'essaie de démêler ce bourbier. Hier, Landry était banni de ma vie, et aujourd'hui, je viens de… Quoi, d'ailleurs ? Faire l'amour, baiser ? Je n'arrive pas à mettre un mot dessus. J'ai eu envie de lui ardemment. Je ne sais pas si c'est bien, si c'est mal, si je dois me sentir honteuse. Libérateur. Ma tête est pleine de questions. Je ne trouve pas de réponse. Je prends le portable et appelle Anna :
— Oui, Yaëlle, dit-elle en décrochant.
— J'ai besoin de te parler.
— Nous venons de reprendre le travail, c'est grave ?
— Non, ne t'inquiète pas.
— Je passe chez toi ce soir ? Tout va bien ?
— Oui, excuse-moi, je n'ai pas regardé l'heure. À ce soir.

Ce n'est pas plus mal qu'elle ne soit pas disponible. Cette décision me revient. Je dois avoir la force de la prendre. Je saisis une feuille blanche et crée deux colonnes. Je note d'un côté ce qui me plaît chez Landry ; de l'autre, ce que je déteste chez lui. J'ai l'impression d'être en thérapie. Pendant une heure, je rédige consciencieusement ce qui s'est passé depuis ce fameux jour où il m'a surprise à la rivière. Plus je note, plus je me rends compte que je suis accro. Une attirance physique, dopée par des phéromones. Je suis passée du stade bellâtre m'empêchant de réfléchir à mon dieu, son corps, ses yeux, cette façon de me regarder et je ne rêve que de me blottir contre lui. Quand je suis dans ses bras, en sécurité, je me sens bien. Je peux me laisser aller. Même s'il m'a trahie, j'ai confiance quand je suis avec lui. Complètement dingue. Je veux une existence qui bouge et ne se résume pas à l'endroit où je vis actuellement et à mes années de galères. J'ai vingt ans et n'ai rien vécu.

Alors oui, je vais lui donner cette seconde chance, lui pardonner et ne pas regretter.

Je prends mon vélo pour me rendre au domaine, avant la fin de journée, en commençant par Joseph, et ensuite Landry.

Il est occupé à noter sur le planning les personnes présentes pour le lendemain et à remplir le traitement de chaque parcelle. Je le regarde faire. Il est concentré et ne m'a pas vue. Joseph ressemble un peu à mon père. Non. Je crois qu'il ressemble au père que j'aurais aimé avoir. Protecteur, travailleur, la volonté et la force qui émane de lui.

Je tousse, mine de rien. Il se retourne, me regarde, l'air étonné.

— Est-ce qu'il vous reste de la place pour demain ? lui demandé-je d'une petite voix.

Son visage s'illumine. Un grand sourire l'éclaire. Je me précipite dans ses bras. Il me serre et me caresse les cheveux avec de la fierté dans ses yeux.

— Dis-moi qu'il s'est excusé et que tu reviens travailler.

— Oui, il l'a fait. Vous pouvez me rajouter à votre liste, si c'est toujours possible. Merci, Joseph, de votre aide, de votre soutien.

— Je peux t'assurer qu'il a pris la remontée de bretelles de sa vie et que je n'aurais pas cédé.

— Il me l'a dit. « Petit con », ce surnom lui va bien, Joseph.

Il me sourit et, au fond de ses yeux, je sens que ce grand bonhomme est ému. Dernière accolade, je file vers le bureau de Landry.

Sa secrétaire est partie. Son frère n'est pas présent. La voie est libre. J'avance jusqu'à la porte de son bureau. Mon rythme cardiaque s'accélère. Mon stress augmente. Je souffle pour garder contenance. J'aimerais arriver très sûre. Côté confiance en moi, j'ai encore du boulot. D'où je suis, je le vois, assis à son bureau. Il n'a pas deviné ma présence. Je prends mon téléphone et lui adresse un SMS en gloussant.

Vouloir, mais vouloir comment ? Y

J'entends le bip de son smartphone. Landry s'en empare. Il sourit à la lecture du message, passe sa main dans ses cheveux et pince sa lèvre avec ses dents : à tomber !

Mon téléphone vibre.

Entière, intense, sans limites avec moi ! L

Ouah ! Les papillons font leur apparition au creux de mon ventre. J'ai très envie de badiner avec lui, de le provoquer, aussi.

Sans limites, explique-toi ? Y

Je veux que tu t'abandonnes pour moi. Comme cet après-midi, L

Et tu crois que tu en es capable ? Y

Il relit le message deux fois, les yeux étonnés. J'ai envie de rire. Je me garde bien de bouger, ne serait-ce que d'un centimètre. C'est bon de l'observer.

Je suis sûr que oui… L

J'ai des doutes… Est-ce que nous n'avons pas déjà fait le tour de la question ? Tu m'as peut-être déjà montré tout ce que tu savais faire ? Y

Je pense qu'il va prendre sa bagnole et venir me chercher. Il retourne sur son ordinateur et ne lit pas le message. Mince, allez, Landry, lis-le. Il hésite, prend son téléphone et se lève d'un bond de sa chaise. Il commence à faire les cent pas et à passer sa main dans ses cheveux répétitivement : du stress ?

Je me doutais : virilité, quand tu nous tiens. J'attends sa réponse comme une gamine. Il sourit en tapant.

Bébé, tu ne m'as pas encore supplié
Il me reste quelques leçons à te donner
Tu risques de te souvenir de la prochaine, L

Je l'ai énervé. J'adore et j'enchaîne.

Et que comptes-tu me faire ? Y

Te faire j----
Et te b----- comme tu le mérites, L

Cash. Je suis déjà très excitée par le « comme tu le mérites ».
— Yaëlle, qu'est-ce que tu fais dans le noir, un souci ?
Je me retourne d'un bond et tombe sur Clovis. Landry a levé la tête, je suis grillée.
— Clovis, bonjour, je venais voir Landry. Euh, un truc à lui demander. Je répondais à un texto.
— Je vais le prévenir. Landry, de la visite pour toi.
Dommage, ce petit jeu de messages me plaisait bien. En plus, Anna va savoir que je suis venue au chai. D'ailleurs, je l'ai oubliée, elle devait passer chez moi. Grillée pour grillée !
Il m'ouvre la fameuse porte du bureau. Landry a un petit rictus au coin des lèvres. Ses yeux accrochent immédiatement les miens. Ils sont plus bleus que d'habitude, effet waouh garanti.
— Je vous laisse, dit Clovis en passant de l'un à l'autre avec un air suspicieux.
— Assieds-toi, Yaëlle, et dis-moi ce qui t'amène, entame Landry.
Il veut donner le change à son frère ? Ce qui m'amène, bah, trois fois rien, j'ai envie de m'envoyer en l'air. Et là, il enfonce le clou.
— Je n'ai que quelques minutes à te consacrer, qu'elle est ta demande ?

Je suis surprise. Est-ce que nous jouons encore ? Je pensais plutôt qu'il allait me plaquer contre la porte de son bureau. Il a son air sérieux qui m'énerve. Je ne me démonte pas, prends mon téléphone et lui écris :
J'attends de voir... Y
Bip.

Il prend tout son temps pour attraper son téléphone portable sans me lâcher des yeux. Il me provoque. J'ai de plus en plus chaud. Il lit mon message. Je n'en mène pas large. Son visage n'a pas d'expression particulière, sauf ses yeux qui virent au bleu électrique. Le reste, pas de réaction. Il se lève doucement, s'approche de moi et me tend la main.

— Viens.

Nous traversons le hall, sortons et nous dirigeons vers sa maison, une dépendance du château qu'il a rénovée. Il ouvre la porte et m'invite à entrer. Je suis assez impressionnée. Le contraste entre l'extérieur plus traditionnel avec des pierres d'ardoises apparentes, du tuffeau, et l'intérieur très moderne est assez bluffant. Sa maison ressemble à un loft. Lumineux, grand et savamment décoré.

— Tu veux boire quelque chose ?

Sa question me surprend et me sort de ma rêverie inspectrice. Quand me saute-t-il dessus ? A priori, ce n'est pas pour tout de suite.

— De l'eau, s'il te plaît, lui fais-je en retirant ma veste.

— Tu as chaud ? prononce-t-il d'une voix suave.

OK, nous continuons notre petit jeu. Il me serre un verre, le pose sur l'îlot de son immense cuisine et me regarde. Je m'avance doucement, le saisis. Je le porte lentement à ma bouche, bois une gorgée et me lèche les lèvres.

— Oui et non.

— C'est-à-dire ? me répond-il en portant également son verre à sa bouche, lentement.

— Certaines parties de mon corps sont en ébullition. D'autres, glacées, ne demandent qu'à se réchauffer, lui rétorqué-je droit dans les yeux.

Nous n'allons pas tourner autour du pot pendant cent sept ans ! Il manque de s'étouffer avec l'eau et tousse.

— Ça va ?

— Yaëlle, reprend-il lascivement, je peux te prêter un pull, si tu as froid ?

Il me la joue à moi de commencer. Il a dit que je devais décider si oui ou non, nous nous donnions une chance, pas que je devais lui sauter dessus la première. Non, non.

Il a peut-être réfléchi et ne veut plus de moi. Je regarde, Landry, un peu perturbée. Je me sens bête. Je suis en train de jouer alors que je n'y connais rien. Je ferais bien demi-tour pour retourner me cacher dans ma baraque pourrie. Il s'approche avec un air sûr de lui, comme un félin fondant sur sa proie. Ses yeux pris dans les miens. Chacun de ses pas me fait frissonner. De petites décharges électriques pulsent dans le bas de mon ventre. Il est tout près de moi et ne me touche pas.

— En laine ou en mohair ? me murmure-t-il à l'oreille.

— Quoi ?

— En laine ou en mohair, le pull ?

Je ne comprends pas, il se fout de moi ?

— Ne doute pas de toi, ajoute-t-il doucement.

Il repart vers sa cuisine, sourire en coin avec ce petit rictus que je déteste et qu'il avait en permanence quand j'ai cru qu'il allait m'embrasser dans les vignes. J'ai compris : nous jouons. Il me croit novice, sauf qu'aux jeux, je peux être forte, surtout pour l'allumer. Je le rejoins et me positionne près de lui.

— Je ne sais pas, si je le mérite, mais… lui susurré-je en penchant ma tête sur le côté et en laissant ma phrase en suspens.

Je pince mes lèvres et le détaille de la tête aux pieds. Il est magnifique. Son T-shirt blanc lui moule ses muscles, surtout ses pectoraux que j'adore. Son jean ajusté lui sied à merveille. Je m'attarde sur son sexe. Il bande. C'est sûr, je lui fais de l'effet. J'ai envie de le toucher et même carrément de prendre son sexe dans ma bouche, je sais qu'il aime. Je pousse un mini soupir.

Il ne craque pas. Je m'approche un peu plus et, comme la première fois, l'effleure du bout des doigts. Il se tend.

— Mais… quoi ? me dit-il d'une voix sensuelle.

Je continue et passe mes mains sous son T-shirt. Je caresse ses abdos du bout des doigts. Des petits allers-retours, il se contracte. J'ai envie de m'attaquer à son jean.

Ceinture.

Premier bouton. Il inspire, ses yeux en feu.

Deuxième bouton.

— Mais… il paraît que je mérite de me faire b… lui réponds-je en détachant chaque syllabe tout doucement.

Je souffle le reste du mot au creux de son oreille.

Troisième bouton qui saute.

Sa respiration saccadée, il ne cille pas. Qu'attend-il ? Je n'en peux plus. Et je comprends : il veut que je le supplie. Oui, que je le supplie de me faire l'amour. Il rêve. Je peux l'avoir à ce jeu. Je déboutonne le quatrième et dernier bouton, passe mes doigts pour frôler son sexe, dur, sous le tissu de son boxer. Ce petit geste augmente mon effervescence. Il résiste toujours. Je recule et enlève mon T-shirt langoureusement. Je déboutonne mon jean, également. Landry se passe la main dans les cheveux, inspire de nouveau. L'air crépite autour de nous, chargé d'électricité. Il ne cède pas. Je descends mon pantalon en prenant bien soin de caresser mes cuisses, lascivement. En lingerie, je le défie du regard. Je prends mon doigt et le pose sur ma bouche. Je le suce et le retire. J'y vais franchement avec ma langue et mes lèvres en O. Je recommence et descends mon doigt en effleurant mon cou, mon décolleté, entre mes seins. Je murmure un petit « han », sans équivoque sur l'état d'excitation que je ressens. Je poursuis, doucement, mon ventre, mon pubis que je caresse au-dessus de ma lingerie, mes lèvres. Je continue lèvres, pubis et remonte le long de mon ventre. Je ferme les yeux et gémis. Landry se rapproche à quelques centimètres de moi. Ses lèvres s'entrouvrent comme pour accueillir le baiser que je ne lui donne pas. Je ne céderai pas la première. Je continue ma caresse, ferme les yeux, penche la tête en arrière, en continuant de pousser des petits cris provocants.

Le coup de grâce.

Il colle son bassin contre le mien. Ses mains s'emparent de mes fesses. Sa bouche part à l'assaut de mes lèvres. Un baiser intense, fou, qui nous connecte une nouvelle fois. Il défait mon soutien-gorge, libère ma poitrine et se recule pour me regarder.

— Tu es magnifique, me souffle-t-il.

Du bout des doigts, il caresse mon corps, consumant ma peau, en remontant du bas de mon ventre vers ma poitrine, dessinant les contours de mes seins tendus, durs pour lui. Il continue mon décolleté, mon cou, mon visage. J'attrape un de ses doigts, le suce sensuellement sans quitter ses prunelles bleu azur. Son bassin contre le mien percute de désir mon intimité. Il est très dur. Il me soulève et me fait grimper sur le plan de travail. Il dévore mes seins, mange mes tétons en les entourant avec sa langue : délicieux.

— Allonge-toi, ma belle.

Je m'exécute. Il rapproche mes fesses de lui et écarte mes cuisses pour caresser mon sexe. Je me redresse sur mes avant-bras pour le mater. Dire que je suis excitée ? Un euphémisme. Je suis mouillée, prête à accueillir la moindre de ses caresses. Il prend ma culotte entre ses doigts, me regarde avec ses yeux intenses et l'arrache d'un coup sec.

Putain ! Mon cœur vient de faire un bon.

Ses doigts glissent vers ma fente brûlante et titillent mon petit point ultra-sensible. Sa langue gourmande poursuit cette exploration. Il lèche mon clitoris, le suce, passe sur mes lèvres et finit dans mon intimité. Je perds complètement pied. Intime, tellement bon. Je gémis de plus en plus. Mes cris deviennent incontrôlés. Je n'ai plus franchement envie de retenir quoi que ce soit : j'aime ses mains sur moi, la façon dont il me caresse, et m'abandonner sous ses doigts. Le plaisir gonfle à l'intérieur de moi, l'orgasme à quelques encablures, des frissons remontent ma colonne vertébrale, je vais…

Et il se retire.

Je me redresse, la bouche en O d'étonnement.

— Landry, pourquoi arrêtes-tu ?

Ses yeux espiègles, en signe de défi, un sourire coquin, il fait semblant de rapprocher ses mains et ne me touche pas.

— Landry, je…

Je comprends. Ma leçon. Je l'ai aguiché. Il veut que je le supplie. C'est ça, que je le supplie de continuer. Je me redresse, le fixe avec mon regard déterminé.

— Je ne te supplierai pas, lui murmuré-je.

Il sourit, très sûr. Tant pis pour lui, je ne resterai pas dans cet état. Pour le provoquer un maximum, je commence à me caresser avec ma main. Dressée sur mes avant-bras, elle file vers mon sexe trempé. Des mouvements lents autour de mon clitoris, je gémis (j'en fais des tonnes). Je commence un va-et-vient comme lui (ce n'est pas le même effet qu'avec ses doigts, je suis moins experte). Je me cambre. Est-ce qu'il va résister longtemps ? Sa bouche est entrouverte. Il a des yeux enflammés. J'ai le sentiment qu'il lutte. Il pose ses mains sur le plan de travail, m'entoure et ne me touche toujours pas. Je gémis son prénom, lui dis que je vais jouir sans lui. Je n'en peux plus. Ma respiration est saccadée et les battements de mon cœur, complètement affolés.

Je retire mon doigt. Il le prend dans sa bouche et le suce. Je me mords les lèvres de cette sensualité. Mon désir est à son paroxysme. Mon souffle de plus en plus court. Je vais craquer...

— Landry, viens, viens, je n'en peux plus. Je t'en prie.

Son regard flamboyant, sa bouche sensuelle, je veux tout de lui.

— Je vais te faire jouir, ma belle.

Sa bouche s'empare de nouveau de mon sexe. Je me fige pour libérer cette vague de plaisir qui déferle. Je pousse un gémissement aigu, mon corps pris de soubresauts. Un orgasme violent, fort.

Je reste un moment le souffle court, étendue sur le plan de travail. Pas un mot entre nous. Savourer cet instant, rien d'autre. Les mains de Landry remontent le long de mes cuisses, empoignent mes hanches et m'attirent à lui. Je me redresse et l'embrasse fougueusement.

— Prends-moi.

Il se soulève à la force de ses bras musclés, collant son corps viril contre le mien. Avec lenteur, il pénètre mon antre, me faisant ressentir chaque centimètre de lui en moi. Je me cambre et rythme mon bassin sur le sien : un ballet qui me transporte petit à petit. À fleur de peau, je gémis en mêlant mes mains dans ses cheveux. Il fait durer le plaisir, intensément, contrôlant ma furieuse envie d'aller plus vite.

— Bébé, c'est bon, ne sois pas impatiente. Laisse durer.

— Landry, Landry, encore.

Mes gémissements se muent en jouissance. Je crie pour libérer une nouvelle vague de plaisir, plus forte, plus irrationnelle. À son tour, il se fige en moi. Mon Dieu, son cri est profond, rauque à faire chavirer n'importe quel esprit. Il s'écroule sur moi, complètement essoufflé. Je sens les battements de son cœur qui résonnent dans sa poitrine : boum, boum, boum.

Quelques minutes ainsi, sans un mot, nos têtes retournées, chamboulées. Il me relève, me porte jusqu'au canapé, attrape un plaid, vient se blottir contre moi pour me caresser doucement et me donner des petits baisers chastes. Je suis bien, vraiment bien.

— Yaëlle, tu viens de m'offrir un moment unique. De recevoir tes SMS, de te voir, tu me donnes une deuxième chance. Je ne la gâcherai pas. Tu m'as manqué.

— Landry, c'est indéfinissable, ce que je viens de vivre dans tes bras. Tu m'as manqué aussi. J'ai beaucoup réfléchi, pesé le pour et le contre. J'ai écrit les plus et les moins sur une feuille pour m'aider à prendre une décision.

— Et il y avait plus de pour ?

— Non, Landry. Si je t'en parle, ce n'est pas pour te blesser, seulement pour que tu comprennes. J'ai pris une décision, pris un risque aussi, car je ne sais pas si j'arriverai à te faire confiance pour tout, du moins pour l'instant, si je n'aurai pas de doutes et envie de fuir. J'ai envie d'aller de l'avant et au moins essayer. Les mots que tu m'as dits ce matin, la façon dont tu m'as parlé, je t'ai senti sincère. Je suis persuadée que nous avons trop de différences et que rien ne sera simple.

— Bébé, nous ne sommes pas si différents. J'apprécie ta franchise. Nous pouvons laisser faire les choses et l'avenir nous dira.

— Landry, j'aurais une demande inconditionnelle.

— Dis-moi.

— Je veux être la seule. Exclusivité. Ce n'est pas négociable. Si tu ne t'en sens pas capable, sois honnête. Je ne supporterai pas de te voir avec une autre alors que tu as couché avec moi.

— OK, Bébé. Exclusif, seulement toi. J'ai aussi une demande. Tu sais, le côté couple, ça m'effraie beaucoup. Quand je vois mon frère avec Anna, je ne m'en sens pas capable pour le moment. Je veux que tu me laisses du temps, qu'entre nous, ça s'installe tranquillement.

— Je ne comprends pas, tu ne veux pas que nous soyons ensemble ?

— Si, Bébé. Je n'ai pas envie d'étaler notre histoire. Je veux la préserver. Donne-moi du temps. C'est tout ce que je te demande. En plus, je trouve ça beaucoup plus sensuel et amusant. J'ai adoré les SMS. Tu me regardais ?

— Oui, c'était drôle.

— Est-ce que tu comprends ?

— Je crois. Nous sommes ensemble, mais ça reste entre nous.

— Es-tu prête à accepter ma condition ?

— Oui, enfin, je me demande comment c'est possible ? Si nous sortons un soir et que nous nous retrouvons en public dans le même endroit, je ne suis pas avec toi ? C'est bien ça ?

— Ça ne m'empêchera pas de tout faire pour te rendre dingue. C'est beaucoup plus amusant.

Sa demande me laisse perplexe. Il est d'accord pour que je sois la seule et j'ai l'impression que cette concession est énorme pour lui. En revanche, je ne pourrai pas me blottir dans ses bras comme je le veux. Bizarre.

Après tout, il a peut-être raison. Nous savons tous les deux que notre relation est explosive. Nous sommes butés ; nous laisser le temps, ce n'est pas si mal. Je vais prendre un malin plaisir à le rendre fou… de moi.

— OK, à ce jeu-là, tu vas perdre.

— Bébé, tu as commencé à me supplier, bien que j'aie cru que je n'y arriverais pas, me répond-il en riant. Je suis très fort au jeu. Il va te falloir déployer des tonnes de stratagèmes pour me faire tomber.

— Prier et non supplier, Landry. Méfie-toi.

Il éclate de rire et me dit qu'il a initié une vraie diablesse.

— Yaëlle, tu m'as manqué, vraiment, me souffle-t-il pour finir sa phrase.

Et sur ces paroles, il m'embrasse langoureusement, sensuellement. Mon corps n'a besoin que de ce signal pour le réclamer à nouveau.

— Tu vas devoir attendre, ma belle. Je dois finir un devis pour un client. J'ai une petite heure de travail. C'est urgent, je ne peux pas y échapper, et puis une très jolie femme m'a complètement dissipé. Une heure et je te retrouve. Fais comme chez toi.

— Je peux visiter ?

— Oui, je n'ai rien à cacher.

— Je peux fouiller dans tous tes placards à la recherche de secrets inavouables ?

— Yaëlle, si tu veux savoir quelque chose, tu me le demandes.

— D'accord. J'ai envie de prendre une douche. C'est possible ?

— Tu as un jacuzzi à l'étage, si tu préfères.

— Un jacuzzi ?

— Oui, à moins que tu m'attendes.

— Je vais me contenter de la douche, sûrement froide.

Dernier baiser, Landry est heureux. Son visage est détendu, joyeux. Il se rhabille et m'abandonne à mon triste sort : jacuzzi ou pas.

14

Je récupère mes affaires et pars à la découverte de son univers. La maison est étonnante. Landry a choisi une grande pièce de vie avec une cuisine immense (là, je connais déjà). Les lignes sont épurées, les matériaux, bruts. Peu de déco, quelques touches de couleurs disparates. L'ensemble reste lisse. On s'y sent bien, mais elle ne reflète pas son âme, comme s'il ne voulait pas se dévoiler : pas de photos, quelques cartes postales du bout du monde, rien de personnel.

Dans le salon, il a disposé plusieurs canapés, des fauteuils design autour d'un immense tapis et d'une cheminée. La pièce est équipée d'une grande bibliothèque, avec des pans de livres hétéroclites : business, vin et beaucoup de policiers (il aime le genre au vu des auteurs. OK, un point commun), des romans historiques, des classiques et des guides de voyage. Je frôle du bout des doigts les couvertures et m'arrête sur un avec un marque-page. L'opus du moment ? Bon choix, nous pourrons échanger dessus.

Je poursuis ma visite. Un escalier mène vers un sous-sol. J'hésite, sûrement une cave. À l'arrière, une pièce lingerie bien équipée. Ce garçon lave et repasse son linge, seul. Il marque des points. Je me dirige vers l'étage. L'escalier déboule sur une gigantesque mezzanine. L'ambiance est plus chaude avec des tons taupe et vanille qui apaisent. Un espace télévision, du matériel high-tech dernier cri et une PS4. Quand il me disait qu'il était joueur.

Cette pièce dessert plusieurs chambres : première, assez simple, chambre d'amis ? Idem pour la deuxième. Troisième porte, j'en suis sûre, la sienne. Un bel espace, soigneusement agencé dans une déclinaison de gris et de bleu : un dressing, une salle de bains avec une immense douche à l'italienne. Je fantasme déjà. L'espace nuit possède une séparation style atelier d'artiste avec, derrière, le fameux jacuzzi. Une verrière le surplombe et de grandes baies vitrées dominent une terrasse en bois panoramique avec une vue dégagée sur la campagne angevine.

Il a bon goût. Je me sens même déplacée dans cette maison. Tout est design, luxueux, j'ai l'impression de faire tache. Je reviens vers son lit. J'ai bien envie de l'essayer. J'ose ou pas ? Je vais l'attendre, il m'emmènera dans sa chambre. En l'associant avec ce lit, j'ai un pincement au cœur : combien de femmes sont venues ici ? Combien sont restées dormir dans ses draps ? Mes pensées négatives me gâchent ce moment. Je vais à la salle de bains pour retrouver mon positivisme. Je prends une longue douche relaxante. Je profite de son gel douche, respire son parfum : voilà, j'ai son odeur sur ma peau.

Je descends et vais patiemment l'attendre dans son salon en prenant un livre sur des stratégies commerciales. La lumière du jour commence à décliner. Je n'allume pas les lumières : si on me voyait chez lui ?

J'ai dû m'assoupir. La voix de Landry me réveille : un mélodieux murmure au creux de mon oreille.

— Bébé, tu dors ?

— Hum.

— Tu étais dans l'obscurité ?

— Hum, je n'ai pas osé allumer, lui réponds-je d'une voix endormie.

— Pourquoi ?

— Tu m'as dit que nous devions être discrets. Je ne voulais pas qu'on sache que j'étais chez toi alors que tu es à ton bureau.

— Discrets, cela ne veut pas dire cachés. Je n'ai pas de comptes à rendre par rapport à qui j'invite. À personne.

— OK. Après, j'ai dû m'endormir.

— Que lisais-tu ?

— Oh ! *Predictable Revenue*, d'Aaron Ross.

— Tu t'intéresses à ce genre de lecture ?

— Je n'ai pas beaucoup lu. Il faisait sombre.

— Tu es fatiguée ?

— Trois fois rien, j'ai de l'énergie à revendre.

Il part dans un éclat de rire et me gratifie d'un petit baiser.

— Alors, cette visite ? me demande-t-il en se dirigeant vers la cuisine.

— Intéressante, très intéressante… J'aime beaucoup ta chambre.

— Ah oui, et pourquoi ?

— La douche, le grand lit et le magnifique jacuzzi. Ton étage est plus chaleureux que le rez-de-chaussée. Ici, à part les livres, on en découvre peu sur toi.

— Est-ce que tu es descendue ?

— À la cave ? Non, je n'ai pas osé.

— Ce n'est pas une cave ; viens, je vais te montrer. C'est ma pièce.

Je le suis dans les escaliers. Landry ouvre et me laisse passer. Je reste bouche bée : le bas de sa maison ressemble à un loft, brut. Des murs de béton cirés, une piscine intérieure, des équipements de sports. Grandiose. Comment peut-on avoir un tel équipement chez soi ? Dans un coin, il a affiché des photos de lui avec des amis : de soirées, du bout du monde, de compétitions sportives.

— Alors, qu'en penses-tu ?

— Très impressionnant.

Je passe de photo en photo : des portraits en noir et blanc, des paysages d'îles lointaines ou de scènes urbaines. Les mises en scène me le dévoilent, différent du Landry que j'apprends à connaître.

— Tu te sers de tous ces appareils et de la piscine ? Tu as le temps ?

— Oui, Bébé, je me lève tôt.

Je remarque un sac de frappe et des équipements de boxe. Je comprends mieux l'uppercut dans la tête de Steve.

— C'est là que tu t'entraînes pour corriger les autres ?

— Seulement ceux qui s'approchent de ce qui m'appartient, Yaëlle.

Je me bloque. Je ne suis pas sa chose et n'aime pas sa réflexion. Il le remarque tout de suite. Je ne pensais pas qu'on lisait aussi facilement sur mon visage.

— Yaëlle, ne te méprends pas. Appartenir, ça ne veut pas dire que je te prive de liberté ou que je te formate. Tu es à moi. Je ne veux pas qu'un autre mec t'approche.

Je me détends un peu. Je suis bousculée devant cette maison où il ne manque rien, devant Landry si sûr de lui.

— Je te fais à manger ?

— Tu cuisines ?

— Oui. Depuis combien de temps n'as-tu pas mangé ?

— Mangé ? Euh, hier, enfin, j'ai grignoté.

— Rien ce matin, rien ce midi ?

— Non je n'avais pas très faim.

— OK, tu aimes tout ? Tu dois te nourrir. Tu…

— Je n'ai pas de problème avec la nourriture, si c'est ce qui t'inquiète. J'ai oublié et ne suis pas difficile, lui dis-je en l'interrompant.

Landry se lance aux fourneaux et sort une série d'accessoires. Je souris devant tous ces ustensiles : il sait que nous sommes deux et que mon appétit est celui d'un moineau. Je m'assois en face de lui.

— Pourquoi ne vis-tu pas au château comme Clovis ?

Son visage se raidit d'un coup. Toutes les jolies expressions se sont envolées. J'ai le sentiment d'avoir fait un impair, comme sur le voilier. Il se retourne, me demande si je veux un verre de vin, sans répondre et en changeant complètement de sujet. D'accord, point à ne pas aborder, le message est clair.

— Oui pourquoi pas. Landry, tu me gâtes. Tu cuisines, verre de vin, c'est le traitement habituel ?

Landry lève un œil sur moi, étonné, son visage toujours aussi coincé. Deuxième impair ?

— Comment ça, le traitement habituel ?

— Bah, c'est comme ça que tu séduis les femmes, enfin, tes conquêtes.

Il se ferme. Ma réflexion n'a pas l'air de lui plaire. Il pose les affaires qu'il a dans les mains, souffle, passe sa main dans ses cheveux et me regarde, dubitatif.

— Que crois-tu, Yaëlle ? Que je ramène une tonne de femmes chez moi ? Quand tu es montée dans ma chambre, tu t'es demandé combien je m'en suis tapé, c'est ça ?

Son ton devient dur.

— Ma réflexion n'est pas du meilleur goût. Je ne voulais pas te vexer. Oui, je me suis demandé combien de femmes avaient dormi dans tes draps.

— Je pensais que tu avais une meilleure image de moi, me rétorque-t-il, visiblement déçu.

— Je ne voulais pas te blesser. Mon interrogation est légitime. Tu as eu beaucoup de femmes, et…

— Et quoi ? me coupe-t-il aussi sec. Tu crois que chez moi, c'est une garçonnière, que je ramène mes conquêtes ? Tu me juges sans me connaître.

L'ambiance est glaciale. Il me toise avec son air hautain. Je déteste son attitude. Je perds confiance. Mes mains se mettent à trembler. Par protection, je me lève et attrape ma veste.

— Tu fuis ?

— Je déteste quand tu me parles sur ce ton. Oui, je crois, non, je suis sûre que je ne suis pas la première à venir chez toi. J'ai vu Laetitia sortir au petit matin. Sa voiture était garée devant ta maison. Je ne sais pas si tu as cuisiné pour elle, si tu lui as offert du vin et dans quelle pièce vous avez couché ensemble. Oui, je me suis interrogée. Il n'y avait pas de ressentiment dans ma réflexion. Je ne fuis pas. Je ferais mieux de partir.

J'enfile ma veste et me dirige vers la porte. J'attrape la poignée. La main de Landry m'arrête.

— Aucune, Yaëlle, tu te trompes, me murmure-t-il dans mon dos.

Je me retourne vers lui, étonnée.

— Je l'ai vue sortir de chez toi.

— Elle est venue chercher un dossier. Elle n'a pas passé la nuit. Aucune femme n'a dormi dans mon lit. C'est mon antre. Je le préserve. Tu seras la seule.

Je répète bêtement ce qu'il vient de me dire. La seule ? Flatteur et déstabilisant à la fois. Je comprends mieux pourquoi il est vexé de la sorte. Je me rapproche de lui, tends ma main et caresse son visage.

— Je ne voulais pas être désagréable. Je me suis trompée et te présente mes excuses. Tu as raison : je souffre que l'on me juge facilement. Je viens de faire la même chose avec toi. Je ne fuis pas. Je suis mal à l'aise quand tu es glacial. Je reste si tu le souhaites. Je comprendrais si tu veux que je parte.

— Yaëlle...

Il se penche et m'embrasse, un petit baiser qui se transforme vite en baiser langoureux, hors du temps. Je referme mes mains sur sa nuque et réponds fougueusement à cette étreinte.

— Pardonnée ? lui demandé-je en caressant le bout de son nez avec le mien.

— Oui, ma belle. Les apparences sont contre moi. Fais-moi confiance. J'ai envie de cuisiner pour toi. J'ai faim de toi, aussi.

Il retrouve son sourire, prend ma main et m'entraîne vers l'îlot de la cuisine.

— Assieds-toi là.

Il me monte sur le plan de travail.

— Tu es sûr ? La dernière fois...

Il m'attire à lui et m'embrasse de nouveau.

— Très sûr. Si tu bouges ou te conduis mal, je t'inflige la même punition que cet après-midi.

— Landry, tu me provoques. Je vais tout faire pour.

— J'ai d'autres options, plus alléchantes ; tiens-toi à carreau.

Sur cette note plus joyeuse, nous continuons notre badinage. J'en apprends un peu plus sur lui : ses études aux États-Unis, ses stages aux quatre coins du monde, les sports qu'il aime, sa passion pour le vin et le business qui en découle.

Sa cuisine est un délice, le vin, une tuerie. Je me régale. L'alcool me donne des couleurs. Je ris volontiers aux anecdotes de Landry.

— En dessert, que préfères-tu ? Chocolat ou glace ?

Sa question reste en suspens. Il attend ma réponse. Moi ? Je sais ce que je veux. Je me lève, me dirige vers lui et murmure à son oreille :

— Toi.

Landry prend une bouteille de crémant dans son réfrigérateur, deux verres, m'attrape la main et nous entraîne vers sa chambre. Il règle l'éclairage pour tamiser la lumière et met le jacuzzi en fonctionnement.

La lune brille à travers la verrière. Cette pénombre avec un léger éclairage est archi romantique. Je m'égare et ne crois pas ce qu'il m'arrive : j'ai l'impression d'être une princesse. Il dispose les deux verres, ouvre la bouteille, nous sert et s'approche de moi. Il enlève son T-shirt. Mon rythme cardiaque s'accélère (vous avez déjà vu la pub du jardinier pour *Coca Cola* ? Bah, c'est lui !). Il déboutonne son jean, le descend tout doucement. Il me regarde avec un air amusé. Ma mâchoire a dû se décrocher. Il joue avec l'élastique de son boxer et le retire. Le rouge me monte aux joues. Il passe sa main dans ses cheveux. Non, non il ne peut pas exécuter ce genre de *strip-tease*.

— Tu ne te déshabilles pas ? me demande-t-il avec sa voix sensuelle et un air innocent.

Il file vers le jacuzzi, s'installe confortablement, passe ses deux mains derrière sa tête, mettant en évidence ses incroyables biceps, et attend patiemment la suite. Mes jambes tremblent. Je suis déphasée et ai du mal à retrouver mes esprits. Je n'ai pas bougé. Je me trouve très empotée. OK, nous jouons. Je n'ai pas de répartie. Je dois me reprendre, il va se croire irrésistible. J'avance vers le spa, retire mon T-shirt, mon soutien-gorge, défais les boutons de mon jean. Je ne souris pas, je suis concentrée. Je dois me contrôler pour ne pas lui sauter dessus et lui dire des trucs précipités. Il voit mon trouble. Son visage a pris son air plus sérieux, concentré également. Je retire mon pantalon lascivement, ne suis pas embêtée avec ma culotte, descends doucement les quelques marches, entre dans le jacuzzi et vais volontairement me poser à son opposé. Nos regards sont électriques. Landry attrape une coupe et me la tend. Je plonge mes lèvres dans les bulles. Frais, un goût agréable, juste ce qu'il faut de sucre.

— Tu aimes ?
— Oui, frais, pas trop sucré.
— Première fois ?
— De quoi ? Le crémant ?
— Non, le jacuzzi.
— Landry, tout n'est pas une première fois. Je suis allée à la piscine municipale. Ils ont un bain à remous.

Landry éclate de rire.

— Tu compares MON spa, cet instant, avec le bain à remous de la piscine municipale, Yaëlle ! Ils t'ont servi les petits fours et le champ' ?
— Tu te fous de moi ?
— Oui, j'adore. Tu sais que tu as le don de me remettre les pieds sur terre.
— Je ne vois pas ce qu'il y a de drôle.

— La prochaine fois que tu y iras, je peux t'assurer que tu t'en rendras compte.

Il reprend de sa voix douce :

— Yaëlle, tu aimes ?

— Oui.

— Dis-moi ce qui te plaît.

— Landry, tu exagères.

— Yaëlle, me dit-il d'une petite voix.

— Ce n'est pas le jacuzzi, dis-je en finissant ma coupe, mais toi.

— Moi ? me répond-il avec un air de ne pas y toucher.

— Oui, celui qui se déshabille, qui en fait des caisses. Regardez-moi, mon *Sex Appeal*.

Landry éclate de nouveau de rire. Il me tend la main. Je le rejoins et grimpe sur ses cuisses.

— Tu es à croquer, Bébé.

Il m'embrasse différemment, comme après la plage. Ses baisers se font plus ardents, ses caresses, précises. Il me protège. Nos corps s'enlacent pour une danse charnelle. Dans ce bain de bulles, je vais murmurer son prénom du fond de mon cœur, mon corps va s'enflammer au rythme du sien. Au clair de lune, il va me regarder au fond de mes prunelles, et je vais lire dans les siennes un bout de son âme. Ce soir, il m'aura fait l'amour et mon être a complètement chaviré.

J'entends une musique lointaine, un réveil. Landry est à côté de moi. Je dois rêver. Il m'appelle. Mon corps endormi, j'émerge doucement et me remémore les événements de la veille.

— Salut, prononcé-je d'une voix qui déraille.

— Salut, ma belle.

Il pose un baiser sur mes lèvres.

— Bien dormi ?

— Hum, oui, très bien. Toi aussi ?

— Très bien, Yaëlle. Il va falloir quitter ce lit et aller travailler.

— Déjà, quelle heure est-il ?

— Sept heures.

— Quoi ? Je vais être en retard.

Je saute du lit d'un bond, prends mes affaires et fonce vers sa salle de bains.

— Yaëlle, tu as une heure. Tu es sur place, tu as oublié ?

— Tu rigoles ? Tu crois que je vais sortir de chez toi, la bouche en cœur ? Non, non, non, je ne veux pas que mes collègues me voient et qu'ils aient des soupçons. Nous donnons le change. Je vais refaire le tour en vélo.

— Ce n'est pas un peu trop ? Promis, je te laisse sortir en première.

Je me jette sous la douche. Landry arrive.

— Je peux te rejoindre ? me demande-t-il.

— Ce n'est pas une bonne idée.

— Tu crois ? me dit-il avec son regard charmeur.

Je craque et finis dans les bras de Landry, plaquée le long de la paroi de la douche.

15

Je me faufile en dehors de sa maison, récupère mon vélo et fais mine d'arriver discrètement. Anna m'attend sur le parking. Elle est très contente de me voir, me demande si j'ai parlé avec Landry (comme si elle ne le savait pas déjà) et si blablabla :

— Oui, nous avons discuté. Je reviens travailler au vignoble. Tu avais raison, ça me manquait déjà. Je me sens apaisée, c'est ce qui compte.

— Et c'est tout ?

— Oui, pour le moment, c'est déjà beaucoup.

— Comment fais-tu pour résister à ce type ?

En temps normal, je lui aurais dit la volonté. Au vu de la nuit que je viens de passer, je préfère m'abstenir, éclater de rire et rejoindre bien vite le groupe, avant que les questions d'Anna ne soient trop pertinentes.

Elle n'a plus que quinze jours à travailler au domaine ; ensuite, elle reprendra le chemin de l'université. Mon contrat se termine fin novembre. Trouver un nouveau job va devenir mon cheval de bataille. Mon permis de conduire avance bien : je passe le code dans une semaine et ai entamé la conduite. Avec un peu de chance, fin novembre, je serai mobile. Mon budget est serré, mais je dois pouvoir m'acheter une petite voiture d'occasion. Pour finir sa saison, Anna organise une soirée où elle fêtera également ses vingt ans. Elle veut absolument que je l'aide à tout préparer. Nous nous calons sur demain soir où je passerai la nuit chez elle.

Joseph arrive. Il nous distribue nos parcelles et m'accompagne jusqu'à mon rang.

— Tu as bonne mine. Ça fait plaisir à voir. Je suis content que tu sois revenue.

— Merci, Joseph, d'avoir boosté Landry pour qu'il vienne me parler. Nous avons réglé nos différends. Je suis ravie d'être parmi vous, je vous l'assure.

— Je t'ai vue sortir de chez lui, ce matin. C'est un gars bien. Il a son caractère. Il faudra que tu sois patiente pour l'apprivoiser.

Je rougis comme une tomate. Pourtant, j'ai été discrète.

— Ne t'inquiète pas, ce ne sont pas mes affaires. Je te mets en garde. La route sera semée d'embuches. Il te faudra de la patience et de la volonté. Crois en toi, Yaëlle. Je voulais savoir aussi comment tu t'en sors chez toi ?

— Qu'est-ce que vous voulez savoir, Joseph ?

— Avec ta mère ?

Je l'examine, étonnée, et n'aime pas la tournure que prend notre conversation. Pourquoi me pose-t-il cette question ? Il comprend qu'elle me gêne.

— Yaëlle, si tu ne veux pas en parler, je peux le concevoir. Je connais ton histoire. Ton père venait au bar du village. Il me faisait pitié, tout seul au comptoir à s'enfiler des verres.

Je reste dubitative. Je n'aime pas aborder ce sujet, même si Joseph est devenu une personne de confiance. Je me bloque. Il attend patiemment. Je n'arrive pas à soutenir son regard. Je plonge mes yeux vers mes chaussures, en signe de protection. Joseph souffle et pose une main sur mon épaule. Tout doucement, il vient m'expliquer qu'un jour, il lui a remonté le moral. Mon père s'est confié. Je venais de fuguer. Il était très affecté. Il savait ce que faisait ma mère. Ce n'était pas un secret.

— Je n'ai pas compris pourquoi il ne t'avait pas emmenée loin d'elle. Elle avait une vraie emprise et lui a fait payer toute sa vie. Je pense que tu es revenue pour lui. Aujourd'hui, tu dois prendre ton envol. Ce n'est pas en restant dans ce taudis à côté d'elle que tu vas t'en sortir. Tu mérites mieux. Si je me permets de t'en parler, c'est parce que je t'apprécie.

Les paroles de Joseph me pénètrent instantanément, comme s'il avait ouvert toutes les boîtes d'un coup. Combien sont au courant ? Je vacille. Il me retient.

— Tu m'as remercié d'avoir bousculé Landry. Toi aussi, tu dois entendre les vérités.

— Joseph, je ne veux pas, enfin, je n'aime pas en parler. Vos propos ne me rassurent pas. Savoir que tout le monde est informé que ma mère s'est prostituée, c'est dur. Vous ne direz rien à Landry ?

— Tu es adulte, Yaëlle. Tu dois entendre les choses, même si elles sont désagréables. Quand je te disais que la route serait semée d'embuches : il l'apprendra et tu devras gérer. Tu n'as rien à voir avec elle. Prends ton envol, c'est le conseil que je peux te donner, et ne tarde pas.

Il me prend dans ses bras, me serre. Mes larmes se mettent à couler.

— Joseph, vous avez raison. Le pas est difficile à franchir.

— Parfois, dans la vie, il faut prendre des risques, pour ne pas regretter. Parfois, ça fait mal, et parfois, ça rend heureux.

— Je comprends.

— Bien, alors au boulot !

J'essuie mes larmes et rejoins Anna qui me demande pourquoi je pleure. Je la rassure : rien, le vent frais qui pique les yeux. Joseph a raison. Mon destin est entre mes mains. Personne ne le prendra à ma place.

La matinée passe vite. Je suis heureuse de retrouver mes collègues. L'ambiance est bonne et Anna bavarde comme jamais.

— J'ai trouvé un super DJ. Ça va être d'enfer, cette soirée ! Je veux que tous mes invités s'en souviennent comme la fête de l'année, et moi la première. Juste un détail : je pensais inviter Landry, cela ne te pose pas de problème ?

— Non, Anna, je gère.

Voilà, c'est bien ce que je pensais. Notre petit arrangement va vite se compliquer : passer la soirée d'anniversaire d'Anna à l'ignorer et lui pareil ? J'espère que la salle est grande. Je vois mal comment nous allons faire. D'ailleurs, je ne l'ai pas vu de la matinée. Pas de messages non plus.

Pour le déjeuner, nous nous rendons sous le hangar. Comme je n'ai pas dormi chez moi, je n'ai rien prévu. Malin, je n'ai pas d'excuse toute prête à sortir du tac au tac.

— Tu as oublié ton repas ? me demande Anna.

— Oui, resté dans la cuisine.

Je n'aime pas lui mentir.

— Tiens, regarde, Landry. Tu crois qu'il déjeune avec nous ?

Je relève la tête et ne vois que lui. Il a son sourire charmeur, cette démarche qui me fait fondre. Ses yeux me matent sans équivoque. Il se dirige droit vers moi, comme si nous étions seuls au monde. Et j'aimerais qu'il n'y ait que lui, que moi et me jeter sur son corps qui m'appelle.

— Yaëlle, ton déjeuner.

— Mon… mon déjeuner ? Non, balbutié-je, sortie de ma rêverie.

— Tu m'as dit ce matin que tu l'avais oublié quand tu es arrivée, tu ne t'en souviens pas ? Je n'allais pas te laisser mourir de faim.

Un sourire moqueur sur les lèvres, il me dépose un sac et tourne les talons. Anna me regarde, genre « tu me caches un truc », et je fais ma tête d'ignorante.

— En fait, tu es complètement accro.

Je prends mon air de ne pas y toucher, limite offusquée.

— Non, bien sûr que non. Je ne m'attendais pas à un panier pique-nique, c'est tout.

— C'est ça. Tu n'as pas pu aligner deux mots.

Elle secoue la tête et enchaîne :

— Qu'est-ce qu'il t'a apporté ?

J'ouvre le sac : trois Tupperwares, avec une salade, de la viande, des fruits et une bouteille d'eau. Il a cuisiné pour moi : j'adore. Une petite carte est glissée à l'intérieur du sac. J'attends pour la lire. Anna a les yeux rivés dessus. Mon cœur fait boum, boum, boum, un peu vite à mon goût.

Délicieux. Je me régale : une petite salade italienne avec de la coppa, du jambon italien, des olives et ce qu'il faut d'assaisonnement, deux tranches de rôti froid, il a même mis du pain, de la moutarde, et la salade de fruits est faite maison. Il me donne carrément des complexes : mon niveau en cuisine doit approcher du zéro.

— C'est bon ? me demande Anna qui me voit me délecter de chaque bouchée.

— Divin, lui réponds-je la bouche pleine.

— Et en plus, il cuisine. Saute-lui dessus, Yaëlle ! Je ne comprends pas ce qui te retient.

— Anna !

— Ne dis rien : tu t'en mordras les doigts.

Je souffle : elle m'énerve un peu. Comme je ne me sens pas super à l'aise dans mes baskets et que je dois me taire, je préfère ne rien dire. En retournant vers les rangs de vigne, je profite d'être seule pour lire son mot.

« *Je veux que tu manges. Tu vas en avoir besoin… Je pense à toi… L* »

Je reste un moment immobile avec ma petite carte dans les mains. Son attention me touche, même si le ton est « provoc » : il pense à moi. Mon cœur continue ses boums, boums, boums rapides qui me rendent un peu bête. Je la glisse dans la poche arrière de mon jean et prends mon portable pour lui répondre.

Merci Landry, très jolie attention
Je pense aussi à toi
Et à la façon dont je vais te remercier... Y

Je n'allais pas lui faire un message laconique ou fleur bleue ; un peu coquin, c'est mieux.

Notre journée continue. Avec Anna, nous papotons sans cesse de sa future méga soirée. Elle a invité une centaine de personnes, comme je suis célibataire (elle insiste) et disponible, elle va me présenter son super pote de fac. Comment l'a-t-elle appelé, déjà ? Ah oui, Garrett. Anna ne loupe aucune occasion et insiste bizarrement. Je suis sûre qu'elle sait et veut me faire cracher le morceau.

Dix-sept heures trente, je reçois un texto de Landry. Il n'a pas perdu une minute.

On se voit ce soir ? L
J'ai une leçon de conduite jusqu'à 20 h 30. Y

Je ne rajoute rien d'autre. Dix minutes plus tard, pas de réponse. Il doit être occupé ; de toute façon, je n'ai pas de temps à perdre.

Vingt heures trente. J'arrive chez moi. Pas de nouvelles de Landry. Je ne lui enverrai pas de messages. J'imagine que s'il voulait me voir, il m'aurait envoyé un autre texto.

Je rentre. L'odeur d'alcool est suffocante. Ma mère est tombée à côté du canapé. Plusieurs verres sur la table, elle a reçu du monde. Je flippe. Les fréquentations qu'elle a eues après la mort de mon père étaient limites. Plus d'une fois, j'ai dormi dehors par peur. Je m'approche et vérifie qu'elle est bien seule. Elle est complètement saoule. Vu le nombre de bouteilles d'alcool fort, elle a dû franchir les bornes. Je débarrasse ce fourbi qui me dégoûte. Mes mauvaises pensées reviennent, ce sentiment que je suis sale. Je lutte.

Je ne vais pas la laisser au sol. Je la prends sous les aisselles et la traîne vers sa chambre. Elle est lourde, un poids mort. Elle se réveille et commence à balbutier de la lâcher et m'insulte au passage. Je ne comprends pas tout et me doute bien qu'elle ne me remercie pas.

Quand je rejoins ma chambre, je tremble. Du froid s'est insinué dans chaque méandre de mon corps, celui qui glace les os et fait remonter des souvenirs douloureux. Un mal profond qui me ronge de l'intérieur et me ramène sans cesse dans ma réalité, ma vie quotidienne rythmée par cette relation maternelle qui me tue à petit feu. Je me sens souillée. Je résiste à la tentation d'enlever cette crasse de mon corps et de me torturer pour oublier. Trouver le sommeil dans ces conditions ? Impossible. Avoir peur une partie de la nuit ? Certain. Les paroles de Joseph me reviennent : partir. Il a raison, je le sais. Tout au fond de moi, j'ai une crainte de ce qu'elle deviendrait. Oui, même si je n'ai aucune relation avec elle, je ne peux pas m'empêcher de sentir comme une culpabilité à la quitter.

Minuit : je ne dors pas, les yeux ouverts fixés au plafond dans l'obscurité. Je n'ai pas envoyé de SMS à Landry. Je ne veux pas qu'il me voie dans cet état. Je le perdrais. Lui écrire dans ces circonstances ? Irréalisable. Je ne veux pas mélanger mes deux univers et préserver celui que je viens de découvrir. Chacun à sa place, pour gérer et de ne pas partir en live. Pourtant, ses bras me seraient nécessaires pour m'enfouir au creux de lui et me sentir en sécurité.

Quand le réveil sonne, je suis assise en tailleur depuis au moins une heure. J'avais hâte que le jour se lève. Je me prépare et file vers le domaine. J'ai une petite mine. Même si j'essaie de me motiver avec des pensées positives, les stigmates de la nuit sont visibles. Pas d'Anna sur le parking, seulement Joseph. Pas de Landry non plus. Est-ce que j'aurais aimé le voir ? Tout au fond de mon cœur, oui. J'aimerais lui confier mes doutes, mes peurs. Pourtant, je n'ai pas à lui infliger ma vie minable. Je ne sais pas si je trouverais les mots.

Joseph remarque tout de suite ma tête.

— Yaëlle ?

Je l'arrête immédiatement, la main levée. Nous n'allons pas faire tous les jours le récit de ma pauvre existence. J'ai mal dormi, rien de plus. Pas de drame ni de risque d'accident, l'envie forte de travailler et d'abattre un boulot monstre.

— Je peux avancer ?

— Coteau ouest, les cabernets francs.

— À tout à l'heure, Joseph.

En montant, vers les vignes, mon téléphone vibre : message de Landry.

Je m'absente plusieurs jours. L

Vie de merde ! Il ne pouvait pas me le dire en face et me prévenir. Je replonge le téléphone dans ma poche, énervée. Arrivée d'Anna. Elle repère la fatigue sur mon visage et veut absolument que je lui raconte. Avec elle, ce n'est plus pareil. Je me suis confiée. Je peux lui parler.

— Ma mère, elle a recommencé. J'ai passé une mauvaise nuit. Ce soir, je dors chez toi et nous allons te préparer une fête d'enfer. Dans dix ans, tu t'en souviendras encore !

— J'adore quand tu me le dis. Yaëlle, désolée pour ta mère, tu sais, enfin, tu devrais partir.

— Anna, soufflé-je péniblement. Je... clôturons le sujet, s'il te plaît.

— Je suis là pour toi si tu as besoin.

— OK.

— Bon, j'ai une autre nouvelle à t'annoncer.

— Tu te maries ?

— N'importe quoi. Non. J'ai signé un bail. J'ai trouvé un appartement sur Angers, en plein centre, pas loin de l'université. Le pied ! Je vais faire tout ce que je veux, vivre ma vie. Je suis trop heureuse.

— C'est cool. Tu seras bonne pour m'inviter. Raconte-moi, comment il est cet appart ? Quand as-tu les clés ?

— Alors, avant de tout te raconter de mon futur chez-moi, je t'ai apporté ça.

Elle me tend une feuille.

— C'est pour un job. Je suis allée les voir. Ils cherchent un temps plein. Leurs horaires ne collent pas avec les miens. Ils proposent un poste de serveuse dans un resto, cave à vin : payé au SMIC, avec des pourboires et pourcentages sur certaines ventes de bouteilles. Après, je me suis dit que c'était glauque de te le proposer avec le problème de ta mère, me lance-t-elle, hésitante. Tu t'intéresses à la vigne. Tu as vachement appris en peu de temps, alors c'est peut-être une opportunité à saisir. Tu devrais les appeler, je les ai prévenus.

Je regarde l'annonce : travailler dans une cave à vin, et pourquoi pas ? C'est vrai que les assemblages, les saveurs, l'origine, cela me passionne. J'ai appris rapidement au contact de Joseph et de Landry. Je dégaine mon téléphone, vérifie au passage que je n'ai pas un nouveau message, et appelle. Après quelques renseignements, un rendez-vous est pris pour samedi. Anna m'emmènera.

La journée se poursuit entre travaux, grande conversation sur le futur appartement, la future fête. Anna rêve que j'obtienne le job et m'installe à Angers, pas loin de chez elle.

— Et Clovis, qu'est-ce qu'il pense de tout ça ?

Elle est embarrassée. Est-ce qu'il y aurait de l'orage dans la super méga relation Anna-Clovis ?

— Il n'est pas au courant pour l'appartement et pas emballé par la soirée. Il aurait aimé un truc en intimité pour mes vingt ans. C'est un peu *too much*, le repas en amoureux. De toute façon, il ne rentre pas avant dimanche. Nous avons la fin de la semaine pour nous éclater.

L'occasion est trop bonne pour chercher quelques indices sur le départ précipité de Landry ; peut-être qu'ils sont ensemble ?

— Où est-il ?

— Avec Landry sur Paris. Ils allaient démarcher des clients et ils récupèrent leur sœur qui vient en vacances.

— Ah bon ! Ils ont une sœur ?

— Yaëlle, maintenant, tu sais où est Landry. Je te vois venir avec tes gros souliers. Je sais que tu me caches des choses. J'ai la fin de la semaine pour te faire craquer et m'avouer tous tes secrets.

La fin de semaine est passée comme un souffle. J'ai dormi chez Anna, arrangeant mes affaires et métamorphosant ma tête du matin : reposée, sans stress.

Samedi matin, nous sommes sur le pied de guerre. Rendez-vous pour le job, récupération des clés d'Anna, magasins pour aménager son appartement, dernier achat pour sa fête : un énorme programme pour une grosse journée entre filles. Le rendez-vous à la cave s'est bien passé. Bizarrement, je me suis sentie à l'aise dans ce lieu : un endroit intimiste avec une partie cave bien achalandée et, à l'arrière, un resto. La cuisine est faite maison avec des produits frais de saison. Ils travaillent avec des producteurs locaux et aiment mettre en avant le terroir angevin. Ils m'ont proposé un essai mercredi prochain. J'ai marqué des points en remarquant un vin à l'assemblage particulier (leçon de Joseph). La place serait disponible fin novembre. Idéal. Le courant est bien passé avec les deux patrons, Olivier et Dan, une trentaine d'années, simples et cools. Une embauche en CDI est envisageable, si nous sommes raccords lors de l'essai : trente-cinq heures, la cave ferme à vingt-et-une heures, ce qui me laisserait mes soirées. Je suis emballée.

Anna m'attend, portable à la main. Je n'ai pas craqué pour Landry et ai tenu ma promesse. De toute façon, elle n'a pas insisté vu que le sujet était à éviter. Je n'ai reçu aucun message de sa part et suis remontée.

— Les garçons se portent comme des charmes, me dit-elle. Ils ont bien travaillé. Leur sœur arrive aujourd'hui. Clovis pense être là vers quatorze heures, demain. Tu ne m'en voudras pas si je t'abandonne. Il me manque.

— Bien sûr que non, Anna. Depuis deux jours, tu glisses son prénom pratiquement dans toutes tes phrases.

— Tu te moques ?

— Non, je te trouve belle et amoureuse.

— Je suis complètement accro.

Nous continuons en direction de son futur chez elle. Anna ne tarit pas d'éloges : l'emplacement rue du Mail, la place du Ralliement à deux pas, les magasins, les bars… et au bout de la longue liste de tous ses avantages, l'université à proximité. Un deux-pièces, lumineux, refait à neuf, cosy avec des murs blancs, des poutres apparentes à l'angevine et un joli parquet en chêne cérusé qui lui donne un look moderne. Anna a tout prévu pour son aménagement : coin salon avec des meubles vintages, sa chambre ambiance romantique avec des tons roses et tout un assortiment de décorations cosys pour qu'elle se sente chez elle.

Je l'envie : elle va être bien.

Fin de journée, nous descendons dans un pub en bas de chez elle. Je n'ai plus de pieds et suis fatiguée. Anna aussi. Nous passerons une soirée sage. Cela n'empêche pas trois garçons de nous accoster.

— Désolées nous sommes prises, leur réplique Anna en me faisant un clin d'œil.

16

Dimanche matin, Anna me dépose chez moi. J'ai mal dormi et me suis beaucoup réveillé. Je n'arrêtais pas de penser à lui. Il me manque. Je suis fâchée, oui, fâchée. Il m'a donné zéro nouvelle.

Je salue Anna et file vers ma maison. La porte est entrouverte… Anormal. Ma mère a une fâcheuse tendance à s'enfermer à double tour, m'oubliant parfois dehors. Je frissonne. J'ai un mauvais pressentiment. Qu'est-ce qui s'est encore passé ? Je rentre prudemment en attrapant un morceau de bois qui traîne dans la cour. Je ne suis pas rassurée. Elle n'est pas affalée sur son canapé. En revanche, la table est jonchée de bouteilles et de verres. Je me faufile sans faire de bruit dans la cuisine. Elle est allongée par terre. Elle a vomi partout. Ses vêtements sont retroussés. Je n'ose imaginer la teneur de sa nuit. L'odeur est suffocante. Je m'approche un peu plus et essaie de la réveiller. Pas de réponse. J'ai l'impression qu'elle ne respire plus. J'essaie de la retourner. Elle est rendue plus loin que d'habitude et je pense immédiatement à un coma éthylique. Je prends mon portable et appel le SAMU.

Une demi-heure plus tard, ma mère est sur un brancard dans l'ambulance des pompiers, direction les urgences. Son état est jugé grave. Les urgentistes et pompiers me demandent si je peux me rendre au CHU. « Je n'ai qu'un vélo » : la réponse stupide que je vais leur donner. Je monte avec eux, je ne peux pas la laisser seule.

L'attente dans la grande salle des urgences. Le manège des infirmiers, des médecins et autres personnels hospitaliers. Les gens qui arrivent en flux continu. Je me suis mise dans un coin. Je ne me sens pas bien. Mon cerveau bloque sur ma mère étendue par terre, complètement ivre. Est-ce que j'aurais pu l'éviter ? Le sentiment de culpabilité m'envahit de nouveau, si j'étais restée avec elle. J'aurais pu la raisonner, empêcher qu'elle se mette minable. Ma pire crainte ? Qui était avec elle ? Je suis terrorisée à l'idée d'imaginer qu'il est revenu.

Les heures passent. Le jour décline. Je n'ai aucune nouvelle. Un médecin se dirige enfin vers moi. Il me demande de le suivre un peu à l'écart :

— Depuis combien de temps votre mère boit-elle, Mademoiselle ?

Je secoue la tête, dépitée par sa question. Je ne me souviens plus de l'avoir vue sans sa dose.

— Longtemps… De façon intensive, cinq ans. Elle avait un peu levé le pied. Depuis quinze jours, je l'ai trouvée plusieurs fois ivre.

— Et vous n'avez pas jugé bon de la faire hospitaliser ?

— Pardon ?

— Mademoiselle, c'est limite de la non-assistance à personne en danger. Vous fournissez, vous lui faites ses courses ?

— Non. Pourquoi m'accusez-vous ? Je ne lui ai jamais acheté d'alcool. Elle est déjà venue chez vous et a signé une décharge dans l'heure qui suivait. Je n'apprécie pas vos propos. Vous pensez que je n'ai pas essayé de l'empêcher ? D'après vous, comment est-elle quand elle a bu ? Pleine d'amour et de compassion ? Je veux savoir comment va ma mère et refuse que vous me jugiez.

Son état est grave. Elle a eu un lavage d'estomac, a été mise sous médicament pour traiter le manque et recevoir une hydratation intensive. Pour les séquelles ? Trop tôt. Demain matin, ils pourront se prononcer. J'ai prévu de passer ma nuit aux urgences, même si ce médecin vient de m'achever avec ses propos, comme si tout était ma faute, ce qu'elle m'a toujours répété. Que connaît-il de notre vie ?

J'envoie un SMS à Anna.

Serai absente demain.
Peux-tu m'excuser au travail ?
Je t'expliquerai, Y

Elle appelle dans la foulée. Je laisse partir sur le répondeur, suivi d'un appel de Landry. J'éteins mon téléphone. Je ne peux pas leur parler. La nuit va être longue. Je n'arrive pas à me reposer dans cette salle d'attente qui ressemble à un hall de gare. Maintenant, est-ce que j'en ai envie ? J'ai plus envie de hurler et de partir en live. Vers une heure du matin, un interne m'indique que son état s'est stabilisé. Dans la matinée, elle sera transférée. Je pourrai la voir.

À huit heures, je me retrouve à faire les papiers de son admission : CMU. La secrétaire n'est pas emballée : non, pas de surcomplémentaire santé, non, pas de chambre seule, nous n'avons pas les moyens, non, pas de télévision, si elle la souhaite, elle demandera. J'ai l'air d'un zombie.

Dix heures, enfin transférée.

Onze heures, l'interne m'autorise à la voir. A priori, elle est réveillée. J'entre, la boule au ventre, dans sa chambre. Je m'approche pour essayer de lui parler. La haine dans son regard, elle me lance son venin. Je me bloque. Elle a une vraie emprise sur moi. D'une voix sans aucune émotion, elle m'insulte, me traite de moins que rien et finit par m'accuser en me pointant du doigt. Je prends un uppercut en pleine face. Ses propos ne sont pas cohérents. Elle mélange tout, sa soirée d'hier et le drame que nous avons vécu, il y a quelques années. N'empêche qu'elle n'arrête pas de dire qu'il est revenu, que c'est ma faute si elle a de nouveau subi ses assauts. Elle appuie sur la sonnette d'alarme exigeant des infirmières que l'on m'interdise l'accès de sa chambre. Je ne suis rien pour elle.

— Rien, tu entends, Yaëlle, tu n'es rien !

Je finis par céder. L'infirmière, suivie du médecin que j'ai vu hier, m'interpelle dans le couloir, s'inquiétant de mon état.

Je leur rétorque qu'ils peuvent se rendre compte par eux-mêmes de sa bienveillance. Je n'ai plus de force, plus d'expression sur mon visage et même plus de colère. Je me repasse en boucle ce qu'elle m'a dit : il est revenu. Je suis prise d'une crise d'angoisse qui se transforme vite en peur panique. Mes mains tremblent, puis tout mon corps. Je regarde de tous les côtés, comme un animal traqué. L'infirmière veut me mettre en observation. Je refuse qu'ils me touchent, vois de la pitié sur leurs visages. Cela me révulse. Fuir, fuir… fuir, ma seule arme. Je pars en courant et vomis lamentablement de la bile dans un bosquet à la sortie des urgences.

Il est revenu.

Je suis restée une ou deux heures assise sur un banc dans un parc, passant de la panique à l'effondrement : vide. Mon pire cauchemar est de retour. J'espérais ne plus y être confrontée. J'ai attendu longtemps, sans bouger, incapable de prendre une décision, perdue à la recherche d'un lieu où je pourrais me cacher. M'enfuir en laissant tout derrière moi. Matériellement, rien n'a d'importance. Puis je me suis souvenue de mes galères passées, des mois dehors et de ma solitude. Je ne veux pas que cette période de ma vie sombre recommence. Je dois être forte pour avancer, bien que ce soit compliqué.

J'ai fini par rallumer mon portable : cinq appels d'Anna, une dizaine de Landry. Et un texto de sa part.

Yaëlle, où es-tu ? Je m'inquiète. Suis passé chez toi, personne, L.

La panique est revenue en force. Landry ne peut pas aller chez moi. Il pourrait croiser ce monstre. Je crains le pire. Il est plus fort que lui, beaucoup plus. Récupérer mes affaires, c'est la seule idée qui me vient en tête, et empêcher Landry de retourner chez ma mère. Il ne lâchera pas l'affaire si je m'obstine dans mon silence. Je dois le protéger de moi, de mon passé.

Nouvel appel d'Anna, je décroche.

— Yaëlle, où es-tu ? Nous sommes morts d'inquiétude !

— À l'hôpital. Je vais rentrer. Ma mère, enfin, tu sais. Laisse-moi un peu de temps, OK ? Ne t'inquiète pas, je te rappelle.

Je raccroche sans lui laisser le temps de répondre. Je dois partir. Je ne peux plus vivre là-bas. Elle va me détruire.

Appel de Landry. Je ne peux pas. SMS.

Réponds-moi, Bébé. L

Je rentre. Je t'appelle après. Ne t'inquiète pas, Y

Je me dirige vers la gare routière pour trouver un bus. Nouveau SMS.

Bébé, je peux venir te chercher, réponds-moi. L

Je remets le portable dans ma poche et fais tomber un morceau de papier. La petite carte de Landry. Elle me fait craquer. Je suis comme une idiote au milieu de la rue, complètement perdue et incapable de savoir où se trouve l'arrêt des bus. Mon petit bout de papier dans la main, je pleure. Je ne sais plus où je suis. Les passants me regardent. Je crois que j'ai besoin d'aide. Je m'appuie contre un bâtiment, sors le téléphone. Nouveau texto.

Bébé, j'arrive. Dis-moi où tu es, L

Je ne sais plus. Y

Mon téléphone sonne. Je décroche. Je n'arrive pas à articuler deux mots. Il ne comprend rien de ce que je lui raconte et me demande patiemment de répéter. Où suis-je ? Perdue, je divague, tourne sur moi-même, désorientée. Un passant finit par me venir en aide. Il me prend très doucement le téléphone des mains pour expliquer à Landry où je me trouve.

Je l'ai attendu une demi-heure avec ce passant inconnu qui n'a pas réussi à calmer mes larmes. Il s'est garé en trombe, a couru vers moi, m'a prise dans ses bras et entraîné vers sa voiture. Les expressions de son visage ? Aucune idée. J'étais raide, figée et incapable de lui avouer quoi que ce soit. Mes poings serrés, les ongles rentrant dans ma chair, un mal fou à articuler, je lui ai indiqué péniblement que je souhaitais récupérer mes affaires chez moi.

Landry a démarré sans un mot.

Il s'est garé sur la première aire à la sortie d'Angers, coupé son contact et est resté silencieux un moment, agacé. L'air s'est chargé autour de nous. Il a cherché ses mots, je crois, en tapant nerveusement sur le volant.

— J'aimerais que tu me parles. Je ne comprends pas ce qui se passe. Je suis inquiet et crois à juste titre que j'ai le droit à une explication. Pourquoi ma copine est-elle paumée à Angers et ne sait plus où elle est ?

Son ton est dur. J'y sens même de la colère. Il m'a appelée pratiquement toute la nuit. J'imagine qu'il n'a pas dû dormir. Et pourquoi ? À cause de moi. Je me sens mal. Je pensais que le voir me ferait du bien, c'est pire. Je me sens pitoyable. Ce n'est pas ce côté de moi que je veux lui montrer.

— Dépose-moi au village, je te parlerai. Laisse-moi du temps. C'est confus.

— Je croyais que tu voulais tes affaires ?

— Oui. Je vais aller les chercher, seule.

— Yaëlle, je te dépose chez toi. C'est quoi le problème ? Je n'ai pas l'énergie de jouer au chat et la souris. Putain ! Tu me parles et tu m'expliques.

Ses intonations deviennent violentes. Elles me transpercent et me blessent.

— Je dois le faire seule, c'est tout.

Il tape sur le volant un grand coup et redémarre. Mes larmes coulent malgré moi. J'essaie de bloquer, de fermer les boîtes, mais elles restent désespérément ouvertes. Il ne m'adresse plus la parole du retour. Je l'ai vu envoyer un SMS. J'imagine à Anna. Est-ce qu'il était avec elle, est-ce qu'elle lui a raconté des choses ? Il dépasse le village sans écouter mes protestations. Je saisis même la poignée de la porte, il m'en dissuade.

Nous arrivons en haut de mon chemin. Mes tremblements reprennent, une énorme boule me noue le ventre, un mauvais pressentiment grandit. Dans le virage, j'aperçois une voiture stationnée dans ma cour. Une vieille voiture noire. Je l'ai déjà vue, il y a longtemps. Je blêmis, terrorisée.

— STOP, arrête-toi, STOP, Landry, lui hurlé-je.

— Putain ! Yaëlle, qu'est-ce qui se passe ?

— Landry, la… la voiture, nous ne pouvons pas descendre, surtout pas.

Il freine d'un coup sec.

— Pourquoi ?

— Je t'en supplie, Landry. Je t'en supplie. Fais demi-tour. Fais-moi confiance. Je ne veux pas que tu descendes.

Devant mon visage apeuré, décomposé, il enclenche la marche arrière, recule et se gare dans un chemin perpendiculaire qui nous cache. Je dois être blanche comme un linge. Un fantôme est revenu me hanter. Cette voiture, je ne peux pas me tromper.

Une silhouette sort de la maison. Habillé en noir, un homme massif.

— Qui est ce type ?

— Baisse-toi, Landry.

— Qui est ce type ? répète-t-il plus fort.

Il saisit la poignée de la portière. Je m'agrippe à lui pour l'en empêcher.

— Je t'en supplie. Il ne doit pas nous voir, pas te voir. Il est plus fort que toi. Non.

L'homme grimpe dans sa voiture et remonte le chemin. Je me jette sur Landry pour le cacher, pesant de tout mon poids. Il hurle un « putain, Yaëlle, arrête ». J'appuie plus fort. De longues minutes, prostrés. Ma respiration affolée, le seul son dans l'habitacle. Je me redresse. Je tremble comme une feuille, les yeux dans le vague. Cette ombre sortie du passé est synonyme de cauchemars et de terreur. Je dois me ressaisir et foncer vers ma maison pour prendre quelques affaires avant qu'il ne revienne.

— Attends-moi là. Ou non, je te retrouve après. Retourne chez toi, ça ne te concerne pas.

— Tu plaisantes ? Hors de question de te laisser. Yaëlle, explique-moi !

Lui expliquer ? Comment lui dire qu'il vient de mettre les pieds dans un guêpier ? Cet homme hante mes nuits. Une boîte de Pandore sombre s'est rouverte. Mes yeux sont secs, ils n'ont plus d'expression. Je me retourne vers lui. Je serais incapable de décrire le visage de Landry. Ailleurs, enfermée dans mon monde. Les images de ce monstre défilent à toute vitesse dans ma tête.

Lui cacher la vérité ? Il ne me lâchera pas. Lui avouer ? Il va me juger. Je vais le perdre, mais il a le droit de savoir où il est entré. Je souffle, déglutis et le regarde, hésitante.

— Une… une connaissance de ma mère. Un sale type. Il était en taule. A priori, il est sorti.

Je laisse passer un silence. Ces souvenirs sont douloureux, presque inavouables. Si Landry n'avait pas glissé, tout doucement, sa main dans la mienne, si ses yeux n'étaient pas encourageants, je n'aurais pas pu parler.

Quatre ans, auparavant, ma mère s'est mise à le fréquenter. Du jour au lendemain, il squattait chez nous. J'avais peur de lui : sa façon de me regarder, de la faire boire, de limite la sauter sous mes yeux et aussi de la frapper. Un prédateur. Son regard était insistant dès qu'il était en ma présence. J'ai réussi à lui échapper. Quand je voyais sa voiture, je me cachais, passais la nuit dehors, s'il le fallait.

Dans ma mémoire reviennent violemment les images de cette journée pourrie où je ne me suis pas méfiée. Sa voiture n'était pas garée devant notre maison. Pourtant, il était à l'intérieur avec ma mère, bourrée. Il a commencé à me dire que j'étais jolie, une gentille fille. Elle lui a balancé que j'étais une bonne à rien et une sale pucelle. Il m'a bloqué l'entrée. Il a commencé à caresser son sexe en me disant qu'il pouvait y remédier. Ma mère hurlait de rire. J'étais en danger. Ce type allait me faire mal. La peur m'a terrassée. Je n'ai pas réagi assez vite pour décamper. Il m'a attrapée par les cheveux et m'a balancée au sol. Il s'est jeté sur moi et m'a donné des coups de poing dans le visage. Mon arcade a explosé. J'étais complètement dans les vapes. Il a continué à me frapper et a déchiré mon T-shirt. Il répétait que ça allait être génial. J'essayais de me débattre, ça ne servait à rien.

Mon souffle est court. Dans ma tête, les images défilent : son visage enragé, ses yeux fous, son haleine chargée d'alcool. Ce monstre allait me violer. La douleur de ses coups est gravée dans ma mémoire pour toujours. Je secoue la tête. Difficile d'en parler.

— Elle n'a pas bougé. Il a arraché mon jogging, sorti son sexe et commencé à essayer de me pénétrer. Je me suis débattue. NON. Il ne me toucherait pas. NON.

Je ne sais pas comment j'ai fait. Ce moment reste flou dans ma mémoire. Tout est allé vite. J'ai réussi à le déstabiliser, suffisamment pour lui asséner un grand coup de pied dans le ventre. Il s'est plié en deux. J'ai foncé vers la porte et fuis vers la forêt. Je la connais par cœur. Je l'ai entendu hurler qu'il me retrouverait. J'ai vagabondé. Je n'avais nulle part où aller : mes vêtements étaient déchirés, mon visage, tuméfié. J'étais dans un état pitoyable. Je ne voulais pas être retrouvée par les flics. J'ai déjà eu affaire à eux : ils m'ont ramenée direct dans mon enfer.

— J'ai séché le collège et attendu quatre jours.

De me remémorer ces nuits, transie de peur, cachée au milieu de la forêt, à crever de froid, de faim, horrible. J'ai le sentiment de lui ouvrir toutes les portes de mon intimité, de lui livrer mes plus profonds secrets. J'ai du mal à poursuivre. Landry ne prononce pas un mot. Il m'engouffre dans ses bras, juste ce qu'il faut. Pas d'empathie démesurée, je ne l'aurais pas supporté. Son souffle est court, comme si mes aveux lui parlaient. Je calme ma respiration et continue.

Je ne trouvais pas de solutions. Qui m'aurait aidé ? J'ai surveillé la maison. Un jour, la voiture a disparu. Alors, je suis rentrée pour me faufiler dans ma chambre par les toits. Il n'y avait pas un bruit. Je me suis inquiétée pour elle. C'est dingue. Elle l'a laissé faire, et moi, j'ai pensé à elle. Je suis descendue à pas de loup dans le séjour. Elle était dans son canapé. Elle était dans un état normal, pas alcoolisée. Elle m'a tendu un journal et bredouillé : « Il ne viendra plus, il te laissera tranquille. » Sur l'article, on parlait de son arrestation pour des cambriolages.

— Cet homme a hanté une partie de mes nuits. Il m'a frappée fort. Je le vois encore essayer de me violer. Je ne sais pas où j'ai trouvé l'énergie pour le repousser.

— Yaëlle, pourquoi tu ne voulais pas l'affronter ? Je t'aurais protégée.

— Non, Landry, il t'aurait fait du mal. Ce type est dangereux. Il a une force de titan. Je ne veux pas qu'il sache que tu existes.

— Pourquoi est-il revenu ?

— J'imagine qu'il est sorti de prison.

Je lui détaille rapidement comment j'ai fini dans cet état : ma génitrice, affalée par terre, ivre, coma éthylique, ma nuit aux urgences et, fidèle à elle-même, comment elle m'a craché son venin en pleine figure. J'ai compris qu'il était revenu. J'ai paniqué. Je ne savais même plus où j'étais.

— Je veux récupérer quelques affaires et partir pour de bon. Je suis en danger dans cette maison. Attends-moi. Je sais comment rentrer sans me faire voir.

— Il en est hors de question.

— À moi de régler ce merdier. Tu n'as pas à affronter mon monde. J'en ai pour dix minutes. Ma vie se résume à peu. Il y a quelques trucs importants et une photo de mon père. Après, je te rejoins.

— Non. Tu ne me feras pas plier. Soit je vais avec toi, soit nous nous barrons d'ici. Je veux t'aider, simplement t'aider.

Il redémarre la voiture en me regardant dans les yeux. Ma respiration est de nouveau difficile. Il se gare devant la porte de cette masure, déverrouille les portes. Je m'encourage mentalement. J'ai peur, vraiment.

— Allons-y.

Je pousse la porte. Des bouteilles, des verres jonchent le sol. Une odeur pestilentielle insupportable. Landry a un temps d'arrêt, son visage se décompose, atterré. Voilà mon taudis, ma vraie vie. Je ne réfléchis pas, monte en courant et entre dans la mansarde qui me sert de chambre. Je mets sur mon lit mes fringues, mes cours, des papiers importants, mes économies et la photo de mon père. Avec le drap, je forme un gros baluchon. Je descends à toute vitesse, embarque mon vélo dans son coffre, m'engouffre dans sa voiture. Il démarre : c'est fini.

17

L'atmosphère dans l'habitacle est pesante. Il ne prononce pas un mot et paraît abasourdi. Est-ce qu'il pouvait imaginer que des taudis pareils existaient ? Que la fille qu'il a mise dans son lit se réduisait à cette misère ?

— Laisse-moi à l'arrêt de bus.

— L'arrêt de bus, pour quoi faire ?

— Je vais me débrouiller après.

— Débrouiller de quoi ?

— Du reste, de moi.

Mes propos sont incohérents. Je ne sais plus ce que je veux. Me cacher ? Trouver un endroit pour disparaître ? Une chape de plomb s'abat sur mes épaules. Je dois rester seule pour réfléchir.

— Tu crois que je vais te laisser à un abribus dans l'état où tu es ? Je t'emmène chez moi où tu seras en sécurité et où je vais m'occuper de toi. Parce qu'un sale type t'a battue, voulu te violer et que j'ai vu l'enfer où tu vivais, je vais te jeter ? Tu crois ça, Yaëlle ?

— Je peux comprendre que ce foutoir est compliqué. Tu n'es pas obligé d'embarrasser ta vie. Si tu ne joues pas au chevalier servant avec moi, je m'en remettrai.

— Je ne suis pas en train d'accomplir une bonne action pour soulager ma conscience. Je ne sais même pas comment j'ai pu te laisser vivre là-dedans. Quand ta mère t'a hurlée dessus et que tu t'es confiée sur le bateau, j'aurais déjà dû te ramener chez moi.

— Landry…

Je m'effondre en larmes.

— Elle a dit que je n'étais rien pour elle, rien.

— Cette femme te fait du mal, depuis toujours. Elle va continuer à te détruire. Mes mots sont durs, certes, je ne suis pas à ta place. Ce que je viens de voir avec ce type, c'est inimaginable. Tu ne peux plus retourner dans cette maison. Tu ne dois plus. Tu as pris la bonne décision. Je ne comprends pas ce qui t'a fait tenir toutes ces années, comment, à seize ans, on se retrouve à vagabonder. Ta force est immense. À toi maintenant d'écrire ta vie. Plus jamais elle ne ressemblera à celle que tu viens de quitter, je peux te l'assurer.

Il a raison, je le sais. Il a raison. Mes larmes ne devraient plus couler. Je ne m'explique pas pourquoi j'ai supporté, pourquoi j'ai accepté cet enfer. Elle reste ma mère et le seul point d'ancrage que j'avais jusqu'à cet instant.

Nous arrivons au domaine. Anna et Clovis attendent sur le perron. Pas eux, je ne veux voir personne.

— Landry, pourquoi sont-ils venus ? Ils vont se poser des questions.

— On s'en fout. Ce qui compte, c'est toi. Anna était morte de trouille. Elle a besoin de te voir.

J'expire fort pour prendre du courage. Je n'ai pas envie que l'on me voie dans cet état. Je sors de la voiture, inquiète. Anna me saute dessus et me serre dans ses bras.

— Ne me refais jamais un coup pareil. Tu m'entends ?

— Je suis désolée. Je t'ai dit que je t'expliquerais.

— Ah oui ! Nous ne savons pas où tu es. Tu me laisses un SMS incompréhensif en parlant de ta mère. Landry ne te trouve pas chez toi, c'était quoi ce délire ? J'ai cru qu'elle t'avait fait du mal, me lance-t-elle avec beaucoup de colère. Tu ne t'en sortiras pas seule. Tous les trois, nous savons ce qui se passe, alors tu n'as rien à cacher. Maintenant, Yaëlle, tu vas avoir un choix à faire. Soit tu nous fais assez confiance pour t'aider, soit tu restes seule.

— Je n'arrive pas à faire confiance. Pourquoi veux-tu m'aider ? Pourquoi voulez-vous tous m'aider ? Je n'ai pas à vous imposer ma misère. Ignorez-moi.

— Et tu finiras comme elle ?

— C'est dur, ce que tu me dis.

— Nous voulons t'aider, car nous tenons à toi. Je tiens à toi. Tu es une belle personne. Ce gâchis m'écœure. Prends cette main tendue, prends-la, fais-nous confiance.

Est-ce que je suis capable d'accepter de l'aide ? Est-ce que ce merdier va s'arrêter ? Je voudrais être normale, sans toutes ces casseroles dont je n'arrive pas à me débarrasser ; une fille simple, rien de plus. Je regarde Anna, mes yeux sont embués de larmes. Elle me tend la main. Je la saisis et m'écroule dans ses bras. Je ne veux plus lutter. Oui, j'ai besoin d'aide pour que toutes ces années douloureuses se conjuguent enfin au passé.

Nous rentrons chez Landry. La chaleur de sa maison, sa main sur ma taille, j'abandonne et m'écroule. Il me retient, me prend dans ses bras et me porte sur le canapé.

— Quand as-tu pris ton dernier repas ?

Je lève les yeux vers lui. Je n'en ai aucune idée. Malgré tout ce qu'il vient de voir, cette normalité lui vient à l'esprit : savoir si j'ai mangé et prendre soin de moi.

— Je ne sais plus.

Il file dans sa cuisine, m'apporte un verre d'eau, du sucre et des biscuits secs.

— Commence par manger un peu.

Je m'exécute. Je les regarde tous les trois. Ils attendent une explication. Anna ne me lâchera pas sans que je lui dise la vérité. Je déteste être au centre de l'attention. Je n'ai pas assez confiance en moi. Je ferme les yeux, attends et repense à la main tendue. J'aimerais me terrer et fuir. Partir, loin, loin, m'enfermer dans mon silence et oublier. Je sais que ce n'est plus possible. Je dois lutter et accepter de me livrer. Combattre mes démons pour avancer. Je me lance et résume les deux jours qui viennent de s'écouler : mon arrivée chez moi, ma mère, l'hôpital, les propos du médecin… Je passe sur l'épisode de l'homme en noir. Je ne veux pas les inquiéter. Landry fait les cent pas. Je continue sur la culpabilité, sa haine qui me dévore. Après, du vide, beaucoup, et l'incapacité de savoir où j'étais.

Je sors ma petite carte de ma poche, me lève et m'approche de Landry. Je lui tends et lui dis qu'elle m'a fait revenir sur terre, en lui murmurant un « merci ». Anna et Clovis ne prononcent pas un mot. Ils sont tristes. Elle vient vers moi et me prend de nouveau dans ses bras, sans commentaires. Elle me berce en me disant que c'est fini et que je n'aurai plus à revivre ces moments. Je n'en suis pas si sûre. Pourtant, un petit espoir naît au fond de moi.

— Nous allons te ramener chez moi. Je vais te loger, me dit-elle.

— Non, elle reste, répond Landry.

Anna le regarde, scrute Clovis qui lui fait un petit signe de tête. Il a compris. Je ne pense plus, je ne peux plus décider. Anna me serre une dernière fois.

— Ça va aller ? Tu m'appelles. Je suis là si tu as besoin.

— Merci Anna.

Je l'étreins, fort. Ils prennent leurs affaires. Je me retrouve seule avec Landry. Le silence entre nous ne m'aide pas. J'ai l'impression de ne pas être à ma place dans cette maison magnifique. Je me sens sale.

— Je voudrais me laver, si c'est possible ? lui demandé-je d'une voix tremblante.

Landry me regarde bizarrement.

— Pourquoi demandes-tu ? Tu n'es pas une étrangère, ici. Tu sais où est ta chambre et où tu vas dormir.

— Tu n'es pas dégoûté ? Tu vois qui je suis et tu vas réussir à dormir avec moi ?

— La femme que je vois ce soir est meurtrie. Mais elle est celle que je veux tenir dans mes bras. Je t'ai dit que j'allais m'occuper de toi. Je ne me pose pas de questions sur le reste. La femme qui me plaît, que je trouve sexy à mort, qui me fait rire, je ne l'ai pas inventée : elle est devant moi. Alors, oui, je suis malheureux, bousculé parce que tu es blessée. J'aimerais te soigner. Mais je ne sais pas si tu vas me faire assez confiance.

Je pleure de plus belle. J'ai envie de lui, de me coller contre lui, d'être avec lui. Je dois d'abord enlever toute cette crasse, cette odeur sur moi avant de le toucher. Il avance. Je le stoppe d'une main.

— Attends, je ne peux pas. Je me sens souillée.

Je lui murmure de nouveau « merci » du bout des lèvres pour sa patience, pour tout, et monte.

J'ai pris mon temps, laissant l'eau chaude ruisseler sur mon corps. Les mains posées contre la paroi, j'ai pleuré : un chagrin profond venu de mon âme, un déchirement. Je n'ai pas tenu la promesse faite à mon père. Elle était impossible et trop lourde de conséquences. Sans le savoir, il m'a emprisonnée dans un donjon sombre, coupé les ailes. Si je n'avais pas rencontré Anna et Landry, j'aurais sombré. Avouer mes secrets, montrer ma vraie vie ? Humiliant. Pourtant, je me sens soulagée de les avoir partagés. De la normalité, c'est ce que je réclame. Je n'ai pas frotté pour me débarrasser de cette crasse. J'ai résisté. Est-ce que je suis capable de m'écrire une nouvelle vie pour devenir quelqu'un ?

J'enfile un T-shirt à Landry, mon baluchon est resté dans sa voiture et je descends le chercher. Il est installé dans l'alcôve qui jouxte sa cuisine. Son ordinateur allumé, il est concentré. Je détaille son visage en restant dans la pénombre. Ses traits sont harassés. Ses yeux clignent, ses mains déambulent sur le clavier, son regard bleu est concentré. Il devine ma présence et lève la tête. Je m'avance.

— Qu'est-ce que tu fais ?

— Des recherches. Je finirai plus tard.

— Landry, termine, je peux attendre. Te regarder, ce n'est pas désagréable.

Un petit sourire. Il expire profondément.

— Yaëlle, il faut que nous parlions d'autre chose.

— Oui, dis-moi.

— Pourquoi n'as-tu pas répondu à mes messages ?

— J'étais à l'hôpital, lui avancé-je, étonnée de sa question.

— Non, Bébé, avant. Je t'ai demandé si nous pouvions nous voir. Tu m'envoies que tu as une leçon de conduite et rien de plus. Je pensais que la nuit que nous avions passée ensemble comptait un peu plus. Le lendemain, je te dis que je pars, et aucune réaction. Tu t'en moquais ?

Je suis scotchée. Comment peut-il imaginer que je m'en moquais ? Il est parti sans me prévenir. Et pourquoi veut-il aborder ce sujet maintenant ? Ma colère fait un bond en moi. Le ton que j'emploie s'en ressent.

— Tu plaisantes ?

Silence. Il me mate avec son air que je déteste. Alors, j'enchaîne en mode furie :

— Je te préviens que j'ai une leçon de conduite, et toi, tu ne me dis pas « OK, nous nous voyons après » ou « dommage il sera trop tard ». Le lendemain, tu m'envoies un pauvre texto : « Je pars ! » Je l'ai pris comment ? C'était compliqué de m'appeler, de me dire que tu allais à Paris, chercher ta sœur, que tu revenais dimanche, et peut-être, si c'était le cas, que tu pensais à moi, comme l'a fait Clovis avec Anna. Non, un pauvre message, sans aucun mot encourageant, et tu me demandes pourquoi je ne t'ai pas répondu ?

— Tu retournes la situation, me dit-il en fermant d'un coup sec le clapet de son ordinateur.

— Landry, je…

Et puis merde ! Je suis trop épuisée pour lutter. Il n'a pas choisi le bon moment.

— Tu as raison, pour tout. Bravo, tu gagnes. Pas de souci.

Mon ton devient sarcastique. Je suis exaspérée alors que je devrais être reconnaissante. Et plutôt que de calmer le truc, je lui balance une horreur.

— Nous ne sommes même pas ensemble que nous avons déjà une scène de ménage. Trop fort. J'aurais dû aller dormir chez Anna.

Il tape un grand coup sur le plan de travail. Le bruit résonne dans sa maison.

— Tu es injuste. Va dormir chez Anna. La porte est ouverte, me rétorque-t-il avec un ton piquant.

Il sort de la pièce en me fusillant du regard. Mon Dieu ! Faites que cela s'arrête. Je reste les yeux fermés un moment. Je repense à ce que m'a dit Joseph, « des coups, mais des moments heureux ».

Je suis en T-shirt au milieu de sa cuisine. Je ne sais plus comment gérer les événements. J'ai des idées noires qui me font peur. Je dois trouver les clés de sa voiture pour prendre mes affaires. Je regarde partout et me rends compte que mon baluchon est dans le salon. Je l'ouvre en tremblant, trouve un jean, un pull… Mince, je n'ai pas pris de manteau. Deuxième pull, mes baskets. Je le referme et me dirige vers la porte. Je ne me sens pas bien, faible. La porte devient floue. Non, pas maintenant. Dehors, oui, mais pas maintenant. Je veux prendre la poignée, elle est trop loin. Je vais la toucher. Encore un peu de force, encore un peu d'énergie. Tout tourne. Vite, trop vite, je lâche prise. Je n'ai plus de force, plus aucune.

Le contact du carrelage froid sur mon visage, je reviens à moi. Ma tête tourne. Où suis-je ? D'un bloc, mes idées se remettent en place. La poignée, je dois l'attraper. J'essaie, mon bras refuse de se lever : mon corps ne répond plus.

— Arrête.

— Je n'en peux plus, lui dis-je à demi-mots.

Landry me prend dans ses bras. Je me blottis avec le peu de force qu'il me reste. Je n'ai pas mangé depuis quarante-huit heures, dormi une demi-heure. Mon corps se rebelle et refuse de continuer. Il me soulève et me monte dans sa chambre. Il m'allonge et me déshabille.

— Bébé, je n'ai pas aimé. J'ai pensé que tu avais changé d'avis. Ça ne peut pas aller que dans un sens. Je ne vais pas toujours faire le premier pas. C'est le sentiment que j'ai. J'entends que j'aurais pu t'appeler pour te dire que je partais. Oui, c'est vrai. La veille, je pensais passer ma nuit avec toi. Après ton texto quand je t'ai apporté à déjeuner, j'ai pensé à toi, beaucoup. Ton message avec ta leçon de conduite ne m'a pas fait plaisir. J'attendais plus. Non, ce n'est pas une scène de ménage et ne balance pas que tu aurais dû aller dormir chez Anna. Tu es injuste, Bébé.

Je le regarde avec beaucoup de tristesse. Nous sommes butés tous les deux. Il a raison aussi, en partie. J'ai abusé, surtout après ce qu'il vient de faire pour moi. Oui, j'aurais pu faire le premier pas.

— Je suis désolée de t'avoir parlé sur ce ton. Land, je voudrais que tu me serres dans tes bras, si tu en as envie.

Il se déshabille, éteint les lumières et vient se glisser contre mon corps. Il me prend tendrement, me serre, juste ce qu'il faut. Je m'en dors aussitôt, bercée par sa respiration. Avec Landry, rien n'est simple. Chaque étape nous demandera de faire des efforts. J'en ai conscience. Avec lui, je me sens en sécurité. C'est déjà beaucoup.

18

Six heures du matin : les chiffres clignotent sur son radio-réveil. Je suis blottie contre lui. Il dort avec un ronflement léger qui me fait sourire. Je le détaille : il est beau. Son visage est serein. J'ai envie de lui malgré ma fatigue, malgré mon merdier dans ma tête.

Je me love littéralement. Sa chaleur me trouble et fait monter mon excitation. Il ouvre les yeux, bat des paupières et accroche mon regard comme à chaque fois qu'il va m'embrasser. Ses lèvres fondent sur les miennes. Son baiser est exigeant. Il me dévore et se redresse sur ses avant-bras pour me dominer. Il passe une main dans mes cheveux et l'autre sous mon T-shirt. Je suis à lui, tout entière. Ses mains, ses lèvres sur moi sont libératrices. J'ai envie de lui, que de lui. Son ardeur, mon désir nous fusionnent. Son goût, sa saveur me procurent une sensation de bien-être. Lui, rien d'autre que lui. Landry me fait l'amour avec toute la douceur que mérite ce moment. Il est sensuel, tendre, délectable, attentif. Je me sens bien dans ses bras. Protégée, choyée, je suis vivante, terriblement vivante. Nos souffles se rejoignent pour un ultime assaut.

Je ferme les yeux pour imprimer chaque sensation qu'il vient de m'insuffler. Enchevêtrés l'un contre l'autre, je ne veux pas bouger et le garder contre moi :

— Landry, je dois te dire merci pour hier, d'être venu me chercher.

Que l'on prenne soin de moi comme il l'a fait, cela n'est pas souvent arrivé. Je n'aurais pas dû être en colère contre lui. Je regrette. Je n'ai pas employé mes mots à bon escient. Injuste, il a raison. Avec ce bazar dans ma tête, je n'ai pas compris. Nous avons à apprendre l'un de l'autre.

Il attendait une autre attitude de ma part. J'ai beaucoup de doutes. Je n'ai pas confiance en moi et ne fais pas facilement confiance aux autres. Personne n'a jamais été confronté à ce que je lui ai confié. Apprendre à vivre avec, c'est compliqué. Je suis aussi novice en relations humaines, et sentimentales, n'en parlons pas.

— Oui, j'ai besoin d'aide. Tu as raison. À moi de prendre mon destin en main, d'écrire de nouvelles pages et de lui donner un autre sens. Je n'ai pas à t'imposer mon passé ni qui je suis. Quand je t'ai dit hier soir que je comprendrais, j'étais sérieuse.

— J'étais sérieux aussi, ma belle.

— Tu comprends ce que j'ai vécu ?

— J'étais sérieux et je pensais ce que je t'ai dit.

Landry me veut comme je suis ? Difficile à accepter. Pourtant, il me touche en plein cœur. Je dois calmer ce sentiment de peur d'aller trop vite.

— J'aimerais que ce qui s'est passé, le sujet de ma mère et du type soit clos, reprends-je en hésitant. Et que jamais tu n'en parles à quiconque.

Il souffle et secoue la tête.

— Tu ne peux pas fermer ces sujets. Tu as été victime d'agression. Tu as besoin de te faire aider. Je pense que tu pourrais rencontrer un psychologue pour passer cette étape.

— Non, hors de question.

— Tu te butes tout de suite, me répond-il d'une voix douce. Réfléchis. Est-ce que cela ne vaudrait pas le coup d'essayer ?

— Je ne crois pas.

— Réfléchis, ma belle. Bébé promis, cela reste entre nous.

Il ponctue sa phrase d'un petit baiser, sa main posée sur mon visage.

— Je vais te laisser c'est l'heure.

— Je vais au travail également.

— Hors de question, tu te reposes.

— Landry, j'ai besoin de normalité. Travailler, ça m'aide.

— Yaëlle, non ! Tu ne vas pas tenir sur tes jambes. Je n'ai pas besoin d'avoir un accident, un malaise ou je ne sais quoi aujourd'hui. Tu dors, tu manges, et demain, tu reviens bosser si et seulement si tu as une meilleure tête.

— C'est juste que…

— Arrête de négocier, me répond-il, agacé.

— Demain, je passe mon code. J'ai besoin de ma journée.

— OK, ma belle. Aujourd'hui, tu restes aussi au chaud.

— Oui, chef !

— Non. Oui, Monsieur, me lance-t-il avec son air coquin.

— Tu rêves, Landry.

Il sourit, me donne un baiser, plus exigeant, et prend un petit air interrogateur.

— Comment m'as-tu appelé hier soir ?

Je le regarde, étonnée, et réfléchis.

— Avec un diminutif.

— Lequel ?

— Land.

— Hum, hum.

— Tu n'aimes pas ? C'était spontané. Je ferai attention.

— Ne change rien, ma belle, me dit-il en m'embrassant sensuellement.

Après un baiser pareil, j'ai voulu me lever pour le rejoindre sous la douche. La terre s'est mise à tourner comme dans un manège. Il a raison. Je ne suis pas apte à travailler et vais être obligée de rester dans son lit à humer son parfum. En termes de punitions, on peut faire pire. Il sort de la salle de bains, nu, et file vers son dressing. Je rougis comme une gamine, victime de son premier émoi.

— Est-ce que tu déjeunes ici ?

(Sous-entendu avec moi.)

— Non.

Il passe la tête par la porte et remarque ma moue déçue.

— Anna va te rejoindre. Repose-toi. Nous nous voyons ce soir.

— OK, à ce soir.

Il dépose un petit baiser sur mes lèvres et file en me laissant avec l'impression d'être inutile.

Chaque lever est une épreuve. J'ai des vertiges. Ma tête fait un yoyo d'enfer. Mon dernier repas remonte à longtemps. Je n'ai pas pris mon traitement contre l'anémie depuis au moins une semaine. Les médicaments sont restés au Bas Bel Air. Je n'y retournerai pas pour autant, vaccinée de ce taudis où je ne mettrai plus les pieds. J'arrive à la cuisine après une dizaine de pauses. Landry a sorti du jus d'orange, de la baguette viennoise. J'ai faim et savoure cette petite attention. J'ouvre le frigo rempli de produits frais. Il apprécierait peut-être que je cuisine pour lui. Je vais essayer, même si je n'ai pas son talent. Après, des pâtes, bien préparées, c'est bon aussi !

Vers midi, Anna toque à la porte. Elle commence par me serrer dans ses bras. Elle est encore retournée des événements de la veille et a besoin que je la rassure. Dormir, manger et retrouver de la normalité, je me sens mieux. Je vais passer cette étape. Je sais que je peux compter sur elle. Elle est mon amie. Elle m'avoue qu'elle a confié mon histoire à Clovis : elle avait besoin de partager ses peurs, ses doutes également, et de trouver les mots pour m'accompagner.

Anna a une capacité, celle de vous remonter le moral et de transformer les moments tragiques. Je recommence à rire de ses anecdotes, de ses monologues. Le débat du jour porte sur la couleur de la décoration de sa salle : rose bonbon, un peu *girly*, ou mauve, plus femme. Réellement, je m'en contre-fiche. J'adore l'écouter et la voir prendre son air sérieux pour ses sujets superficiels. Elle me fait du bien.

Le sujet « Landry » arrive sur la table. Son regard « tu vas tout m'avouer, petite » lorgne son visage.

— Si ça ne me regarde pas, dis-le-moi. Vous êtes ensemble ?
— Non, nous ne sommes pas ensemble. Il ne me tiendra pas la main dans la rue. Il ne me prendra pas dans ses bras devant toi.
— Tu passes la nuit ici. Hier, il était comme fou que tu ne répondes pas, est-ce que…
— Nous couchons ensemble ? Oui, c'est tout.

Vu son expression, elle désapprouve. Anna a un côté fleur bleue.

— Je m'inquiète. Landry joue un jeu que je n'aime pas. Il te veut, mais pas entièrement, si je comprends bien ? En résumé, un plan cul.

Elle a un don pour me remonter le moral, elle a aussi un don pour me faire prendre une douche froide d'un coup. Je reste bête de ses propos. Un plan cul ? La seule négociation que j'ai obtenue, c'est d'être son Crunch. Résumer, notre histoire à ce mot m'écorche le cœur. Je vais trop vite avec lui, beaucoup trop. La machine à sentiments s'emballe. Je vais me faire mal si je ne me calme pas.

— Désolée, pas vu l'heure. Je file. Yaëlle, je ne voulais pas te blesser, c'est ce que j'ai compris.
— Tu as bien résumé les choses. Est-ce que tu pourrais m'emmener ce soir à la pharmacie, je n'ai plus de médicaments, et pour demain, toujours OK ?
— Compte sur moi, Yaëlle.

Je me retrouve dans cette grande maison, avec en boucle dans ma tête la remarque d'Anna. Tout est confus : est-ce qu'il a dit qu'il tenait à moi ? Non. Que c'était magique ? Oui, mais quoi ? L'intensité sexuelle de nos ébats. Exclusivité ? Il est d'accord, mais quand il se sera lassé de moi, il me jettera ? Des doutes et l'incapacité de décrire notre relation autrement qu'un plan cul sont une évidence. Je me sens novice et seule. Est-ce qu'il a pitié de moi ? Je ne m'en sors pas. Plus je réfléchis, plus j'ai le moral en berne. Je m'allonge sur le canapé et m'endors, épuisée. Dans mon sommeil, je suis poursuivie par l'homme en noir. Landry me tourne le dos. Je l'appelle. Il continue son chemin sans me voir. L'homme en noir approche, il tend son poing. Je crie, me réveille en sueur, haletante, au milieu de son salon. Je n'arrive pas à retrouver mon souffle. Je dois être capable de me calmer. J'expire plusieurs fois et craque en pleurant comme un bébé.

À dix-sept heures, Anna tape à la porte. J'ai effacé les stigmates du cauchemar et l'attendais :

— Tu es prête ?
— Oui.
— Tu as ton ordonnance ?
— Je l'ai retrouvée. Ne pas prendre le traitement, ce n'était pas malin.
— Est-ce que tu restes ici, ce soir ?
— Euh, oui, normalement.
— OK, je te ramènerai. Pour demain, tu vas être capable de faire cet essai ? Est-ce que tu lui en as parlé ?
— Oui et non, lui dis-je, hésitante. Ce job, c'est une opportunité. Je vais y arriver. Est-ce que tu pourrais venir me chercher, en soirée ? Je sais que je t'en demande beaucoup.
— Tu ne veux pas demander à Landry ?
— Non. Je ne veux pas lui en parler pour l'instant.
— Tu peux compter sur moi. Où dormiras-tu ?
— Je ne sais pas, je n'ai pas réfléchi.
— Chez moi ! Nous avons plein de trucs à préparer, car je te rappelle que samedi, c'est la méga fête.
— Tu es sûre ? Je n'ai pas été invitée à une méga, méga fête.
— Arrête, j'ai besoin de toi. Tu dors chez moi le reste de la semaine avant de trouver une autre solution. Est-ce que tu as envie de dormir chez Landry tous les soirs ?
— Comment te dire Anna ; pour certaines raisons, oui. Je ne m'étalerai pas sur le sujet, et pour d'autres non : ce n'est

pas chez moi. Je vais prendre un appartement si je décroche le job. En attendant, je dois trouver une autre solution.

— Je pourrais demander à mes parents de te loger.

— Anna, non.

— Au village, tu as des chambres à louer à la semaine pour les saisonniers. Ça pourrait te dépanner ? Tu veux que nous passions voir ?

Et c'est ainsi qu'après la pharmacie, je me retrouve à visiter une chambre chez l'habitant : une adorable grand-mère qui a besoin de compagnie le soir. Le prix est correct. Nous convenons que dimanche, je prendrai mes quartiers.

Anna me dépose chez Landry. Il n'est pas rentré. Je m'attèle aux fourneaux et essaie de préparer les bonnes phrases pour le job et la chambre. Je ne suis pas sûre que cela lui convienne.

Dix-neuf heures trente, pas de nouvelles, pas de messages.

Vingt heures trente. J'en ai marre de l'attendre. Il a dit que notre relation ne pouvait pas se faire dans un seul sens, alors je file le chercher.

Il est au fond du chai, installé sur sa table de travail jonchée de documents et de plusieurs bouteilles. Il n'est pas seul, en grande conversation avec une très jolie femme. Nouveau serrement au cœur. Il se retourne, me voit, sans enthousiasme particulier sur son visage. La très jolie femme me remarque et lui demande qui je suis. Elle a un regard dur. Mes mains se mettent à trembler. Je ferais mieux de faire demi-tour ou d'aller me cacher dans un trou de souris. Landry m'appelle et vient à ma rencontre :

— Viens, me dit-il. Garance, je te présente Yaëlle, qui travaille ici. Yaëlle, ma sœur, Garance.

Sa sœur, quelle idiote ! En la regardant de plus près, elle a les mêmes yeux que son frère.

— Enchantée, je ne voulais pas vous déranger. Je repasserai plus tard.

Garance me toise de la tête au pied. Je déteste.

— Nous sommes en plein travail, vous vouliez voir quelque chose en particulier ? me demande-t-elle.

Qu'est-ce que je peux lui répondre ? Ton frère et uniquement lui. Landry prend la parole pour sortir une énormité et nous extirper de cette situation gênante.

— J'avais proposé à Yaëlle de voir le travail de vinification. Tu arrives un peu tard. Si cela t'intéresse, nous sommes sur le packaging d'un futur produit. Yaëlle veut poursuivre dans le commerce.

Poursuivre dans le commerce ? Première nouvelle. Je le regarde, étonnée, avec un petit sourire en coin. Il veut donner le change et ne pas dire à sa sœur qui je suis.

— Tu restes ?

— Oui, si je ne vous dérange pas.

(J'ai hâte d'entendre jusqu'où il va s'enfoncer.)

Landry m'explique que sa sœur vit en Californie où ils ont un vignoble commun. Il profite de sa venue pour travailler sur leur stratégie commerciale. Ils étudient une refonte d'un de leur produit phare, le coteau de l'Aubance. En Californie, ils produisent ce cépage. Ils souhaitent lancer un produit haut de gamme, vinifié à l'identique, avec une touche française pour le commercialiser dans des boutiques chics à New York et imposer leur vin comme une nouvelle tendance. Les termes qu'il emploie sont techniques, commerciaux, marketing, mais j'arrive à suivre. Je suis fascinée par ce qu'il me raconte, limite en admiration : il véhicule une vraie croyance dans ce qu'il réalise et me fait rêver. Landry joue de son charme devant son auditoire. Je vois bien que ce n'est pas du goût de sa sœur.

Elle l'interrompt en anglais, cassant direct l'ambiance, en me faisant revenir sur terre. Sauf que je comprends ce qu'elle dit. Je prends toutes ses paroles en pleine face. En résumé, elle se doute que je ne prépare pas une carrière dans le commerce international et encore moins dans le business du luxe, que de le rejoindre au chai à une heure aussi tardive, ce n'est pas pour parler raisin. Elle finit en lui demandant de jouer au joli cœur à un autre moment, et qu'il l'a habituée au haut de gamme. Le coup d'assommoir.

Landry la regarde, agacé. Je suis scotchée par ce que je viens d'entendre : bonjour la délicatesse et la franchise, surtout quand on utilise une autre langue. Elle me prend pour une débile. Dans mes bonnes résolutions, je refuse. En plus, elle m'énerve.

Il doit savoir que je suis bilingue. Cela ne serait pas honnête de ma part.

Landry entame sa réponse. Je l'interromps dans la même langue, en regardant sa sœur, droit dans les yeux.

— Landry, je vais comprendre ta réponse, parfaitement la comprendre. J'ai aussi parfaitement compris votre question, ou, non, plutôt votre affirmation.

Les yeux de Garance sortent de leurs orbites. Elle a un air de « je suis très con ». Landry sourit, hilare. Je poursuis dans la langue de Shakespeare.

— Je n'ai pas d'expérience en matière de commerce de luxe, vous vous en doutez, enfin, vous l'affirmez. En revanche, je peux vous dire que votre bouteille et votre étiquette sont nulles : vous avez mis en avant de la tradition et non du luxe, manque plus qu'une photo de vos vignes pour le cliché. Actuellement, aux USA, vous avez une vraie tendance pour le *bling bling*. Si votre bouteille doit sortir du lot, elle doit être plus sexy. Vous ne pouvez pas toucher à la forme de votre contenant pour conserver son origine, alors adaptez-le. Une bouteille noire avec des lettres en or dessus et communiquez uniquement sur le nom : Aubance, et non sur le coteau. Vous enfoncez le clou en matière de tradition.

Je le prononce de nouveau, d'une manière exagérée, sensuelle et répète en français : « Aubance », presque en le gémissant.

— Donnez-lui une connotation anglaise, pour qu'il reste dans les mémoires : Auban's. Et faites-le boire à une star, les autres suivront. Bon, je vous laisse, je n'ai pas appris grand-chose.

Je regarde Landry. Ses yeux sont de braise. Je ne sais pas ce qui m'a pris, mais je viens de marquer un point.

— Bonne soirée, Garance. Ah, si, j'oubliais, ravie que votre frère vous ait habituée à mieux.

Je repars la tête haute. Le rire de Landry résonne dans le chai.

19

Il me rejoint, quelques minutes plus tard. Son regard est très, mais alors très sensuel. Je suis limite gênée. Il s'approche de moi avec ce sourire en coin que j'aime tant. Il remarque que j'ai cuisiné :

— Je me suis dit que ça pouvait se faire dans les deux sens. Tu ne l'as pas demandé ?

Il sourit de plus belle, se rapproche comme un félin. Je recule et bute contre le plan de travail.

— Bonne idée, j'ai très faim, Bébé, me dit-il en se collant à moi.

Il soulève mon menton, pose un baiser sur mes lèvres, un petit. Je veux lui répondre. Il se recule et sort une bouteille de sa cave à vin, du Coteau de l'Aubance.

— Comment l'as-tu prononcé ?

— Quoi ? demandé-je en feignant l'ignorance.

— En anglais et en français, le nom sur l'étiquette.

Je pince mes lèvres avec mes dents, le regarde un moment intensément. Je ne lui céderai pas aussi facilement. Je me colle contre lui, entamant une série de bisous dans son cou. Je ronronne. Ses yeux sont joueurs. Il attend patiemment. Je continue de l'autre côté, suçote le lobe de son oreille.

— Aubance, finis-je par lui susurrer.

Et je colle mes lèvres sur les siennes pour un petit baiser sensuel.

— En anglais, ma belle, avec ta voix sexy.

— Auban's, Monsieur De La Motte.

— Tu es très étonnante. Je dirais même inattendue.

Il me sert un verre et porte le sien à ses lèvres.

— Comment l'as-tu appris ?

— De quoi ?

Je continue l'ignorance.

— L'anglais.

— Comme toi, à l'école.

— Yaëlle, à moins que tu me dises que tu as vécu en Angleterre, l'école, le collège, le lycée, ça ne suffit pas à apprendre l'anglais. Le niveau en France est pitoyable, tu serais une exception. J'ai du mal à y croire.

— Je l'ai travaillé, c'est tout.

— Bébé, j'ai passé une partie de mes études aux États-Unis, j'y vais régulièrement. Explique-moi.

De toute façon, il ne va pas me lâcher. Je lui raconte mes samedis, mes vacances scolaires dans les bibliothèques. Ma préférence pour la bibliothèque Toussaint où j'ai passé des journées entières à lire des ouvrages en tous genres, les cours gratuits à l'Institut Municipal, la pratique avec des audioguides, la bibliothèque anglaise d'Angers et un prof au lycée qui me l'a fait bosser. Je lis passionnément. Je m'intéresse à beaucoup de sujets : du commerce, de la géopolitique, de l'économie. Avant de commencer les vendanges, j'ai dévoré plusieurs ouvrages sur le sujet. J'apprends vite. Ma mémoire est excellente. J'avais du temps, beaucoup. Pour m'occuper et éviter de devenir folle dans ma baraque pourrie, je suis devenue boulimique de connaissances.

Landry paraît étonné de mon récit et un peu admiratif.

— J'avais du temps à tuer, alors je ne l'ai pas passé à regarder les feuilles des arbres tomber, dis-je pour terminer mon explication.

— Garance est gênée. Tu sais, c'est une *working girl* efficace qui n'aime pas perdre son temps. Elle gère le domaine que nous avons ensemble d'une main de maître avec son mari et ses deux enfants à élever.

— Elle fait ce que tout le monde fait : me prendre pour une moins que rien.

Charme rompu, tristesse revenue.

— Tout le monde ne te juge pas de cette façon. Tu es appréciée sur le domaine. Ne joue pas au Calimero. Je n'aime pas quand tu le fais. Elle t'a mal jugée, c'est tout. Tu ne voulais pas entendre ma réponse ? Je veux dire, pourquoi tu m'as arrêté ?

— Ce n'était pas très honnête. Je n'étais pas sûre d'aimer ta réponse.

La tension remonte entre nous. Je suis persuadée qu'il m'aurait traitée comme une bonne copine. Je déteste.

— Qu'imaginais-tu ?

— Ah non. Tu retournes la situation. À toi de m'expliquer ce que tu comptais lui dire.

Il hésite, reste dans le silence. Mon ventre se serre. Je ne vais pas aimer, je le sens.

— J'aurais éludé et dis que cela ne la regardait pas. C'est tout.

Sa réponse me déplaît au plus haut point. Cela lui aurait coûté de dire qu'il tenait un peu à moi. Juste un peu. Je ravale ma fierté, le ton va monter si j'enchaîne.

— Ça va refroidir, lui lancé-je laconiquement pour clore cette conversation stérile.

Nous passons à table. Waouh ! Effet vieux couple garanti. Il s'installe en face de moi et commence à manger.

— C'est bon.

— Merci. Tu as un vignoble en Californie ?

— Oui, j'ai acheté ce domaine avec ma sœur, il y a cinq ans. J'ai aussi des participations dans d'autres domaines en France avec des associés. Je suis attaché au domaine de Bel Air, car il est familial. C'est mon laboratoire. J'aime venir y faire les vendanges. Yaëlle, ton idée, tout à l'heure, est intéressante, même très intéressante. Garance l'a trouvée excellente. Je crois qu'elle voit déjà le futur visuel. Après, ma sœur est, comment te dire ? Assez traditionnelle. Ta prononciation l'a perturbée. Tu pourrais participer à ce projet et faire éclore cette idée, en collaboration avec elle. Je pourrais te créer un contrat de missions. Tu resterais travailler au domaine et nous pourrions prévoir un déplacement aux États-Unis. Tu mettrais ton anglais à profit.

Sa proposition me laisse dubitative, étonnée, même : aller aux États-Unis, qui n'en a pas rêvé ?

— C'est inattendu, flatteur, aussi. Je ne suis pas qualifiée pour mener ce genre de projets. Travailler avec ta sœur ? Ce n'est pas une bonne idée.

— Tu n'as pas besoin d'être bardée de diplômes. En plus, je pourrais, enfin, tu pourrais rester chez moi.

— Rester ? Landry, je ne vais pas me cacher chez toi. Tu comptes dire quoi ? « Je l'héberge à titre gracieux, quelque temps. Oh, mais il n'y a rien entre nous, juste un plan cul. »

Les mots sont sortis de ma bouche sans filtres. Vu sa tête, j'ai parlé trop vite. Nous allons droit au conflit. Je lève ma main en signe d'apaisement.

— Je me suis mal exprimée. Je voulais dire que je ne vois pas comment c'est possible. Je suis reconnaissante que tu prennes soin de moi. Nous savons tous les deux que cette situation est provisoire. Dans nos conditions, c'est même évident. Rester ici, ça veut dire vivre avec toi ? Est-ce que tu te rends compte de ta proposition ? Vivre avec toi, mais dès que j'ai franchi la porte, non, fini. Est-ce que j'ai bien compris ?

— Non, puisque le résumé que tu en fais, c'est un plan cul ! Et c'est quoi la suite ? Où vas-tu aller où ? Squatter chez Anna, à la rue ?

Il est de plus en plus en colère. Ses paroles sont dures et coupantes. Je souffle pour essayer de garder mon calme. Nous devons pouvoir avoir une conversation sans partir en live. J'essaie de le tempérer.

— Tu m'as dit d'écrire les pages de ma vie. C'est ce que je vais faire.

— C'est quoi le plan ? braille-t-il.

— Je fais un essai demain.

— Tu t'es foutu de ma gueule ; le coup du code, une connerie.

— Bien sûr que non. Je le passe demain. L'essai est prévu depuis samedi.

Il est trop énervé. C'est mort, je ne vais pas réussir à lui expliquer sans heurt.

— Tu vas faire quoi ?

— Un essai pour un poste de serveuse.

— Serveuse ? Serveuse ! C'est ça ton super plan pour faire décoller ta vie ? Serveuse dans un putain de bar. La grosse ambition, Yaëlle ! Je te propose de bosser sur le lancement d'un produit, d'aller aux États-Unis avec moi, et toi, ton plan, c'est serveuse dans un bar.

— Arrête, tu deviens blessant.

Il pousse son assiette et me toise.

— Je ne veux pas me fâcher avec toi. Tu dois comprendre que je veux décider de ma vie et faire mes propres expériences. Je ne vais pas rester dans ta maison, car je dois me trouver un chez-moi. Ce futur job, tu peux le trouver nul, mais je suis fière d'avoir cet essai et peut-être un CDI. Je vais aussi trouver un appartement. Cela ne veut pas dire que je n'aurai plus envie de te voir. Nous nous verrons quand et où nous en aurons envie et non imposé parce que je n'ai plus d'endroit où vivre.

— Ton contrat se termine dans trois semaines.

— J'ai trouvé une chambre chez l'habitant. J'emménage dimanche.

— D'accord, en gros, tu as besoin de ton plan cul jusqu'à dimanche. Ensuite, je dégage ?

J'essaie de garder mon calme. Il est trop énervé. Je dois arriver à le désamorcer, même si son ton me fait mal. J'ai l'impression de revenir en arrière et le revoir me parler au milieu des vignes.

— Une chambre chez l'habitant ? Ici, ce n'est pas assez bien pour toi ? Tu préfères rester dans ta vie de merde, c'est ça ?

Il hurle, balance l'assiette devant lui et poursuit sur le même ton :

— Tu me prends pour un con. Je sais que tu es naïve, mais là, tu frises la connerie. Tu crois que mon trip, c'est de me taper une serveuse de bar ? Yaëlle, tu me déçois.

Il dépasse les bornes, malgré ce que je lui dois. J'explose. Ma patience a des limites et il vient de m'insulter.

— Tu es odieux, blessant. Tes propos sont humiliants, lui rétorqué-je, très énervée.

Il se lève, me toise et part. Je me retrouve seule, de nouveau, au milieu de sa cuisine. Comment a-t-il pu me parler de la sorte ? Il ne me respecte pas. Ce n'est pas admissible, même dans un plan baise. J'attrape mon portable pour envoyer un texto à Anna et lui demander de me loger. Il est tard, mais elle comprendra. J'ai déjà un message de sa part que je n'avais pas vu.

J'espère être à l'heure demain matin, je pars avec Clovis à l'hôtel ☺ ☺

Peut-être que Landry peut te déposer ? DSL, nuit de folie en perspective.

Merde, merde.

Je lui envoie un message.

Profite ma belle, ne t'occupe pas de moi, je gère. Yaëlle

Le centre d'examen est à quinze kilomètres. J'ai rendez-vous à huit heures. Rester chez lui ? Je ne veux plus le voir. Il est vingt-trois heures. Les températures extérieures avoisinent le zéro. Dormir dehors ? J'espérais que cela ne se reproduirait plus. Ma tête cogne, sans solution. Je monte vers la chambre d'amis en me disant que j'ai perdu toute dignité. Demain matin, je partirai tôt, en stop. Je m'allonge, prépare le portable pour le réveil. Mon baluchon est prêt. Quelques heures de sommeil, je serai libre. Mes forces m'abandonnent. Je m'endors.

Son ombre est massive. Il m'attrape par les cheveux et me jette à terre. Il déchire mes vêtements. Son poing s'abat sur mon visage. La douleur transperce mon corps. Il continue avec des coups de pied. Landry me tourne le dos. Anna aussi. Je les appelle : « Ne le laissez pas faire. » Elle ne me voit pas. Landry se tourne, me regarde, ses yeux bleus sont durs. L'homme massif crie : « Ça va te plaire. » Ma mère apparaît derrière lui, elle hurle de rire. Ce démon en noir s'approche de moi : « Je suis ton plan cul. »

— Non, non.

Je crie, je me débats, je crie.

J'entends mon prénom.

— Non, pas ça, NON, non.

— Yaëlle, Yaëlle, arrête.

— Non !

On me secoue. J'entends mon prénom et « Bébé, arrête, Bébé, je suis là ». Des bras m'enserrent. Je n'arrive plus à respirer. J'ai besoin d'air ; non, pas de carcan. J'ouvre la bouche pour inspirer et repousser les bras. « Non, non ». Il fait noir. L'homme massif a disparu.

— Yaëlle, Bébé. C'est un cauchemar. Je suis là.

— Laisse-moi.

— Non, je ne peux pas.

Je m'effondre dans ses bras. J'ai peur, tremble comme une feuille. Je reprends mes esprits, petit à petit.

— C'est seulement un cauchemar, lui dis-je entre deux respirations haletantes et en le repoussant.

Après ce qu'il m'a dit, je ne peux pas, sauf que je sais que je ne vais pas dormir et que l'homme en noir va revenir. Il s'approche de nouveau et me prend dans ses bras, sans négociation.

— Tu dors avec moi.

Il me soulève, me porte dans sa chambre. Je me blottis sans réelle résistance. Dans ses bras, je suis bien.

— Yaëlle, tu criais qu'il était là. Bébé, je te protégerai, vraiment.

Mes larmes coulent. J'ai du mal à saisir. Il me blesse, ensuite, il veut me protéger. Que suis-je pour lui ? Je suis accro. C'est bien mon problème. Au fond de moi, je n'ai pas envie qu'il me lâche. Au contraire, j'ai besoin de lui. Mon cœur s'ouvre. Face à moi, il n'en est pas de même.

— C'était un cauchemar. Rien qu'un cauchemar.

— Nous savons tous les deux de quoi tu parlais. Tu as crié. C'est ce qui m'a réveillé. Quand j'ai vu que tu ne dormais pas dans mon lit, je n'ai pas aimé.

— Tu n'as rien aimé. Je ne sais plus quoi faire. Tu juges, tu critiques, tu ne me dis rien qui m'encourage. Je ne sais pas ce que tu veux de moi. Tu veux que je dorme avec toi, mais tu me traites de conne, m'insultes et me blesses. Que veux-tu de moi, Land ?

Il n'a pas de réponse. Aucune. Je finis par m'endormir, recroquevillée et épuisée.

Six heures. Je me lève en soulevant la main qu'il a posée sur mon ventre. Je suis un peu juste pour le stop, pourvu que je sois prise rapidement. Je me dirige à pas de loup dans la chambre d'amis récupérer mes affaires. Ce soir, je ne dormirai pas chez lui. Habillée, je descends l'escalier sur la pointe des pieds :

— Yaëlle ?

Sa voix résonne dans toute la maison.

— Putain ! Où vas-tu ?

— Passer mon code.

— À cinq heures trente du matin, tu as pété un plomb ?

Je regarde mon portable et lève mes yeux vers la grande horloge qui trône dans son salon. Mince, j'ai mal lu.

— Je croyais qu'il était six heures trente.
— Même s'il l'était, à quelle heure le passes-tu ?
— Huit heures.
— Yaëlle, ça commence à m'user sérieux.
— Je me suis trompée, Landry, seulement trompée. Tu vas me prendre pour une minable encore longtemps ? En fait, ton délire, c'est de me faire passer pour une débile. C'est fait, tu as réussi. Landry, qu'est-ce que tu en as à foutre ? Va dormir. Je ne claquerai pas la porte trop fort en partant, si c'est ce qui t'inquiète. Pourquoi me fais-tu dormir dans tes bras puisque rien ne va, puisque je ne suis pas assez bien pour toi ? Pour me faire des reproches, tu es présent, mais pour expliquer les pourquoi, non. Tu es un peureux. Alors la conne te salue. Va te faire voir !

Je continue mon chemin. Mon cerveau a fait cocotte-minute. Tout est sorti, sûrement pas dans le bon sens.

Torche du portable allumée, je marche dans la nuit, bien énervée. Des phares arrivent au loin. Je me cale sur la berge. En noir, je ne suis pas visible et tends le pouce. La voiture ralentit et s'arrête à ma hauteur. Landry. Il ouvre la portière.

— Monte, je vais t'y emmener.

J'hésite. Dangereux. Nous allons continuer à nous déchirer. Il fait froid. J'avoue… Je ne suis pas rassurée par le kilomètre que je viens de parcourir. J'ai balisé et entendu des bruits bizarres d'animaux. Je suis un peu contente qu'il soit venu, pour être honnête. Je monte et ne dis pas un mot. Je n'ai pas l'intention de lui parler.

— Il est encore un peu tôt pour s'y rendre. On se fait un café, avant.

Nous arrivons de nouveau chez lui. Je n'ai pas envie de descendre et resterais bien dans l'habitacle, rien que pour le contrarier. Il est sur son perron, voit que je ne le suis pas, fait demi-tour et ouvre la portière. Il me tend la main. J'hésite. Il doit comprendre qu'il me parle mal, qu'il me traite mal. Je sors de la voiture et refuse sa main. À l'intérieur de sa maison, je reste auprès de la porte d'entrée, on ne sait jamais. Landry s'approche de moi. Il murmure le surnom qu'il me donne et essaie de m'embrasser. Je le bloque d'une main.

— Non.

Il pose ses deux mains le long du mur de chaque côté de moi.

— Yaëlle, souffle-t-il.

— Non.

Il recule, passe sa main dans ses cheveux et file jusqu'à la machine à café pour lancer deux expressos. Il les pose sur le plan de travail. Je n'ai pas bougé.

— Viens.

Je ne lui adresserai pas la parole. Il me doit des excuses, je ne sais pas s'il se rend compte de ce qu'il m'a dit : « se taper une serveuse de bar ». Cinq minutes de silence complet, le bruit des petites cuillères qui cognent dans les tasses, je ne le regarde pas, bien que je sente ses yeux sur moi.

— Je suis désolé, Yaëlle, finit-il par me dire du bout des lèvres. Je ne sais pas comment m'y prendre avec toi. Je t'ai dit des choses que je ne pensais pas. Tu m'as vexé en refusant ma proposition parce que tu vas servir dans un bar et que tu ne veux pas rester chez moi. Je pensais que tu y étais bien et ça m'allait de te protéger. Depuis trois jours, nous sommes servis en émotion. Tu as raison de t'éloigner. Tout est parti en live, nous allons calmer les choses. Nous nous verrons jeudi, tu viendras travailler ?

Je fais oui de la tête : il ne va pas s'en tirer à si bon compte.

— Tu ne vas pas me répondre ?

Je fais non de la tête.

— Nous n'y arriverons pas si tu es aussi butée.

— Arriver à quoi, Landry ? Ça m'intéresse bien de savoir la finalité de tout cela.

— À avancer… C'est l'heure, je t'emmène.

Le trajet se fait dans le plus grand silence. Il se gare à proximité. Pas un regard, pas un mot, je claque la portière et file vers le centre d'examen.

Deux heures après, j'ai mon code. Je devrais être heureuse. Après ma nuit, je ne suis pas d'humeur joyeuse. Première étape de franchie. J'envoie un SMS à Anna, elle va se réjouir. Je file vers le resto pour démarrer ce fameux essai.

20

J'arrive au restaurant, le Clos des Saveurs, une boule au ventre, stressée. Je pousse la porte, prends une grande bouffée d'air, expire et entre. Je dois assurer, être en mode parfaite. Ce job est pour moi ! Je classe dans mes petites boîtes tous mes problèmes de la semaine : ils ressortiront plus tard.

Je souris à Dan, le patron, et vais à sa rencontre :

— Yaëlle, super, tu es à l'heure. Ne perdons pas de temps, je vais t'expliquer ce que j'attends de toi.

Il me fait visiter chaque recoin de la cave-resto et me détaille les produits à mettre en avant, fiches techniques des vins à l'appui : je dois les savoir par cœur pour le déjeuner. L'idée de ce resto est d'accueillir dans un lieu cosy des amateurs de bons produits. On vient au Clos pour un ticket moyen plus élevé que chez les concurrents, par conséquent, Dan et Olivier sont exigeants sur les produits, sur le vin, sur l'accueil et surtout sur le personnel. Je comprends parfaitement le message quand Dan m'explique avec un sourire que je suis le quatrième essai en quinze jours. Il me met la pression.

— Ce midi, nous avons trois réservations groupe pour des entreprises. Généralement, Yaëlle, ils veulent soit draguer un client soit faire plaisir à leurs collaborateurs.

— Draguer ?

— C'est notre jargon, pour dire « signe, signe le contrat ». Et toi, ton rôle, c'est de sublimer notre outil de travail, nos produits, vendre les vins du mois et faire en sorte que notre client et le sien soient satisfaits. Ne pas en faire trop, seulement la touche subtile qui fait la différence. C'est bon pour toi ? Tu comprends ? Tu ne prends pas de notes ?

— Oui, c'est bon, et oui, c'est mémorisé.

— OK, me fait-il, dubitatif.

Je retrouve le deuxième associé en cuisine, aidé d'un commis en pleine mise en place.

— Salut, Yaëlle, bienvenue. Je te présente Johan, mon apprenti.

Il part dans un monologue pour m'expliquer les produits du jour, le comment et le pourquoi de sa cuisine : il a une vraie âme d'artiste. Je retourne en salle pour faire la connaissance de l'autre serveur avec qui je vais collaborer : Dimitri, un charmant jeune homme de vingt-cinq ans qui me réserve un bel accueil. La matinée s'enchaîne à toute vitesse. J'essaie de bien tout mémoriser. L'heure du service approche. Je suis prête.

Dan m'a un peu aidée, mais dans l'ensemble, il a l'air satisfait. J'ai adoré ce travail : parler des produits d'Olivier qu'il a sublimés, du vin que Dan a choisi pour associer les saveurs.

— Yaëlle, bon service, tu t'en es bien sortie. On reprend à dix-sept heures. À tout à l'heure.

Une pause de deux heures. Quand j'aurai mon appartement à Angers, je pourrai faire des tonnes d'activités : aller lire des bouquins, par exemple. Cela fait longtemps. Je sens le manque. Je consulte mon portable, message d'Anna :

Ravie pour toi, ce soir, on l'arrose !

Je n'ai pas trop prévu comment j'allais occuper cette coupure. Puis, je repense à sa soirée et me dis que je n'ai rien à me mettre. Vu l'importance qu'elle y accorde, je crois que le plan jean ou jogging est à proscrire. Si je suis raisonnable, je devrais pouvoir acheter une robe. Je déambule dans les rues et parcours les boutiques à la recherche de la belle promotion. Je la remarque dans une vitrine de la rue Saint-Aubin : une jolie robe noire, décolletée, et surtout, elle affiche un moins cinquante pour cent. Faite pour moi !

Elle est courte, très courte, genre de bout de tissu que je n'ai jamais porté. Je dois me l'avouer, féminin. Elle me va à ravir. Je ne suis pas habituée et repense à ma première soirée avec Anna où elle m'avait prêté un top à l'échancrure ravageuse. J'hésite. La vendeuse n'arrête pas de me dire que je suis « MAGNIFIQUE » et qu'elle est faite pour ma silhouette. Je sympathise. Elle me confie qu'avec des bas, l'homme à qui je veux plaire ne va pas résister.

Je suis gênée par son air coquin et son assurance. Je me demande ce que cela me ferait de porter de la lingerie sexy. Je pense à Landry. Est-ce qu'il serait différent ?

Elle me propose d'essayer un ensemble, porte-jarretelles : je ne me reconnais plus, reste un moment devant la glace, pantoise. La vendeuse a compris mon trouble. Elle insiste sur le fait que je suis féminine et que cela va lui plaire. Je prends l'ensemble, sans trop réfléchir. Au niveau du budget, je trouverai bien une solution.

La deuxième partie de journée au restaurant est différente. Animée, ambiance *after work* entre collègues. La cave à vin est pleine à craquer. Je ne chôme pas. J'adore. Je fais des propositions aux clients, souris, badine avec certains. Cela me rend joyeuse. Dans ce lieu, personne ne me connaît. Personne ne me juge. Un plaisir nouveau. J'espère qu'ils vont me garder.

Il est presque vingt et une heures, Anna ne devrait pas tarder. Le bar s'est vidé. Les deux associés mettent un point d'honneur à fermer à l'heure. Dan m'explique les différentes fonctions de la caisse (bon signe !) et Dimitri finit de ranger les fauteuils. Il m'interpelle.

— Yaëlle, la personne qui vient te chercher est arrivée.

Je lève les yeux et découvre Landry. Les mains dans les poches, petite mine. Je ne souris pas. Il me regarde avec un air déterminé. Il serait bien capable de me jeter sur son dos comme un homme des cavernes. Il m'a déjà fait le coup. Il avance. Ses yeux me lâchent pour parcourir l'endroit. Il paraît étonné. Olivier sort de sa cuisine en sifflant, lui jette un coup d'œil furtif et s'arrête net. Il hésite.

— C'est Landry De La Motte, chuchote-t-il à Dan.

Il lui lance un coup d'œil furtif et se retourne vers moi.

— Tu sors avec Landry De La Motte ? me demande-t-il discrètement dans sa barbe.

— Non. Je le connais, c'est tout.

— Tu nous présentes ? Dis, Yaëlle, me demande Olivier, assez excité.

— Pourquoi j'ai l'impression qu'Olivier a vu une rock star ?

— C'est quand même un mec hyper connu dans le monde du vin, un businessman sacrément doué. Tu le connais vraiment ? me demande Dan.

— Pas sous cet angle.

J'ai bien envie de lui dire qu'il est peut-être doué en affaires, mais un gros nul en amour.

— Je travaille pour lui actuellement au domaine de Bel Air.

— Tu es à bonne école.

Olivier demande à Dan s'il m'a annoncé que j'étais gardée.

— Non, pas encore, je crois que c'est fait. C'est OK pour nous, tu as bien bossé. Pour le 15 novembre, ce serait parfait. Tu penses que c'est possible ?

Je souris et explose de joie à l'intérieur. Enfin ! Je me contrôle pour ne pas leur sauter dans les bras.

— Super, c'est parfait. Pour le 15, je vais négocier. Vous pouvez compter sur moi.

Je rejoins Landry en pleine discussion avec Dimitri qui, a priori, sait qui il est.

— Anna a eu un problème, lui demandé-je d'emblée.

— Non, aucun.

— Viens, je vais te présenter.

Nous rejoignons Dan et Olivier. Il sourit comme si c'était son anniversaire.

— Je te présente Dan et Olivier, mes futurs patrons. Landry De La Motte.

— Je suis ravi de vous rencontrer, enchaîne aussi sec Olivier. Nous avons suivi une de vos conférences l'an dernier et beaucoup appris pour choisir nos vins.

— Merci, vous me flattez, je suis ravi également. Vous avez un bel outil de travail et de belles références dans votre cave. L'agencement est bien pensé. Yaëlle, est-ce que tu es prête ?

— Il nous reste la clôture de la caisse et les pourboires, poursuit Dan.

— Landry, venez, je vais vous montrer notre dernière trouvaille.

Olivier l'entraîne. Ils partent dans une grande conversation sur un millésime rare. Dan me montre les dernières étapes du logiciel de caisse, notamment le bilan de journée.

— Pas mal. Nous avons bien bossé, surtout sur le vin du mois. Voyons les pourboires. Pareil, vous allez être gâtés. Dimitri, c'est une bonne journée. Yaëlle, voilà ta part.

— Merci, c'est cool.

Je découvre une somme d'argent importante. J'ai les yeux qui brillent d'étonnement. Je viens de me rembourser la lingerie.

Je file chercher Landry. Il tend sa carte à Olivier, me prend par l'épaule sans équivoque (une connaissance, ils vont me croire) et m'entraîne à l'extérieur.

~

Nous marchons côte à côte, vers sa voiture, sans nous toucher :

— Pourquoi Anna n'est-elle pas présente ?

— Je lui ai dit que je venais, tout simplement.

— Tu aurais pu me prévenir.

— Et ça aurait changé, quoi ? Tu aurais fui ?

Il marque un point, car je me serais arrangée pour lui fausser compagnie. Ma colère n'est pas passée.

— Je n'aurais pas attendu.

— Je me suis pris la tête avec Anna. Elle a hurlé que j'étais à côté de la plaque et que j'allais te perdre.

— Qu'est-ce que cela changerait, au fond ?

— Yaëlle, souffle-t-il.

Il secoue la tête et change de sujet.

— Tu as dîné ?

— Non.

— Je t'y emmène.

— Ce n'est pas une bonne idée.

Il ouvre ma portière et m'invite à monter. Il est venu avec son coupé, la voiture de notre première fois. Est-ce un signe ? Il ne démarre pas son véhicule et reste le regard au loin. Je ne prononce pas un mot, je n'ai nullement l'intention de l'aider. Quelques minutes de silence, nos respirations emplissent son l'habitacle, rien d'autre. Il tapote ses mains sur le volant, agacé.

— À ta question, arriver à quoi ? À peut-être plus de normalité. Je t'ai demandé d'être patiente et de laisser les choses se faire. Je ne peux pas aller plus vite. Si tu veux plus, je ne pourrai pas te le donner, pas maintenant, pas aussi simplement. Ces quelques jours ont été très bousculés. Je n'ai sûrement pas réagi comme tu l'attendais.

— C'est faux, Landry. Tu m'as protégée. Je le sais.

— Alors qu'est-ce que tu ne sais pas, Yaëlle ? Qu'est-ce je dois te prouver de plus ? me répond-il d'un ton sec.

Je voudrais être diplomate, pour essayer d'avoir une conversation normale avec lui : autant jouer cartes sur table et lui dire ce que j'attends, au minimum.

— J'ai accepté ta condition, Landry. J'en suis bien consciente. Oui, notre semaine a été atypique à tous les niveaux. Je te remercie de m'avoir aidée. J'ai besoin de construire ma vie et ne veux pas de carcan. Si ce que je fais ne te plaît pas, dommage, je ne changerai pas. Je veux évoluer, grandir, apprendre, et non pas me transformer pour quelqu'un.

— Ce n'est pas ce que je te demande, tempête-t-il. Bébé, je te demande du temps et de laisser faire les choses.

— Je suis d'accord et ne t'ai fait aucun refus. Hier soir, tu voulais que mon futur métier soit... plus à la hauteur. Serveuse, ce n'est pas assez bien pour toi ? lui demandé-je d'une voix triste. Et entre nous, où est le problème ? Tu ne me présenteras à personne, pas de gêne, alors. Je pensais que ce qui comptait, c'est ce que je suis, pas ce que je fais. Quand ta sœur t'a demandé « qui j'étais pour toi », que tu me répondes que ça ne la regardait pas, tu ne pouvais pas dire « une personne à laquelle je tiens ». Juste ça. Je ne te demande pas autre chose : une personne à laquelle tu tiens. C'est trop ? Moi, je tiens à toi. J'aime être avec toi. J'aime être dans tes bras : ils me protègent. J'aime t'écouter. J'aime quand tu me regardes, quand tu me désires, et je tiens à toi. J'en suis sûre. Ce que je ne sais pas, c'est pourquoi le mec qui me fait dormir dans ses bras m'insulte et me blesse gratuitement.

— Je ne t'ai pas insultée. Je t'ai dit des mots trop durs, certes, mais pas insultée. Bébé, quand tu hurlais cette nuit, tu crois que je suis resté insensible ? T'entendre hurler, c'est dur. Si je t'ai pris dans mes bras pour te protéger, ce n'est pas pour rien et je ne l'ai pas fait par pitié, par gentillesse, mais parce que...

Sa phrase reste en suspens. Mon cœur s'arrête de battre. J'ai besoin de l'entendre pour continuer avec lui. Il souffle et ferme les yeux.

— Parce que je tiens à toi, beaucoup trop... Je tiens à toi, finit-il par prononcer dans un murmure.

J'ai le sentiment qu'il a ouvert une porte, qu'il vient de me donner un bout de lui. Il me reste encore du chemin pour que je devienne celle qui compte et qu'il me présente comme sa petite amie, parce que je suis sûre d'une chose : je veux être cette fille.

— Pourquoi, Landry, n'arrives-tu pas à me parler ?

Il se retourne vers moi. Ses yeux sont fatigués et embués, comme s'il venait de rendre les armes.

— Bébé, j'ai du mal avec les sentiments. C'est tout.

Il a besoin de moi, que notre lutte s'arrête. Il vient de faire tomber sa garde. J'ai l'impression que c'est la première fois. Je tends ma main vers son visage pour l'effleurer du bout de mes doigts. Il se laisse faire, se rapproche et s'écroule dans mes bras. Son visage est contre mon cœur. Je dois être forte pour lui. Je le serre dans mes bras. Des larmes silencieuses coulent sur mon visage.

— J'ai besoin de toi, Bébé, vraiment besoin de toi, me murmure-t-il.

Il se redresse et prend mes lèvres. Un baiser tendre, très tendre qui me fait chavirer. Je viens encore de craquer pour Landry De La Motte. Je suis sûre que j'ai des sentiments et que c'est plus que de tenir à lui. Ma patience va être mise à rude épreuve pour obtenir plus.

Il démarre son véhicule et nous nous dirigeons vers sa maison. J'envoie un message à Anna pour lui expliquer. Notre trajet se fait en silence. L'atmosphère est lourde. J'imprime ses mots. Est-ce que cela va me suffire ? Non. C'est déjà un premier pas.

Nous rentrons, toujours en silence. Landry me tend la main et je la prends. Elle est pleine de sens. Il m'attire à lui, ses lèvres s'abattent sur les miennes comme j'aime. J'ai envie de lui. Le trop-plein d'émotion me déclenche des larmes : elles roulent sur mes joues. Avec le bout de sa langue, il arrête chacune d'entre elles. Il fait passer mon T-shirt au-dessus de ma tête, dégrafe mon soutien-gorge, défait les boutons de mon jean.

Je fais pareil avec ses vêtements. Nos corps, l'un contre l'autre, une sensation charnelle, dévorante. Je me recule pour le regarder. Nu ? Il est magnifique. Ses yeux ténébreux reflètent une aura différente.

— Tu es belle, Bébé, me dit-il en me collant dans ses bras.

Sa bouche s'empare de mon corps. Il m'entraîne avec lui et me plaque contre le mur de la cuisine. Il me soulève en me tenant les fesses et me pénètre fort. Une rafale de papillons envahit mon corps. Son gémissement est guttural. Vital, essentiel. Son rythme effréné, cette pression qui monte en moi. Chaque mouvement de ses hanches me rend folle. Je le veux. Je veux qu'il me libère, qu'il me transporte.

— Landry, plus fort, Landry.

Il accélère pour répondre à mon besoin. Nos bouches se percutent. Je me colle contre son torse : je veux le sentir, frémir sous ses assauts. Je gémis, encore, encore et perds pied. Mon corps se tend sur lui et s'envole dans une myriade de plaisirs. À son tour, il jouit mon prénom. Nos corps sont couverts de sueur, nos souffles se mêlent d'intensité, longtemps mes yeux dans les siens. Cela se passe de commentaire, une évidence.

Il me descend tout doucement, pose ses mains contre le mur pour m'entourer et continue de me donner des petits baisers. Ses lèvres aspirent doucement les miennes. Je passe mes mains autour de sa nuque et me colle de nouveau à lui. Sa chaleur me rassure.

— Yaëlle, je tiens à toi, me répète-t-il. Je suis désolé des propos que je t'ai tenus. Je m'emporte et regrette ensuite. Ce que nous vivons tous les deux, c'est nouveau. J'ai le sentiment de tout faire de travers et d'être possessif. Dans ma vie, je gère tout. Toi, tu arrives, me tiens tête et refuses, alors je me braque. Bébé, j'entends ton besoin d'indépendance. Je vais te laisser faire, essayer, en tout cas.

— Land, c'est simplement ce que je demande.

Il sourit, me caresse les cheveux.

— Est-ce que tu as envie de filer dans le jacuzzi ?

— Hum, hum, bonne idée.

— Alors, viens, ma belle.

Je suis assise contre lui au milieu des bulles. Il m'enserre de ses bras. Nous sommes bien. Il fait chaud, bon, la nuit étoilée parfait ce moment.

— C'est un bel endroit.

— De quoi, ici ?

— Non, où tu vas travailler. J'ai été dur, je pensais à un bar miteux. Tes futurs patrons ont l'air de professionnels.

— Je m'y plais déjà. Ils sont d'accord pour m'embaucher. J'aurai besoin de commencer vers le quinze. Tu crois que c'est possible pour toi ?

— Je te perds plus tôt ?

— Tu ne me perds pas, Landry, sauf si tu ne veux plus me voir. Je vais avoir toutes mes soirées, mes dimanches, une journée dans la semaine. Je vais essayer de trouver un appartement à Angers où tu pourras venir et je pourrai venir chez toi aussi.

— J'hésite.

Je fais volte-face pour le regarder droit dans les yeux et vais me positionner à son opposé dans le spa.

— Tu hésites vraiment ?

— Oui, pour casser ton contrat quinze jours avant son terme, il va me falloir des arguments, peut-être même une compensation en nature. Pour le reste, je sais que je te verrai toujours. À toi de me convaincre de te laisser partir. Que proposes-tu ? me répond-il en passant ses bras derrière sa tête.

Provocant, joueur, j'aime quand il est ainsi : charmeur.

Je penche la tête sur le côté, souris légèrement. J'ai une petite idée. Je veux qu'il perde le contrôle, qu'il soit à ma merci, que Landry gémisse mon prénom et lui retourner la tête. Je me soulève très légèrement, suffisamment pour que la pointe de mes seins sorte de l'eau. Je le mate, sans retenue. Il veut jouer, alors jouons.

— Qu'est-ce que je pourrais te proposer, Landry ? Je ne vois pas, lui dis-je d'une petite voix innocente.

— Pas une petite idée ?

— Non, vraiment.

J'avance vers lui en prenant bien garde de laisser ma poitrine, hors de l'eau. Cela lui plaît, son regard le trahit. Il descend son bras dans l'eau pour me toucher. Mouvement de recul. Je lui fais non de la tête et de mon doigt. Il sourit, recule et reprend sa position.

— Tu es provocante, Bébé.

Je lui fais de l'effet et imagine dans quel état il doit être sous l'eau.

— Qu'est-ce qui te fait dire que je suis provocante ? dis-je en continuant sur le même ton avec une pointe sensuelle sur le mot « provoquer ».

— Bébé, allume-moi, me murmure-t-il.

J'avance de nouveau comme une panthère et suis à quelques centimètres de lui, de sa peau. Je le frôle très subtilement. Je me penche comme si j'allais prendre ses lèvres. Il les entrouvre. Non, je me dirige vers son oreille.

— Assieds-toi sur le bord du jacuzzi, Land, et ne bouge pas. Pas les mains, pas les hanches, rien.

Il grogne un « Yaëlle » et s'exécute en sortant de l'eau juste à la force de ses bras. WAOUH ! Sa musculature est une invitation au péché. Je reste sans voix, la bouche ouverte. Je deviens folle. Cette vision ? Une gravure de magazine avec des mecs qui n'existent pas. Le bas de son corps est tout aussi magnifique. Il est excité. Son sexe tendu n'attend que moi. Je vais le faire languir. Je veux qu'il se souvienne qu'il n'obtient pas facilement ce qu'il souhaite. Je sais très bien ce qu'il sous-entendait.

Il passe sa main dans ses cheveux. Je le reprends. Je lui ai dit de ne pas bouger. Il la repose. L'impatience monte en lui.

Je me mets à genoux sur le rebord intérieur, sors un peu de l'eau et me penche tout en le fixant bien dans les yeux et commence avec ma langue un va-et-vient sur son sexe, très dur. Il gémit. Deuxième étape : le rendre fou. Je le saisis dans ma bouche, le suce en m'attardant sur son gland. Je recommence chaque mouvement en prenant mon temps, en étant dilettante, doucement, sensuellement. Un petit mouvement de ses hanches, il veut plus. Je me recule immédiatement.

— Joue le jeu, Landry !
— OK, Bébé. Tu vas me tuer.
— Ah bon, je ne comprends pas pourquoi ?
— Yaëlle...
— Ne bouge pas.
— OK.

Je reviens vers lui. Je lèche l'intérieur de ses cuisses. Il se cambre. Avec ma langue, j'avale ses testicules l'un après l'autre. Il se tend. Tous les muscles de son dos, ses abdos sont bandés, excités. Je reprends mon stratagème. Son sexe dans ma bouche, j'accélère graduellement pour maintenir son plaisir et le mien, car je crois que je vais finir par jouir. J'accélère et l'avale entièrement. Mes mouvements sont rythmés. Son sexe tape dans le fond de ma gorge. Je gémis. Très excitant. Landry est sur le point de craquer. Je suce son gland en l'aspirant et l'engloutis. Ses gémissements s'amplifient : il va jouir.

— Bébé, putain c'est bon. Bébé, dans ta bouche.

Je relève la tête et me recule au fond du spa. L'expression de son visage, ses yeux sont exorbités : il n'a pas compris.

— Non, Bébé, tu ne vas pas me laisser dans cet état.

Il veut me rejoindre. Je lui fais non avec mon doigt : nous jouons encore.

— Est-ce que tu me laisseras partir plus tôt, Landry ?
— Yaëlle, c'est du chantage.

— Non, simplement une question.

Il souffle, passe sa main dans ses cheveux. Il est très beau quand il est énervé. Est-ce qu'il va craquer ? Je sors de nouveau mes seins hors de l'eau, penche la tête sur le côté et lui décroche un sourire très coquin, bouche un peu en rond.

— Oui, oui, oui, Yaëlle, ne me laisse pas comme ça.

Je souris, j'ai gagné. Je reprends ma position.

— Tout entière à toi, tu vas adorer, lui soufflé-je.

Je reprends son sexe dans ma bouche avec un rythme effréné, comme il aime. Il penche sa tête en arrière et gémit de plus belle. Mes assauts, son sexe au plus profond de ma bouche, mes lèvres, ma langue se colle contre sa verge, Landry n'en peut plus. Son orgasme est violent. Il se libère et gémit mon prénom. Son sexe crépite en moi. Je continue le mouvement en ralentissant progressivement. Je veux lui donner du plaisir jusqu'à l'ultime instant. Son souffle est saccadé. Sa poitrine remonte et descend comme après un effort intense.

Je redescends dans le jacuzzi et me replace à l'opposé. Il descend à son tour dans l'eau. Son air est différent : il est sérieusement déstabilisé. Je badine.

— C'est bien que nous nous soyons mis d'accord aussi vite, sans compromis.

Il rigole et se rapproche de moi et me prend dans ses bras.

— Si tu joues avec moi, attends-toi à ce que je fasse pareil, ma belle.

Une mise en garde, j'adore.

— Je suis plutôt bonne élève. Mon professeur a bien insisté sur cette stratégie.

Il m'embrasse à pleine bouche. Ses mains tiennent mon visage, se mêlent dans mes cheveux.

— Viens, ma belle, je vais te faire l'amour comme un fou, maintenant.

Il se lève, attrape ma main pour nous conduire dans sa chambre. Il vient de dire quoi, là ? « Me faire l'amour ». Landry voit mon étonnement.

— Je l'ai dit ; maintenant, si tu n'as pas envie…

Oh que si !

Il me plaque contre lui, me soulève et prend dans ses bras. Il me porte et me laisse tomber sur son lit. Je suis à sa merci.

— Tu es très belle, Bébé, vraiment très belle.

Il vient se coller contre moi, me love et m'embrasse. Il prend mes mains, les porte au-dessus de ma tête et les maintient.

— Je ne veux pas que tu bouges, Bébé, à mon tour de te rendre folle de moi.

Ses doigts se promènent sur mon corps. Ce n'est pas sexuel, mais sensuel, terriblement. Il parcourt chaque centimètre carré de ma peau. Ses caresses sont délicieuses. Je découvre certaines zones très hétérogènes. Je ne pensais pas que l'intérieur de mes bras était si sensible. Il caresse, embrasse, lèche mon corps. Je fonds littéralement, je fonds. Plus que du désir, je me donne entièrement à lui. Je n'ai plus de barrière. Mon corps lui appartient. Ce moment, ses caresses, l'attention, la douceur qu'il met dans chacun de ses gestes me troublent. Je me sens belle et désirée.

Landry va me faire l'amour passionnément. Une explosion d'émotions, mon cœur retourné, plein de sentiments me bousculent. Il a fait tomber sa garde. Il a aussi forcé les chaînes qui entouraient mon cœur et les a explosées à coup de caresses, de mots tendres et de baisers. En m'endormant dans ses bras, je suis bien comme je ne l'ai jamais été : détendue, heureuse, libérée. Je sais aussi que j'ai franchi la dernière limite, au niveau de mon cœur.

21

Landry n'est pas à côté de moi quand j'ouvre les yeux. Il est tôt. Je m'étire comme un chat et repense à la nuit que nous venons de vivre. Magique, vraiment magique. Je suis dans un état de semi-flottement. Je pourrais pousser des petits gémissements de satisfaction, comme ça. Pourtant, c'est compliqué avec Landry : nous passons de la colère à des moments émotionnels uniques.

Qu'est-ce que j'ai bien dormi contre lui. Qu'est-ce que j'aime la façon dont il m'a fait l'amour, car il m'a fait l'amour. Il me l'a dit. Il a aussi dit : je tiens à toi, Yaëlle.

Je souris, me lève et file vers la douche. J'ai un air idiot, ris bêtement et chantonne un vieux tube des années 80 de Jean-Luc Lahaye, *Femme que j'aime*, c'est pour dire. Je pense à lui, dans le jacuzzi, et souris de plus belle. Je continue mes vocalises sous le jet d'eau chaude, en dansant, me regarde dans le grand miroir et ai une révélation : je suis mal. Je suis amoureuse de lui. Trop tôt, beaucoup trop tôt. Je peux difficilement faire machine arrière, même si j'ai contrôlé mes émotions toute ma vie. C'est différent. Je ne peux pas lutter et je n'en ai pas envie. Je vais devoir être prudente et faire attention, car Landry ne ressent pas ce genre de sentiments pour moi.

Je m'habille et descends le rejoindre. J'ai un peu honte de mes vêtements. La misère. Je n'ai pas fait de lessive et me retrouve avec un vieux jogging, large, sans forme qui ne me met pas à mon avantage. Si je veux le séduire complètement, un relooking va s'imposer.

Il est déjà sur son ordinateur, concentré. Je me rapproche :
— Salut, Landry.
Il lève les yeux, détaille ma tenue, un peu surpris.

— Salut, Yaëlle.
— Bien dormi ?
— Oui.
— Tu as déjeuné.
— Oui.

Et il replonge vers son ordinateur. OK ! Ce n'est plus le Landry d'hier soir. Il est distant, ne s'est pas levé pour m'embrasser. Je n'ose pas aller vers lui, non plus.

— Je peux me faire un café ?
— Tu n'as pas besoin de demander, me répond-il, toujours les yeux rivés sur son écran.
— OK, tu en veux un ?
— Non.

J'ai du mal à saisir. Hier soir, il me faisait l'amour. Ce matin, il est glacial. Je branche la Nespresso, tout en réfléchissant. Qu'est-ce que j'ai fait de travers ? La situation commence à m'énerver. Mince, trop facile, un coup oui, un coup non. Je ne suis pas une marionnette dont il peut disposer. Je l'ai peut-être bousculé et forcé à faire tomber ses barrières, mais il ne peut pas avoir déjà reconstruit son blindage. Je m'assois en face de lui. Ma bonne humeur a disparu de mon visage. J'attends. Il ne lève pas les yeux sur moi.

Je commence à tapoter ma petite cuillère contre le plan de travail, en rythme. J'ai toujours ma chanson dans la tête. Il lève un œil, agacé.

— Qu'est-ce que tu fais ?
— Rien, je joue avec ma cuillère.
— Arrête, Yaëlle.

Deuxièmes fois « Yaëlle », il n'y a plus de « Bébé » ; pourtant j'aime quand il le prononce. Je continue le tapotement, un peu plus fort.

— Yaëlle, arrête, tempête-t-il.
— Non.

Il souffle.

— Je ne suis pas d'humeur.
— Moi, non plus, Landry.

J'exagère en prononçant son prénom. J'hallucine. Il ne va pas me faire la gueule après une nuit pareille, ou alors il m'explique.

— Si tu continues, je file à mon bureau.
— N'hésite pas, Landry !

Il se lève, ferme son ordinateur, ramasse ses affaires et s'apprête à partir.

— À quoi joues-tu ?
— À rien, tu me cherches, me répond-il, énervé.
— Tu te fous de moi ?

Mon ton monte.

— Je dois comprendre quel message ? Qu'est-ce qui s'est passé entre le moment où tu m'as baisée et ce matin ? Qu'est-ce que j'ai fait de si terrible dans mon sommeil pour avoir droit à cette tête ?

Il n'aime pas ma réplique, son visage se crispe. Pourtant, il ne s'explique pas. Je ne comprends pas.

— Rien.
— Rien, c'est ta réponse ?

Il n'ajoute aucun mot.

Je me lève, monte dans sa chambre en moins de deux, prends mes affaires, redescends et sors de chez lui. Trop, c'est trop. Je suis énervée, très énervée. Il a le don pour me pourrir la vie.

Je file vers le chai pour récupérer mon vélo et me casser de ce putain de domaine. Je tombe nez à nez avec Joseph en voulant prendre cette maudite bicyclette :

— Yaëlle, je suis content que tu sois arrivée. Nous avons un boulot monstre. J'ai eu des arrêts, tu tombes à point nommé.

Comment lui expliquer que je m'en vais ?

— Si tu es prête, je te donne tes missions tout de suite.

— Joseph, je voulais vous dire…

— Je sais, Yaëlle, que je peux compter sur toi. Voilà ton numéro de parcelle.

Je me frotte le visage. Je ne vais pas lâcher Joseph. Il m'a soutenue, aidée. À contrecœur, je file vers le coteau, perdue, en mode automate. Je m'attèle à la coupe, sans réfléchir : ne pas penser, sinon, je vais pleurer. Je le sais. Je vais pleurer comme une madeleine.

Anna me rejoint en fin de matinée. Elle rayonne, ses joues légèrement rosies, ses cheveux remontés en chignon, cet air insouciant collé à son visage. Elle irradie.

— Yaëlle, coucou, ma belle. Je suis contente de te voir. Désolée de t'avoir laissée tomber, hier matin. Avec Clovis, nous sommes rentrés tard. Ce n'était pas prévu. J'ai pensé que Landry pouvait t'emmener. Je suis contente pour toi, ton code, c'est cool, tu passes quand ta conduite ? Et ton essai, alors… et enfin, si, pour hier soir, désolée, il ne m'a pas laissé le choix. J'espère que cela s'est bien passé. Je voulais, j'aurais dû te prévenir, mais Clovis, il m'a dit « laisse faire », car son frère, enfin, il était, comment te dire ?

Elle s'arrête au milieu de son monologue. Je pleure, je ne veux pas, mais je pleure. Elle ne s'est même pas rendu compte de son discours. Elle m'a tout renvoyé en pleine figure d'un coup. J'ai du mal à articuler.

— J'aurais préféré que ce soit toi qui viennes, lui lancé-je, en colère. Si tu ne peux pas ou ne veux pas, alors ne dis pas oui. Je vais me débrouiller, maintenant. Pour toutes les questions que tu viens de me balancer sans attendre de réponse, je n'ai pas envie de t'en apporter.

Je replonge vers mes grappes et ne la regarde pas. Je lui en veux, à elle aussi. Elle est heureuse. Je suis triste. J'en veux à la terre entière. Joseph va aller se faire voir. Je me casse. J'ai besoin de personne, de personne. Anna s'approche et me prend dans ses bras. Elle me serre fort. Je craque.

— Je suis désolée, Yaëlle. Je t'ai laissée tomber, désolée. Je croyais qu'il avait compris, ce sale con. Je lui ai pourtant dit qu'il était à côté de la plaque, qu'il allait te perdre pour de bon et qu'il s'en mordrait les doigts. Faut croire qu'il n'écoute pas.

— Tu lui as dit ?

— Oui. Hier, quand j'ai reçu ton texto, il était avec Clovis. J'ai crié de joie que tu aies ton code. Vu sa tête, je me suis doutée que vous aviez passé une mauvaise soirée, alors je lui suis rentré dedans et lui ai balancé ce que je pensais de son attitude. Il te veut quand ça l'arrange et joue avec toi. Il était remonté. Clovis nous a arrêtés. Il est parti comme une furie et m'a appelée un quart d'heure après pour me dire qu'il irait te chercher. Je voulais te prévenir. Clovis m'a dit de le laisser faire ; qu'il ait appelé, c'était déjà un exploit. Yaëlle, tu es mon amie. Je sais que tu ne penses pas ce que tu viens de me dire.

— Je suis injuste et odieuse. C'est nul. Je crois que je suis en train de devenir folle.

— Bon, si tu me racontais pour que je comprenne pourquoi mon amie qui ne pleure jamais n'arrive plus à retenir ses larmes ?

Anna sait comment me désamorcer. Le ton juste. La bonne réaction. Si elle n'est pas venue me chercher, elle croyait bien faire. Hier soir, avant de m'endormir, je lui aurais dit merci. Je me lance et lui narre les deux journées qui viennent de s'écouler jusqu'à mon réveil catastrophique de ce matin.

— OK, il a un problème, me répond-elle.

Elle réfléchit et me regarde.

— Tu es amoureuse, c'est ça ?

— Non, Anna, tu te trompes, je…

— Tu es amoureuse, Yaëlle, c'est évident.

— Ne dis pas ça.

— Ce n'est pas interdit, ce n'est pas un gros mot et cela ne se décide pas. Yaëlle, tu n'as pas à avoir honte de toi : ce qui t'arrive, c'est humain. Landry a le même problème que toi. Il est amoureux.

— N'importe quoi. Non, il ne ressent rien.
— Yaëlle, il flippe, c'est tout, il...
Elle écarquille les yeux.
— Quand on parle du loup, me fait-elle en chuchotant.
Non, pas lui, il va voir que j'ai pleuré.
— Landry ? chuchoté-je en retour.

Elle me fait oui de la tête. Je me relève et file tout droit, à grandes enjambées pour descendre le coteau. Je m'en vais et ne veux surtout pas le voir : fini, non.

Sauf que Landry marche et court plus vite. Derrière moi, il me lance :

— Je panique, Yaëlle, je panique, c'est tout. Cette nuit, tu as dit des trucs, enfin des trucs, non, ce n'est pas possible.

Je me retourne, de nouveau très en colère.

— Des trucs ? J'ai dit des trucs ? Tu te fous de moi ! Qu'est-ce que j'ai dit de si terrible pour que le mec qui me propose de faire l'amour me jette ce matin ?

Il se rapproche de moi avec un air triste et inquiet.

— Que tu m'aimais !

Merde, je ne lui ai pas dit, quand même.

— Tu es nul. Est-ce que je te l'ai dit, moi, en face, en vrai ? Est-ce que je te l'ai dit, Landry ? NON ! Tu sais pourquoi ? Parce que ce n'est pas le cas. J'ai des nuits agitées. Tu veux savoir ce que tu fais dans mes cauchemars ? Ce n'est pas pour cela que le matin, je confonds les deux. Si toi, Landry, tu ne fais pas la différence entre le sommeil et la réalité, je ne peux rien pour toi. En revanche, il y a un truc qui va être bien réel : ne t'approche plus, ne me parle plus, non, non, non.

Je continue ma marche vers la sortie du vignoble. J'en ai plus que ma dose de Landry, de cet endroit, ma dose. Je ne décolère pas. Dans ces instants-là, je ne fais plus gaffe à rien. Je me déconnecte et reste avec ma colère. Du coup, je ne vois pas Joseph sortir d'un rang avec son quad. Je n'entends pas Landry qui hurle « Joseph » et mon prénom. Je n'entends pas Anna, non plus. Je suis dans ma colère, je le déteste, je parle la nuit… Et je me sens décoller du sol, faire un vol plané et vois la terre qui se rapproche beaucoup trop vite. J'ai le temps de mettre mes mains pour protéger mon visage. Je m'étale de tout mon long. Joseph saute de son quad.

— Qu'est-ce que tu foutais là ? hurle-t-il.

Je suis sonnée et essaie de me redresser. A priori, rien. Le bol d'être retombée sur un talus d'herbe. Landry arrive et me prend dans ses bras, autoritairement.

— Tu as mal ?
— Non, lâche-moi.
— Hors de question.

Il me hisse sur mes jambes, me soulève et me lance sur son épaule comme un paquet de linge. Je hurle et lui demande d'arrêter. Rien n'y fait. Je commence à avoir mal à la cuisse et serre les dents.

— Tu me fais mal, arrête, Landry.

Il ne m'écoute pas et me fait traverser la moitié du vignoble dans cette position, sous les yeux ahuris des vendangeurs, pour me ramener chez lui. Il me dépose au sol une fois à l'intérieur de son antre. J'ai mal quand je pose le pied à terre ; en plus, je suis couverte de boue.

— C'est la cuisse ? me demande-t-il.
— Oui, mais…
— Arrête, les « mais », montre-moi.

Je souffle et secoue la tête.

— Landry, c'est le live de trop. Nous deux, ce n'est pas possible. Je ne vais pas y laisser ma vie. Ça ne fonctionne pas. Que tu sois glacial le matin, qu'en plus, tu ne me donnes pas d'explications, mais préfères venir deux heures plus tard pour me dire que tu paniques, c'est immature ! Et tout ça pour quoi ? Parce que dans mon sommeil, j'ai bredouillé je ne sais quoi. Si un jour, je dois te le dire, je ne le ferai certainement pas de cette manière.

Je vois une étincelle dans ses yeux, je viens de dire « si », du conditionnel. Il se rapproche de moi avec son air « je vais t'embrasser, car tu es à moi et patati patata ».

— Non, non Landry, fais-je en reculant et en grimaçant.

— Laisse-moi voir.

Je trébuche sur son canapé. Landry est à quelques centimètres. Il est énervé, je le vois à l'expression de ses yeux. Il ne peut s'en prendre qu'à lui. D'un mouvement rapide, il fond sur moi, m'attrape par la taille, passe son autre main autour de ma nuque et prend mes lèvres.

Je dois résister, le repousser. J'essaie (mollement, d'accord), il ne me lâche pas. Non, non, je me répète dans ma tête. Petit à petit, je n'arrive plus à lutter. Contre lui, son corps, sa chaleur… un truc de fou. Je mets quiconque au défi. Alors je craque encore et finis par lui rendre son baiser.

Et tout ça parce que j'ai dit « si ».

Il vient coller son front contre le mien. Il ferme les yeux. Ses deux mains se posent sur mon visage.

— J'ai passé une nuit de dingue. Je n'ai pas souvenir d'avoir ressenti un tel truc. C'était divin, bébé. C'est ce que je voulais te dire ce matin. Cette nuit, tu t'es agitée, alors j'ai posé ma main sur toi. En général, tu t'apaises, et tu as dit : « Landry, je t'aime. » J'ai retiré ma main direct. Yaëlle, ça, c'est non ! On ne joue pas à ça ensemble.

— C'est quoi « ça », Landry ?

Il ne peut dire les choses correctement avec les bons mots.

— Les sentiments. Je tiens à toi, je te l'ai dit. Je te fais l'amour, car c'est différent avec toi, mais je n'ai pas ce genre de sentiments pour toi. Ce n'est pas négociable. Je n'ai jamais dit « je t'aime » à quelqu'un, et ce ne sera pas le cas avec toi non plus.

Coup de poignard au cœur.

— J'apprécie ta franchise. Je ne t'ai pas demandé d'avoir des sentiments pour moi. Je n'en ai pas non plus pour toi.

Bon, là, je mens, mais je ne vais pas lui faire ce plaisir.

— Tu as parlé de faire l'amour. Je te rappelle que le connaisseur, c'est toi. Je n'ai pas d'expérience de ce côté-là. Qu'on baise, ça me va bien. Pour moi, nous sommes plus dans…

Je cherche mes mots, car je veux qu'il prenne une claque, lui aussi, même si ce n'est pas plus mature.

— Euh, comment te dire, des rapports consentants entre adultes, voilà, je pense que c'est la bonne définition, rapports consentants entre adultes, comme tu me l'avais expliqué.

Il se tend. Il déteste mes paroles. J'ai l'impression d'être une garce, mais il le mérite. Il répète ce que je viens de dire, un peu incrédule.

— Oui, je n'ai pas d'autre expérience. Je ne sais pas ce que je ressentirais dans les bras d'un autre. Tu me dis que c'est divin. Je suis d'accord. C'est très déstabilisant. Baiser avec toi, c'est jouissif, mais peut-être qu'avec un autre, cela serait pareil, ou mieux.

— Tu ne penses pas ça, Yaëlle, me répond-il, effaré. Je t'interdis de penser qu'un autre te baisera mieux que moi, tu m'entends, je te l'interdis. Tu es à moi. Tu m'as dit « tout entière », ce n'est pas négociable non plus.

— Oui, je te l'ai dit et le pense. J'ai aussi le droit d'espérer qu'un jour, je rencontrerai quelqu'un de bien qui aura des sentiments pour moi, et réciproques, que cette personne ne négociera pas, que cette personne ne me cachera pas. J'ai le droit !

Je suis sur une pente glissante. Cette conversation va finir comme elle a débuté : mal. Il n'y a pas d'issue. Il est incapable d'aimer. Landry se recule de moi. Son visage est indéchiffrable. Il commence à faire les cent pas dans son salon et à passer sa main dans ses cheveux de façon excessive.

— Putain, putain, Yaëlle, non, reprend-il en criant. Du temps, Bébé, laisse-moi du temps. Putain, Bébé, tu m'obsèdes. Depuis trois jours, je ne fous plus rien, je pense à toi tout le temps. Je suis perdu et paniqué. Laisse-moi du temps.

Il revient contre moi.

— Du temps, je ne te promets rien, me murmure-t-il.

— Landry…

— J'aurais dû te parler ce matin, je sais, mais… non, je n'ai pas d'excuses. J'ai paniqué ; en plus, tu chantais comme si…

— Comme si j'étais heureuse ? Landry, heureuse d'avoir bien dormi. Heureuse d'être dans tes bras, c'est interdit ?

— Non, bien sûr que non.

Je lui donne un baiser du bout des lèvres, tendre.

— C'était magique, Landry, seulement magique. Je me suis sentie belle, libérée. Tes mains sur moi, c'est indescriptible. Ce matin, j'étais heureuse. Je n'ai pas envie d'être triste parce qu'entre nous il faut mesurer les sentiments ou faire semblant de ne rien ressentir. Ressentir, ce n'est pas aimer au sens qui t'effraie : être bien, apprécier et simplement tenir à l'autre, car son contact vous fait chavirer. De me dire que tu tenais à moi, c'est difficile. Pourquoi ? Je ne sais pas. Tu es très secret. Moi, pas assez curieuse pour comprendre le fond du problème. Je n'ai rien réclamé de plus, rien.

— Bébé, je ne veux pas te perdre.

Sa phrase résonne en moi : « ne pas te perdre », « je tiens à toi » et, malheureusement, « je panique ». Notre relation est semée d'embuches qui n'en finissent pas. J'ai le sentiment que derrière, une autre altercation se prépare, et puis une autre. Je ne sais pas si j'aurai la force de toutes les surmonter et de toutes les supporter.

Est-ce que l'amour est si compliqué ? Est-ce que se donner à un autre, c'est se battre autant ? Est-ce que je dois tout faire pour que Landry tombe amoureux de moi ? Est-ce que je vais gérer une relation à sens unique ? Du temps ? Pourquoi ? Pour être sûr ? Je n'ai pas envie de le perdre non plus. Je n'imagine pas ne plus le voir, ne plus le toucher, ou pire, dans les bras d'une autre. Une fois de plus, je vais forcer le destin en espérant que nous trouvions un équilibre dans notre relation.

— Je ne veux pas te perdre non plus. J'ai accepté les conditions, arrête de te faire des nœuds au cerveau. Landry, tu as aussi le droit d'être heureux, et ne me refais pas un coup comme ce matin. Parle-moi, puisqu'entre nous, c'est clair côté sentiments.

Son visage se détend. Il se rassure, me prend dans ses bras, me serre et me dit qu'il est désolé.

— Yaëlle, ce n'est pas une relation consentante entre adultes, ne me dis pas ça.

— Alors, c'est quoi, Landry ?

— Un début, Bébé.

Notre étreinte se finit par un baiser passionné.

Landry a voulu inspecter ma jambe. J'ai un hématome, bien moche, sur la cuisse. Je suis surtout dans un état pitoyable. Il veut que je reste chez lui pour me reposer. Je n'ai pas besoin de repos, mais de travailler, et rester enfermée, ce n'est pas possible.

Je rejoins mon rang en début d'après-midi avec un accueil furieux de Joseph :

— Du grand n'importe quoi ! Tu m'entends, Yaëlle ? Tu vas finir par te tuer, c'est ça que tu veux ? Et l'autre idiot, il ne fout rien depuis une semaine, il est à côté de ses pompes. Ça va durer combien de temps, votre bordel ?

— Je suis désolée, Joseph. Je vais tout faire pour que cela ne se reproduise plus.

— J'espère bien, car, ici, ce ne sont pas les *Feux de l'Amour* !

Il repart, toujours aussi énervé. Anna arrive à son tour avec un air qui me dit que je vais passer aux confidences.

— Comment vas-tu ? Tu n'as rien ?

— Un hématome et des habits dégueulasses.
— Tu es sûre ? Tu n'as pas vu le quad arriver ?
— Non. J'étais trop en colère, dans ma bulle, je ne l'ai pas vu.
— Tu me fais peur. Avec Landry, ça prend des proportions trop importantes. Qu'est-ce qui s'est passé depuis ?
— Une scène, comme d'hab.
— Et ?

Je lui explique ce qui a mis en colère Landry. Je lui raconte aussi notre échange.

— Tu lui as dit ?
— Oui, pourquoi ?
— Pourquoi ? Parce que c'est très pétasse.
— Je pensais garce.

Anna éclate de rire et confirme que j'ai raison : ce que je lui ai dit, c'est digne d'une garce. Elle prend sa moue que je n'aime pas trop, une petite expression moralisatrice. Je sais qu'elle va me dire des vérités que je ne veux pas m'avouer.

— Tu es amoureuse, ça se voit. Je crois, non, je suis sûre que lui aussi, sauf que Landry De La Motte va tout faire pour te prouver le contraire. Tu as une décision à prendre : est-ce que tu es amoureuse à ce point ? Est-ce que tu es prête à te battre ? Si, au fond de ton cœur, tu penses que oui, que Landry est celui qui te fait chavirer, si tu penses une seule minute que de ne plus être dans ses bras, c'est insupportable, alors fonce, mais protège-toi. La route sera longue.

Elle souffle, secoue la tête et poursuit sur un ton de confidences.

— Landry ne doit pas savoir ce que c'est d'aimer.
— Pourquoi l'affirmes-tu ?
— Clovis m'a raconté son enfance. Il était surpris de mes albums photos et des trucs cools que j'ai faits avec mes parents. Ils ont eu une éducation stricte, avec peu de marques d'affection. Il était seul, ce qui m'a étonnée. Il a échappé à la

pension parce qu'il était maladif. Landry, non, si j'ai bien compris. Ses parents l'y ont mis de force à huit ans. Tu t'en rends compte ? Je ne sais pas si tu as croisé leur mère : elle est froide, imbue. Pas vraiment un modèle de maman poule, genre à te faire des cookies le mercredi après-midi.

Je réfléchis : oui, je l'ai aperçue, enfin, de loin. Son visage ne m'est pas inconnu. Elle ne met pas les pieds sur le vignoble ; pas assez chic ? D'ailleurs, son père non plus.

— Tu crois que c'est à cause de son enfance qu'il est si dur ?

— En tout cas, il n'a pas reçu d'affection. Pose-lui la question.

— J'ai essayé. Dès que c'est personnel, il se ferme.

— Sois patiente, alors. Je suis sûre que ça va fonctionner entre vous. Un jour, tu m'as dit que Clovis et moi, c'était une évidence. Je pense que Landry et toi, c'est aussi une évidence. Depuis que tu travailles sur le domaine, il te court après.

— On verra. Bon, si nous changions de sujet et que nous parlions du grand événement de samedi ?

— Je suis surexcitée. J'ai eu plein de réponses. Ça va être d'enfer !

— J'ai ma leçon de conduite, ce soir, je peux t'aider après.

— Oui, et je dois t'héberger. Tu ne penses pas que tu pourrais dormir chez Landry ?

— Je ne sais pas.

— Tu ferais un geste vers lui. Clovis m'a aussi dit qu'il était à côté de ses pompes et que ce n'est pas le moment. Il gère la vinification.

— Et tu crois que cela va arranger les choses ?

— Il sera surpris. Pour une fois, c'est toi qui décides. Je t'emmène à la conduite, te prête des fringues et te ramène chez Landry. Demain, en revanche, tu m'aides.

22

Il est vingt heures trente quand Anna me récupère. Mon moniteur m'a donné ma date de passage d'examen. La semaine prochaine, je pourrai être indépendante.

Je suis changée, douchée, maquillée (Anna) et stressée. Je ne l'ai pas prévenu, pas envoyé de textos. Je flippe.

Une voiture est garée devant chez lui. Dans notre arrangement, c'est équivalent à jouer la copine qui passait par là par hasard et qui a vu de la lumière et qui s'est dit : « Tiens si je m'arrêtais dire bonsoir. » Ridicule comme situation, alors je flippe encore plus.

— Il a du monde. Je ne peux pas y aller, dis-je immédiatement avec un ton paniqué.

— Tu plaisantes ? Tu ne vas pas t'arrêter à une voiture garée devant chez l'homme qui partage tes nuits ?

— Et je vais lui dire quoi ? « Coucou, c'est moi. » ?

— Comment as-tu fait les autres fois ?

— Il m'a amenée chez lui. Je ne suis pas arrivée à l'improviste.

— Avec sa sœur, tu es bien arrivée à l'improviste.

— Oui, mais pas chez lui, nous étions au chai. Ça pouvait passer pour un truc normal.

— Un truc normal ? Yaëlle, tu frappes. Si tu déranges, je t'attends cinq minutes un peu plus loin. Je te récupère et c'est tout.

J'essaie de dissiper mon stress. J'inspire. Anna a raison. Il est mon mec, oui ou non ? Pas tout à fait, c'est bien le problème. Après, je peux venir chercher un truc chez lui, genre un document de travail. Oui, une bonne excuse. Je me motive : je peux le faire. J'ai un sacré nœud au ventre. Une bise à

Anna, je sors de la voiture et me plante devant sa porte. Je peux le faire, je peux le faire. Je sonne.

La porte s'ouvre. Je souris. Ce n'est pas Landry : plutôt un mec de dix centimètres de moins, cheveux bouclés, grands yeux bleus et qui me regarde, étonné.

— Bonsoir, je, euh, je voulais voir Landry. Il n'est pas là ?

Il me détaille de la tête aux pieds, penche la tête et sourit.

— Yaëlle, c'est ça ?

Je rougis : comment connaît-il mon prénom ? Il se retourne et appelle à la volée :

— Landry, Yaëlle est là !

J'entends un grand fracas, puis des jurons.

— Entre, il arrive.

Je découvre un autre garçon à l'intérieur, attablé autour de l'îlot central. Landry déboule à son tour. Je me sens toute petite, les mains moites, le ventre complètement serré, sauf qu'il a les yeux qui pétillent en me voyant et ce petit sourire charmeur qui me fait fondre. Il m'embrasse sur les lèvres devant les deux mecs, me murmure un « salut, ma belle » et prend ma main. Je croyais que nous devions faire semblant ?

— Louis, Simon, je vous présente Yaëlle. Yaëlle, Simon et Louis, mes amis.

Simon est le mec aux cheveux bouclés, et Louis, le mec attablé, brun, assez svelte, pas mal.

Ils nous observent, médusés, se regardent et éclatent de rire. Je ne comprends pas. Ma confiance en moi (enfin, le si peu qu'il me restait en venant chez lui) vient de s'envoler. Louis s'approche de Landry et lui tape dans le dos.

— Tu es vraiment dans la merde ! lui dit-il.

Il repart dans un énorme éclat de rire. Je ne comprends rien. Je ne suis pas assez bien pour lui, et ils se moquent.

— Landry, je vais vous laisser. Je suis passée à l'improviste, j'avais besoin d'un document sur les vignes. J'aurais dû t'appeler, bredouillé-je en essayant de cacher mon trouble.

— Laisse tomber, Yaëlle, ils sont trop cons.

— Non, Yaëlle, reste, au contraire. Nous ne rions pas de toi, mais de Landry.

— C'est bon, les mecs, arrêtez. Viens t'asseoir, j'ai cassé un truc.

Il a fait tomber des verres. Il les ramasse. Je m'assois à côté d'eux, pas rassurée, en mode fermée.

— Tu l'as perturbé. Quand il a entendu ton prénom, il a tout fait tomber, me lance Louis.

Et ils pouffent de rire, une nouvelle fois.

Ils commencent à m'énerver et doivent voir à ma tête que je ne suis pas trop d'humeur. Je me détends tout juste.

— Qu'est-ce qu'il y a de drôle ?

Landry lève la tête et sourit. Il sait que je vais le défendre.

— C'est vrai, excuse-nous, me répond Simon.

— Donc, c'est toi, la fameuse Yaëlle.

Je rougis, pourquoi la fameuse ?

— Juste Yaëlle.

— Ça fait combien de temps que vous vous connaissez ?

Je réfléchis. J'ai l'impression de me retrouver à Pornic en face de la copine de Landry qui me snobait.

— Trois mois, répond Landry.

— Pour tout te dire puisque Landry n'a pas fait les présentations, nous sommes ses meilleurs amis. Nous nous connaissons depuis vingt ans. Ce soir, nous sommes venus voir notre pote qui ne nous donne plus de nouvelles depuis un mois, et aussi parce que son frère nous a dit que Monsieur Landry, ici présent, était, comment te dire…

— À côté de ses pompes, enchaîne Louis.

— C'est ça, complètement à côté de ses pompes. Maintenant, nous savons pourquoi, n'est-ce pas, Louis ?

— Vous êtes vraiment nuls, réplique Landry.

— Simon, c'est bon. Tu vas gêner Yaëlle. Te connaître et te donner une bonne impression de nous, c'est mieux, non ?

— Je reviens. Ne les laisse pas te raconter n'importe quoi, réplique Landry.

Il quitte la pièce pour descendre au sous-sol. Je me retrouve seule avec ses deux amis qui me regardent tout sourire.

— Nous le charrions, pourtant nous sommes très contents pour lui. Il nous a parlé de toi avant que tu arrives. C'est plutôt rare qu'il parle de quelqu'un, enchaîne Louis.

— Ah bon ?

— Oui, nous nous connaissons bien.

— Vous vous êtes connus où ? lui demandé-je.

— Il ne t'a rien dit sur nous ?

— Non.

— En pension. Depuis, nous ne nous sommes jamais quittés. Quand il sera prêt, il t'en parlera.

Son air est plus grave. Je comprends que leur histoire d'amitié est scellée dans quelque chose de fort. Est-ce qu'ils avaient huit ans, eux aussi ?

— Que fais-tu dans la vie, Yaëlle ? poursuit Louis.

— Pour l'instant, je travaille au domaine. Dans quinze jours, j'enchaîne dans un resto sur Angers.

— Tu es jeune. Tu as arrêté tes études ?

— Oui. J'ai besoin de travailler, je verrai par la suite.

Landry revient avec quelques bouteilles, de nouveaux verres. Il sert tout le monde et s'installe à côté de moi.

— Trinquons à… dit Louis

Il s'arrête devant le regard furieux de Landry.

— À l'amitié !

Ces deux-là n'ont pas leur langue dans leur poche, connaissent très bien Landry, et avec eux, jouer aux durs ne doit pas fonctionner. La conversation se poursuit sur un ton bon enfant : les vendanges, le vin et la dernière histoire d'amour de Simon qui vient de se faire larguer.

— Je suis un vrai romantique, pas comme les deux cœurs d'artichauts ici présents. Après, Yaëlle, si tu cherches un homme qui t'aimera inconditionnellement, un homme affectueux, tendre, je suis là.

J'éclate de rire. Landry lui lance un regard noir.

— Même pas dans tes rêves.

— OH ! Propriété gardée. Yaëlle, tu ne sais pas ce que tu perds. Je vais te filer mon numéro, si tu veux aller boire un verre.

Je rentre dans son jeu.

— Pourquoi pas, tu vis à Angers ?

— Non, mais pour toi, je veux bien venir y habiter.

Il me tend sa carte que Landry attrape au vol.

— Hors de question que je te laisse en tête à tête avec lui.

— De quoi as-tu peur ? lui demandé-je avec mon air coquin.

Ses copains sifflent. Je le provoque. Il passe sa main dans ses cheveux. Ses yeux pétillent.

— Que ce type te retourne la tête avec ses histoires.

— Dans ce cas, je ne crains rien. Je devrais survivre à un tête à tête avec ton ami, s'il me raconte des histoires.

— Non.

— Je pourrais en savoir plus sur toi, des secrets inavoués ou des anecdotes croustillantes.

— Je ne crains rien et assume.

— Tu es sûr ? enchaîne Simon. Je pourrais commencer par la fois où tu as fini chez les flics, car tu avais…

— Non, certainement pas cette vieille histoire, le coupe-t-il.

— Quoi ? Tu as été arrêté par la police ? Toi, Landry ? lui demandé-je, très étonnée.

— Ce n'est pas ce soir que nous allons la raconter. Bon, changeons de sujet. Je vous fais à manger si vous arrêtez. Yaëlle, tu n'iras pas boire un verre sans moi, je peux te l'assurer.

Je lève juste les sourcils et souris en coin ; cause toujours.

— Tu savais qu'il cuisinait ? me demande Simon.

— Oui, je le sais.

— Hum ? Il a déjà cuisiné pour toi ?

— Oui, il a cuisiné pour moi.

— OH ! Landry, qu'est-ce qui t'arrive ?

— Simon, enchaîné-je sans laisser le temps à Landry de répondre, quand tu invites quelqu'un chez toi et que tu as un peu d'éducation, généralement, tu lui offres à manger : ça s'appelle recevoir. Et si tu veux savoir si j'ai couché avec Landry, oui, et plus d'une fois : c'était divin. Est-ce que tu as d'autres questions ?

Louis manque de s'étouffer avec la gorgée qu'il vient de boire. Ma réflexion est sortie toute seule comme s'il me poussait des ailes. Landry a ce regard de fierté que j'aime, cette expression qui me fait penser que je suis quelqu'un de bien.

Nous nous régalons : il a un don pour la cuisine. Et nos discussions vont bon train. Les amis de Landry sont curieux et très sympas : des mecs bien.

— Landry, c'était une bonne soirée. Demain, je décolle tôt, lance Simon.

— Dans quel domaine travailles-tu ? lui demandé-je, curieuse.

— Je suis consultant en entreprise. Je conseille des équipes commerciales pour les aider à améliorer leur performance ou leur satisfaction client, les inspirer.

Il se lance en anglais, genre « nénette, tu ne vas rien comprendre », sur une tirade d'un grand économiste américain, J.M Keynes. Je le regarde et attends. Landry est aux anges : il sait que j'ai compris. Je veux savourer cette petite minute où on vous prend pour une idiote alors que vous savez. Me mettre en avant, ce n'est pas moi. Montrer que je sais, non plus. Pourtant, le regard de Landry est encourageant. Il veut que je prouve que la femme qu'il a choisie a ce petit truc en plus.

— Pourquoi J.M Keynes, tu t'en inspires ? lui demandé-je.

Simon et Louis regardent Landry un peu étonné. Je lui pose la même question en anglais et enchaîne sur le choix de cet économiste.

— Pourquoi « étudier le présent à la lumière du passé afin d'éclairer le futur » ?

Les yeux de Landry brillent ; serait-ce de la fierté ? Celle qui passe ses nuits dans ses bras s'en sort sans lui et tient la dragée haute à ses deux amis.

— Tu es bilingue ? me demande Simon.

— Oui.

— Tu es particulière et inattendue.

Ce soir, j'ai marqué des points. Il me regarde différemment : détendu, heureux, avec une petite lueur amusée qui habille ses yeux.

— OK, les mecs, je vous raccompagne.

Message pour : « Je vais parler de toi avec mes potes sans que tu entendes. »

Je les salue. Je promets discrètement à Simon que c'est d'accord pour le verre et les anecdotes croustillantes.

Quand Landry rentre, il a le sourire aux lèvres. Je passe mes mains sous mon menton et pose ma tête dessus.

— Est-ce que j'ai réussi mon examen de passage ?

Il prend un air grave, genre mauvaise nouvelle à t'annoncer.

— Comment te dire… Mes amis t'ont trouvée très…

Il se rapproche, me prend dans ses bras, frôle mes lèvres, et commence une série de baisers dans mon cou.

— Très à leur goût.

Il m'embrasse : un baiser puissant, intransigeant, dominateur. Je suis à lui.

— Je ne pensais pas te voir ce soir.

— Je me suis dit que c'était bien, de finir, enfin, non, pas finir, mais vu ce qui s'était passé aujourd'hui, enfin, un peu positif, tu vois ce que je veux dire ?
— Non.
— Tu ne m'aides pas.
— Dormir dans mes bras, faire l'amour, car ce n'est pas une relation consentante entre adultes et espérer que demain matin, je te dirai des mots doux pour passer une bonne journée et se libérer l'esprit ?
— Oui, Landry, c'est tout ce que tu viens de dire.
— Viens, ma belle, j'ai très envie de te faire l'amour. Yaëlle, c'était une bonne idée de venir ce soir. Je suis content de vous avoir présentés. Simon et Louis, ils comptent.
— J'ai hésité à frapper chez toi, comme tu avais dit que tu ne voulais pas que nous soyons ensemble.
— Yaëlle, avec eux, c'est différent.
— J'ai compris que vous aviez des liens particuliers, tu me raconteras ?
— Un jour, ma belle.
— Tu leur avais parlé de moi ?
Il se tend : sujet à éviter ?
— Tu as le droit de ne pas répondre, Landry. Si tu n'as pas envie, je ne m'en offusquerai pas.
Landry hésite, me regarde un moment, secoue la tête.
— Viens, ma belle.
L'explication ? Pas pour ce soir. Ce n'est pas grave. J'ai déjà obtenu beaucoup, aujourd'hui. Landry me fait l'amour comme hier : un truc de fou. Je crie son nom, il jouit le mien. Quand nos corps épuisés, couverts de sueur se lovent encore, je me demande comment on arrive à autant de plaisir, autant de complicité.
— Tu as assuré, ce soir, j'ai adoré, me chuchote-t-il.
Je laisse sa voix me bercer et tombe dans un sommeil profond et réparateur.

J'entends du bruit, des tasses que l'on pose. Je lève ma tête, il est sept heures trente. Déjà ? Je file à la salle de bains et rejoins Landry dans sa cuisine. Les arômes de café viennent me chatouiller les narines. Il a déposé sur la table des viennoiseries, deux verres de jus de pamplemousse. J'apprécie. Il est devant son ordinateur, très concentré. Pourtant, son visage est détendu. Je m'avance à pas de loup et ose l'embrasser, contrairement à hier. Un petit sourire se forme à la commissure de ses lèvres. Je le caresse du bout des doigts et viens lui déposer un baiser au creux de son cou.

— Salut, Land, lui murmuré-je d'une voix encore un peu endormie.

Il passe ses mains autour de ma taille, m'embrasse doucement.

— Salut, ma belle.
— Tu as préparé pour moi ?
— Hum, hum.
— J'apprécie.
— Hum, hum, me dit-il, de nouveau plongé dans son ordinateur.

Je donnerais bien un coup pour le fermer, ce maudit ordi, histoire qu'il me regarde. Je m'installe à côté de lui, le frôle innocemment.

— Tu as beaucoup de travail ?
— Hum, hum.
— J'ai parlé pendant mon sommeil ?
— Non, Yaëlle.
— Alors pourquoi ne me réponds-tu pas ?

Il ferme le clapet et me scrute avec son sourire ravageur : charme au maximum.

— Je me demande combien de temps tu vas prendre pour te jeter sur moi ?
— Je t'ai embrassé.

— Un petit baiser. J'attends plus, ma belle,
Je descends de mon siège et me colle contre lui.
— Qu'est-ce que tu attends au juste, Land ?
Je le lui susurre à l'oreille.
— Ça.

Il attrape mes hanches, me colle contre son bassin et dévore mes lèvres férocement. Sa langue devient impétueuse, je gémis et réclame plus. Il passe ses mains sous mon T-shirt et commence à me caresser. Mon corps se tend. Il se recule doucement. Non, je n'ai pas envie qu'il arrête. Je garde mes yeux fermés, mon cœur bat fort dans ma poitrine. Ma bouche est entrouverte. Je passe la pointe de ma langue sur mes lèvres : je veux garder son goût. Il pose ses deux mains sur le plan de travail pour m'entourer, colle de nouveau son bassin contre moi.

— Bébé, dors avec moi ce soir.
— Landry, ne me fais pas subir cette torture. J'ai promis à Anna. L'attente ne sera que meilleure. Nous nous voyons samedi, de toute façon.

Il me lâche à contrecœur. Je lutte pour ne pas le déshabiller dans sa cuisine. Nous prenons notre petit-déjeuner en nous lançant des piques provocantes. Je l'allume avec des promesses de nuits érotiques. Je suis heureuse. J'ai envie de revenir ce soir, et même tous les soirs. Mais je ne peux pas laisser tomber Anna.

23

La journée n'en finit pas. Mon seul désir ? Être demain pour retrouver Landry. Il obsède mes pensées. Anna m'a fait remarquer que j'avais un air idiot. Je l'ai prise dans mes bras en arrivant pour la remercier de sa très bonne idée.

C'est sa dernière journée au domaine. Je suis un peu triste. Lundi, je serai seule. Ces quelques semaines sont passées vite et m'ont permis de faire une belle rencontre, une des meilleures choses qui me soient arrivées (bon, avec Landry). Elle me soutient, me fait confiance, elle a foi en moi. Je pourrais déplacer des montagnes pour elle. En plus, elle me fait rire. Je ne suis pas sûre que nous ayons été très productives aujourd'hui, confirmé par les yeux levés de Joseph qui a passé sa journée à grogner, et nous, à pouffer.

La liste des préparatifs pour la soirée de demain a été à maintes reprises revue. Anna a mis le paquet : cent invités, un DJ réputé, de l'alcool à foison. Elle veut que ce soit la fête du siècle.

Après le travail, elle a prévu une séance chez le coiffeur, les dernières courses, finir les décorations, et demain matin, préparation de la salle. Nous nous couchons épuisées, mais heureuses. Elle m'a convaincue de me couper les cheveux, ce n'était pas un luxe, et de me faire des mèches pour mettre en valeur ma couleur auburn : quelque chose de très naturel qui change tout, dixit Anna. Le résultat est étonnant : je suis différente. Pas une transformation, une lumière éclaire mon visage et me donne bonne mine. J'espère qu'il va aimer. Je pense à lui et envoie un SMS :

Dors bien, Land,
Et prends des forces, j'ai hâte de te voir… Y

J'aurais pu mettre des petits cœurs ; ne nous emballons pas.

J'ai du mal à m'endormir malgré la fatigue. Je flippe de faire un cauchemar. Quand je dors avec lui, je n'en ai pas, car je me sens en sécurité. Il est devenu mon armure. Dans la chambre d'Anna, seule, je sais que l'homme en noir va débouler dans mes songes et que je vais devoir lutter. Je reste les yeux ouverts dans le noir et pense à Landry, à son corps, au grain de sa peau, ses mains, ses lèvres. Je soupire de plaisir. J'aurais aimé dormir au creux de lui. Je n'ai pas reçu de messages de sa part. Je n'ai pas à m'inquiéter, il a du travail. Quand même. Je lui envoie un nouveau texto.

Tu me manques, irrésistiblement, Y

Vers minuit, j'entends le bip de mon smartphone, enfin.

Je pense à toi, L

Un peu court. Pourtant, je m'endors en rêvant à nos retrouvailles.

Mon sommeil est agité. Tout se mélange : Landry, Anna, mes nouveaux patrons, et derrière tous ces gens qui passent sans me voir, il est là. Tout en noir, ses yeux exorbités, fixés sur moi. Je veux crier, n'y arrive pas. Je dois lutter, seule, je dois lutter, non. On me secoue, on m'appelle. Je remonte vers la surface. Je suis en sueur avec des difficultés à respirer :

— Yaëlle, qu'est-ce qui t'arrive ?

Je ne sais plus trop où je suis. Je demande Landry, qu'il me prenne dans ses bras, qu'il me protège.

— Yaëlle, c'est Anna, tu es chez moi. Tu comprends ?

J'expire plusieurs fois, assise dans le lit.

— Oui, c'est bon. Excuse-moi, Anna. Je suis un peu perdue.

— Tu disais que tu devais lutter, qu'il ne recommencerait pas. De qui parles-tu ?

— Je suis désolée, c'était un cauchemar. C'était confus.

— Qu'est-ce que tu me caches ? Landry t'a fait du mal ?

— Non, bien sûr que non. C'est un cauchemar lié à ma vie d'avant. C'est tout. Anna, nous avons une grosse journée demain, je suis désolée de t'avoir réveillée, je ne sais plus.

— Tu veux quelque chose ? Tu réclamais Landry. Tu fais souvent ces cauchemars ?

— De temps en temps. Quand je dors avec lui, il m'apaise, je n'en fais pas.

— Tu veux que je te prenne dans mes bras ? Avant, je te le dis : les filles, ce n'est pas mon truc.

— Anna, tu as le don, lui réponds-je en rigolant. Oui, je veux bien les bras.

Elle me serre fort et me murmure qu'elle va me protéger comme Landry. J'éclate de rire. Si elle avait idée de ce qu'il me fait la nuit.

~

Le lendemain matin, l'ambiance dans sa maison est effervescente. Anna est stressée, rien ne va. Une furie qui brasse de l'air. Elle répond à sa mère et est dure avec elle. Son attitude me tape sur le système. Je finis par lui dire qu'elle est odieuse avec les personnes qui tiennent à elle et qui ont aussi gentiment financé la méga soirée du siècle. Ma remarque la fait pleurer. Nous ne sommes pas plus avancées, sauf pour les excuses à ses parents. La méchante, maintenant, c'est moi.

Balisage de la salle, décoration mauve, petits fours, apéro… À quinze heures précises, après six heures d'ordres non-stop de mon amie, nous sommes fin prêtes. Cette salle, en pleine campagne, ressemble à un endroit à la mode. Anna est ravie et rassurée. Elle compte sur moi pour gérer la partie bar, parce qu'elle me fait confiance, parce que je ne servirai pas d'alcool à ceux qui ont trop bu et blablabla :

— Oui, Anna, tu peux compter sur moi.

Il nous reste trois heures pour nous faire belles, et dans le timing d'Anna, c'est juste suffisant. Nous rentrons chez elle pour notre séance robe, maquillage, coiffure.

Je prends celle que j'ai achetée cette semaine et hésite sur la lingerie sexy. Est-ce qu'il va aimer ? Est-ce que ce n'est pas trop ? Tant pis, je me lance et essaie d'enfiler les bas et la jarretière. Je suis complètement empotée, cela ne tient pas. Au bout de dix minutes infructueuses, je perds patience. J'ai besoin d'aide. Je vais chercher Anna en espérant qu'elle ne me juge pas.

— Quoi, tu n'es pas prête ? me lance-t-elle.

Je suis sans voix devant mon amie. Elle a choisi une jolie robe ajustée en dentelle noire qui lui sied à merveille. Elle est rayonnante et vraiment canon.

— Tu es magnifique. Elle est faite pour toi. Toute ta tenue est parfaite. Je t'ai vu en baskets pendant trois mois. Waouh ! Les talons hauts, les bijoux, la classe !

— Merci, j'espère que je vais plaire à Clovis.

— Il serait bien difficile.

Nous sommes des idiotes, accros, prêtes à tout pour plaire aux frères De La Motte. Ils nous ont ensorcelées.

— Pourquoi n'es-tu pas habillée ?

— J'ai un souci et besoin de ton aide. Avant, tu dois me promettre de ne pas faire de réflexion déplaisante.

— Qu'est-ce que tu me caches ?

— Promets.

— Croix de bois, crois de fer, si je mens, je vais en enfer. Allez, dis-moi.

Je lui tends le fameux problème.

— Des bas ? Tu vises haut. Ils ne sont pas autocollants ? Tu as une jarretière ? me dit-elle avec des yeux effarés, genre « tu vis dans le péché, malheureuse ».

— Tu avais promis.

— Tu as acheté un porte-jarretelles ?
— Oui.
— Ce Landry est gâté. Yaëlle, il va te demander en mariage, tu le sais ?
— Arrête, je veux être un peu sexy, lui réponds-je, gênée.

J'ai l'impression qu'avec lui, j'assume tout, d'être décomplexée, sans barrière. Avec les autres ? Complètement coincée.

— Tu as raison, autant mettre toutes les chances de ton côté.

En moins de deux minutes, c'est réglé. J'enfile ma robe et me regarde dans le miroir. Anna me contemple un moment sans commentaires.

— Tu es une jolie femme. Tu vas faire chavirer les cœurs, ce soir. Landry a intérêt à faire attention à toi, finit-elle par me dire, émue.
— Merci.
— Bon, maquillage et coiffure !
— Léger Anna.
— Oui, oui.

À dix-huit heures trente, nous sommes revenues à la salle : prêtes, jolies. Je me sens sûre de moi. Anna a insisté pour laisser nos affaires dans sa voiture. Je n'ai pas mon smartphone et n'ai pas eu non plus de nouveau message : je préfère le voir en chair et en os et attends impatiemment qu'il arrive.

Quelques amis de fac et de son ancien lycée débarquent. Elle commence les présentations. Ils ont l'air cool. Ils vont m'aider à tenir le bar. Je passe derrière et prépare ma mise en place. Des personnes que je ne connais pas. Parfait ! Je souris, discute, sers des verres, des petits fours. Anna est déjà aux anges. Le DJ a mis une musique d'ambiance, la soirée s'annonce bien.

Deux filles de mon ancien lycée arrivent. Anna les prend dans ses bras, comme si elles étaient de grandes amies. Elles me repèrent. Je les vois l'interroger à mon sujet (vu qu'elles me montrent du doigt, ce n'est pas dur à comprendre. On ne leur a pas appris les bonnes manières ?). Anna se retourne vers moi, sourit et leur répond. Ces deux pétasses se mettent à rire. Vu leurs têtes, j'imagine les propos qu'elles tiennent. Mon ventre se serre. Naïvement, je n'avais pas envisagé de me retrouver avec des personnes de ma vie d'avant.

Un autre groupe débarque avec des jeunes du village. Je prenais le bus avec eux pour me rendre au bahut. Je ne les apprécie pas et me suis même battue avec un de ces types, il y a quelques années. Eux m'ont pourri la vie. Pourquoi Anna les a-t-elle invités ? Des amis de Clovis, sûrement. Leurs yeux les trahissent : ils ont entamé leur soirée, et pas avec du jus d'orange.

Landry n'est pas arrivé. Je commence à regarder nerveusement la porte. Les invités en nombre envahissent la salle. Anna est ravie, passe de groupe en groupe avec un immense sourire. Je suis heureuse de la voir si joyeuse : la soirée du siècle. Je m'affaire à servir à boire en souriant, détendue.

Un pressentiment, je me fige. Je sais. Il est arrivé. C'est comme si son corps m'appelait, comme si son parfum m'envoûtait. Je lève les yeux lentement et le vois. Mon visage s'illumine. Landry vient de passer la porte d'entrée avec Clovis et leur sœur, Garance. Ils ne passent pas inaperçus. Anna est en admiration devant son homme. Les yeux de ses amis s'étonnent ; pour certaines j'y décèle même une pointe de jalousie. Elle s'avance vers lui pour l'embrasser. La salle a retenu sa respiration. Le temps s'est arrêté. Ils sont très beaux, tous les deux. Je crois qu'Anna tient une revanche.

Landry ne m'a pas encore regardée. Il salue les invités, présente sa sœur. Les filles ont les yeux rivés sur lui. Oui, il est le mec le plus canon de la soirée. Et c'est moi qui dors dans ses bras. Enfin, nos regards se croisent. Enfin, il s'immobilise. J'aimerais qu'il traverse la salle et qu'il m'embrasse sauvagement devant tout le monde. Ses yeux brillent et me matent. Je lui souris en coin, un rien malicieux.

Il tourne la tête et continue les salutations.

Mon ventre se serre d'un seul coup. Comme une idiote, je comprends. Nous sommes en public, j'avais zappé. J'ai accepté sa condition, bien que ce soir, impatiente de le retrouver, je l'avais enterré au fond de ma tête. J'ai un coup de tristesse. Je ne l'aurai pas pour moi, ce soir. Nous allons faire semblant. Cela me crève le cœur. Je dois me résigner : ce soir, nous allons la jouer célibataires.

— Putain, c'est Yaëlle Hadrot.

Un des mecs avec qui je prenais le bus, Brandon, et pas le plus intelligent de la bande, un type bas de plafonds, m'alpague. J'essaie de garder mon calme, visage neutre. C'est la soirée d'Anna, je dois faire avec.

— Dis donc, qu'est-ce qui t'arrive ? Tu as trouvé un magasin de fringues ?

Et il part à rire.

— Salut Brandon, lui dis-je en prenant sur moi. Tu veux quoi ?

— Deux bières.

Je m'exécute au plus vite pour me débarrasser de lui. Je lui rapporte les deux verres sans un sourire. Il me fait signe de me rapprocher. J'avance prudemment et laisse un espace suffisant ; ce type est mauvais. Il se penche sur le bar pour me parler. Son haleine empeste l'alcool. Ses yeux sont injectés, il a fumé.

— Yaëlle, bonne comme tu es, ce soir, t'es comme ta mère, combien prends-tu pour une pipe, cent balles ? ose-t-il me dire avec sa voix nasillarde.

Je lui envoie direct une baffe en plein visage et lui lance un « pauvre con ». La claque sonore fait se retourner les invités médusés. Le pote de fac d'Anna qui m'aide au bar, Yanis, arrive immédiatement, se met entre nous deux et me recule pour me protéger.

— Un problème, mec ?

— Salope. Tu ne t'en sortiras pas comme cela, Yaëlle Hadrot, me dit-il en me menaçant du doigt.

Mes mains tremblent. Mes jambes flageolent. Ma respiration s'accélère.

— Laisse tomber, me dit Yanis, c'est un pauvre type, il ne vaut pas cher. T'inquiète, s'il s'approche de nouveau, je suis là. Ça va ? Tu veux aller prendre l'air ?

— Non, ça va. Ce n'est pas à moi de partir.

Je n'ose pas lever les yeux vers Landry. De toute façon, il n'interviendra pas. Je n'existe pas pour lui, ce soir. J'encaisse. Mon regard croise finalement le sien. Il brille de colère. Clovis pose une main sur lui, genre « pas d'esclandre ». Anna vient à ma rencontre, assez énervée, me demande ce que je viens de faire et si j'ai l'intention de gâcher sa soirée. Ce sont des amis de Clovis et elle n'apprécie pas. Elle repart direct vers ses invités, sûrement ses vrais amis. Yanis est dépité de sa remarque et se demande si nous sommes copines.

— Normalement oui, lui dis-je, affectée.

Ma colère ne retombe pas. J'essaie de me calmer en me concentrant sur ma respiration. Je reprends le service et affiche un sourire de façade. C'est dingue. Mon passé me poursuit sans relâche comme si j'étais condamnée à l'assumer.

Deux bombes franchissent les portes de la salle. Le genre de filles super canon (elles le savent !), grandes, fines, blondes, yeux bleus. Tous les mecs se retournent. Anna leur saute dans les bras, genre meilleures amies. Yanis en profite pour me glisser un « il ne manquait plus qu'elles ».

Anna fonce les présenter à Clovis, et à Landry, par la même occasion. La plus canon des deux le dévore des yeux et lui fait son numéro de charme pour lui dire bonjour. Il lui rend son sourire, ses yeux charmeurs de « je suis le plus beau de la soirée, mais je ne le sais pas ». Je déteste qu'il le fasse ce numéro. Nouveau coup au cœur. Il me prend pour une conne. J'encaisse de nouveau.

Les provisions du bar se vident, et plutôt que de rester bêtement devant ce spectacle qui me vexe, je file à la réserve. Elle est dans un autre bâtiment qui jouxte la salle. L'air frais va me procurer le plus grand bien. Je parcours les quelques mètres qui les séparent en ronchonnant. Je prépare les caisses de bouteilles, dépitée. Je bous ; soirée de merde.

— Tu ne réponds plus à mes messages ?

Landry. Il est accolé au chambranle de la porte, les bras croisés. Je souffle, je lui en veux.

— Je n'ai pas mon portable, dans la voiture d'Anna, lui lancé-je d'un ton assez sec.

— Tu fais la gueule ?

Pas de réponse. Je n'ai rien à lui dire.

Il se rapproche doucement avec son air « Yaëlle, tu exagères », avance comme un prédateur avec son sourire en coin, sûr de lui, et me prend dans ses bras, sans que je me rebelle. Pourtant, il le mériterait.

— Si tu avais lu tes SMS, tu saurais que j'ai failli avoir une attaque en te découvrant. Tu es canon, Bébé. Tu as changé tes cheveux ?

— Oui.

— Tu les as coupés, tu as fait des mèches ?

— Oui, quelques-unes, réponds-je d'une petite voix.

— Très joli, me dit-il en passant sa main dedans. Yaëlle, depuis une demi-heure, j'attends un signe de toi pour te dévorer. Je vais devenir fou si je ne t'embrasse pas.

— Landry, j'ai cru…

Il stoppe ma phrase par un baiser profond, sensuel, suave, et, bien sûr, je fonds.

— Tu m'as manqué, me murmure-t-il au creux de mon cou.

— Toi aussi, Landry.

Il continue son baiser de plus en plus exigeant. Sa langue s'enroule autour de la mienne. Ses lèvres me dévorent. Mon corps cède doucement. Je devrais lui dire que j'espérais plus, que j'espérais ses bras, que… et non, je laisse couler.

Il prononce mon prénom et me serre dans ses bras avec force.

— Bébé, ce type qu'est-ce qu'il t'a dit ?
— On s'en fout.
— Non. Clovis m'a stoppé, car c'est la fête d'Anna. J'aurais dû lui défoncer la tête.
— Et gâcher la soirée ! Ton frère et Anna fâchés. Cela n'aurait rien changé. Ces mots étaient dits.
— Qu'est-ce qu'il a dit ?
— Landry, tu ne vas pas aimer.
— Dis-moi.

Je me recule, j'appréhende un peu sa réaction. Il est capable de retourner comme un fou dans cette salle et faire son compte à ce tocard. Répéter les mots de ce sale type, c'est un bond dans ma vie de merde. Je me croyais débarrassée.

— Il m'a traitée de pute.

Son visage se transforme immédiatement. Ses traits se durcissent. Ses yeux deviennent sombres de colère.

— Je vais me le faire. Il va regretter chaque mot.
— Non, ça ne s'arrêtera jamais. À moi de gérer. Il m'avait déjà dans le collimateur. L'occasion était trop bonne pour lui. Il y a quelques années, je me suis battue avec lui et il a fini à terre.

Landry me fait répéter, les yeux très étonnés.

— Oui, il a pris un coup de poing et un grand coup dans les couilles. Il était bien calmé.

Il me regarde, effaré. Je ne suis pas tout le temps une fille bien gentille qui se laisse faire. J'ai déjà dû me défendre. Il a sûrement du mal à m'imaginer en train de me battre comme une poissonnière.

— Quand on te cherche tout le temps, tous les jours, sans répit, à un moment, tu craques. Ta colère est telle que tes forces sont décuplées. Ce soir, je lui ai mis une gifle directe et me suis fait reprendre par Anna, car ce sont des amis de Clovis.

— Des amis de Clovis ? Non, il a fait du foot avec eux, il y a longtemps. Je ne sais pas pourquoi elle les a invités. N'empêche que je vais me tenir à carreaux ce soir, mais il ne s'en sortira pas aussi facilement, je peux te l'assurer. Ne gâche pas ta soirée à cause de ce connard, il n'en vaut pas la peine. Viens là, ma belle.

Je me retrouve dans ses bras et l'embrasse de nouveau. Ses mains descendent doucement sur ma taille. Nos langues enlacées, corps contre corps, ses doigts poursuivent délicatement leur exploration vers mes fesses, leur partie rebondie, remontent vers mon sillon… Il se stoppe net en me dévisageant. Je pince ma lèvre avec mes dents. Il vient de comprendre ce que je porte sous cette robe. Il prend son air très coquin.

— Tu l'as fait ?

— Fait quoi, Landry ? lui demandé-je en penchant la tête avec un air innocent.

— Mettre de la lingerie sexy pour moi, me murmure-t-il dans l'oreille.

Je souris timidement, puis reprends d'une voix beaucoup plus provocante :

— Des bas ? Trois fois rien ; ça te plaît ?

— Bébé, si sous cette robe, je découvre ce que je pense, je ne vais pas avoir de bonnes manières.

— Ah oui ! Et qu'est-ce que tu fais quand tu n'as pas de bonnes manières, Land ?

Il scrute la réserve. Son souffle devient plus court. Il prend ma main et m'entraîne dans le fond du bâtiment, dans un coin logé dans la pénombre. Il me retourne, colle mes mains sur le mur et vient se lover contre mon dos. Il caresse mon ventre, du bout des doigts comme j'aime. Tout doux. Puis mes seins, prend mes lèvres, s'éternise dans mon cou, lèche le lobe de mon oreille. Il frôle mes fesses, tout mon être frémit. Il relève délicatement, l'ourlet de ma robe pour découvrir la fameuse lingerie. Tout en me caressant, il descend le long de mes cuisses et retire mon string. Ses doigts remontent lascivement pour soulever ma robe.

— J'adore ma belle, tu es fatale. Tu vas me tuer si tu mets des trucs pareils. Je te veux, maintenant, Yaëlle, vient-il me murmurer au creux de l'oreille, son corps de nouveau collé contre moi.

— Landry, lui réponds-je dans un souffle court, tout à toi, entièrement à toi.

— Bébé, je te veux sauvagement. Arrête-moi si c'est trop fort.

Je tremblote au son des mots qu'il vient de prononcer. Son sexe excité se presse contre mes fesses. Je me frotte contre lui et soupire. Il défait son pantalon, écarte mes cuisses, caresse mon sexe mouillé pour lui et me pénètre férocement. Fort, déstabilisant. Mon corps le réclame. Je suis prête, en manque de lui. Je réponds à ses assauts, sans négociation. Il n'a pas de bonnes manières, effectivement : du sexe indompté, différent et addictif. Sa cadence accélère, plus vite, plus fort. Une effervescence de sensations. Il m'emplit, ressort et recommence. Il est affamé. Je me cale sur son rythme pour mieux l'accueillir chaque fois. Ses mains courent dans mon décolleté et prennent la pointe d'un de mes seins. Il m'encourage en prononçant mon prénom. Il se faufile vers mon clitoris en lui faisant subir une douce torture. Des décharges électriques m'envahissent. Mon souffle devient gémissement, des « han » et « oui » incontrôlés, de plus en plus forts. Je suis au bord du précipice.

— Viens, ma belle, jouis pour moi.

— Landry, Landry, OH.

Mon corps se bombe sur son sexe dur. Une jouissance venue du plus profond de mon antre déferle, un plaisir intense.

Landry continue ses assauts torrides, il est sur le bord. Son sexe durcit et se libère en moi, rien que pour moi. Il m'enserre dans ses bras, fort. Sa bouche vient s'écraser sur mon épaule. J'ai des frissons. Je le sens trembler. Lovés l'un contre l'autre, mon Dieu que c'est bon. Notre étreinte se passe de commentaires. La pression descend tout doucement. Il reprend son souffle, continue de m'embrasser dans le cou.

— Ouah, Bébé, tu es délicieuse. Tu m'as manqué. J'ai envie de te voir sans cette robe et à la lumière pour te dévorer. Partons d'ici, on s'en fout de cette soirée. Maintenant, Bébé, me susurre-t-il.

— Land, j'ai envie de partir avec toi, mais je ne peux pas faire un coup pareil à Anna, elle compte sur moi. Je dois gérer le bar.

Je vois qu'il est déçu. Ma réponse ne lui convient pas.

— Cette soirée va passer vite. Ensuite, je serai tout à toi. J'ai bien l'intention de te montrer cet ensemble.

Landry passe sa main dans ses cheveux et me lance un petit « d'accord » pas très convaincant. Je l'embrasse de nouveau. J'ai bien du mal à me motiver pour rester à cette fête. Nous retournons dans la salle, chacun de notre côté pour donner le change, dixit Landry. Je ne suis pas très à l'aise, et même déçue : j'aurais préféré qu'il me tienne la main, me prenne dans ses bras.

24

Donner le change ? Montrer que nous ne sommes pas ensemble ? Je m'interroge en rentrant dans la salle. Ce soir, ce ne sont pas ses amis, quelques personnes du village dont je ne crois pas qu'il se soucie. Sa sœur ? Son frère ? Ils ne sont pas dupes. Alors, petit à petit, mes réflexions me font prendre conscience du pourquoi il tient tant à ce que nous préservions notre relation comme il me l'a demandé : je ne suis pas assez bien pour lui. Ce constat m'afflige. Est-ce qu'il a honte de moi ?

Quand il sortait avec Laetitia, elle l'accompagnait. Je me souviens très bien l'avoir vue avec lui, en boîte.

Je retrouve le bar et Yanis qui se demandait bien où j'étais allée, d'autant que je reviens les mains vides. Mes joues rouges, avec un petit air honteux, habillent mon visage. C'est marqué sur mon front que je viens de m'envoyer en l'air.

Il arrive à son tour, me regarde en coin, léger sourire, retourne rejoindre son frère, sa sœur et Miss Canon qui ne perd pas une minute pour se coller à lui. Si j'étais comme elle, est-ce qu'il me demanderait la même chose ? La réponse qui me trotte dans la tête est limpide : je ne crois pas. Il lui tiendrait la main, la poserait sur sa taille et la présenterait comme sa petite amie. Pas moi, je joue les seconds rôles. Il me baise dans un coin et ensuite m'ignore. Je déteste donner le change. Humiliant, finalement. J'inspire une grande bouffée d'air pour dissiper mes pensées négatives.

Miss Canon prend ses aises : main dans le dos, grand sourire et battements de cils. J'encaisse de nouveau, en fermant les yeux. Garance me regarde longuement comme si elle devinait mes pensées et vient à ma rencontre :

— Bonsoir Yaëlle.

— Bonsoir Garance, vous désirez boire quelque chose ?

— Tu peux me tutoyer. J'ai l'impression de prendre dix ans quand tu me vouvoies de la sorte.

— Je vais essayer.

Elle enchaîne en anglais.

— Je t'ai mal jugée, l'autre jour. J'en suis désolée. Je me suis fait avoir à mon propre jeu. En tout cas, tu m'as donné une bonne leçon.

— Je ne voulais pas être désagréable.

— Non, non. J'ai beaucoup aimé ton idée. J'ai commencé à travailler mon projet dans ce sens. Landry m'a expliqué que tu avais refusé la mission qu'il te proposait. Il semblait déçu. Il m'a dit que tu as trouvé un job. Après, tu n'as peut-être pas envie de travailler avec moi ?

— Euh, nous nous connaissons peu et j'ai trouvé un CDI.

— Tu ne voulais pas voir mon frère tous les jours ? Tu as raison, ce n'est pas une panacée. Il est imbuvable en affaires : exigeant, arrogant. Un vrai businessman. Je ne pense pas qu'il se soit vanté de cette facette.

— Effectivement, il m'a seulement expliqué que vous aviez un vignoble ensemble, en Californie.

— Tu pourrais venir ? J'aimerais beaucoup que tu participes à ce projet, pourquoi pas en tant que consultante. Un avis de temps en temps, qu'est-ce que tu en penses ?

— Moi, consultante ? Tu plaisantes ? Regarde-moi, je n'ai pas les compétences pour travailler sur ce type de projets.

Je secoue la tête en souriant et me demande si elle a bu. Elle poursuit sérieusement en me disant que pour elle, j'ai un œil neuf, et qu'eux sont trop formatés à leur produit traditionnel.

— Réfléchis, Yaëlle, je pars mardi prochain.

— Je vais y réfléchir, lui réponds-je par politesse, bien que je ne pense pas être d'une grande utilité.

— Voilà mon numéro. Si je peux me permettre, mon frangin me prend pour une idiote. Tu as sûrement tes raisons. À ta place, ça ferait longtemps que j'aurais dégagé la sangsue qui le colle. Je ne sais pas ce qu'il cherche à prouver ce soir, il te blesse. Tes yeux te trahissent.

Elle me fait un clin d'œil et repart vers ses frères. Je lève mes yeux sur la sangsue en question qui, à ce rythme, va se le faire. Elle rigole comme une idiote avec la bouche en rond et lui se penche à son oreille pour lui parler. Il veut me rendre jalouse ? J'intériorise et encaisse. Il me blesse, elle a raison. Je devrais intervenir ; pourtant, je n'en ai pas le courage.

Anna arrive avec un homme que je ne connais pas, plutôt pas mal, et qu'elle tient absolument à me présenter. Vu le ton de sa voix, l'alcool commence à lui faire de l'effet. Elle insiste sur le fait que je suis sa super copine, que je suis « célibataire, ce soir » ! Elle insiste, vraiment. Son ton et son intention me gonflent. Elle me présente Garrett, son fameux pote de fac dont elle m'avait déjà parlé. Il me sourit, me sort un baratin comme quoi Anna lui a beaucoup parlé de moi et blablabla. Elle nous abandonne. Je me retrouve forcée de faire un minimum la conversation. Il est mignon, a du charme et des yeux noirs qui pétillent.

— Tu veux boire quelque chose ? lui demandé-je.
— Comme toi. Anna m'a dit que tu préparais de supers cocktails, étonne-moi.

Sa phrase me laisse toute bête. Il est assez « rentre-dedans », le garçon.

— Alors il paraît que vous vous êtes éclatées comme des folles aux vendanges ?
— Oui, c'était cool.
— Elle m'a raconté quelques-unes de vos soirées. J'ai beaucoup ri avec le coup du portable et le numéro du camion pizza.

Je rougis, gênée.

— Elle te l'a raconté ?

Je grogne entre mes dents : « Anna ».

— Nous sommes assez proches et n'avons pas beaucoup de secrets. C'est une anecdote cocasse.

Il penche sa tête sur le côté en me souriant.

— J'espère que tu me donneras le bon, me balance-t-il avec un clin d'œil. Tu restes toute la soirée derrière ton bar ou j'ai espoir de t'emmener sur la piste de danse ?

— Pour l'instant, je gère, Anna compte sur moi.

— Je suis sûr que Yanis peut s'en sortir. Allez, viens danser. Ne t'inquiète pas, en tout bien tout honneur.

J'ai bien envie de l'envoyer balader. Il est trop sûr de lui. Au même moment, j'aperçois Landry se diriger vers la piste avec Miss Sangsue. Je prends un nouveau coup de poignard au cœur. C'est trop pour donner le change. Garrett a suivi mon regard et me demande si je pense que Miss Canon va sortir avec Mister Univers. Pour lui ? Une évidence. La colère monte en moi : ce n'est pas Mister Univers, mais mon soi-disant mec qui se colle à une autre. Putain, pourquoi me fait-il cela ? Je ne suis pas assez bien pour qu'il se montre avec moi.

— À moins que tu aies des vues sur Mister Univers ?

— Non aucune, lui réponds-je d'une voix lapidaire. OK, allons danser.

— J'adore quand les femmes sont jalouses.

Il m'attrape par la taille et m'entraîne vers le *dancefloor*. La musique est bonne, j'adore ce son. Il danse bien. À plusieurs reprises, il prend ma main pour me faire tournoyer. Je commence à me détendre et m'amuser. Je retrouve mon sourire. Garrett est cool, à l'aise, un peu trop, même.

Anna monte sur scène pour négocier avec le DJ. Il n'a pas l'air ravi et annonce qu'à la demande de la principale intéressée, il poursuit par une pause tendresse. Des huées retentissent dans la salle, elle s'empare du micro avec une voix déformée par l'alcool, pour nous crier que c'est « son » anniversaire. Les deux garces du lycée passent à côté de moi en lançant un « quelle conne » en parlant de mon amie ; sympas, les copines. Anna s'est bien entourée, ce soir. La musique de *Don't cry* des Guns N' Roses démarre. Les paroles me percutent et résument bien mon début de soirée. Oui, j'ai envie de pleurer et même de partir en live. Je tourne les talons pour rejoindre le bar et ne pas rester comme une idiote sur cette piste. Garrett m'arrête en m'attrapant la main.

— Tu ne vas pas t'en sortir aussi facilement, danse avec moi.

Je lance un œil vers le DJ et aperçois Landry qui invite Miss Canon. Cela me fait mal. J'ai envie de quitter cette piste pour ne pas les regarder et me casser de cette soirée. Elle se blottit contre lui.

— Allez, Yaëlle, enchaîne Garrett, j'aimerais que tous les mecs de cette soirée soient jaloux parce que je danse avec la plus jolie.

— Tu racontes n'importe quoi. Miss Canon, c'est elle que tu devrais inviter.

— C'est le genre « je me tape tout ce qui bouge ». Pas mon truc, me dit-il en m'attirant à lui.

— OK, je lui dis à contrecœur.

Je me sens gênée : danser avec un autre mec, être proche de lui. Garrett a posé ses mains sur ma taille, moi sur ses épaules. Je garde une distance qui me paraît raisonnable. Il entame la conversation, veut savoir ce que je fais dans la vie, et je suis étonnée qu'Anna ne lui ait pas déjà dit. Je lui explique où je vais travailler sur Angers et lui raconte également que je cherche un appartement, des banalités qui ont l'air de lui convenir. Nous pourrons nous revoir chez Anna. Il sourit de plus belle. La danse se poursuit de façon agréable, Garrett est drôle. Il entame un micro rapprochement corporel, mine de rien, et commence à descendre ses mains sur mes hanches. Je le laisse faire en voyant Landry collé au corps de Miss Sangsue, lui murmurant dans l'oreille. Les mains de Garrett continuent de descendre. Non ! Ce n'est pas moi. Même pour lui rendre la monnaie de sa pièce, je ne me vois pas m'afficher avec un autre. Je lui demande gentiment de remonter ses mains. Garrett me fixe avec ses yeux noirs qui brillent et me dit qu'il ne voulait pas avoir de gestes déplacés. J'en ai marre de ce slow qui n'en finit pas. Cette première fois avec un autre me donne le bourdon. Je propose que nous retournions finir nos cocktails. Pour ma part, je vais rajouter une sérieuse dose de rhum dans mon verre.

Au bar, c'est l'effervescence. Les slows ont chassé une partie des danseurs. Yanis est bien content de me voir revenir. Nous embauchons Garrett qui passe derrière le bar avec plaisir. Les sales types de mon lycée sont agglutinés dans un coin avec un nombre impressionnant de verres. J'indique à Yanis d'arrêter de les servir avant que cela ne dégénère. Je me concentre de l'autre côté pour les éviter, histoire d'être tranquille. Nous nous affairons. Pourtant, dans ma tête, je ressasse les images de Landry et l'autre pouffe. Mon ventre se serre. Je ne me sens pas bien, honteuse de m'être offerte, humiliée d'être mise de côté.

Les deux garces de mon lycée sont collées au comptoir. Elles essaient d'attirer mon attention pour que je les serve. Je prends un malin plaisir à les ignorer. Elles finissent par m'appeler.

— Yaëlle, Yaëlle !

— Oh, les filles ! Je ne vous avais pas vues. Vous voulez quelque chose ? leur demandé-je avec un sourire faux.

Je pourrais cracher dans leurs verres, histoire de me défouler.

— Deux cocktails. Dis donc, tu as drôlement changé, enchaîne-t-elle avec un air mauvais. Qu'est-ce qui t'est arrivé ? On a du mal à te reconnaître : tu ne serais pas Cendrillon, ce soir ?

Elles partent à rire, comme elles le faisaient tous les jours au lycée. Pétasses ! Je ne vais pas me gêner pour crachouiller dans leurs verres. Garrett a dû entendre leurs propos. Il vient vers moi, me prend par la taille et me donne un petit baiser dans le cou.

— L'amour, les pouffiasses, vous ne savez certainement pas ce que ça veut dire, leur rétorque-t-il, me laissant sans voix.

Il les invite à quitter le bar et leur lance que si elles ont soif, l'option robinet des toilettes les attend. Elles restent bouche bée comme deux idiotes. Je me retourne vers lui.

— Merci, tu n'étais pas obligé. Le baiser dans le cou, ne fais pas ça.

Garrett sourit, un brin malicieux, me fait un « oups » et continue en m'expliquant qu'il n'allait pas les laisser me faire du mal.

— Je sais me défendre.

— Je n'en doute pas, me répond-il avec un regard beaucoup trop intense qui me trouble.

Les heures s'enchaînent. Yanis et Garrett se connaissent bien. Ils sortent des vannes toutes les deux minutes. Je ris et oublie Landry. Le groupe de Brandon est de nouveau de retour au bar pour exiger des verres que nous ne voulons plus lui servir. Il me regarde avec un air fourbe. Il murmure à l'oreille d'un mec complètement idiot et encore plus atteint que lui.

Je sens les ennuis arriver. Ce mec me toise et se marre.

— Eh Yaëlle ! Il paraît que tu suces pour cent balles, finit-il par crier dans le bar.

Tout le monde se retourne vers moi.

Putain, je vais me le faire.

Je serre les poings : pauvre type, pauvre type.

Garrett se précipite vers eux pour en découdre. Clovis qui a vu la scène lui fait barrage. Il chope Brandon, l'autre sale type et les emmène de force vers la sortie. Je mets mon masque et enfile mon armure. Il va me falloir tout ce matériel pour supporter cette humiliation. Garrett s'approche doucement de moi, avec Yanis. Il me regarde avec tendresse.

— Yaëlle, ils sont bourrés. Des sales cons. Laisse tomber.

Je ferme les yeux, serre mes poings à rentrer mes ongles dans ma peau.

— Ça va, leur réponds-je.

Je me recule au fond du bar en espérant me cacher, et encaisse une nouvelle fois. À ce moment, Miss Canon fait son arrivée, suivie à l'écart de Landry. Elle me demande deux mojitos. Je la toise.

— Va te faire foutre ! lui balancé-je, en colère.

Je quitte le bar précipitamment, passe en furie devant Landry et file m'asseoir dans le fond de la salle à l'écart pour me calmer. Mister Univers n'a pas pris soin de venir me rejoindre. Désabusée, dans l'incompréhension. Au bout d'une demi-heure, Clovis est de retour. J'en déduis qu'il a dû se débarrasser de ses soi-disant amis. La voie est libre pour me faufiler dehors et voir si je peux partir d'ici. En plus, j'étouffe.

Je passe la porte, demande une clope à une fille et vais me caler dans un coin sombre. Je fume rarement, mais ce soir, un paquet ne me suffirait pas tellement je suis énervée et dégoûtée. L'air frais me fait du bien et empêche mes larmes de couler. Mon idée de partir seule n'est pas raisonnable. La salle est isolée. Avec ma chance légendaire, je serais capable de tomber sur les autres débiles. Je ne dormirai pas chez Landry, c'est sûr également. Il vient de se foutre de moi, de me salir. Le plan je te baise et je m'affiche ensuite avec une autre, histoire de prouver que je ne suis pas avec toi : blessant. Je souffre. Même si j'ai accepté sa condition, je ne suis pas assez bien pour lui. Et avec la réputation que je viens de me faire, je ne le serai jamais.

Miss Canon sort de la salle, accompagnée de sa copine, d'un autre mec et de Landry, bien entendu. Je me colle au mur pour qu'ils ne me voient pas. Elle porte sa main sur ses épaules pour montrer qu'elle a froid. Landry lui passe sa veste.

Mon cœur s'arrête de battre. Je ne me sens pas bien. Mes jambes vont se dérober. Pourquoi m'ignore-t-il et me fait-il du mal gratuitement ? Je l'entends qui rit aux remarques de cette fille. En fait, je n'ai pas compris, naïve comme je suis. Cette fille lui plaît, il veut sortir avec elle. Moi, je suis un second rôle, sans importance. Je rentre dans la salle, j'en ai assez vu. Anna est avec ses copines de l'université. Elle ne me voit pas non plus. Je ne peux même pas lui parler : la réalité m'a rattrapée. Je suis seule, simplement seule.

Je retourne au bar, prends un verre et me sers un double remontant. Garrett et Yanis s'inquiètent de ma pâleur et de mon envie soudaine de me mettre la tête à l'envers. Je bois cul sec et grimace du passage de l'alcool fort dans mon œsophage :

— Allons danser, lancé-je à Garrett.

Sans attendre sa réponse :

— Qui est en fac avec toi dans le groupe devant nous ?

— Lui et lui.

— OK. Les mecs, ça vous dirait de me rendre un service, un grand service ? leur demandé-je avec un sourire charmeur et les yeux qui papillonnent.

Ils nous remplacent. J'entraîne direct Garrett sur la piste. Je veux me venger. Je danse en mode bimbo, en profite pour l'allumer au maximum. Il me veut ? Il va m'avoir. Je passe mes mains autour de son cou et me colle contre lui à chaque occasion. Il apprécie, se laisse faire sans résistance.

— Par qui je vais me faire casser la gueule si tu continues ? me demande-t-il en se penchant vers mon oreille.

— Personne, sois sans crainte.

Nous continuons à nous déhancher sur des airs latinos, très serrés. J'adore.

Le DJ annonce la fin de la soirée. Les lumières se rallument. Dommage, je m'amusais beaucoup. La salle se vide. Clovis pousse les piliers de bar vers la sortie. Je laisse Garrett qui discute avec un de ses potes et retourne au bar pour un dernier verre.

Landry est au milieu du hall, droit comme un « i », une expression indéchiffrable sur son visage. La sangsue n'est plus avec lui. Il se rapproche de moi, énigmatique :

— Rentrons, Bébé, me dit-il.

J'ouvre des yeux écarquillés. Il n'y a plus personne, plus de Miss Pouffe, alors, c'est bon pour lui. Je lui prépare une réponse acerbe. Je n'ai pas le temps de prononcer un mot que la sangsue déboule en se jetant littéralement sur lui.

— Tiens, Landry, voici mon numéro. Nous nous appelons lundi, comme convenu. J'ai hâte.

En minaudant, elle lui lance un « bonne nuit, Landry », collant son corps contre le sien. Elle entrouvre ses lèvres et, sur la pointe de pieds, lui aspire les siennes. Pas une simple pression, pas une bise ratée. Non, un vrai baiser qui s'encroise, en posant ses mains sur son visage. Il se penche pour lui répondre. Elle repart en battant des cils et en lui murmurant un truc inaudible.

Là, devant moi.

Elle l'a embrassé. Mon mec, elle lui a dévoré les lèvres.

Landry ne l'a pas repoussée. Au contraire, il était à deux doigts de l'étreindre comme il le fait avec moi. Le temps se suspend. J'essaie de comprendre, de digérer. Ce n'est pas arrivé ? Il lève des yeux affolés vers moi. Je suis estomaquée, ferme les yeux, interdite : un poignard vient de me crever le cœur.

— C'est ça, donner le change ? Bravo, Landry, la grande classe, lui dis-je d'une voix en colère.

Je me retourne, vois Garrett et vais l'embrasser, fougueusement, histoire qu'il comprenne à quel point il vient de me faire mal.

Garrett me repousse gentiment.

— Il est parti.

Je ferme les yeux, des larmes arrivent.

— Désolée, Garrett.

Je fonce vers les toilettes.

25

Je me tiens au lavabo. Mes larmes coulent, aucun pleur ne sort de ma gorge. Chaque centimètre carré de ma peau tremble. J'ai froid. Je garde mon ressentiment à l'intérieur en nouant mon corps. J'ai mal et suis en colère contre lui, contre moi.

Je me passe de l'eau sur le visage et essuie le maquillage qui a coulé. Je veux partir, fuir, me cacher. Je dois trouver Anna pour récupérer mes affaires et me barrer. Je prends sur moi pour franchir la porte et me retrouver dans cette salle maudite. Je la cherche du regard, ne la vois pas. Vide, elle n'est plus là. Garrett vient à ma rencontre :

— Tu dors où ?

— Pardon, Garrett ?

— Tu dors où ?

— Euh, chez Anna, peut-être.

— Elle est partie avec Clovis à l'instant.

— Non, elle a mes fringues dans sa voiture.

— Clovis l'a emmenée. Elle n'était plus en état. Sa voiture est peut-être ouverte, viens, allons voir.

Dehors, la voiture est fermée à clé. Anna n'a pas pensé à moi. Je me retrouve avec ma petite robe noire pour seul vêtement : rien d'autre et nulle part où aller. Je secoue ma tête et souffle : garder mon calme.

— J'imagine que tes affaires sont à l'intérieur ?

— Oui, Garrett.

— Tu vas attraper la mort, je vais te filer un pull.

Nous nous dirigeons vers son coffre. Il me donne une veste de survêtement à capuche qui traînait.

— Ce n'est pas super fashion, mais au moins, tu auras chaud.

Je l'enfile. Un peu grand, il me cache. Cela va bien de me couvrir.

— J'ai un bas, si tu veux.

— Et toi, pas besoin ?

— Non, ne t'inquiète pas, me répond-il avec un petit sourire navré.

Il me tend un jogging. Je m'assois dans son coffre, retire les boots et l'enfile. Ma robe se relève, dévoilant un bout du bas avec jarretière que je porte. Son regard se pose sur ma cuisse. Ce détail ne lui a pas échappé. Ses yeux deviennent intenses.

— Tourne-toi, s'il te plaît, Garrett.

— Oui, excuse-moi.

En boots, jogging, pull à capuche, la « fashion attitude » continue.

— Je dors dans la salle avec des potes de la fac. Si tu n'as pas d'autres plans, j'ai un matelas et peux partager un duvet. Ce n'est pas grand luxe, à défaut. Tu ne vas pas rentrer à pied chez toi.

Chez moi ? Je n'en ai même plus. Une profonde tristesse m'accable. Je me sens humiliée, blessée. Retourner chez ma mère ? Est-ce que cela serait pire ? Je pourrais frotter, ôter cette salissure qui forme comme un voile sur moi.

Non, je ne dois pas craquer, pas pour lui.

— Garrett, si cela ne te dérange pas. Enfin, je veux dire, je ne veux pas qu'il ait de malentendus, sinon, je vais trouver une autre solution.

— Yaëlle, au contraire. Allez viens, nous avons un matelas à gonfler.

Il reste une dizaine de potes à Anna, dont Yanis. Ils sont attablés au comptoir pour un dernier verre.

— Va avec eux, je vais préparer, me lance Garrett.

Yanis me regarde, étonné.

— Ne me dis pas qu'Anna s'est barrée avec ses clés et tes fringues ?
— Eh oui.
— Elle déconne vraiment.
— T'inquiète, elle a trop bu, c'est tout.

Il est six heures trente du matin. Je n'en peux plus. Je me sens vidée. Je rejoins Garrett, le remercie et me couche dans un petit coin, en position fœtale. Il se faufile à côté de moi et me couvre du duvet.

— Bonne nuit, Yaëlle.
— Bonne nuit.

J'ai oublié un détail : mes cauchemars. Avec ce que j'ai vécu ce soir, toutes mes ombres vont remonter. Je ne peux pas crier au milieu de cette salle. Ils vont me croire folle. Je ne dois pas sommeiller. Je m'agite un peu et frôle la paume de Garrett.

— Un souci ? me murmure-t-il.
— Je peux prendre ta main ?

Il l'avance doucement et emprisonne la mienne.

— Dors, je ne la lâcherai pas.

Je me réveille vers onze heures. Je n'ai pas crié, bien que ce soit confus dans ma tête. C'est fini avec Landry. Mon cœur, mon ventre, toute mon âme se serre. Se faire une raison : c'est fini avec Landry. Je me lève, retire ma main que Garrett n'a pas quittée. Il est mignon quand il dort.

Je me dirige vers le bar. Au vu du bazar, j'entreprends de ranger. Anna m'avait demandé de revenir vers midi pour nettoyer sa salle. Je trie, balance les verres ; au moins, pendant ce temps, je ne réfléchis pas. Garrett me rejoint une demi-heure plus tard. Petite tête du matin pas trop réveillée qui lui donne un charme fou. J'arrête tout de suite, je ne vais pas me jeter dans les bras d'un autre.

— Salut, Garrett. Je ne sais pas si « bien dormi ? » est la bonne réplique ?

— Ouais, c'est un peu dur. Yaëlle, tu roupilles plus dans la vraie vie, rassure-moi ?

— Euh, non, pas vraiment.

Il s'approche et me fait une bise.

— En tout cas, c'était agréable de dormir avec toi.

— Garrett...

Je secoue la tête avec un petit sourire gêné.

— Merci de m'avoir tenu la main, merci de ne pas m'avoir laissée tomber, et pour le baiser, ce n'était pas très intelligent de ma part. je n'avais pas de raisons correctes. C'est idiot, excuse-moi.

— T'inquiète, mon cœur va s'en remettre, contre un dîner ? essaie-t-il avec un brin d'humour.

— Garrett, plus tard, s'il te plaît.

— Tu sortais avec Mister Univers ?

— Oui et non, c'est compliqué.

— En tout cas, ce mec a des œillères. Il t'a blessée. Rien que pour cette raison, je ne l'aime pas. Si j'ai pu t'aider à lui rendre la monnaie de sa pièce, j'en suis ravi.

— Ce n'était pas une bonne solution, je n'ai pas réfléchi.

— Il va me sauter à la gorge si je le croise de nouveau ?

— Oui, c'est possible.

— OK ! Il est plus balèze que moi, quand même.

— N'aie pas peur, je te protégerai, lui dis-je en lui donnant une petite tape sur le bras.

— Allez au boulot. Anna n'est toujours pas revenue ?

Je soulève mes épaules en signe de dépit.

Nous continuons à nettoyer, sans notre amie en vue. Garrett lui envoie un texto. Elle se lève tout juste. Garrett lui précise que j'attends avec impatience les clés pour récupérer mes affaires.

— Tu veux que je te dépose quelque part ?

— Oui, si tu peux me remonter au village, ce serait parfait. Je dois emménager dans un logement, cet après-midi.

— Tu n'as pas de maison ?

— Non, sans domicile fixe ! Ce n'est pas un sujet que nous allons aborder ce matin.

— OK, Yaëlle.

Vers treize heures, nous attendons toujours Anna, accolés contre un arbre au soleil (le seul point positif de la journée). Nous discutons de tout et de rien. Bizarrement, avec Garrett, je me sens à l'aise. La voiture de Clovis se présente enfin. Anna descend, petit sourire, petite mine, aussi. Elle me regarde, ne capte pas pourquoi je suis encore à sa salle et pourquoi je porte un jogging de mec. Je n'ai pas envie de parler avec elle et lui demande uniquement ses clés.

— Les clés, quelles clés ?

— Tes clés de voiture où nous avons laissé toutes nos affaires hier soir, car c'était plus pratique, tu te souviens ?

— Comment as-tu fait ? Et pourquoi n'es-tu pas chez Landry ?

Je file vers sa Golf sans explications. Je suis énervée contre elle et sa tête ahurie d'aujourd'hui. Je l'entends demander à Garrett ce qu'elle a loupé. Il ne se gêne pas pour lui balancer ce qu'il pense, sans prendre de gants.

— Tu as un sacré sens de l'amitié, Anna. Laisser ta copine se faire insulter et traiter de pute par les potes de ton mec, c'est la classe. Voir son mec se taper une autre fille sous ses yeux, c'est aussi la classe, et pour couronner le tout, tu as oublié de lui donner les clés. À six heures du mat, en microrobe, elle était ravie. Ne t'inquiète pas, Anna ; en bonne copine, elle a rangé ton fourbi.

Garrett ne lui permet pas de répondre et vient me rejoindre.

— Allez, on se casse d'ici, Yaëlle.

Un bruit de moteur rugi. Nous sommes stoppés par la voiture de Landry qui déboule en trombe sur le parking. Les ennuis commencent. Il sort, m'observe et comprend que je porte les vêtements d'un autre. Il ne dit rien. Son visage se crispe, il serre ses poings.

— Garrett, je vais me changer. Ensuite, si tu peux me déposer, lui demandé-je d'une voix blanche.

Je file vers les toilettes de la salle et entends Landry déclarer assez fort que cela ne va pas être utile, qu'il se charge de me raccompagner. Garrett lui rétorque que je choisis.

Je m'habille vite, sors de la cabine et me passe de l'eau sur le visage. J'attache mes cheveux et découvre ma petite mine dans le miroir. Je prends mon portable dans mon sac : six textos de Landry.

21 h : *Canon, Bébé, L*

21 h 30 : *Bébé, ne m'ignore pas, un geste de toi, je te veux, L*

23 h 30 : *Bébé, c'était magique, M A G I Q U E, rentrons, Bébé, je ne suis pas rassasié de toi, L*

Il m'avait demandé de récupérer mon portable. J'ai zappé. J'étais obnubilée par cette fille qui le collait.

4 h 30 : *Bébé, je pense à toi, L*

6 h : *Bébé, rentrons, L*

12 h : *Yaëlle, je viens te chercher, nous devons parler.*

Je ne comprends plus rien. Qu'attendait-il ? Il m'a ignorée toute la soirée. À part me baiser, il m'a laissée sans se préoccuper de moi et s'est pavané avec une autre. Elle l'a embrassée. Il a commencé à lui rendre son bisou. Il ne l'a pas repoussée, alors que j'étais sous ses yeux. Je suis en colère et triste à la fois. Je ressors, vois Garrett et lui restitue ses vêtements.

— Tu veux que je te les lave ?

— Non, je vais garder ton odeur dessus et les porter tous les jours en souvenir de cette nuit fantastique, me répond-il en riant.

Il lève les yeux. Son sourire farceur disparaît. Je fais demi-tour et découvre Landry, qui n'a pas perdu une miette de sa réplique. Il fait fou furieux.

— Garrett, merci de m'avoir aidée et pas laissée tomber, dis-je en regardant Landry droit dans les yeux.

Je m'avance vers lui.

— Tu me déposes ?

Tous ses muscles sont raidis. Je me demande s'il ne va pas bondir sur Garrett, qui n'ose pas bouger. Je monte dans sa voiture sans un salut pour Anna et Clovis. Landry grimpe côté conducteur, démarre. Ses mains tremblent. Il est en méga colère. Tant mieux, moi aussi, il ne va pas être déçu. Ce trajet va être explosif. Il s'arrête deux cents mètres plus loin :

— Tu as baisé avec ? me demande-t-il avec une voix agressive.

Je secoue la tête, effarée. Sa seule inquiétude ? De savoir si j'ai couché avec un autre. Je le provoque et m'emballe.

— Bien sûr Landry. J'ai baisé avec, et puis avec la moitié des mecs de la soirée. Tu n'as pas entendu ? Je suce pour cent balles. Ah, non ! Tu étais bien trop occupé à te coller à Miss Canon, j'avais oublié. Il a eu la gentillesse de me prêter des vêtements et un bout de matelas cette nuit pour que je ne me retrouve pas dehors. La personne avec qui je devais dormir n'a rien trouvé de mieux que d'embrasser une pétasse sous mes yeux, et celle qui se prétend mon amie a eu la grande idée de partir avec toutes mes affaires. NON, je n'ai pas baisé avec lui. Pour qui me prends-tu ? Tu veux savoir si je suis en colère et si je te déteste ? Eh bien oui. Et pour finir, je n'ai pas envie de te parler, je n'ai plus envie et ne souhaite même pas connaître comment tu comptes te justifier ; rien que d'y penser, ça me révulse. Soit tu me déposes, soit je demande à Garrett.

— Yaëlle…

— NON, LANDRY, NON.

Il démarre en faisant crisser les pneus. Ses yeux brillent de colère. Arrivés au village, je lui demande de m'arrêter auprès de l'église. Il ne comprend pas.

— Je récupère ma chambre, cet après-midi.

Vu sa tête, il avait oublié et pensait me ramener chez lui. Il rêve. Il commence à ralentir entre l'église et le café des sports. Sur la terrasse, j'entrevois Brandon et sa bande. Merde, ce n'est pas le moment.

— Tu peux me déposer un peu plus loin ?

Landry tourne son visage et l'aperçoit.

— C'est le mec d'hier soir ?

— Oui, avance.

Il stoppe sa voiture en plein milieu de la rue, descend et fonce droit vers Brandon. Il le saisit par le colback et l'insulte. Brandon vire sa figure affolée vers moi. Il va prendre la dérouillée de sa vie. Landry lui envoie deux uppercuts en pleine face. Un mec se lève pour s'interposer et répliquer. Un coup de poing dans l'arcade, la réponse de Landry. Les autres n'osent pas bouger. Landry fait demi-tour, remonte dans la voiture.

— L'adresse de ta chambre, me dit-il sous mes yeux médusés.

Je lui donne l'indication et souffle en faisant non de la tête.

— Tu te sens mieux ? Ce n'est pas très malin.

— Il t'a insultée. Tu m'as lancé que je t'avais laissée tomber. Maintenant, tu pourras dire que non. Il n'est pas près de recommencer. Quand on est bas du cerveau, il n'y a que les coups qui permettent de comprendre.

— Et que lui as-tu dit ?

— Qu'il avait insulté ma femme !

Je secoue de nouveau la tête, surprise qu'il tienne ces propos. Pire et trop tard.

— Non, tu n'as pas pu lui dire ça, lui réponds-je sans crier, mon ton empli d'amertume. Je ne suis pas ta femme. Je suis la pauvre idiote que tu as baisée et que tu as ensuite laissée te reluquer en train de jouer au joli cœur avec une autre. Tu sais, les yeux charmeurs, les murmures dans l'oreille, les slows : tout y était.

— Ah ouais ! Quand tu te trémoussais avec ce type sur la piste, tu crois que j'ai apprécié ? Il t'a bécoté dans le cou, tu n'as même pas vu que je te regardais. Je n'ai pas de leçon à recevoir de toi. Tu l'as embrassé, je te rappelle. Putain ! Tu l'as embrassé.

Je blêmis. Je n'ai pas joué un jeu équivalent. Il m'a ignorée. J'ai voulu le blesser, certes. À aucun moment je n'ai refusé qu'il soit à mes côtés, à aucun moment je n'ai douté et caché mon petit ami. Sa condition, pas la mienne.

— Je t'ai envoyé des textos, continue-t-il, aucune réponse. Elle m'a collé. Oui, j'en ai abusé pour donner le change. Je ne l'ai pas embrassée, elle m'a sauté dessus. Tu le sais, tu étais là.

— Je n'en ai pas loupé une miette ! lui rétorqué-je aussi sec, le ton amer.

J'étais dehors quand il a joué à « je te mets mon manteau sur le dos parce que, ma pauvre, tu vas prendre froid », en gentleman. Il ne m'a même pas vue. J'ai dansé avec Garrett à bonne distance. Je me suis lâchée après l'épisode de la veste. Il avait atteint ma limite. Donner le change, comme il dit, et oublier qu'il m'avait promis de me protéger. Quand je me suis fait insulter, il n'était pas présent, trop occupé avec Miss Pouffe. Garett, lui, m'a défendue.

— Tu as honte de moi, Landry. De penser que celui qui partage mes nuits, celui à qui je me suis offerte, ne s'affiche pas avec moi, c'est horrible. Tu pouvais être à mes côtés sans être démonstratif. Tu me l'as refusé. J'imagine que tu as une bonne raison. Alors, si ta seule défense, c'est « tu as fait pareil », eh bien non. Tu as un sacré culot, parce que tu t'es penché pour répondre à son baiser. Et le pompon : tu lui as donné ton numéro. Vous avez rendez-vous lundi, la classe.

— Je lui ai proposé un stage pour le produit Aubance.
— Aubance ? répété-je bêtement.

Il vient de me déchirer le cœur, une nouvelle fois. Il me l'a proposé, et me remplace déjà.

— Pour la voir tous les jours, poursuis-je, écœurée. Tu as raison, tu ne m'auras plus dans les pattes. Tu salis tout, Landry. Donner le change pour préserver notre histoire, malin comme technique. Ça te permet de draguer une autre sous mes yeux sans que je m'en offusque. J'ai été naïve de l'accepter. Tu savais parfaitement à qui tu t'adressais et que tu pouvais abuser de ma sincérité. C'est insultant, humiliant et blessant.

Je saisis la poignée, le cœur en mille morceaux.

— Nous nous sommes tout dit. Je ne veux plus jamais te voir.

Pas de réponse. Ses yeux restent rivés sur son pare-brise. Il n'a même pas le courage de me regarder. Je claque la portière, prends mes affaires. Landry redémarre et file.

26

Tout le poids de la terre vient de s'abattre sur mes épaules. Mon cœur explosé ; de la tristesse plein la tête, je me dirige vers le portail de ma future propriétaire, madame Durand, et sonne. Elle est ravie de me voir, je suis à l'heure. Elle s'étonne des marques de fatigue sur mon visage et de mon peu d'affaires :

— Madame Durand, je n'ai pas beaucoup d'effets.

— Si vous manquez de quelque chose, vous me direz, je pourrai vous dépanner.

— Merci, c'est gentil.

— Si vous voulez, nous pouvons faire le tour de la propriété.

— Est-ce que cela vous dérange si je m'installe d'abord et me repose ? J'ai eu une dure journée.

— Bien sûr que non. Nous verrons quand vous serez prête. Elle hésite.

— Qui était le charmant individu dans la voiture avec vous, tout à l'heure ?

— Euh, une connaissance.

— Je suis curieuse, n'est-ce pas ? Je pensais avoir reconnu un des fils De La Motte, l'aîné ? J'étais institutrice, avant.

— C'était bien Landry De La Motte, Madame Durand. Vous l'avez eu comme élève ?

— Oui, je me souviens bien de lui. Je ne l'ai pas eu longtemps, deux ans, je crois, CP et CE1. Après, ses parents l'ont placé en pension, je n'ai pas compris pourquoi. Je serais contente de le saluer s'il passe vous chercher.

— Non, il ne passera pas. C'est une simple connaissance.

— Tant pis, j'aime bien revoir mes anciens élèves, surtout ceux qui m'ont marquée. Bon, mon petit, je radote. Je vous laisse vous installer.

Je prends possession de mon nouveau chez moi… Triste à mourir. La chambre est propre, blanche, sans vie. Le mobilier marron me donne le bourdon. Je ne m'en étais pas rendu compte quand je l'ai visité. Je n'étais pas dans cet état, non plus. Je reste mon sac à la main de longues minutes, sans bouger. Mon être est brisé. J'ai envie de dormir et même de m'écrouler sur le sol pour me recroqueviller. Si je ferme les yeux, mes cauchemars vont débouler. Je dois tenir pour tomber de fatigue et oublier mon cœur meurtri. Je fais la liste de mes besoins, sans conviction, pour être installée correctement. J'irai faire des courses après mon taf, demain. Le travail, grande question, comment fais-je ? À chacune de nos disputes, j'ai mis en balance ce job, et chaque fois, j'y suis retournée docilement. Plusieurs étudiants ont fini en même temps qu'Anna. Joseph m'a précisé qu'il aurait besoin de moi. Quinze jours… Je ne vais pas lui faire ce plaisir et le laisser gagner sur toute la ligne. Je dois amasser du pognon, surtout si je dois louer un appartement à Angers.

Ma décision est prise. Je vais terminer mon contrat, même si notre relation est définitivement close. Comme il est occupé avec la vinification, je ne le verrai pas. Cela lui montrera que je suis détachée. Je dois être forte et me faire à l'idée : notre histoire est cachetée.

Je m'allonge, épuisée. Chaque fois que la phrase « c'est fini avec Landry » résonne dans ma tête, une chape de plomb me tombe dessus.

Je me réveille trois heures plus tard, en sueur, époumonée, sortie d'un cauchemar. Ils sont de plus en plus intenses. J'ai du mal à me calmer. J'espère que je n'ai pas crié. Reprendre ma respiration, souffler, ce n'est qu'une horrible angoisse, pas la réalité, souffler.

Des petits coups résonnent contre ma porte : madame Durand s'annonce.

— Yaëlle, me dit-elle, de la visite pour vous.

J'entrouvre, méfiante.

— Madame Durand, à quoi ressemble le visiteur ?

— Une jeune femme et un jeune homme.

— Vous ne voulez pas leur dire que je n'ai pas répondu ?

— Yaëlle, je vous ai dit que les visites ne me gênaient pas tant qu'elles étaient raisonnables. En revanche, je n'ai pas dit que je jouerais au portier. La jeune femme, accompagnée du deuxième fils De La Motte, vous savez, le frère de votre connaissance que vous ne connaissez pas, a dit que vous alliez trouver une excuse, qu'elle était désolée et qu'elle voulait vous parler. Ils ont d'ailleurs apporté votre vélo. Yaëlle, ne faites pas l'enfant, allez les voir.

— Je n'ai pas envie, lui dis-je d'une petite voix.

— Elle arrive, crie-t-elle en direction de l'extérieur.

— Madame Durand, non.

Je me résigne. Je suis tombée sur une propriétaire coriace. Je descends les marches qui mènent à mon appartement et vais à leur rencontre, les bras serrés contre ma poitrine. Anna est triste, Clovis, gêné :

— Je suis désolée, me dit-elle en sanglotant. Je n'ai pas vu ce qui s'était passé.

— Anna, je t'arrête tout de suite, pleurer n'y changera rien. C'est fait, nous ne modifierons pas le cours de ta soirée. C'est arrivé, c'est tout.

Je suis en colère contre elle. Pas pour le fait que je me sois faite insultée, elle n'y est pour rien. Elle m'a ignorée, elle qui se prétendait mon amie.

— Merci pour le vélo. Je te souhaite une bonne rentrée et installation. On se rappelle un de ces jours.

Je tourne les talons. Je l'entends qui s'effondre dans les bras de Clovis en pleurant. Je suis dure, je sais, trop blessée pour faire mieux.

Je rejoins Madame Durand pour un grand tour de sa propriété. Nous partons pour deux heures d'explications sur chacun de ses arbres et d'anecdotes avec son mari. Je remonte, épuisée par tant de noms en latin.

Ma nuit ne sera pas de tout repos : agitation, cauchemars et pleurs. J'ai réussi à dormir trois heures : je devrais tenir.

~

Lundi matin, j'arrive au domaine une boule au ventre, les yeux creux et cernés. Je salue Joseph en baissant mon regard, ne m'éternise pas devant le chai et file vers la mission qu'il me confie. Je répète mécaniquement les gestes pour ne pas laisser mon esprit gamberger : ne pas réfléchir, ne pas cogiter, bloquer mes pensées.

Fin de matinée, Garance passe dans les rangs de vigne accompagnée de son frère, non de l'homme que je ne veux plus voir. Je me penche vers les ceps. Mon cœur se serre. Ne pas penser, ne pas réfléchir, continuer comme un robot. Elle vient à ma rencontre. Elle ne peut pas me foutre la paix.

— Bonjour Yaëlle. Il fait particulièrement froid, ce matin.

— Bonjour, vous trouvez ?

Je n'ai pas fait attention et ne sais même pas de quelle couleur est le ciel.

— Nous sommes proches du zéro. Yaëlle, nous avions parlé du tutoiement.

— Oui, Garance, j'avais oublié, excusez… enfin, excuse-moi. En quoi puis-je t'être utile ?

— Je voulais savoir si tu avais réfléchi à ma proposition ?

— Ta proposition de consultant ?

Je rigole bêtement. Garance garde son aplomb. Je tousse pour reprendre contenance.

— C'était sérieux ?

— Bien sûr que oui.

— C'est gentil d'avoir pensé à moi. Mais je ne pourrai pas faire cette mission. J'ai d'autres engagements. Il a embauché une personne en stage pour cette activité. En tout cas, bonne chance pour la sortie du produit et bon retour aux States.

Je coupe court et regagne mes ceps de vigne. Eux, au moins, ils ne disent rien. Garance ne bouge pas et m'observe. Elle ne va pas me lâcher : une De La Motte en puissance. Elle se rapproche et se met à genoux.

— Tu vas le laisser te filer entre les doigts, me dit-elle. Une pouffiasse s'installera à ta place. Je te croyais plus courageuse. Samedi, je n'ai pas compris pourquoi tu n'es pas intervenue ; après tout, ça te regarde. Yaëlle, oui, elle va avoir son stage. Elle mettra mon frère dans son lit, et tu sais pourquoi ? Parce qu'elle s'accroche. Elle est plus maligne que toi, c'est sûr. Le courage, ça ne se décrète pas, ça se prend. À bon entendeur.

Et elle repart à travers les rangs, me laissant pantoise. Ses mots résonnent dans ma tête : « le mettre dans son lit », « courage », « pas intervenue ». Elle ne sait pas, ne connaissait pas notre accord, sa condition. Maintenant, je me sens coupable de ce fiasco et de l'échec de notre relation.

Les quelques kilomètres à vélo sont interminables. Je rentre chez moi lessivée. Madame Durand me fait un petit signe de la main. Elle voit à ma tête que ce n'est ni le moment de parler des arbres ni de je ne sais quels autres souvenirs. J'ai mal, vraiment mal. Même si j'ai bloqué mon esprit, une fois dans mon antre, tout s'ouvre. Mon cœur saigne. Je m'allonge sur mon lit, dépitée et déprimée. La moindre de mes pensées va vers lui. Douloureux. Je le déteste, je me déteste : me faire une raison, c'est tout ce qui me reste.

Avec beaucoup de courage, j'attrape mon téléphone. D'ailleurs, je dois le lui rendre, maintenant que nous ne sommes plus ensemble, et je songe à Anna. Ma colère est retombée vis-à-vis d'elle. Je dois au moins essayer de sauver mon amitié.

Je lui envoie un message pour savoir si sa rentrée s'est bien déroulée. Je lui mets également que nous pourrions boire un café, cette semaine, sur Angers.

Elle m'appelle aussitôt. Nous restons une heure à discuter et à nous expliquer, sans aborder le sujet de l'homme que je ne veux plus voir, au-dessus de mes forces. Elle m'avoue qu'elle était tellement obsédée par cette soirée qu'elle a oublié l'essentiel : fêter son anniversaire avec ceux qu'elle aime. A priori, Clovis lui a fait des reproches sur les invités surprises, censés lui faire plaisir : ils font une pause. Au son de sa voix, je devine que son moral n'est pas meilleur. Je lui propose de nous voir dès le lendemain. Elle accepte. Je suis désolée pour elle. Sa tristesse me touche. Et même si je ne vais pas bien, j'aimerais l'aider.

Une idée me trotte dans la tête. Je lui soutire le numéro de Garrett :

— Tu es sûre, Yaëlle ?

Sous-entendu : « Tu ne vas pas te jeter dans ses bras ? »

— Oui, je veux le remercier et j'ai un service à lui demander.

Nous nous souhaitons une bonne nuit. Nous nous verrons demain. J'ai à peine raccroché que je reçois déjà un texto d'elle.

Merci, Yaëlle !

Je téléphone à Garrett immédiatement. D'abord surpris, il ne semble pas mécontent de m'entendre. Je le remercie encore pour samedi. Il s'inquiète de savoir comment s'est passé mon retour. Explosif, c'est le terme ! Je coupe court, pas envie de m'étaler. Je lui explique la raison de mon appel : Anna.

— Elle est triste. Au final, elle a raté sa fête et elle ne l'a pas fait avec les bonnes personnes. Je lui avais promis une méga soirée d'enfer dont elle se souviendrait toute sa vie. Son anniversaire, l'officiel est dans dix jours. Est-ce que tu pourrais m'aider ? J'aimerais inviter les amis qui comptent vraiment.

Garrett reste silencieux un moment et finit par me demander comment je fais pour lui pardonner.

— Elle est mon amie. Je n'en ai pas beaucoup, alors j'en prends soin. Tu sais quoi ?

— Non ?

— Je ne vais pas résumer notre complicité à ces quelques heures. J'adore Anna pour tout un tas de raisons. Je ne vais pas la laisser tomber maintenant.

— Elle a de la chance de t'avoir.

— Merci, Garrett. Tu m'aideras ?

— Oui, bien sûr. Comment tu comptes faire pour Clovis ? Ils sont en froid.

— Pareil, le biper ou aller le voir.

Vendredi, dans dix jours, je vais organiser une fête d'enfer pour mon amie. Celle-ci, elle s'en souviendra. Je raccroche et appelle Clovis dans la foulée. Son accueil est glacial.

— Que veux-tu, Yaëlle ?

— Te parler.

— Attends, je suis avec mon frère et ma sœur, je sors.

Mon cœur vient de louper un battement. Mes mains sont moites. Je pense très fort à Anna pour ne pas appuyer direct sur la touche rouge.

— Je t'écoute.

Je lui explique que j'ai eu Anna. Elle est triste par la pause imposée. Clovis me coupe. Cela ne me regarde pas. Il trouve mon appel déplacé. J'acquiesce, mais il s'agit d'Anna. Ma seule et unique amie. Notre duo vaut tout l'or du monde. Je le prie de m'écouter. Un long silence se fait dans mon téléphone, je l'entends souffler. Je me lance d'une petite voix en lui narrant le début des vendanges. Elle m'avait suppliée de venir à la soirée du domaine pour l'empêcher de lui sauter dessus. Elle n'a pas résisté à son charme. Quand elle a découvert les photos sur Facebook, avec une autre, elle était effondrée, car touchée. Son visage s'éclaire lorsqu'elle reçoit un texto de lui. Elle arrive, même à glisser son prénom plusieurs fois dans une phrase.

Je sens qu'il sourit au téléphone.

— Elle a voulu bien faire. Anna est too much, c'est ce qui fait son charme. Elle désirait te faire plaisir et s'est trompée.

Je tente un peu d'humour.

— Après, je comprends que tu sois vexé, quand on voit la tête de tes soi-disant potes : c'est dur à encaisser, non ?

J'ai un fou rire et continue :

— Le plus drôle, c'est de croire que tu as des atomes crochus avec celui que tu as foutu à la porte, quand... enfin... tu sais. Rassure-moi, ce n'est pas un ami ?

— Tu délires ?

Il se met à rire. Au final, quand on réfléchit, la situation est cocasse, pas si dramatique pour lui.

— Yaëlle, attends.

En aparté, j'entends un « oui, j'arrive, Landry ». Le baron a parlé.

— Je dois te laisser.

— Une minute, Clovis. Elle t'aime. Ça, c'est chouette, non ?

Je lui explique mon idée de surprise. Clovis m'écoute. J'ai l'impression de l'avoir désamorcé.

— OK, Yaëlle. Je te remercie de ton appel. Elle a de la chance de t'avoir. Et toi, comment vas-tu ?

— Mieux. Clovis, merci de m'avoir accordé de ton temps.

Je raccroche. Quelques instants plus tard, je reçois un message d'Anna.

Clovis vient de m'envoyer un SMS.

Si tu veux le voir demain soir
Je viendrai un autre jour, Yaëlle

Tu es sûre ?

Oui Anna, priorité à l'amour. Profite, ma belle. Bises.

Il me reste le problème Garance à résoudre. Elle m'a bien précisé que l'autre pouffe allait travailler sur mon idée. Je déteste. Je n'ose pas penser à ce qu'elle m'a dit de plus, car mon cœur saigne.

Je vais lui mettre des bâtons dans les roues à cette morue. Je m'installe sur ma petite table. Je prends des feuilles de papier et commence à dessiner, la future bouteille que j'ai imaginée quand nous étions au chai. Je suis inspirée, comme si j'avais la photo sous les yeux, même si cela reste amateur. Elle aura au moins un visuel. Mes croquis prennent vie autour d'une bouteille noire avec des lettres or et le mot « Auban's ». Je ferme mes paupières et déglutis. Ce dessin me rappelle un moment de nous. Compliqué de passer outre et de ne pas penser à lui. J'ajoute une ligne fine autour du goulot, qui descend le long de la bouteille. Des petits symboles, composés d'un Y mélangé avec un L inversé. Une sorte de signature éternelle pour ne jamais oublier qu'il est le premier homme que j'ai aimé, passionnément. Subtil, je verrai bien.

Je dessine et peaufine mon croquis pendant quelques heures. J'écris ensuite le *story board* de la future publicité. J'ai tout en tête : des images de Paris, une chambre de palace, un couple, l'un contre l'autre, essoufflés, en transe d'amour. L'ultime instant, pas avant, pas pendant et pas après où les corps sont épuisés, simplement le moment où le plaisir explose dans le cerveau.

Lui l'entraîne avec un air complice et malicieux dans les rues de la capitale. Dans un café de Montmartre, il lui offre un verre d'Auban's. Lovés l'un contre l'autre, leurs regards s'enchaînent, se nouant de désir. La bouteille apparaît en arrière-plan : noire et or. L'aéroport, un baiser déchirant. Puis elle est seule dans la salle d'embarquement, des larmes silencieuses roulent sur ses joues.

New York, quelque temps après, une fête dans un loft, elle s'avance vers une table où sont disposés des seaux à champagne. Au centre, une bouteille d'Auban's, noire et or. Elle la touche du bout des doigts. Son corps frémit. Les souvenirs de son amant et d'elle, haletants, transis, essoufflés, se bousculent dans son esprit. Elle ressent la même explosion. Sa tête tombe à la renverse. Elle ôte sa main, comme brûlée, et se retourne pour le chercher dans l'assemblée. Elle est seule. Elle ferme les yeux, expire plusieurs fois en baissant son visage, dernier regard vers la bouteille. Elle se pince les lèvres, résignée. Visuel de la bouteille avec le nom du produit, Auban's et sa signature. Un soupir sensuel pour la prononcer.

Je reluque mon réveil : il est deux heures du matin. Il me reste à enregistrer le slogan pour que mon travail soit complet et ne laisse aucune place à l'autre pétasse. Les débuts sont loupés. Je ne suis pas persuasive, ce n'est pas voluptueux.

Je m'allonge sur mon lit en pensant à l'homme qui m'a blessée. Un mal me torture le corps. Je ferme mes paupières et essaie de me concentrer sur un moment heureux que nous avons partagé. Mes larmes commencent à couler quand les images de lui me caressant du bout des doigts, ses iris pris dans les miens, défilent dans mon esprit. Je ne vais pas y arriver. Je respire profondément et fais le vide dans ma tête : passer outre la trahison, mettre de côté mes ressentiments, délaisser mon amertume et cette sensation de gâchis. Je pense à lui me regardant, les yeux enflammés, et oublie qu'il n'était pas sincère. Les images de notre nuit d'amour dans le spa apparaissent : ses mains me frôlant, son corps, sa volupté, son souffle. J'ai envie de me caresser. Je commence doucement et timidement. Je n'ai pas l'habitude. Mes doigts courent sur ma chair. J'imagine que ce sont les siennes. Petit à petit, je sens les papillons, puis le plaisir m'envahir et une petite vague monter en moi. Je prends mon téléphone et enregistre dans un murmure charnel : « *Auban's, French desire.* »

Je réécoute, c'est l'émotion que je voulais transcrire, même si mes joues s'empourprent. Garance part demain, je dois absolument la voir avant et me lever tôt. De toute façon, je sais que je ne vais pas dormir : mes cauchemars m'attendent.

27

Sept heures trente, j'arrive au domaine. Joseph me demande pourquoi je suis tombée du lit.

— Je cherche Garance. Vous ne l'auriez pas vue ?
— Elle boit un café chez Landry.
— Ah, oui !

Il revêt un air suspicieux. Je change de sujet et lui réclame le numéro de parcelle à vendanger. Avant de rejoindre mes ceps, je passe par le bureau de Garance pour lui déposer le dossier. Je m'empare de mon téléphone et tape un message.

Garance, tu avais raison ! Le courage, ça se prend, pas tous quand même…
Je t'ai laissé des documents sur ton bureau, retournés.
Je t'envoie aussi un fichier audio.
Tu dois arriver à la dernière page avant de l'écouter, sinon, cela ne fonctionne pas.
Bon retour, Yaëlle.

J'appuie sur la touche et monte le coteau. Les heures passent. J'ai piqué le MP3 d'un autre vendangeur, suis en pleine écoute de ZIA et chantonne. Je chante, moi ? Je me sens légère. J'ai dénoué quelques nœuds au creux de mon ventre. Ma nuit studieuse m'a transformée. J'agissais comme un robot depuis dimanche. Je m'essaie même à sourire… Quand je devine une présence derrière moi. On m'observe. Je me redresse, les poings serrés, sans me retourner. Je sais pertinemment qui m'épie : l'homme que je ne veux plus voir. Je ne bouge pas, souffle et poursuis mon travail. J'espère qu'il ne va pas rester trop longtemps, il me met en stress. Mes mains deviennent moites. Je sens la tension monter. Mon téléphone sonne : c'est lui. Je laisse partir sur le répondeur. « Le courage, ça se prend », les mots de Garance me reviennent. Je me relève, fais volte-face et enlève les écouteurs. Il a son regard énigmatique et une petite mine avec des signes évidents de fatigue :

— Je t'écoute.

Il appuie sur son téléphone. L'enregistrement que j'ai envoyé à sa sœur débute. J'ai l'impression de m'enfoncer dans le sol. Je les ai peut-être choqués ? Il attend quelques minutes, le souffle court.

— J'espère que tu l'as enregistré en pensant à nous, finit-il par me dire.

Je rougis en écarquillant les yeux.

— J'ai ma réponse, Yaëlle.

Il lit en moi comme dans un livre ouvert. Il tourne les talons et redescend le coteau.

Je reste quelques minutes immobiles, le cœur serré, perdue, les yeux dans le vague. Pourquoi cette affirmation ? Qu'est-ce qui lui faisait si peur ? Qu'un autre l'ait remplacé ? Je déteste qu'il ait pu imaginer deux secondes qu'un autre homme m'ait donné ce que j'ai ressenti avec lui. Notre histoire est rare. Une simple attirance physique ne déclenche pas ce que nous avons vécu. Mon corps appelle le sien. Son corps est fait pour le mien.

La colère monte, encore. Je pensais aller mieux… éphémère. Triste, profondément triste, une putain de boule m'opprime le corps. Je remets les écouteurs et continue, comme un robot, ma tâche.

Mon téléphone sonne une heure après. Garance. Je laisse filer, pas le goût de parler. Sauf que la fille de La Motte doit être la plus têtue de la bande. Dix appels, je finis par appuyer sur la touche verte.

— Faut être sacrément patiente, Yaëlle ?

Je ne réponds rien. Je n'ai pas envie de lui baragouiner une histoire de « je n'avais pas mon tél. ». On vit avec.

— Je veux comprendre, poursuit-elle. Tu avais commencé quand je suis venue te voir ?

— Non, Garance.

Silence.

— J'ai envoyé tes documents à notre agence de com américaine. Je viens de passer une heure au téléphone avec le chef de projet.

— Ah.

— Il est emballé par ta proposition. Il reste des ajustements, mais tu as retranscrit l'essentiel. Ton *story board* est inattendu… Enfin, non. Perspicace. Tu as compris ce que nous voulions faire avec ce produit et le slogan… Enfin, si nous pouvons parler de slogan. J'ai, comment te dire, très envie de retrouver mon mari quand je l'entends.

J'éclate de rire. Je crois que cela me déstresse d'entendre ses paroles.

— Le symbole est subtil, souffle-t-elle. Je suis la seule à avoir compris. Je peux lui expliquer, si tu le veux ?

— Non, Garance. Jamais. S'il te plaît.

— Je ne te remercierai jamais assez. Tu viens de me faire gagner un temps précieux et je suis très impressionnée. Nous le sommes tous. Je dois partir, Landry m'attend. Yaëlle, tu viendras en Californie, n'est-ce pas ?

— Je ne crois pas.

Je l'entends qui hésite.

— Un dernier truc… Tu lui as retourné la tête, complètement.

— Bon voyage, Garance.

Je rentre chez moi, fatiguée, mais sans tristesse. Garrett m'a envoyé plusieurs textos pour la fête surprise d'Anna : les vrais amis seront présents.

Ma propriétaire m'attend devant sa porte :

— Yaëlle, vous allez bien ?

— Oui, Madame Durand.

— Je voulais vous proposer de dîner avec moi ?
Un peu de compagnie, ce soir, me ferait du bien.
— Avec plaisir. Je vais me changer.
— J'oubliais. Votre connaissance que vous ne connaissez pas vraiment a déposé quelque chose pour vous. Je l'ai mis au pied de l'escalier.

Je me dirige vers ma chambre et découvre un immense bouquet de roses rouges, virant vers le pourpre. Les boutons ont une collerette sombre. Une carte est agrafée sur le côté. Il a noté « L », rien de plus.

Les fleurs sont magnifiques. Comme toutes les filles, elles me font de l'effet. Mon cœur brisé se met à pleurer. Je me réfugie dans ma chambre et reste debout, immobile, mon bouquet à la main. Je ne me suis pas rendu compte que mes larmes coulaient sur mon visage. Il a volé mon cœur, mon esprit, mon corps, et tout abîmé. Mes pleurs n'y changeront rien. Je dois avancer pour guérir, alors je prends mon téléphone. J'hésite, longuement, et compose son numéro.

Il décroche. Je raccroche aussitôt. Je n'ai pas cette force. Je lui envoie un texto.

Laisse partir sur la messagerie, Y

J'attends et refais son numéro. Le répondeur. J'hésite, cherche mes mots. Le début est difficile :

— Land, merci pour le bouquet. Il est très beau.

Silence. Je déglutis, ravale mes larmes.

— Nous savons que ça ne marchera pas entre nous, poursuis-je, la gorge nouée de chagrin. Compliqué, trop explosif. Depuis deux jours, je ne suis pas partie en live, pas eu de scène. Avant, c'était devenu quotidien. Nous allons nous faire du mal. Ce n'est pas une solution. Tu me manques, c'est indéniable. La force de tes bras, tes mains, nos nuits, tes sourires.

Je reprends ma respiration en inspirant et ferme les yeux.

— Land, quand je pèse le pour et le contre, la balance ne penche pas du bon côté. Je ne veux pas revivre une soirée comme samedi dernier. Je n'aurai pas cette force. Je ne suis pas taillée pour t'affronter et supporter de donner le change. J'ai voulu jouer dans la cour des grands, il me manque l'expérience et le recul nécessaires. Je ne veux plus accepter ta condition. Je ne peux pas imaginer que l'homme qui partage mes nuits ait honte de moi et qu'il préfère m'ignorer parce que je ne suis pas assez bien pour lui. Je ne sais pas faire. Par conséquent, je lève aussi ma condition. Soit heureux, Landry, je suis persuadée que tu trouveras quelqu'un de bien, dont tu seras fier.

Je raccroche. Voilà. J'ai pris mon courage à deux mains, enfin, un minimum, et réglé ce dernier point qui me torturait. Mes mains tremblent, bien évidemment. Les larmes sur mon visage et un chagrin venu du plus profond de moi remontent dans ma gorge. Je pleure comme je n'ai jamais pleuré. Je viens de le plaquer, pour toujours. Tout mon corps crie sa douleur. Je ne savais pas ce que c'était d'aimer, que c'était difficile et douloureux. Je me répète que je dois sortir grandie de cette histoire : j'ai appris à mieux m'accepter, à combattre mon passé, en force de vie. C'est dur, mais j'ai changé. Je suis toujours certaine que quelque chose de bien m'attend.

Je me passe de l'eau sur le visage, histoire de cacher les traces de mon chagrin et descends rejoindre ma propriétaire pour un dîner en tête à tête.

28

Je souffle. Je vais l'avoir. Pas d'autres choix, je dois l'obtenir. Mon moniteur grimpe à l'arrière du véhicule et l'inspecteur s'installe sur le siège passager. Je tente un sourire ; au vu de sa tête, un timide « bonjour » devrait suffire. Il m'indique la direction à prendre. Pendant trente minutes, je m'applique comme une malade dans les rues d'Angers : rue de la Roe, un créneau à gauche en pente sans encombre, pas grillé une priorité au tramway sur les boulevards et même dans les petites rues de la Doutre, je m'en sors sans enfoncer de rétroviseurs aux automobilistes mal garés. Il sait que je passe l'examen de ma vie, mon sésame pour la liberté ? Nous revenons au point de départ à la gare. Mon rangement en bataille donne le sourire à mon moniteur. L'inspecteur ? Non. J'aurai la réponse demain par courrier.

Je file chez Anna. Nous nous sommes eues au téléphone sans nous voir depuis sa soirée. Clovis et elle se sont réconciliés. Elle nage dans le bonheur, dixit son dernier texto. Je ne lui ai pas raconté pour Landry ; si elle m'interroge, je suis prête à le faire. Cela fait partie de mes résolutions : aller de l'avant. Je ne peux pas dire que je me sente mieux. Il hante mes nuits et mes larmes ne tarissent pas. Quand je trouve le sommeil, mes cauchemars apparaissent et chaque soir est un combat. J'ai l'impression que de temps en temps, mon cœur tressaute quand mes pensées s'égarent. Pourtant, je suis plus apaisée et ai moins de colère. Je ne l'ai pas revu, aperçu de loin. Il ne m'a pas appelée après mon message. Est-ce que j'attendais quelque chose de lui ? Mon cœur se serre de nouveau.

Elle ouvre sa porte, me saute dessus pour me prendre dans ses bras et se met à pleurer :

— Non, ne pleure pas.

— Je suis désolée, tellement désolée. Je m'en veux. C'est de ma faute. J'ai été stupide.

— Arrête. Je ne suis pas fâchée contre toi. Je te l'ai dit, c'est passé.

— À cause de moi, tu n'es plus avec Landry, et toi, tu as tout fait pour que je me réconcilie avec Clovis.

— Ce n'est pas ta faute si je ne suis plus avec lui. C'était prévisible et inévitable. Nous sommes trop différents et pas sur la même longueur d'onde. Tu n'as rien à te reprocher, n'importe quelle soirée aurait fini de la même façon. Pour Clovis, bah… tu es mon amie. Tu étais triste, alors je l'ai appelé.

— Il m'a raconté. Je te remercie.

— Il t'aime, Anna.

— J'aimerais pouvoir en faire autant pour toi.

— Impossible. Comment sais-tu que nous avons définitivement rompu ?

— Clovis était dans la voiture avec Landry quand il a reçu ton message. Il était sur la route du retour. Il n'a pas pu reprendre le volant. Je l'avais prévenu qu'il s'en mordrait les doigts. Est-ce que tu me racontes ce qui s'est passé ? Je n'ai pas tout compris.

Je me lance : la fameuse soirée d'Anna, le retour explosif, l'épisode avec Garance et le courage de prendre la bonne décision. Mon seul regret ? Ne pas avoir réussi à lui dire en face et laisser un message sur son répondeur.

— Je ne te cache pas que je prends cher. C'est fini avec lui. J'aimerais que le sujet soit clos, une bonne fois pour toutes.

— Yaëlle, c'est possible de vous parler, de vous expliquer ?

— C'est fini, lui dis-je avec un ton plus agacé. Tu avais bien résumé la situation : plan cul et rien d'autre. Il ne voulait pas se montrer avec moi. Je ne suis pas assez bien pour lui. Je ne peux pas lutter contre et j'aimerais que tu arrêtes.

Elle me répond du tac au tac qu'elle espère que je ne m'en mordrai pas les doigts, moi aussi.

— Je vais avancer, et qui sait, je rencontrerai peut-être le clone de Clovis.

Elle me regarde un long moment, secoue la tête en signe de dépit.

— Qu'as-tu prévu aujourd'hui pour lutter contre le stress de l'attente ? enchaîne-t-elle. Je n'ai pas osé te poser la question : comment s'est passé ton examen ?

— Aucun piéton fauché. Pas embouti d'autres voitures. J'ai réussi mon créneau. Je croise les doigts. Réponse demain.

— J'espère pour toi. Nous pourrions faire une fête ?

— OK avec plaisir, samedi, si tu veux.

— Ouah ! Tu es OK sans négocier ?

— J'ai envie de m'amuser pour passer à autre chose.

— Tu veux que j'invite des copains à moi ?

— C'est-à-dire ?

— Garrett, par exemple.

— Pourquoi lui, Anna ?

— Je vous ai vus danser ensemble à ma soirée. Il m'a pas mal questionnée sur toi. Je crois que tu lui plais.

— Je t'arrête. Il a été cool et j'ai été contente de le trouver. Il est mignon, c'est vrai. Faire la fête, oui, le plan trouver un autre mec, je ne suis pas prête.

— Excuse-moi, j'ai parlé trop vite.

— Passons à autre chose. Tu peux aussi inviter Yanis, je l'ai trouvé sympa. Avant, j'ai besoin de tes services. J'ai trois visites d'appartements cet après-midi, et comme je suis novice, tu pourrais me conseiller.

— Génial, avec plaisir. Où sont-ils ? Dis-moi dans ma rue.

— À peine dans le centre-ville.

— Nous allons nous éclater, Yaëlle !

Sur cette note joyeuse, nous entamons les visites. Le premier est mon préféré. J'ai passé les photos en boucle sur mon téléphone (que je n'ai toujours pas rendu). Il est de bonne taille, a l'air lumineux et est en plein centre, à quelques pas de mon travail : idéal !

La propriétaire était sèche au téléphone et m'a répété à plusieurs reprises d'être à l'heure : elle travaille, elle. Nous patientons devant l'entrée quand elle arrive avec dix minutes de retard (ponctualité, quand tu nous tiens). Son petit temps d'arrêt en nous découvrant me fait comprendre qu'elle ne s'attendait pas à trouver deux jeunes femmes. Elle enchaîne par un « ne perdons pas de temps » et nous montons quatre à quatre les trois étages.

Il est comme je l'avais imaginé : lumineux, spacieux, bien qu'il ne fasse que trente mètres carrés, une alcôve pour le coin nuit, une cuisine équipée, une salle de bains, petite, mais refaite à neuf. Les murs sont blancs et le parquet en chêne clair lui donne un côté chaleureux : je m'y sens déjà bien. Anna me souffle de regarder l'électricité, la fermeture des fenêtres et le chauffage. Je continue mon inspection : j'ai envie d'y vivre. Je rejoins la propriétaire qui a l'air de s'impatienter :

— Vos parents n'ont pas daigné vous accompagner ?

Anna blêmit. Je garde mon calme et mon sourire de circonstances.

— Non, Madame.

— Hum, hum.

— Vous le louez à quatre cent cinquante euros par mois ?

— Vous n'avez pas l'intention de le négocier ? J'ai d'autres visites.

Elle me braque avec ses grands airs.

— Effectivement, Madame, j'aimerais le négocier à trois cent cinquante euros par mois et je le prends tout de suite.

— Vous n'avez pas froid aux yeux. Je ne descendrai pas en dessous de quatre cents par mois.

Dans mon budget, c'est un prix élevé. Avec les pourboires, quelques heures de soutien pour des collégiens, je devrais m'en sortir. En revanche, je ne pourrai pas m'acheter de voiture dans l'immédiat, ma cagnotte n'est pas extensible.

— OK, nous partons à quatre cents euros par mois.

— Très bien. Voici la liste des pièces à me fournir pour rédiger le bail.

Elle me tend le document.

— Quand vos parents pourront-ils venir le signer ?

À la lecture, je me crispe. Sur la liste, il est noté : bulletins de salaire (j'ai), avis d'imposition (pas encore), bulletins de salaire des deux parents, leur avis d'imposition, taxe foncière…

— Un problème ?

— Pourquoi demandez-vous les bulletins de salaire de mes parents ?

— Vous plaisantez ? Je ne vais pas louer à quelqu'un d'aussi jeune que vous sans prendre des garanties et me retrouver dans trois mois avec des impayés et un appartement saccagé.

Anna ne dit plus rien, elle a compris ma déception.

— Madame, je n'ai plus de parents. Je travaille. J'ai un CDI avec un salaire fixe. J'ai l'argent pour la caution. Je ne saccagerai pas votre appartement. Je n'aurai personne pour me porter caution solidaire.

— Vos grands-parents, un ami ?

— Non, personne.

— Je ne loue pas sans caution solidaire. J'ai déjà eu des problèmes avec des étudiants, c'est non.

— Je ne suis pas étudiante.

— Que faites-vous ?

— Je travaille en tant que serveuse au restaurant le Clos des Saveurs. Je peux vous apporter mon contrat. Je viens de travailler trois mois à temps plein dans un vignoble ; avant, j'étais au lycée. Je peux aussi vous donner mon salaire, en plus je vais avoir des pourboires, des pourcentages sur les ventes. Je peux payer et suis économe.

— J'entends bien. Depuis combien de temps travaillez-vous au Clos des Saveurs ?

— Je commence lundi.

— Mademoiselle, ce n'est pas sérieux, vous n'avez même pas fait la période d'essai. Vous m'avez fait perdre mon temps. Sortons.

Les deux autres visites de l'après-midi se soldent de la même façon. Pas de caution, pas de bail. Nous sommes assises sur un banc, dans le jardin des plantes. Je suis dépitée :

— Comment font-ils, ceux qui n'ont pas de parents ?

— Je ne sais pas, Yaëlle.

Elle passe son bras autour de mon épaule. Je pose ma tête sur la sienne.

— Je vais t'aider. Je peux te loger.

— C'est gentil. Chez toi, c'est petit, et on ne va pas faire ménage à trois avec Clovis ?

— Je pourrais demander à mes parents.

— Non Anna. Laisse tes parents tranquilles. Je vais continuer à chercher et m'éloigner du centre.

Nous rentrons chez elle où Clovis l'attend déjà (il a les clés ?). Il voit nos têtes abasourdies et me demande si mon permis de conduire s'est mal passé.

— Non, réponse demain. Les visites d'appartement, rien de plus.

Je les quitte, lui fais un clin d'œil, nous avons prévu de nous contacter dans la soirée, et file vers la gare routière. Je mets quarante-cinq minutes pour aller jusqu'au village en bus, et le soir, je n'aurai pas de solutions à part le stop ou co-voiturage. Reste l'hypothèse de la voiture ; avec quarante kilomètres, aller-retour, je ne vais pas m'en sortir dans mon budget. Je rejoins ma chambre avec une énorme boule au ventre, prends mon portable et me lance dans de nouvelles recherches. Je passe quelques coups de fil et demande directement aux propriétaires leurs conditions, même en essayant avec les sentiments : c'est non. Une caution !

Je finis par tomber sur une annonce pour un foyer de jeunes travailleurs. Pas très gaie, petite chambre ; pour l'instant, je n'ai rien de mieux. Le prix est correct. Je pense que là-bas, je vais trouver des gens comme moi, sans caution.

J'envoie un message à Anna.
Trouvé une solution
J'irai samedi
Bonne nuit, ma belle, et merci ! Yaëlle

Génial, c'est où ?

Le foyer des jeunes travailleurs du bois
À 20 min du centre ! Ils ont de la place.

Elle n'écrit pas de réponse pour le moment. Bizarre.

On vient d'en parler avec Clovis
C'est glauque comme endroit. Tu vas rentrer tard.
Ce n'est pas une bonne idée.

Super, elle vient de me casser le moral.

29

Vendredi, quinze jours que nous avons rompus. Je suis en sevrage. Tous les matins, je pense à lui en me levant, avant d'enfermer son souvenir dans une boîte au fond de mon esprit. Je souffle et pense au quotidien pour me formater et l'oublier. La semaine prochaine, je travaillerai sur Angers. La situation sera plus facile, plus de risque de le croiser.

J'arrive au domaine avec un grand sourire. Ma dernière journée ! Je n'aurais jamais cru tenir les trois mois avec mon patron tyrannique. Je bloque immédiatement mes pensées, celles-ci sont interdites. Joseph m'attend avec impatience sur le parking. Il m'a réservé une surprise et me demande d'être prête vers treize heures. L'ambiance est détendue, aujourd'hui, c'est la fin de saison pour toutes les équipes : batailles de raisin et blagues potaches en tous genres rythment les heures qui s'égrènent.

Clovis est passé me voir tôt pour régler les détails de la fête surprise. Il a réservé un carré VIP dans une boîte connue, le XVI. Rendez-vous à vingt-trois heures sur place. Il dîne en amoureux avec Anna, avant. Le malin, il a obtenu ce qu'il voulait.

— Sans me mêler de ta vie, Anna m'a parlé du foyer. C'est une mauvaise idée. J'ai des potes qui y ont vécu. Ce n'est pas pour les filles. Tu vas avoir des ennuis, jolie comme tu es. Et la deuxième chose que je voulais te dire : j'ai invité mon frère, ce soir.

Deux coups de poignard dans la même phrase.

— Tu n'as pas à te justifier. C'est la fête de ta petite amie. De toute façon, nous serons amenés à nous recroiser. Pour le foyer, j'entends ce que tu me dis. Je vais visiter une chambre demain, je verrai.

— OK, c'est cool, Yaëlle.

Cool, cool, il est drôle, je n'avais pas du tout prévu de me retrouver en boîte ce soir avec bidule qui m'a brisé le cœur. Je vais devoir me préparer psychologiquement pour être une fille cool, sans ressentis. Plus facile à dire qu'à faire.

Je reprends mon travail, les idées chamboulées. Mon téléphone sonne. Ma propriétaire. Je décroche immédiatement :

— Madame Durand, vous allez bien ?

— Le facteur est passé. Il avait un recommandé pour toi. Je lui ai dit que j'étais ta grand-mère et que j'avais procuration. C'est une lettre de la préfecture.

Je commence à stresser.

— Madame Durand, pouvez-vous s'il vous plaît me rendre un service ?

— Oui ?

— Voudriez-vous décacheter cette lettre et me lire son contenu ?

— Oui, Yaëlle, je veux le faire.

Silence.

— Madame Durand, pourriez-vous le faire ?

— Oui, je peux.

Silence.

— Madame Durand ?

— J'ai perdu mes lunettes, attends un peu.

Silence. Elle veut me tuer ou quoi ?

— Ça y est, je les ai retrouvées… Mademoiselle Hadrot, oui, c'est bien toi… vous avez présenté l'examen du permis de conduire, blablabla, hier, oui, c'est toujours bien toi, et…

Je retiens mon souffle.

— Et est admise !

— C'est vrai, je l'ai ? OUAH, JE L'AI.

— Oui, oui, Yaëlle, tu l'as !

— Madame Durand, vous ne pouvez pas savoir comme je suis contente. C'est énorme. Merci. Merci de vous être fait passer pour ma grand-mère.

— Je te revois quand ?

— Samedi. Merci encore.

Je suis hystérique. J'ai mon permis : à moi la liberté.

J'envoie un texto à Anna et file chercher Joseph pour le lui dire. Je crie son prénom, en m'approchant du chai, l'appelle :

— Joseph !

Je l'aperçois et crie de plus belle. Il se retourne… Mais il n'est pas seul, Clovis et son frère sont avec lui, en grande conversation. Leurs yeux se braquent sur moi. J'ai l'air bien idiot et suis coupée dans mon élan :

— Qu'est-ce que tu veux, un souci ? me demande Joseph au loin.

— Je repasserai, rien d'important.

Il vient vers moi.

— Tu rigoles. Je t'entendais me hurler dessus du haut du coteau.

Tant pis, je cours vers lui, mon cœur empli de joie, lui crie : « J'ai mon permis, Joseph, je l'ai ! » et lui saute dans les bras. Il m'attrape au vol, braille un grand « *YES* » et me serre contre lui.

— Je suis fier de toi, bravo. Tu l'as mérité.

Clovis nous rejoint et me félicite également. Je tente un petit regard vers l'entrée du chai : il a disparu. Mon cœur se serre.

Je continue ma crise d'hystérie toute la matinée, bassine tout le monde avec l'obtention de mon sésame. J'ai reçu plusieurs textos d'Anna qui prévoit de le fêter dignement. Je flotte et suis sur un petit nuage. Mon téléphone sonne de nouveau : numéro inconnu.

— Allô ?

— Mademoiselle Hadrot ?

Je reconnais cette voix aigüe, un peu hautaine, et n'arrive pas à mettre un nom dessus.

— Oui.

— Je suis la propriétaire du logement que vous avez visité hier, rue Lenepveu.

— Oui, je me souviens.

— Écoutez, j'ai beaucoup réfléchi, vis-à-vis de votre situation ; j'étais ennuyée.

Elle ne me l'a pas montré. De la pudeur ?

— Ce n'est pas évident quand on commence dans la vie, surtout pour des gens comme vous. Donc, je suis d'accord pour vous louer l'appartement.

— Pardon ? Je n'ai pas compris.

— Si vous souhaitez toujours l'appartement, je vous le réserve, il est pour vous.

— L'appartement, vous ne demandiez pas une caution solidaire ?

— Vous le voulez ou non ? Je vous fais confiance, vous devriez me remercier.

Quel toupet !

— Nous avions dit quatre cents euros par mois, c'est ça ?

— Nous sommes d'accord sur le prix. Un mois de caution. Pouvez-vous me faire parvenir les documents nécessaires pour l'élaboration du bail ? Quand comptez-vous emménager ?

— Fin de semaine prochaine, c'est possible ?

— Oui, nous serons le vingt novembre. Nous nous retrouvons à neuf heures. Vous avez mon adresse mail ?

— Je vous envoie les documents sans faute, demain.

Je reste sans voix. Qu'est-ce qui s'est passé ? J'ai un appartement. Mon cœur fait de grands bonds dans ma poitrine. J'appelle mon collègue du jour :

— Tu ne sais pas quoi ? J'ai trouvé un appart, lui lancé-je, effarée.

Il me répond que c'est ma journée et de jouer au loto. Bonne idée. Je dégaine mon portable pour appeler Anna.

— Tu ne vas pas me croire.

— Ton permis, c'est un faux ?

— Non, plus énorme.

— Tu t'es réconciliée avec Landry ?

— Anna, arrête !

— *Sorry*, langue au chat.

— La propriétaire d'hier, le premier appartement que nous avons visité.

— Oui ?

— Elle vient de m'appeler et... elle est OK. Elle me le loue. Je l'aurai la semaine prochaine. Tu y crois ?

Anna ne répond rien.

— Tu as raccroché ?

— Non, c'est énorme. Que t'a-t-elle dit ?

— Qu'elle avait réfléchi, qu'elle allait me faire confiance et je ne sais plus ! Je signe le bail le vingt. Tu te rends compte ? C'est bon.

— Je suis super contente pour toi. Tu le mérites.

— C'est génial. Je te laisse, Joseph m'a réservé une surprise. À demain.

— À demain, Yaëlle.

À treize heures pétantes, je suis devant l'entrée principale du chai où Joseph m'a donné rendez-vous. Un sourire éclatant sur le visage, je flotte ou je rêve et risque bien de me réveiller brutalement.

— Yaëlle, viens par ici, me lance Joseph.

— Vous n'allez pas me croire. J'ai trouvé un appartement, un superbe endroit, et même négocié le loyer.

— Tu m'inviteras ? me demande-t-il avec une pointe d'affection dans les yeux.

— Oui, bien sûr. Je suis heureuse, Joseph. Je voulais vous dire que je vous remercie pour tout ce que vous avez fait pour moi, pour ce que vous m'avez appris : les coups de pouce, votre confiance et votre gentillesse. Merci, Joseph.

Il est ému. Mince, je ne pensais pas affecter un gaillard de ce gabarit.

— Je suis content pour toi. Profite de la vie.

— Alors cette surprise ? lui demandé-je avec des yeux de gamine qui attend ses jouets de Noël.

— Sois patiente. Nous allons à l'intérieur, suis-moi.

Nous passons le grand hall, saluons Marie rapidement et filons vers les bureaux. Celui de l'homme dont je ne veux plus prononcer le prénom est vide. Je marque une légère pause. Coup de nostalgie. Il a accroché un de mes dessins. Petit tressaut de mon cœur. Les images de nous deux assis face à face me reviennent. Mes SMS lui avaient enflammé les yeux, et la nuit qui avait suivi… Stop. Je me fais du mal pour rien. Il n'était pas sincère, et moi, une simple distraction pour lui.

— Tu viens ? me dit Joseph.

— J'arrive.

Et je file vers le fond du bâtiment, en laissant de côté mes pensées négatives.

— Qu'est-ce que nous allons faire ?

— Tu vas goûter le fruit de ta récolte. Landry a fini une partie de la vinification. J'ai obtenu une avant-première privée pour toi. Viens, je vais te montrer.

La grande table de travail du baron a été débarrassée. Des verres sont posés dessus, une coupe de fruits… Cela ne ressemble pas à Joseph. Il s'avance vers la cuve, prend un petit échantillon et me le tend. Je le porte à mes lèvres.

— Malheureuse ! Quand même, Yaëlle, tu sais que cela se déguste.

— Oui, désolée, j'ai la tête ailleurs.

Il m'explique comment faire tournoyer mon verre. Il parle du nectar et me conte le début, le vin jeune, la patience pour découvrir toutes les saveurs. Je regarde attentivement Joseph pour l'imiter. OK, il recrache, je vais faire pareil.

Spécial au niveau du palais. Pas de saveurs… de là à parler de nectar. Joseph voit mon air dubitatif.

— Tu n'aimes pas ?

— Si, mais je m'attendais à autre chose, plus de notes, un truc différent.

Je me dis en moi-même : « Autant d'heures de travail pour obtenir ce résultat ? »

— Ah ! Tiens, Landry, tu peux venir ? dit-il d'une voix pas du tout naturelle.

Je m'étouffe avec la deuxième gorgée que j'avale.

— Non, non, Joseph, ce n'est pas utile de le faire venir. C'est très bon et plein de parfum. J'adore.

— Yaëlle, je sais que c'est glacial entre vous. Il est le spécialiste, tu peux lui parler comme une adulte et c'est encore ton patron. Landry, elle ne trouve pas le bouquet. Peux-tu lui expliquer ?

Il s'approche. Je devrais partir. Il a un air neutre, sans expression sur son visage. Garder mon calme pour ne pas trembler et lui montrer la moindre émotion : une vision « Landry », maintenant, cela me coule dessus.

— Quel vin avez-vous goûté ?

— L'Anjou blanc, lui répond Joseph.

— Pas de saveurs, pas de notes ? me demande-t-il d'un ton professionnel.

— Non, rien de spécial. Un goût âpre, lui réponds-je d'une voix tout aussi neutre.

Il prend un verre, se dirige vers une autre cuve, le fait tournoyer, le porte à son nez, s'avance vers moi et me le donne. J'accepte le verre en hésitant (mais comme je suis une fille cool, sans ressentis, et que le voir ne me fait plus d'effet, et que même je vais pouvoir prononcer son prénom…).

— C'est subtil, les nuances, au départ. Ton palais n'est pas habitué. Prends un raisin.

Il me tend une grappe. Je saisis un fruit du bout des doigts.

— Mange-le, et ensuite, goûte le vin.

Je m'exécute, commence à faire tournoyer le verre, le respire, je m'apprête à le porter à ma bouche, quand Joseph prend son téléphone.

— Allô ? Oui, non, excusez-moi, je vous entends mal, crie-t-il. Oui… allô, allô ? Attendez, oui… je capte mal, patientez.

Et il nous lance un « je reviens ».

Je sens le guet-apens.

J'avale le raisin, le croque rapidement, énervée, et bois une gorgée que je recrache. Palais, joue, langue, effectivement, c'est subtil. Je ne sens rien que ce goût âpre. Et je n'ai pas envie de faire mieux.

— Non plus ? me demande Landry qui m'observe.

— Non, rien de spécial.

— Tu dégustes un peu vite ; je te montre.

— Ce n'est pas utile.

Je me retourne bien vite pour partir du chai.

— Il voulait t'offrir cette surprise. Il la prépare depuis un moment, me lance-t-il dans mon dos.

Et voilà, je me sens coupable vis-à-vis de Joseph. Il m'a beaucoup appris et aidée. J'expire et reviens vers la table en prenant sur moi, bien que la présence de Landry ne m'aide pas. Je n'ai pas le cœur à être en colère, aujourd'hui.

— Montre-moi.

Un léger sourire éclaire son visage l'espace de deux petites secondes. Non, il a repris son regard neutre.

— Tu fais tournoyer ton verre doucement. Tu prends le raisin entre tes lèvres et appuies en douceur pour que la coque éclate et que le jus imbibe ton palais. Le fruit après n'est pas intéressant, tu peux le recracher. Laisse le vin nouveau s'associer à son état premier pour découvrir les effluves. Délicat, tout en nuance, prends ton temps.

Et il finit son propos par une démonstration. Je tourne les yeux du raisin collé sur les lèvres de Landry. J'essaie et fais bien docilement ce qu'il m'a dit : tourner le verre, raisin, vin. Différent, il a raison. Mes papilles ne ressentent plus le goût rêche, mais des notes fruitées avec une pointe acidulée qui me rappellent des friandises.

— Groseille.

Il penche la tête, étonné.

— Et l'autre, non, ce n'est pas en rapport.

— Dis toujours.

— Réglisse.

Il sourit sans un commentaire.

— Continuons avec un vin rouge.

C'est le fameux cabernet franc, celui où j'ai pris la foudre.

— Nous allons le tester avec un fruit rouge, groseille, justement. Essaie.

J'ai compris la leçon. Je prends une petite grappe directe dans la coupe avant qu'il ait la grande idée de me la donner et de me frôler. Son truc est efficace. Corsé, encore très jeune. Je sens les notes. La groseille accentue la succulence.

— Si je prends un autre fruit rouge, ça fonctionne pareil, par exemple framboise.

Il me fait signe d'essayer. J'ai les notes en bouche. Amusant, comme démonstration. Je rince ma bouche et essaie de nouveau, sans fruits. Mon cerveau est programmé et retrouve les parfums. Je suis assez étonnée et entame une série de questions : mon côté apprenti.

Landry reste professionnel. Il ne s'est pas approché de moi. Nous pouvons avoir une conversation adulte, sans quiproquos. Un passionné. L'écouter ? Une invitation au voyage et à l'évasion. Ses explications m'enchantent et suspendent le temps.

Je regarde ma montre : une heure que je suis arrivée. Je dois reprendre mon travail.

— Il en reste un, le plus compliqué. Tu veux essayer ?
— OK.

Il me tend une fraise. Je lui fais remarquer que ce n'est pas de saison. Il me répond que Joseph voulait me faire plaisir et ce n'est qu'avec ce fruit que son truc fonctionne. Landry me tend un verre. Un vin blanc avec un aspect mousseux.

— Tu peux manger le fruit. C'est différent. Laisse-toi aller.

Je prends la fraise et la déguste par petites bouchées. Elle est comme j'aime : un goût sucré de bonbon qui titille les papilles. Je continue avec le vin.

— Ferme les yeux, me dit-il de sa voix chaude.

Je m'exécute. Du Coteau de l'Aubance. Son goût particulier, même très jeune, est inimitable. Sur mon palais, ma langue, mes papilles, une explosion de saveurs. Les deux se marient à la perfection. Je me laisse aller, ma tête penchée en arrière. Un moment particulier. Je suis comme transportée. Un frisson me parcourt le corps. La sensation est divine. Troublée, j'inspire profondément. J'ouvre les yeux et me tourne vers Landry. Son regard est rivé sur moi, bien trop sensuel, bien trop intense. Et l'espace de quelques secondes, je reste hypnotisée. Il avance de quelques pas et murmure dans un soupir mon prénom. Je pose mon verre avec empressement, fais demi-tour et fonce vers la sortie où, comme par magie, Joseph réapparaît.

— Déjà ? me dit-il. Excuse-moi, une urgence. Alors, as-tu aimé ? Tu pouvais prendre ton temps.

— Vous m'avez tendu un guet-apens. Ce n'est pas très cool, Joseph.

Il prend un air ennuyé. De quoi s'est-il mêlé ?

— Il l'avait prévu depuis longtemps. Il voulait te faire plaisir, ce n'était pas un piège, seulement une invitation. Il m'avait promis de se tenir à carreau. Tu t'en souviendras toute ta vie.

Tu ne verras plus les vins de la même façon. Je suis désolé qu'entre vous ça ne marche plus, tu lui faisais du bien.

— Joseph, je n'ai pas de colère. C'est une belle surprise. J'ai aimé, vous lui direz ?

— Envoie-lui un message. Il n'est pas en grande forme.

— Je vais y réfléchir.

Je retourne dans mes vignes. J'ai l'impression d'avoir un goût d'agrume dans la bouche. Savoureux… et perturbant. Ses iris bleus restent stockés dans mon esprit. Je ne suis pas près d'être guérie. Je prends mon téléphone, en mode bonne composition, et tape un message professionnel.

Orange confite !
Merci pour ce moment d'initiation professionnelle
J'ai découvert des saveurs inédites
Ta passion t'habite et tu la transmets
Yaëlle

Là, c'est pro ! Pas de doubles sens, quelques mots de remerciements. Après, le mot « initiation » n'était peut-être pas le plus adapté. Trop tard, le SMS est parti.

Ma fin de journée est triste. Je fais mes adieux au domaine, aux permanents, à Joseph, et promets que je reviendrai les voir. Je dois prendre le dernier bus pour aller sur Angers. J'ai le temps de rentrer chez moi et de me changer à toute vitesse. Je prends mon vélo et tombe nez à nez avec Landry qui m'arrête.

— Comment te rends-tu à la soirée ? me demande-t-il. Je peux t'y déposer.

Je suis gênée et étonnée de sa proposition. Notre dégustation était un joli moment ; pour autant, je n'ai pas prévu de faire copain-copine avec lui.

— Merci, on vient me chercher. À tout à l'heure, lui répliqué-je bien vite.

Je le regarde à peine et donne de grands coups de pédales. Je ne sais pas pourquoi je lui ai menti. Un réflexe de protection ? Me retrouver avec lui en voiture ? Non, impossible.

30

À quelques minutes près, je serais restée bien maligne à l'arrêt de bus si un voyageur ne m'avait pas vue faire de grands gestes désespérés. Arrivée sur Angers, Garrett m'attend à la gare routière. Je suis contente de le revoir, et vu le sourire qu'il me lance, c'est partagé. Je passe mon début de soirée chez lui avec les amis d'Anna, et ensuite, direction la boîte pour la surprise.

En chemin, je lui raconte l'obtention de mon permis, l'appartement. Il n'en revient pas que je l'ai eu sans caution solidaire. J'ai dû être hyper convaincante, surtout dans les quartiers sympas d'Angers. J'ai comme un doute, d'un seul coup. Avec lui, c'est naturel de parler, sans filtres. Comme le lendemain de la soirée, il ne se prend pas la tête et j'ai le sentiment de le connaître depuis toujours.

Son appartement est en face de l'université. Le tramway et bus en bas de chez lui, ses cours à trois minutes, et finalement, il sera à quelques rues du mien. Il en est ravi. Nous retrouvons Yanis et une partie des personnes rencontrées il y a quinze jours. Ils me remercient pour cette belle initiative et sont euphoriques de fêter l'événement dans le carré VIP du XVI. Je m'impatiente. J'ai hâte d'être rendue et de découvrir la tête d'Anna. Elle va pleurer, c'est sûr.

Vingt-deux heures trente : nous décollons. Un quart d'heure de marche. Clovis a insisté sur la ponctualité. Devant la boîte, Landry attend, accolé contre le mur. Garrett s'étonne qu'il soit invité.

— C'est le frère de Clovis et le potentiel beau-frère d'Anna.
— Est-ce qu'entre vous, la situation s'est améliorée ?
— Il n'y a jamais eu de nous.

Mon cœur tressaute une nouvelle fois. Cette réponse a l'air de convenir à Garrett. Pour traverser le boulevard, il me prend par la taille et se rapproche de moi au moment où Landry lève les yeux sur nous. Il a son regard glacial. Je me dégage de sa main. J'espère que je ne l'ai pas encouragé : je n'aime pas que l'on me touche quand je ne l'ai pas autorisé. Garrett le remarque.

— Je ne voulais pas te gêner.

— Alors, ne pose pas ta main sur moi sans raison.

Je l'ai remis à sa place, assez brutalement. Vu sa tête, il n'aime pas le ton de ma réponse. Le message doit être clair : je ne suis pas en mode drague.

Vingt-trois heures. Le portier vient nous chercher. Landry pianote sur son téléphone et ne bouge pas. Je suis les autres et vois qu'il n'entre pas. Il risque de gâcher l'effet de surprise. Je retourne lui demander gentiment de nous suivre. Il lève les yeux sur moi, sans expression particulière.

— Si tu restes ici, la surprise va capoter. Clovis a insisté. Ils ne vont pas tarder. Tu rentres ?

Son regard devient glacial et hautain comme je déteste.

— Je ne louperai cette surprise pour rien au monde.

Ses mots résonnent comme des couperets. J'ai l'impression de retrouver le Landry des premières fois : l'arrogant, le trop sûr de lui. Que mijote-t-il ?

Le XVI ? La boîte à la mode d'Angers. Le carré VIP ? Grand luxe. Clovis n'a pas hésité à le privatiser une heure pour sa belle. Elle va adorer : bouteilles de champagne sur la table, bougies et des pétales de roses.

Assis sur les banquettes, nous pouffons en attendant la star de la soirée. Landry est à l'écart, scotché sur son smartphone. Je lui jette des regards en coin : je ne comprends pas pourquoi il est venu. Pour faire plaisir à son frère ? Je n'y crois pas. Il n'arrête pas de passer sa main dans ses cheveux. Mauvais signe. Je n'aime pas son comportement ni la façon dont il pianote sur son écran. J'ai un mauvais pressentiment. Le portier nous indique qu'ils arrivent. Nous nous taisons. Garrett se penche à mon oreille pour me murmurer qu'il est désolé pour son geste déplacé. Je lui souris, gênée, et lui demande de se taire en mettant un doigt sur sa bouche. Landry nous dévisage, expression fermée.

Anna entre, les yeux bandés. Clovis la suit, les mains sur sa taille, en lui murmurant des mots doux à l'oreille. Il irradie de joie. Anna ne peut s'empêcher de l'interroger, impatiente, en l'appelant par son surnom, « chouchou ». Nous nous retenons de rire. J'ai beaucoup de mal à comprendre pourquoi les couples aiment se donner des surnoms. Un prénom bien prononcé, soufflé du bout des lèvres, un diminutif, à la rigueur, mais chouchou, loulou, puce… non, vraiment, je n'accroche pas. Pourtant, il m'appelait Bébé… Qu'est-ce que j'ai aimé l'entendre, le lire ! Non, non. Interdit de divaguer.

N'empêche qu'ils sont beaux, tous les deux. Clovis… la grande classe à Dallas. Il ferait n'importe quoi pour sa belle. Je suis un peu jalouse. Toutes les filles le sont.

Des serveurs déposent des serpentins lumineux sur les tables. Leurs crépitements font sursauter Anna qui le supplie. Il lui répond d'être patiente. Un mot que mon amie ne connaît pas. Une musique qu'elle adore démarre : Scorpions, *Still Loving You*. Je ferme les yeux, les paroles sont dures pour un cœur brisé. J'inspire et remets mon sourire de façade. Cette chanson ne me concerne pas.

Le DJ entame un « Nous te souhaitons un joyeux anniversaire, Anna ». Clovis lui enlève le bandeau. Nous crions « surprise ». Elle s'écroule dans ses bras, incrédule, et commence à pleurer. Il lui soulève le menton, lui dépose un baiser. Ses lèvres murmurent un « je t'aime ». Ils se sont bien trouvés, ces deux-là. Des sifflets raisonnent. Mon ventre se serre. Coup de blues oblige. Non, il ne me l'a jamais dit et ne me le dira jamais. Je me répète un « c'est fini avec lui », pense à mon amie et rien d'autre. Elle se jette dans mes bras. Clovis vient de lui avouer que j'ai eu la bonne idée.

— Je t'avais promis une méga soirée dont tu te souviendrais pendant des années. C'est ce soir. Ton homme a tout organisé, tempéré-je.

Elle l'embrasse éperdument. Anna rayonne. Je suis heureuse aussi. Le champagne coule à flots. Mes joues commencent à rougir. Je me détends. Les amis d'Anna me félicitent pour mon permis, mon appartement. Quand Garrett lance le coup de la caution, les autres étudiants sont surpris. Un tente le CDI. Anna fait une drôle de tête et passe vite à un autre sujet : bizarre.

Minuit. La boîte ouvre au public. Un déferlement de foule dans cet endroit branché. Je regarde en coin Landry. Il est en grande conversation avec son frère et Yanis. J'ai loupé un truc, j'en suis sûre. Il n'est pas comme d'habitude.

Garrett me propose d'aller danser.

— Je te rejoins.

Et je file vers les toilettes.

Je reviens poser mon sac avant d'aller sur la piste et tombe, nez à nez avec Louis et Simon, les deux meilleurs potes de Landry. Ils me font un grand sourire, la bise. Ils ne sont pas au courant ? Ils le cherchent. Je leur indique la table et les laisse passer devant. À quoi joue-t-il ? Anna arrive vers moi, elle a une tête inhabituelle et veut absolument que nous allions danser.

— Patiente, je vais poser mon sac.

Je me faufile jusqu'au carré VIP. Landry me fait un grand geste de la main et son sourire charmeur. Je ne comprends pas. Il continue. Clovis, à côté de lui, est en train de se décomposer. Une grande blonde, genre Miss Canon, me dépasse. Elle se précipite dans ses bras et l'embrasse à pleine bouche. Il lui passe la main dans les cheveux et répond à son baiser, sans retenue.

Mon cœur vient de s'arrêter.

Je n'entends plus la musique. Je ferme les yeux. Mon sang afflue violemment au niveau de mes tempes. Ma respiration se bloque, la douleur crispe mon corps. Je comprends pourquoi il est venu : l'assaut final, la mise à mort. Gagner, coûte que coûte.

Anna prend ma main et me fait faire demi-tour.

— Viens, allons danser.

— Je pose mon sac et j'arrive, lui dis-je d'une voix qui se veut enjouée, en souriant le plus naturellement possible.

— Yaëlle, tu ne peux pas aller là-bas.

— Pourquoi ? Ah, Landry et Miss Pouffiasse. Non, ne t'inquiète pas. Pas de problème. Ils vont bien ensemble. J'arrive.

Je me retourne avec beaucoup de courage pour supporter cette humiliation. Il n'a pas perdu son temps pour me remplacer. Elle, il l'affiche. Ne rien laisser transparaître, encaisser et sourire comme si tout allait bien. Les têtes de Clovis, de Louis et Simon sont liquéfiées. Landry lève furtivement les yeux vers moi puis retourne vers sa pouffe, souriant et murmurant à son oreille.

Quel enfoiré, putain, quel enfoiré !

Je poursuis sans me démonter, mon beau sourire de façade greffé à mon visage. Tout va bien. Je gère. Je pose mes affaires, bois cul sec une coupe de champagne et me dirige vers la piste de danse. J'arrête de réfléchir. Je fais un petit crochet pour me rapprocher de Landry. Je me plante devant lui et l'appelle, toujours avec mon super sourire charmeur (un peu forcé) sur les lèvres.

— Landry ?

Il lève son visage vers moi.

— Connard.

Je lui assène une baffe magistrale avant de tourner les talons. Miss Pouffe est toute retournée. J'entends des « Oh ! Mon Dieu, Landry », et surtout Clovis qui lui dit qu'il l'a bien mérité.

31

Je m'éclate sur le dancefloor. Garrett est venu me souffler d'y aller mollo. Je l'ai envoyé balader en lui rétorquant qu'il était rabat-joie. Je me suis éloignée et ai continué de plus belle, à me trémousser pour attirer un maximum de regards sous les yeux ahuris d'Anna. Elle me chope pour aller boire un verre. Maligne, au moins, je ne continuerai pas mon plan drague alcoolisé « je saute sur tout ce qui bouge ». Deux mecs que j'ai chauffés à mort nous proposent de nous joindre à eux :

— Avec plaisir, allez, viens, Anna, c'est cool.
— Yaëlle, ça va mal finir.
— Un verre. Ne sois pas coincée.

Au cinquième shooter de tequila, Anna m'a abandonnée. Les deux mecs se marrent de ma sacrée descente. La tête me tourne sérieusement. Je retourne danser. Un des gars me prend par la taille. Je lui demande de me lâcher. Il insiste, me disant que je lui plais. Je comprends parfaitement où il veut en venir, surtout avec la démonstration que je lui ai faite sur la piste. L'allumer, oui, aller plus loin, il rêve. Je ferme mon visage, pose ma main sur ma bouche et fais semblant d'avoir un gros renvoi. Il se recule aussi vite. Je lui dis avec une voix exagérément d'éraillée que je vais vomir.

— Dégage, me lance-t-il

Parfait, je bifurque et me dirige vers la piste. Meilleure idée : je vais aller me siffler un verre de champagne, voire la bouteille pour parfaire mon état d'ébriété. Je rejoins le carré VIP. Plus de Landry et compagnie, seulement quelques copains d'Anna. Je me joins à eux en mode euphorique. Je raconte le coup que je viens de faire à une de ses copines de fac qui a autant bu. Elle est hilare. Nous partons dans un fou rire contagieux et incontrôlé.

Simon vient s'asseoir à côté de moi, mine de rien.

— Salut Yaëlle. Tu devrais faire attention à ne pas trop boire d'alcool.

— Rabat-joie.

Avec ma nouvelle copine, nous nous marrons de ma répartie et, en le matant droit dans les yeux, je me vide un deuxième verre de champagne, cul sec.

— Oui, oui, tu as raison, fais ce que tu veux.

Il entame la conversation sur un ton léger. Comment vais-je depuis la dernière fois ? Est-ce que j'ai commencé mon nouveau boulot ? Je le dévisage, très amusée. Il joue à quoi ?

— Simon, arrête. Je n'ai pas envie de parler de la pluie et du beau temps avec toi. Qu'est-ce que tu veux savoir ?

— Comment vas-tu ?

— Ça ne se voit pas ? Nickel ! Tu veux que je te présente à ma nouvelle amie ? Un cœur tendre à prendre.

Il rêve. Je ne vais certainement pas me confier à lui. Quoi que pour rire, je pourrais lui faire le coup des larmes, et pourquoi pas pousser le bouchon jusqu'à le draguer. Une sacrée idée pour faire mal à l'autre abruti et lui rendre coup pour coup. Je secoue la tête. Ridicule. Je ne suis pas sûre que la finalité ait un quelconque effet sur Landry.

— Je retourne danser ! Bonne soirée, Simon.

Je m'enfile une nouvelle coupe, me lève d'un bond. La terre se met à tourner. J'attends deux secondes, retrouve mon équilibre en levant mes mains.

— Attends Yaëlle, je te dois un verre. Tu as oublié ? Je t'en offre un, allez, viens.

— OK, sans les anecdotes croustillantes, on s'en fout.

— Accroche-toi à moi.

Il m'entraîne jusqu'au bar, m'assois sur un tabouret et me commande un jus d'orange. Je pars dans un nouveau fou rire.

— C'est ton plan, me faire boire sans alcool ?

J'appelle le serveur pour lui exiger un shooter de tequila.

— Mettez-en deux, pour détendre mon nouvel ami.
— Yaëlle, une cuite ce n'est pas la bonne solution.
— Ne sois pas chiant, autrement je m'en vais.
— OK.
— Pourquoi es-tu venu, Simon ?
— Parce que Landry me l'a demandé.
— Ah oui, et d'après toi, pourquoi ?
— Parce que je suis son pote et que nous sortons souvent ensemble.
— Tu crois ? Pas ce soir, Simon, non, non, pas ce soir. Il voulait te montrer l'estocade finale, le coup de grâce. Et là, c'est du grand, mais alors du grand Landry. Il est talentueux, tu le savais.
— Yaëlle, il croit que tu sors avec Garrett.
— Ben voyons.
— Sérieux, comment es-tu venue ?
— En bus.
— Alors pourquoi lui as-tu dit que l'on venait te chercher ? Il t'a vue arriver bras dessus bras dessous avec lui. Il en a déduit que tu l'avais remplacé. Yaëlle, tu l'as plaqué sur un répondeur. Je te croyais un peu plus courageuse.

Je commande un autre shooter de tequila et réfléchis.
— C'est le problème ? Que je ne lui ai pas dit en face ?
Je descends mon verre.
— Eh bah, allons régler le problème. Où est-il ?
— Non, Yaëlle.
Je me lève sur mon tabouret, scrute la salle.
— Attends, attends, Simon, je le cherche… Trouvé. Viens, ça va être du grand spectacle.
Je trébuche de mon siège et finis dans les bras de Simon.
— Yaëlle, tu deviens pitoyable, arrêtes. Tu te fais du mal pour rien. Il t'a blessée. Ne te mets pas minable pour autant. Que prouveras-tu ?

Je ferme les yeux, essaie de respirer calmement. Quelques larmes coulent. Je les arrête tout de suite, remets mon sourire de façade.

— Blessée ? Il a tellement une haute opinion de lui-même qu'il a honte de moi, pas assez bien. Sa nouvelle pouffe, elle sera parfaite.

— Tu te trompes, il ne sort pas avec.

— N'importe quoi, nous avons vu la même chose : le baiser endiablé, les mains dans les cheveux et les murmures. Allons, changeons de sujet. Je vais aux toilettes, tu m'accompagnes ? lui dis-je sur un air provocant.

Je file pour qu'il me laisse tranquille, non sans mal pour retrouver mon équilibre, en riant comme si j'étais méga heureuse. Je suis dans un état d'ébriété avancé et marcher droit commence à être difficile. Manquerait plus que je me fasse vider. Je tombe sur Anna en chemin et son regard réprobateur.

— Je m'inquiétais, où étais-tu ?

— Avec Simon, au bar. Pourquoi t'inquiètes-tu ?

— Parce que le mec que tu aimes a emballé une autre fille sous tes yeux pour t'emmerder.

— Non, Anna, tu te trompes. Il se fait tout ce qui bouge, et moi, je suis la conne qui a cru qu'elle ne faisait pas partie de la liste, c'est drôle, non ?

— Je croyais que cette soirée devait être géniale, tu deviens aigrie.

— Allez, Anna, détends-toi. Oui, j'ai mal. Je vais m'en remettre. Tu m'as dit que j'étais forte. C'est bon, j'encaisse. J'arrête de déconner, promis. Viens, allons danser.

— Non, tu as trop bu.

— Arrête, je tiens sur mes jambes. Promis, j'arrête de boire, ça te va ?

— Combien de shooters ?

— Ils étaient tout petits.

— Combien, Yaëlle ?
— J'ai arrêté de compter à cinq.
— Tu vas être malade comme un chien.
— Allez, viens danser.

Elle finit par se laisser convaincre. Je veux lui montrer que je me tiens à carreau. Comme j'ai eu cette grande idée de soirée, je ne vais pas la lui gâcher. Je pleurerai demain. Je danse sagement avec elle. Je tiens debout, presque normalement. Elle est rassurée. Le rythme accélère.

— Yaëlle, nous n'allons pas danser comme des mémés toute la soirée ?
— Waouh !

Nous nous déchaînons toutes les deux. La musique est excellente, ma tête, vidée. La piste est blindée. Petit regard inquiet d'Anna. Je ne comprends pas. Elle repousse le type derrière elle. Il revient à la charge et prend Anna par la taille. Il la serre fort et essaie de l'embrasser. Je m'interpose, le repousse et lui demande s'il a un problème.

— Ouais, toi, salope, dégage.

Il enserre Anna. Je lui prends le bras, elle lui crie de la lâcher et j'essaie de le faire plier. Il me repousse violemment. Je pars en arrière. Clovis arrive très énervé, lui colle un coup de boule et emmène Anna.

Deux mains me récupèrent et me remettent debout immédiatement. Un bras m'entoure pour me protéger. Je suis plaquée contre un corps. Je le reconnaîtrais entre cent, entre mille : cette façon d'épouser le mien, cette façon possessive de me tenir, cette chaleur. Il ne prononce pas un mot et m'entraîne en dehors de la piste. J'entends son cœur dans sa poitrine. Le battement est rapide, son souffle, énervé.

Quinze jours que je n'avais pas senti ses mains sur moi. Quinze jours... longs, très longs. Elles sont addictives : grandes, chaudes et protectrices. Seulement, c'était avant la soirée d'Anna et l'estocade de ce soir. Je le repousse sans ménagement et vais rejoindre le carré VIP. Tout le monde est revenu s'asseoir : chouette. Garrett me regarde avec des yeux affolés. Il se lève, me rejoint, prend ma main pour me conduire à côté de lui. Qu'est-ce qu'ils ont tous à vouloir me prendre la main et à me dire ce que j'ai à faire ? Je le repousse également et vais m'asseoir à côté de ma nouvelle copine qui a l'air de dormir. Petit regard vers Landry : il est droit comme un « i » avec les poings serrés. Petit regard vers Garrett, il est vexé, vu sa tête. Landry tente un « ça va ? ». Je l'ignore. Il finit par dire à Louis et Simon qu'ils se cassent et qu'il en a assez vu pour ce soir. Quel culot ! Je ne relève pas : tant mieux qu'ils partent. Je pourrai retourner danser et me saouler jusqu'au bout de la nuit. Je prends la bouteille de champagne restante et ressers tous les verres à ma portée. Je vais bien trouver un camarade de boisson. Je tente un petit coup de coude à ma nouvelle copine. Mince, elle est HS. Tant pis, je trinque toute seule.

La paume de Landry se pose sur la mienne.

— Arrête de boire.

Je la prends et l'enlève de la mienne.

— Je m'éclate, laisse-moi tranquille.

Il prend son air moqueur.

— L'éclate, effectivement ! Est-ce que tu viens avec nous ?

Je prends le même air moqueur et rigole amèrement.

— Dans tes rêves.

— Comme tu veux.

Je l'entends demander à ses potes s'ils sont prêts. Vu leur tête, ils craignent le pire. Il revient vers moi, toujours avec ce même air moqueur.

— Yaëlle…

Il me prend le bras, fort pour me forcer à me lever, m'attrape la taille et me jette sur son épaule, comme un paquet de linge. Je me débats et le supplie d'arrêter. Je hurle.

— Tu vas te faire remarquer, Bébé.

Je continue de plus belle en lui donnant des coups de poing dans le dos.

— Tais-toi, Bébé, je vais t'emmener dans ma voiture que tu le veuilles ou non. Je ne vais pas te laisser dans cette boîte à te saouler.

Troisième fois. J'arrête de me battre. La tête à l'envers, je ne me sens pas bien. L'air frais, les lumières de l'extérieur, la démarche chaloupée de Landry.

— Arrête, je vais être malade.

— Nous arrivons à ma voiture, patiente.

Il me descend d'un coup.

— Louis, tu peux conduire ? lui demande-t-il en lui balançant les clés. Monte, Yaëlle.

— Non, Landry.

— Monte, me dit-il, furieux.

J'explose : il me cherche, il va me trouver.

— Il faut te le dire en combien de langues ? Fini ! Fini ! Putain, va baiser ta pouffe et fous-moi la paix. Tu m'entends, fous-moi la paix, Landry De La Motte.

— Non.

— Qu'est-ce que tu veux de plus ? Le spectacle de ce soir, ce n'est pas suffisant ?

— Toi.

— Tu sors avec une autre, va la rejoindre. Elle est parfaite, elle.

— Je ne sors pas avec elle.

— Tu plaisantes, Landry.

— Bébé, j'ai cru que tu étais avec Garrett. Je voulais te faire pareil. C'était stupide et idiot. Je me fiche de cette fille. C'est toi que je veux.

— Tu es nul.

Mes larmes se mettent à couler. Je suis à bout de nerfs. Je lui dis non, non. Il continue d'une voix plus douce et triste.

— Bébé, je t'en prie, écoute-moi.

— Je te déteste Landry, je te déteste.
— Bébé, tu me manques.

Il me serre contre lui, me prend dans ses bras avec délicatesse. Je le repousse : non ! Il recommence : non. Il continue. Je n'ai plus de force. Il me colle contre lui, alors je lui donne des coups de poing contre sa poitrine, en lui répétant « non » et que je le déteste. Lui m'enserre de plus en plus. Il accepte les coups et continue son murmure, comme une complainte.

— Bébé, Bébé, s'il te plaît, écoute-moi.

Je finis par céder et colle mon visage contre sa poitrine.

— Tu me manques à en crever, me murmure-t-il au creux de l'oreille.

Ses mains s'égarent dans mes cheveux.

— Je ne dors plus, ne mange plus. Bébé, tu m'as rendu fou. C'est un supplice. Bébé, pardonne-moi. Tu as raison, ma condition était irraisonnable et blessante. Je ne l'ai compris que trop tard. Tout me manque : ta peau, ton odeur, tes sourires, tes yeux, tes mains, tes lèvres… toi.

Il soulève mon menton et dépose un léger baiser.

— Tu as le goût d'une autre, lui dis-je. J'ai la tête qui tourne. Pas comme ça.

— Aucune autre ne m'a marqué comme toi, Yaëlle. Je n'ai pas le goût d'une autre sur moi. Juste toi. Je ne te laisserai pas dans cette boîte. Je ne te laisserai pas avec Garrett. Te voir arriver avec lui, il te tenait par la taille. Tu étais dans ses bras. Tu m'as dit qu'il venait te chercher, ce soir. Tu m'as déjà remplacé ? Il a dit que vous aviez passé une nuit fantastique, après tu montes avec moi pour me jeter et tu me plaques sur mon répondeur. Comment suis-je censé prendre les choses, avec le sourire ?

Il me lâche et se recule de moi.

— Figure-toi que non. Alors, oui, j'ai envoyé un texto à cette fille dès que je t'ai vue avec. Ce soir, c'est toi que je voulais. Et, oui, je l'ai embrassée devant toi pour te faire mal et te blesser.

— C'est réussi, Landry. Le coup de grâce.

Il m'a mise à terre à la soirée d'Anna. Ce soir, il me confirme que je me suis trompée sur toute la ligne. Son raccourci est parfait. Certes, je lui ai menti, mais jamais dit que Garrett venait me chercher. Si je sortais avec, il croit que je me serais retenue toute la soirée ? Est-ce que je me suis collée à lui ? Non. Est-ce que je l'ai embrassé, comme lui avec Miss Pouffe ? Non, il ne me fera pas culpabiliser. Je ne l'ai pas dragué. Je ne suis pas avec Garrett ou qui que ce soit d'autre.

— Une nuit fantastique ? Une nuit pourrie, oui. Je me suis retrouvée avec ses vêtements, avec un parfum qui n'est pas le tien. Comment peux-tu croire que je me donnerais à un autre homme comme je me suis donnée à toi ? Oui, je l'ai embrassé, pour te faire mal. C'était stupide, idiot et mécanique. Je voulais que tu comprennes ce que l'on peut ressentir quand on est trahi. Tu m'as ignorée, blessée, parce que je ne suis pas assez bien pour toi. Je ne le serai jamais. Alors ton cinéma de ce soir, c'est encore plus humiliant.

Il se rapproche de nouveau de moi et pose ses mains sur ma taille. Je fais non de la tête. Il prend mon visage entre ses mains et le lève vers lui.

— Je te demande pardon, Yaëlle. Du fond de mon cœur, pardon. Je regrette cette soirée où je n'aurais dû me poser aucune question et m'afficher avec toi. Ma condition était stupide. J'ai eu peur d'aller trop vite et me suis protégé en te demandant de faire semblant. Raté. À part me sentir seul, je n'ai rien obtenu. Je suis un idiot et ne veux pas perdre la femme que…

Il arrête sa tirade. Dommage, j'aurais aimé qu'il le dise. Je baisse les yeux. Mon visage s'affaisse. Le silence entre nous dure une éternité. Je n'ai plus rien à lui dire, plus à lutter ni espérer, c'est fini. J'entends sa respiration forte. Je me détache de lui. Landry me laisse faire. J'enlève ses mains de mon visage. Il ne lutte plus. C'est pire que tout. La tristesse déforme mon visage. Je m'écarte de lui et commence à faire quelques pas.

— Attends.

Je ne bouge pas. Il revient vers moi, prend ma main et la porte sur son cœur.

— La femme que…

Il la soulève et me fait tapoter son cœur. Deux battements, pause, deux battements de nouveau, pause. Subtil. Il me chavire. Je ne regarde que ma main qu'il fait bouger. Mon corps imprime son mouvement. Mon cœur s'arrête de battre. Mes larmes n'en finissent pas. Ma main collée contre son torse, je ferme les yeux. Il continue. Trop tard, il a tout cassé et blessé mon être au plus profond de lui. Il continue en murmurant mon prénom, des pardons, sans relâche.

Mon diaphragme se contracte de chagrin. Mon visage se colle contre sa poitrine, ses doigts s'emmêlent dans mes cheveux. Il m'entoure de ses bras puissants. Je continue de pleurer. J'ai mal. Il m'a manqué comme aucun être. Il m'a manqué à hanter mes nuits, à le voir partout, à stocker son souvenir dans des boîtes pour ne pas crier de désespoir. Il m'a manqué. Il m'a manqué avec une douleur inimaginable.

Je m'apaise contre lui. Le battement de son cœur ralentit et me berce. Ma respiration se calme petit à petit. Mes larmes s'arrêtent. Je lève les yeux vers lui. Dans la pénombre, ses traits sont tristes et las. Ses yeux ne me quittent pas. Ils ne brillent plus de cette aura que j'aime. Ils sont sombres et pourtant emplis de sincérité. Son regard, ses mots, ses pardons me chamboulent. Sur la pointe des pieds, je viens frôler ses lèvres que j'avais juré de ne plus toucher. Landry remonte ses mains dans mon dos avec douceur, sans lâcher mon regard et vient les poser sur mes joues. Ses lèvres s'entrouvrent pour dévorer les miennes. Son baiser, mon Dieu. Son baiser finit de me faire basculer. Un soupir de plaisir sort de ma bouche. Je ne peux pas lutter.

Les papillons prennent possession de mon corps. Je me love contre lui. Je perds pied, palpitante de désir.

— Bébé, j'ai envie de toi comme un fou. Nous ne sommes pas seuls.

J'avais oublié ses deux potes dans la voiture. Il m'embrasse encore, à me couper le souffle.

— Rentrons, ma belle.

Il m'ouvre la portière, je m'engouffre sur la plage arrière. Landry vient se coller contre moi. Ses deux potes se retournent, agacés.

— C'est bon, les amoureux ? nous lance Louis.
— Arrête, Louis, réplique Landry.

Simon enchaîne :

— Eh bien non. Nous n'allons pas nous arrêter. Vous allez ouvrir grand vos oreilles. C'était quoi ce bordel, ce soir ? Vous êtes trop cons, tous les deux. Ça crève les yeux.

Je me sens particulièrement mal à l'aise. Landry ouvre la bouche pour répliquer. Louis ne lui laisse pas une seconde.

— Tais-toi Landry De La Motte ! Quand vous aurez compris que c'est une évidence, vous arrêterez de nous faire du grand live. Vous êtes des idiots de jouer avec vos sentiments et d'essayer de vous faire du mal. Ridicule. Landry, si Yaëlle est ta femme, alors ce n'est pas à mi-temps et pas quand cela t'arrange. Si tu n'as pas compris, tu la perdras. Et toi, Yaëlle, si tu lui rends coup pour coup, il reviendra à la charge, tout le temps : il est teigneux. Dompte-le, ne le rends pas jaloux, tu vas le détruire. Si vous arrêtez vos délires, alors oui, vous serez heureux.

Silence dans la voiture. Nous venons de nous prendre une soufflante. Ils ont raison ; des idiots, voilà ce que nous sommes. Je me tourne légèrement vers Landry qui a l'air comme un gamin pris en faute.

— Est-ce que c'est compris ? nous demande Simon
Je murmure un timide oui.
— Je n'ai pas entendu.
— Oui, c'est bon, Simon, arrête, le reprend Landry.
Il prend ma main et la serre fort.
— Yaëlle, tu as une sacrée poigne ! Il a la marque de tes cinq doigts sur la joue. J'ai hâte d'être à demain pour voir à la lumière du jour. Combien de temps ça peut rester ? demande-t-il à Louis.

Et ils éclatent de rire.
Je me sens toute petite. Je l'ai tapé comme une malade. Je n'ai pas réfléchi. Je tente un petit regard vers Landry qui sourit.
— Tu m'as fait mal, me souffle-t-il en se caressant la joue.
Louis enchaîne entre deux salves de rires.
— Putain, la baffe que tu lui as mise. J'aurais dû filmer la scène.
— Tu l'as bien cherchée.
— Oui, tu as raison.
Il attrape mon visage et vient planter ses lèvres sur les miennes.
— Non, non, non, vous n'allez pas faire ça là.
Landry donne un coup dans le siège et ordonne :
— Démarre, Louis.

32

Je m'endors sur le trajet, la tequila est plus forte que moi. Landry me murmure à l'oreille que nous sommes arrivés. J'ai bien du mal à émerger.

— Tu veux que je te porte dans ma chambre ?

— Non, ce n'est pas utile.

Je descends péniblement. J'ai une drôle de sensation quand j'entre dans sa maison. La dernière fois, j'étais heureuse. Ce soir, un sentiment de nostalgie m'habite. J'ai du mal à marcher droit. Landry prend mon bras. Je me retourne vers lui et constate avec horreur que je ne l'ai pas loupé. Il a mes cinq doigts de dessinés sur sa joue rougie. Il voit mes yeux effarés.

— C'est moche à ce point ?

— Il faudrait pas que ça bleuisse.

L'alcool aidant, je suis prise d'un fou rire que j'essaie de camoufler pour ne pas le vexer. Louis et Simon dégainent leur portable et flashent le visage de Landry pour la postérité. Il file se voir dans un miroir et constate les dégâts. Il attrape une poche de froid dans son frigo et la colle dessus. Il a son regard noir avec une petite pointe d'amusement. Je crois qu'il aimerait que je m'occupe de lui, que je le soigne : je n'ai pas envie. Même si nous avons parlé un peu, même s'il m'a fait écouter son cœur, il ne s'en sortira pas à si bon compte. Je suis meurtrie et blessée. Je ne dormirai pas avec lui cette nuit. Nous devons parler sérieusement, pas à la va-vite et moi imbibée de tequila et autre champagne.

— Tu veux aller te coucher ? me demande-t-il.

— Non, pas pour le moment.

— Bon, tu nous offres un verre ? demandent conjointement Louis et Simon.

— Tu as appris à te battre où ? me lance Louis.
— À l'école de la vie.
— Intéressant.

Simon dépose des bouteilles. Il a apporté de la tequila, afin de voir ma réaction. Il me provoque. Je crois qu'il a très envie d'agacer Landry, moi aussi, d'ailleurs. Il les regarde, se lève, lance un expresso et me le tend. Je souris, mon fameux de façade que j'ai eu toute la soirée. J'ose ou pas. Je me rapproche de la tequila. Les yeux de Landry s'agrandissent. Il se demande si je vais le faire.

« Si tu lui rends coup pour coup, il reviendra à la charge... »
Les paroles de Louis résonnent. En plus, je vois bien qu'ils désirent rester entre mecs.

— Merci, dis-je en acceptant le café.

Ce dernier m'aurait été fatal. J'ai ma dose.

— Où puis-je dormir ?

Il ne comprend pas. Comme il ne souhaite pas perdre la face, il m'indique qu'il va me montrer.

— Ce n'est pas utile, dis-moi où je peux dormir.
— Dans ma chambre, Yaëlle, me répond-il d'un ton agacé.
— Comme tu veux, et toi ?

Il serre les poings. Ses deux potes nous dévisagent, se demandant bien où je veux en venir. J'assume : il m'a écorché le cœur. Lui parler, l'embrasser du bout des lèvres ? Oui. Me blottir contre lui ? Non. J'ai les images de l'autre pouffe dans ses bras. Trop dur à avaler. Je ne dormirai pas cette nuit avec lui.

— Vous n'allez pas recommencer, me lance Simon.
— Bien sûr que non. Mais ton copain ne va pas s'en sortir à si bon compte, réponds-je en regardant Landry droit dans les yeux.

Je lui lance mon fameux sourire (un peu pétasse quand même).

— Bonne nuit, Landry.

Je monte me coucher en verrouillant la porte, au cas où il n'aurait pas compris. J'entends un « tu me fatigues » auquel je rétorque « tant mieux ». Dans ma tête, une rumba d'enfer tambourine. Je vois trouble et tombe sur son lit sans me déshabiller. Je ne peux plus lutter, ni bouger, d'ailleurs.

Un souffle froid dans mon cou, ma vision est floue. Je ne suis plus chez Landry. L'odeur d'humus est trop forte. J'ai atterri dans la forêt. Il va arriver. Je dois me cacher. Des branches craquent. Mon corps refuse de se mouvoir. Je panique, bats des bras, inutilement. Sa voix déchire le silence. Il m'appelle. Non. Il va me faire mal. J'essaie de m'extirper. Je tangue et tombe. Son ombre vient me couvrir. Je hurle de toutes mes forces.

Des coups frappés contre la porte.
— Yaëlle, Yaëlle, ouvre cette putain de porte.
Ma respiration s'est emballée. Je suis tombée au pied du lit. Je n'arrive pas à me relever. J'ai peur, froid. Je ne veux pas qu'il me voie dans cet état.
— Je vais défoncer cette porte, ouvre.
— Non, Landry, non. Ce n'était qu'un cauchemar. Ça va. Laisse-moi.
— Ouvre, Yaëlle.
— Je t'ai dit non. Ne touche pas à cette porte.
— Bébé...
— Non, Landry, c'est fini, bonne nuit.

J'entends ses mains qui frappent contre le chambranle. Il expire. Ses pas quittent la mezzanine pour retourner au rez-de-chaussée. J'essaie de me calmer. Ses amis m'ont sûrement entendue. Comment allons-nous le justifier ? Il n'a pas le droit de leur avouer, il ne peut pas : il m'a promis.

Je me lève, m'agrippe aux murs, tant bien que mal. Je tangue, un grand manège dans mon cerveau. J'attends quelques minutes et déverrouille la porte, sans bruit. Je me faufile sur le palier et m'assois en haut de l'escalier. Je les entends. Ce n'est pas honnête, j'ai très peur de ce qu'il peut leur dire.

Je distingue les paroles de Louis qui lui demande depuis combien de temps je lui tiens tête. A priori, Simon n'est plus avec eux. Un silence. La voix de Landry poursuit. Depuis trois mois, je lui rentre dedans, sans relâche : mes refus incompréhensifs, cette façon de me rebeller, de lui dire non. Il lui avoue qu'il a joué avec le feu et que ces quinze derniers jours ont été les pires de sa vie. Je l'ai rendu accro et il a du mal à y croire. Son corps réclame le mien. Nos nuits où il n'a jamais ressenti une telle passion avec aucune autre. Mes yeux qui pétillent, mon humour, ma façon de le regarder. Je ne vois pas en lui le mec bancable que l'on affiche comme un trophée de chasse. Lui, avec ses qualités et ses défauts. Pas de côté vénal : je me fous de son argent. Je monte dans une Twingo comme dans un coupé. Ma naïveté sur les sujets de la vie : je découvre tout, ce côté surprenant, inattendu qui lui tombe dessus.

Je ne devrais pas écouter. Ses mots me font du bien. Une belle déclaration. Mes larmes reviennent en force. Je triche. Je déteste. Pourtant, au fond de moi, je chéris ce que j'entends et j'aimerais qu'il me le dise, à moi.

Des bruits de verres et de bouteilles. Ils se déplacent. Mon ventre me serre. S'il lui prend l'idée de grimper et qu'il me découvre, je ne sais pas comment je vais lui justifier que j'écoute aux portes. Du brouhaha, leurs voix plus lointaines. Ils sont dans le salon. Landry continue de s'exprimer. Je ne comprends pas. Son ton monte. Je me fais tout ouïe et entends Louis lui dire que c'est minable. Landry poursuit. Il voulait m'acheter une position sociale. De quoi parle-t-il ? Louis le temporise et lui demande de me faire confiance.

Mon cœur se serre. J'avais bien résumé le problème : je ne suis pas assez bien pour lui, pour son statut. Se montrer avec moi, il ne pourra pas. J'en ai assez entendu et retourne me coucher.

33

Midi. Je n'y crois pas. Je me sens bien. Je n'ai jamais dormi aussi longtemps. Je suis dans ses draps qui embaument son odeur, son parfum. Un délice. Je m'étire comme un chat et lève la tête. Je suis rattrapée par un camion qui passe une marche arrière dans mon cerveau. Aïe Tequila ! Et par les souvenirs de la soirée et des propos qu'il a prononcés.

J'ai triché en écoutant aux portes. Avec ma dose d'alcool, je ne suis plus certaine de ce que j'ai compris. Je sais qu'il tient à moi. Il a même dit qu'il en crevait de ne plus m'avoir. Il a posé ma main sur son cœur. Dans le langage « Landry », je crois que c'est beaucoup. Je vais devoir percer cet abcès et lui avouer.

Avant, je dois m'occuper de mon mal de tête : une douche et un tube de paracétamol devraient arrêter ce camion qui tente un créneau à gauche. Je descends, ravie de mon stratagème. Tu ne dormiras pas avec moi, un peu entaché par le énième cauchemar de la semaine. Il va me le reprocher. Personne dans la cuisine ni dans la maison. S'ils sont partis courir, ce sont des malades. Au vu des cadavres de bouteilles sur le bar, ils ont certainement la même semi-remorque dans leurs têtes.

Je me prépare un café, attrape un livre et vais m'installer dans un des canapés du salon. Couverture sur l'accoudoir, il a couché ici ?

Je les entends arriver. La porte s'ouvre sur Landry en tenue de sport, suivi de ses deux potes : des malades.

— Salut, Yaëlle.

Il reprend sa respiration.

— Salut.

J'hésite sur le « bien dormi ? », c'est un peu enfoncer le clou. Ils sont tous les trois archi essoufflés. Je me permets un petit commentaire.

— Vous êtes tarés d'aller courir après autant d'alcool.

Landry sourit. Il a l'air heureux, ce matin. Simon s'approche en faisant ses étirements.

— Et toi, que fais-tu comme sport ? me demande-t-il.

— Sport ?

Je me retourne vers Landry. Sport ? Je me mets à rougir de façon éhontée. Simon comprend mon trouble, regarde son pote qui jubile.

— Laisse tomber, Yaëlle, ce n'était pas une bonne question.

Je voudrais être une petite souris et me cacher tellement j'ai de gêne. Pourquoi « sport » m'a directement fait penser à ce magnifique corps qui se penche vers moi ? Il a son sourire ravageur de « je vais te dévorer toute crue ».

— Suis-moi. Nous devons parler, me glisse-t-il.

— Tu ne te laves pas avant ? Je t'attends.

Il ronge son frein. Non, je ne vais pas céder et le suivre dans sa chambre : le coup de la douche, je connais.

— T'inquiète, Landry, je la surveille, lui lance Louis.

Il s'installe à côté de moi et adopte un air plus grave.

— Tu as bien dormi ?

— Oui,

Je n'aime pas ce côté inquisiteur. Il prend son temps et remarque que je suis sur la défensive.

— Je t'ai entendue crier cette nuit.

— Un cauchemar, trois fois rien. Tu n'en fais jamais ?

Son visage est calme, il réfléchit.

— Plus aujourd'hui. Comme toi, j'ai eu des angoisses qui ont effrayé mes nuits.

— D'accord.

Je retourne dans mon livre pour clore cette conversation qui ne me plaît pas.

— Je ne veux pas te brusquer, Yaëlle. Ton cauchemar, il est récurrent ?

Je ne réponds rien. Je ne désire pas me braquer avec lui. Il se trompe s'il croit que nous allons papoter de mes nuits comme de vieux potes. Je poursuis ma lecture. S'il est normalement constitué, il doit comprendre que me la jouer psychologue, je n'aime pas.

— Landry m'a parlé de tes cauchemars.

Je n'ai surpris qu'un bout de leur conversation cette nuit et craignais qu'il m'ait trahie en bavant mes secrets. Il vient de lancer une bombe.

— Pardon ?

— Il m'a raconté tes cauchemars et pourquoi tu en avais.

Le sang afflue dans mes tempes beaucoup plus vite qu'il ne devrait. Mon cœur s'emballe. Je balaye la pièce des yeux et cherche une échappatoire. Je panique.

— Viens, me dit Louis, allons marcher un peu dehors, tous les deux.

Il attrape mon bras, je me laisse faire. La colère monte. Il n'a pas pu ? Je me suis confiée à lui, rien qu'à lui. Nous descendons le perron.

— Il n'avait pas le droit, attaqué-je direct.

— De me parler ?

— Non, pas le droit.

Je m'énerve.

— C'était entre lui et moi !

Je dois partir, fuir. Mes mains tremblent, mon cerveau bouillonne. J'avance rapidement en direction des vignes pour récupérer la route qui mène au village. Louis me suit à distance.

— Et lui, qui va l'aider à porter tes cauchemars ? Il doit les assumer. Tu ne te demandes pas s'il est assez fort pour le faire ?

Je m'arrête net. Assez fort ? Je me retourne et attends la suite. Louis se rapproche.

— T'entendre crier, savoir pourquoi tu hurles et ne pas pouvoir entrer dans cette chambre, comment le gère-t-il ? Tu pars au quart de tour pour les sujets qui te touchent personnellement. Que tu ne donnes pas ta confiance facilement, je comprends. Landry nous fait confiance, depuis longtemps. S'il m'a expliqué, c'est que lui aussi a besoin d'une soupape. Il ne t'a pas trahie. Il a ses zones d'ombre : un jour, il te les confiera. Le mot « confiance » a un son particulier chez lui. Comme toi, il ne l'accorde pas au premier venu.

— Je déteste qu'on parle de ce sujet.

— Quand vous dormez tous les deux, tu n'as pas de cauchemars ?

— Non.

— La dernière fois que vous avez couché ensemble, c'était quand ?

— Quinze jours à peu près.

— Et toutes les nuits, tu en as eu ?

Je fais oui de la tête.

— Les mêmes ?

— Souvent les mêmes. Ils finissent pareil. Ils ne sont pas tous de la même intensité.

— Et cette nuit…

J'hésite un peu.

— Un faible.

J'ose lever les yeux rapidement vers lui. Il n'a pas de pitié, seulement de la compassion.

— J'ai préparé ce numéro avec le nom d'un ami à qui j'envoie mes patients, poursuit-il, toujours aussi calme. Il est psy et utilise l'hypnose. C'est efficace. J'ai utilisé cette technique pour arrêter les miens.

Je lis la carte de visite qu'il me tend.

— Appelle-le de ma part, Yaëlle, il peut t'aider.

— Tu es médecin ?

— Chirurgien.

— Je ne t'ai même pas interrogé sur ta profession. À Nantes ?

— Oui, au CHU.

— Quelle spécialité ?

— Traumatismes liés aux sports. Yaëlle, ce n'est pas important. Tu ne peux pas changer de sujet pour noyer le poisson.

Je réfléchis.

— Ils avaient disparu, lui dis-je d'une petite voix. J'avais réussi à les enfouir pour qu'ils ne remontent plus à la surface. Il est revenu, et depuis, c'est compliqué. Je ne me suis pas posé la question pour Landry. J'avais peur de le perdre quand il a été confronté à cette réalité et qu'il ne veuille plus de moi. Je n'ai pas pensé que c'était un fardeau.

— Je n'ai pas dit fardeau. Il le partage avec toi. Il souhaite te protéger. Il a aussi envie de se confier.

Je sccoue la tête. Je n'avais pas compris et pas imaginé qu'il avait besoin de réconfort.

— Il est si sûr de lui. Un roc, un rempart. Je me sens petite, pas à l'aise dans mes baskets. Étonnement, il me donne confiance.

— Yaëlle, laisse faire le temps. Je t'ai trouvée très à l'aise pour le faire dormir dans le canapé.

— L'alcool.

— Tu sais bien que non. Je suis d'accord avec ce que tu as fait. C'était trop facile.

Je souris. Louis me demande si j'appellerai. Je ne promets rien et vais réfléchir. Louis poursuit sur notre histoire.

— Il nous a aussi raconté les mois que vous venez de partager. Je ne pense pas qu'il se soit autant fait mettre en boîte.

Je rougis. Louis constate mon trouble et me rassure.

— À part votre rencontre à la rivière, il n'a pas dévoilé les détails. Nous sommes amis jusqu'à un certain point. Pour terminer, Yaëlle, tu lui fais du bien. Je ne l'ai pas souvent vu heureux.

— Louis, je doute que notre histoire fonctionne. Il a honte de moi. Je ne suis pas à la hauteur.

— Tu te trompes. Il est attaché à toi, à ce que tu es. Ne change pas, Yaëlle ; tu le perdrais. Landry est particulier avec les sentiments. Te repousser ou te faire croire qu'il n'est pas affecté, c'est une protection. Ne te décourage pas, votre histoire en vaut la peine. Yaëlle, dans son monde, les personnes que tu vas côtoyer sont imbues et égoïstes. Sois prudente.

— C'est un avertissement ?

— Non, un conseil. Arme-toi.

— J'en prends note, alors.

Mon portable vibre dans ma poche : Landry. Je décroche.

— Où es-tu ? Avec Louis ? m'interroge-t-il.

— Oui. Nous avons pris l'air. Nous rentrons.

Quand je pousse la porte, Landry est inquiet. Il passe de Louis à moi. Je me dirige vers lui, appose ma main sur sa joue.

— C'est mieux. Avec un peu de fond teint, tes marques seront invisibles.

Il pose sa paume sur la mienne. Un des rares contacts que je lui ai accordé depuis hier soir. Je ne l'ai pas embrassé depuis le retour. Je lui vole un petit baiser.

— Nous pouvons parler tous les deux ? lui demandé-je doucement.

— Oui, me déclare-t-il avec un air grave.

— Dehors, il fait bon. Tu viens marcher avec moi ?

— Où veux-tu aller ?

— N'importe.

Nous sommes côte à côte, un peu gauches, gênés, et déambulons vers les vignes. Par où commencer ? Je finis par me lancer.

— Tu étais sincère ?

— Tu doutes ?

— Ne réponds pas par une question, Landry. Je te demande si tu étais sincère, non pas parce que je doute, mais parce que l'explication que nous avons eue ne tient qu'à un fil. Mon niveau d'alcoolémie était élevé. Je ne sais pas si à jeun, j'aurais réagi de la même manière.

— Tu ne serais pas montée dans la voiture ? Tu regrettes ?

Je fais volte-face pour me planter devant lui. Il est en train de se torturer de questions. Notre discussion ne va pas avancer.

— Je veux savoir si ce geste était sincère.

Mon visage est grave. Je prends sa main, la pose sur mon cœur et répète les deux battements. Landry ne répond rien. Ses yeux s'agrandissent. Sa respiration devient nerveuse. J'attends. Il ne bouge pas. Rien. Son silence me rend triste. Je baisse les miens, retire ma paume de suite et me recule, déçue.

Un pas, je ferme mes paupières. Le chagrin vient d'envahir mon corps. Un autre pas, je m'éloigne de lui, me retourne et marche droit devant moi. Il n'a toujours pas bougé. Ma tête s'affaisse, mes épaules s'abattent. Je n'ai plus de larmes, l'impression d'être remplie de si, de mais, de regrets.

J'avance à travers les vignes, droit sans réfléchir. Garder un peu de dignité : ne pas m'écrouler, avancer. Je me donne comme repère le haut du coteau ; après, je ne serai plus en vue et pourrai tomber dans le vide. Plus rien n'aura d'importance. Il n'était pas sincère.

Quelques mètres, les points blancs apparaissent. Ma poitrine est oppressée. Mes genoux vacillent. Quelques mètres, plus que quelques mètres…

Ses mains se collent à mon corps. J'ai l'impression que l'air est de nouveau accessible, que mes poumons retrouvent leur oxygène. Il me serre contre lui. Je sens sa nervosité, son stress : son être est tendu. Je n'ai pas cette sensation de protection habituelle. Il prend ma main, la pose sur son cœur, deux battements et me murmure :

— Apprends-moi à aimer, Bébé.

Son souffle résonne dans mon corps. Les mots descendent lascivement. Il vient d'y insuffler l'énergie nécessaire pour espérer.

Il me retourne pour lui faire face. Mes yeux sont malheureux. J'ai du mal à tout ingurgiter. Oui, non : je ne comprends pas.

— T'apprendre à aimer, comment ? Tu me fais toucher ton cœur hier soir. Aujourd'hui, tu me le refuses. Je ne comprends pas. Je pensais que ton geste avait une signification. Que je ne serais plus celle que tu caches, celle que tu trompes, celle qui n'est pas assez bien pour toi, mais celle que tu aimes !

Il est en panique. Je le vois à ses yeux. Il se recule de moi. Tant pis, je poursuis.

— Moi, Landry, j'ai ce sentiment pour toi. Oui, je t'aime. Je ne peux pas lutter contre. Ce mot n'est ni interdit, ni vulgaire, ni blessant, mais simple, je… je ne veux pas jouer de second rôle.

Je m'approche de lui, effleure du bout des doigts son visage.

— Ce n'est ni une modalité ni un deal, lui soufflé-je. Ce n'est pas du chantage non plus. L'inconditionnel ? Est-ce que tu te donnes à moi ou pas ? Est-ce que tu es capable de me présenter comme ta petite amie ? La réponse, tu la détiens, Landry. Je n'ai pas envie de me réveiller avec des doutes. Je ne souhaite plus qu'il en soit ainsi. Tu m'as dit qu'entre nous, c'était hors de question de parler de sentiments, qu'il te fallait du temps, laisser faire les choses. Oui, mais entre nous, c'est explosif, exigeant. Le temps, nous ne l'aurons jamais.

Le silence s'installe. Quelques minutes. Il n'a pas levé ses yeux et n'accroche pas les miens. Je relève son menton avec mes doigts, m'approche et lui donne un dernier baiser. Une pression intemporelle pour garder son goût. Mon Dieu que c'est bon. J'ai du mal à me décrocher de ses lèvres ; cependant, il le faut.

Je baisse mes paupières, me tourne et entame la descente du coteau. C'est bête. À mi-chemin, je me retrouverai devant la cabane de pierre où je lui ai dit « oui » : coup du sort et fin d'un cycle.

— Je ne peux pas, me lance-t-il, désespérément, dans un son déchirant.

Je me retourne, soulève mes épaules en signe de dépit et poursuis mon chemin.

— Arrête, Yaëlle. Je ne peux pas, Bébé, je ne peux pas.

Il me rejoint, me colle dans ses bras et écrase sa bouche sur la mienne. Trop violent. J'ai réveillé chez lui quelque chose d'enfoui, mais j'ai besoin qu'il me dise que son geste est sincère. Sa respiration est hachée. Son cœur bat la chamade.

— Je tiens à toi.

— Je le sais, Landry. Ce n'est pas l'objet de ma question.

— Tu veux m'achever ?

— Non, de la sincérité.

Il repose ses lèvres sur les miennes et les dévore. Je lui réponds. Je glisse ma main dans la sienne et, d'une voix étouffée :

— Je ne savais ce que c'était, pas avant toi. J'ai peur de beaucoup de choses, mais pas de t'aimer.

— Je tiens à toi, Bébé.

Je libère ma main et commence à m'éloigner de lui. Je ne céderai pas sur ce point, pas après ce que nous avons vécu. La panique habite ses yeux. Il finit par les fermer, prend ma main et vient la poser sur son cœur. Des larmes coulent sur mon visage. Il colle son front contre le mien et commence. Un battement, deux fois. Pause. Je ferme mes paupières. Il glisse sa bouche contre mon oreille.

— Je t'aime, Yaëlle, me susurre-t-il.

Mes jambes s'écroulent. Des points blancs partout. Les biceps puissants de Landry me retiennent. Je me sens soulevée de terre. Une porte s'ouvre, mon prénom murmuré plusieurs fois. Je reviens à moi et vois « Mon Homme » inquiet. Je prends une grande inspiration et me jette dans ses bras. Je m'empare de ses lèvres. Landry pose ses mains sur mon visage et ralentit le rythme de notre baiser.

— Je ne sais pas si j'arriverai de nouveau à te le dire. Il est là, me dit-il en me montrant son cœur. Je veux que tu sois ma femme. Inconditionnellement. Plus jamais, Bébé, je ne te demanderai de faire semblant. Je n'imagine plus de te perdre.

Mes larmes ont beaucoup de mal à s'arrêter. J'essaie de lui sourire entre deux sanglots.

— Tu m'as beaucoup, beaucoup manqué.

— Toi aussi, Bébé.

Il m'embrasse. Ce baiser inconditionnel que j'attendais avec ardeur, ce baiser qui nous connecte, qui lie nos deux âmes.

Son corps me réclame. Le mien a besoin de lui. Il enlève mon manteau, soulève mon T-shirt, détache mon pantalon. Urgent, vital. Des nuits que ses mains ne se sont pas posées sur ma peau nue, des nuits que mon corps est en manque. Ses phalanges deviennent brûlures, ses baisers, des incendies. Il allume un volcan en moi, des sensations, du désir inconditionnel. Lui… lui et personne d'autre.

Son corps dans mon être. Ce va-et-vient torride. Je mugis, m'agrippe à ses épaules. Mes ongles dans sa peau. Landry me dévore, nous fusionne. Mes gémissements deviennent orgasme. Mon corps se fige, se cambre, je veux l'engloutir à mon tour.

Mes muscles se contractent. Je pars… Mon esprit s'envole quand je le sens jouir avec force en moi. Pas de cris, plus de soupir. Ma tête tombe en arrière, mes chairs se relâchent… Et des points blancs, plein de points blancs.

Je m'évanouis.

La main de Landry, brûlante dans mon dos, mon surnom crié.

— Bébé, Bébé.

J'ai du mal à retrouver mes esprits. Mon enveloppe est devenue flottement. J'entrouvre la bouche, aucun son ne sort. Je veux profiter de cet état de béatitude, de plénitude : c'était tellement intense.

— Bébé, tu vas bien ?

— Oui, très bien. Mon corps a bogué, trop d'émotions. On peut s'évanouir en faisant l'amour ?

— Je ne sais pas. Je n'ai jamais évanoui une femme, Yaëlle.

Je souris.

— Une première fois, alors ?

Il mange de nouveau mes lèvres et me confirme : une première fois.

Enlacée dans ses bras, mon cœur vient de prendre vie.

Nous redescendons vers sa maison. Je tremblote encore de notre étreinte, des mots qu'il a prononcés. Un air idiot sur mon visage, j'admire son bras qui entoure mon épaule. Je flotte et suis sur un nuage. Il me l'a déclaré. Il est sincère. Je n'ai aucun doute. Je souris en cachette en me disant que j'ai fait chavirer Landry de La Motte, moi, Yaëlle.

Il m'explique le programme de l'après-midi : dégustation de vin avec ses amis, match de hockey sur Angers et dîner en ville. Il me souffle au creux de l'oreille un doux murmure où les mots « vienne » et « à mes côtés » s'enlacent pour former la phrase que j'attendais. Mon cœur fait un boum incontrôlé : être en public avec lui.

Je l'ai bousculé. J'ai détruit une partie de sa barrière de protection. Enfin, je serai à ses côtés. Je minaude en levant les sourcils amusés :

— Une dégustation ? Avec des fruits ?

Il sourit et me répond avec son regard charmeur :

— C'est une initiation réservée à des personnes particulières.

— Ah bon, particulières, et à quel point ?

Il me colle contre lui, avance ses lèvres à quelques millimètres des miennes.

— Particulières au point où ta seule envie, c'est de les mettre dans ton lit. Particulières, car elles devinent ce que tu veux leur apprendre.

— Hum, hum, intéressant.

— Bébé, c'est toi que je désirais initier et personne d'autre.

— J'ai beaucoup aimé, tu le sais ?

Il sort son smartphone de sa poche et relit à voix haute le SMS que je lui ai envoyé.

— J'ai détesté ce message, Yaëlle. J'ai détesté aussi le message sur mon répondeur.

Sa figure se rembrunit.

— Tu étais concentrée. Te voir déguster le vin : ton visage, ton expression, cette façon de ressentir les émotions… Je te voulais dans mes bras. Quand tu m'as plaqué, Bébé, j'ai pris le plus grand coup de ma vie. Tu m'as mis à terre.

Je dépose un baiser sur ses lèvres. Nos blessures ne sont pas encore guéries, j'espère que nous arriverons à les dépasser.

— Ce message, je n'aurais pas réussi à te le dire de vive voix. Ce n'était pas courageux. Tu m'as fait mal. Les jours qui viennent de s'écouler ont été difficiles. Je ne sais pas où notre histoire va nous mener. Je pense que toi non plus. J'ai le sentiment que nous avançons petit à petit. Je suis fière que tu m'invites ce soir.

J'hésite en pinçant ma lèvre. Je dois être transparente et lui avouer ce que j'ai entendu cette nuit.

— Land, cette nuit après le cauchemar, enfin, je… me suis levée, car j'avais peur que tu parles de ce que je t'ai confié. J'ai entendu une partie de la conversation. Je sais, ce n'est pas honnête. Louis m'a dit que tu en avais aussi besoin, alors je regrette, mais tu avais promis, donc j'étais un peu en colère, enfin, non, car tu as aussi besoin d'une soupape et de…

— Bébé, qu'est-ce que tu as entendu exactement ?

— Que tu tenais à moi.

— Non, Bébé que j'étais dingue de toi. Je t'ai promis, je sais. Mes deux potes, c'est particulier entre nous. Nous nous confions tout de nos vies. Je ne t'ai pas trahie en le faisant, j'avais besoin parce que ces quinze jours ont été terribles. Ce qui se passe entre nous, c'est une première fois. Je ne me suis jamais attaché à quelqu'un, auparavant. Alors, dévoiler mes sentiments, c'est compliqué…

Ses yeux se perdent au loin, sa main posée sur ma joue.

— Pourquoi, Landry ?

— Je t'expliquerai, quand je serai prêt. J'aimerais que tu sois patiente, pour une fois.

— Tu sais que j'en suis incapable ?

— Je vais mater ce petit côté rebelle, me répond-il en souriant.

Il me rend mon baiser, un intransigeant qui clôt notre conversation. Nous poursuivons notre chemin, main dans la main. Je me sens légère (je n'étais pas trop fière d'avoir écouté aux portes) et pleine d'espoirs.

34

— Landry, est-ce que tu pourrais me déposer chez moi ? J'ai besoin de récupérer des affaires.

Il me regarde un petit moment avec ce sourire moqueur et son air amusé.

— Tu n'as pas eu ton permis de conduire ?
— Oui, sauf que le permis sans voiture…
— Je t'en prête une pour faire l'aller-retour.
— Une voiture à toi ? Non, non, je ne vais pas conduire le 4x4 ou le coupé. C'est trop puissant.
— Essaie, de quoi tu as peur ?
— De finir au fossé. J'ai appris sur un petit modèle.
— OK.

Il pousse la porte et appelle son pote.

— Simon, tu pourrais prêter ta voiture à Yaëlle ? Il a une citadine, tu devrais t'en sortir.
— Non, Landry.
— Yaëlle, quand comptes-tu conduire ? Plus tu vas attendre, plus tu auras des tonnes d'excuses.

Simon arrive, pas rassuré.

— Tu vois, il a peur.
— Simon, tu n'as pas peur de prêter ta voiture, n'est-ce pas ?
— L'embrayage est un peu fragile…
— Simon !

Il secoue la tête, bougonne et tend les clés à Landry.

— Vas-y, ma belle.

J'hésite. Son petit jeu m'énerve : il me force à dépasser mes doutes et ma peur de tout. Je finis par saisir les clés.

— OK.

— À tout à l'heure, rejoins-nous au chai.

Il entre dans sa maison avec son immense sourire moqueur en tapotant l'épaule de Simon, livide, comme pour le rassurer. Je m'installe au volant, contrôle les rétroviseurs, règle mon siège. Je positionne mes mains à dix heures dix, revérifie les rétroviseurs, le frein à main, le boîtier de vitesses. OK, c'est bon.

Un dernier regard vers la maison de Landry : il est avec ses deux amis, effarés, à la fenêtre. Simon est blanc. Je leur fais un petit signe de la main. Je démarre, enclenche la première, fais un mètre et cale. Mince, j'ai lâché l'embrayage trop vite. OK, je recommence : revérifie les rétroviseurs, engage le moteur, le clignotant. La voiture part en faisant des soubresauts. Je prends un peu de vitesse, le moteur ronfle et je cale encore : mince !

Je me retourne très lentement vers la fenêtre. Landry et Simon sont raides comme des piquets ; Louis, mort de rire.

Ils me stressent.

Je revérifie, lance le moteur et arrive à faire avancer cette voiture. Je n'ose pas les regarder. J'imagine ce que je vais entendre à mon retour.

Mon trajet se passe bien. Je me gare chez madame Durand sans encombre. Elle me contemple longuement, une main sous menton, et me dit que le bonheur me va bien. Je lui explique que j'ai trouvé un appartement et vais quitter sa chambre la semaine prochaine. J'observe de la tristesse au fond de ses yeux. Moi aussi, je me suis attachée en très peu de temps. Je lui promets que je viendrai la voir. Elle finit avec un ton canaille :

— Tu passeras devant chez moi quand tu rendras visite à cette connaissance que tu ne connais pas vraiment.

Je l'embrasse. C'est fou comme certaines rencontres peuvent vous marquer et peuvent très vite prendre de la place dans votre vie. Madame Durand a un côté maternel qui me rassure. Je pourrais compter sur elle si j'avais un problème. Elle ne discuterait pas.

J'entre dans le chai. Je suis heureuse, enfin je crois. J'ai une boule au ventre, de mon nouveau statut : petite amie officielle de Landry. Même si je sais qui je vais rejoindre, c'est différent d'arriver comme une bonne copine ou comme la fille insignifiante que j'ai toujours été. Landry est archi connu, talentueux, un mec mis sur un piédestal par les autres. Financièrement, il ne doit pas compter les pièces au fond du porte-monnaie chaque fin de mois. Alors, c'est une sacrée pression pour se sentir à la hauteur. Il m'aime. J'espère que cela me suffira à dépasser mes doutes.

Ils sont installés autour de la table de travail de Landry, au fond du chai : Anna, Clovis, Simon et Louis. Autant dire que c'est une petite épreuve de les rejoindre. Ce soir, nous serons en ville, en public. Mon ventre se serre de plus belle. Mon homme a ses iris qui brillent et qui me donnent confiance en moi. Il pose sa main sur ma taille, me donne un bisou (devant les autres, c'est nouveau).

Simon lève des yeux affolés : je le rassure, sa voiture va bien, la prise en main, un peu laborieuse. Louis éclate de rire et lance à Landry qu'il comprend mieux pourquoi il ne m'a pas prêté sa BM.

Il me sert un verre d'Anjou blanc que j'ai découvert hier : la magie opère. Les notes sont imprimées. Le produit n'a plus le même effet sur moi, je le sais. Anna n'aime pas. Clovis n'arrive pas à la convaincre de la subtilité des arômes :

— Tu ne donnes pas tes secrets d'initiation ? lui demandé-je en aparté.

— Non, réservé.

Je lève les sourcils. Au fond de moi, j'adore cette exclusivité. Il attrape ma main, comme cela.

Cette dégustation se poursuit par un déjeuner servi dans le chai, un moment qu'apprécie Landry : transmettre sa passion, partager et s'entourer d'amis. Anna me prend à part pour connaître le dénouement de notre nuit.

— Tu sais qu'il a une marque sur le visage ?

— C'est encore gonflé.

— Tu me racontes ?

— Plus tard, je te dirai. Nous avons discuté et mis sur la table nos ressentis.

— Il te l'a dit ?

— De quoi ?

— Qu'il est dingue de toi et le roi des cons ?

— À peine.

— Yaëlle, j'espère qu'il a avancé dans sa tête, sinon, vous allez droit dans le mur.

Je m'approche d'elle.

— Il l'a dit, lui confié-je en chuchotant.

Anna me lorgne avec des yeux bienveillants et pose sa main sur ma joue. Elle sait les mots prononcés, elle sait aussi que je les attendais.

— Je ne vous avais pas vraiment vus ensemble. Quand vous vous contemplez, c'est troublant. Vous avez tous les deux la même flamme.

Je n'ai rien besoin d'ajouter. Avec mon amie, un simple regard suffit : elle sait que je suis heureuse. Elle sait aussi que je ne vais pas crier ma joie et exploser. Ma prudence, peut-être ? De la pudeur. Je préfère être mesurée. M'afficher avec Landry devant les autres, c'est nouveau. Côté confiance en moi, je manque encore de hardiesse.

Une ambiance conviviale, Landry rayonnant en homme de cérémonie, il nous a gâtés : le vin, les mets. Je ne décroche pas mes yeux de lui. Je pourrais rester en admiration, à le regarder parler. Ses iris bleus s'accrochent aux miens, mine de rien : ils sont intenses. Je voudrais me lover contre lui, au creux de ses bras, sentir sa force, me laisser bercer par sa respiration ou les battements de son cœur. Je soupire de plaisir. Malheureusement (ou heureusement), la table nous sépare. Louis repère notre manège et explique qu'il existe des lieux pour faire ce genre de choses. Je rougis bien trop. Landry affiche ce sourire ravageur, sûr de lui.

Il se lève, ressert du vin. En passant à côté de moi, il me frôle, délicatement. Mes sens s'éveillent. Les papillons s'envolent dans mon corps. J'ai envie de lui, très envie de faire l'amour. Je pince mes lèvres avec mes dents :

— Sois patiente, ma belle, je vais te baiser toute la nuit, me glisse-t-il en se penchant à mon oreille.

Ces mots sont crus. Il connaît pertinemment l'effet qu'ils ont. Je rougis de plus belle, genre vierge effarouchée. Quelques gouttes de sueur perlent sur mon front. Landry est satisfait de son impact. La situation l'amuse. J'adore le provoquer quand nous sommes tous les deux ; en public, je panique de ce côté osé. Louis fait non de la tête. J'aimerais être petite et transparente pour me cacher.

Des bruits de pas résonnent dans le chai. Landry lève son visage et se fige. Son regard se durcit. Je déteste cette expression. Les parents de Clovis et Landry viennent à notre rencontre. J'ai un frisson rien qu'en les observant. C'est la première fois que je les vois d'aussi près sur le domaine. Son père est différent de Landry : plus petit, une figure marquée par la suffisance, même ses yeux, s'ils ont le même bleu que ses fils, ne ressortent pas avec autant de lumière. Sa mère est assortie à son mari. C'est le terme exact : des mimiques identiques, bourgeoises, un air pincé, sèche et des yeux sombres. Ils sont hautains, arrivant en terrain conquis pour s'abaisser aux gens du peuple : une vision moyenâgeuse très loin du modernisme des deux frères. Ils ne sont pas venus pour une visite de courtoisie ni pour trinquer à la fin des vendanges. Son père ne nous salue pas et ex-orgue Landry à le suivre. Il s'immobilise, reste silencieux. Toutes les jolies émotions de son visage ont disparu : envolé le charme, les fossettes de sourire, les yeux brillants. Landry est de glace. Sans un mot, il le suit.

Sa mère nous dévisage un par un. Son regard juge. Son menton se relève avec défi.
— Les amis de toujours sont encore à profiter, j'imagine ? enchaîne-t-elle avec une voix suffisante.
— Oui, Madame De La Motte, comme toujours, à profiter, la reprend immédiatement Simon avec un rictus moqueur.
Il est quand même sur la défensive. Ses mains serrées le trahissent. Louis a aussi un regard dur. Elle continue et daigne poser son regard sur Anna et moi.
— Clovis, quel manque d'éducation, tu ne présentes pas ta mère ?
— Mère, excusez-moi. Je vous présente Anna, l'amie dont je vous ai parlé.
— Madame De La Motte, enchantée de faire votre connaissance, enchaîne Anna.
— De même, et…
Clovis lève des yeux ronds et gênés. Le pauvre, entre la soirée d'hier et ce midi, définir mon rôle et ma place auprès de Landry est certainement un dilemme.
— Et….
Je prends la parole pour le sortir de cette situation.
— Yaëlle, une amie d'Anna.
— Votre nom de famille ? me demande-t-elle sèchement.
— Hadrot, Madame.
— Madame De La Motte, Mademoiselle, me corrige-t-elle. Bien, poursuit-elle, j'imagine que tu es informé de la dernière trouvaille de ton frère ?

Elle me détaille et me déconcerte. Je les ai déjà vus, ce regard glacial, ces traits durs, ces mimiques condescendantes.

— Non, mère, je l'ignore.

Elle s'apprête à poursuivre, mais le ton est monté entre Landry et son père. Leurs heurts nous parviennent aux oreilles.

— Il ne doit pas entendre raison, comme d'habitude.

Je déteste cette femme, la façon dont elle parle de son fils, ce dédain qui émane d'elle.

Le père de Landry revient furieux et dit à son épouse qu'il ne reste pas une minute de plus. Landry nous rejoint, énervé : la colère l'habite. Je ne l'ai jamais vu dans cet état : ses yeux transpirent la haine. Sa mère me dévisage, un air diabolique sur son visage.

— Je vous ai déjà rencontrée, Mademoiselle Hadrot, n'est-ce pas ? me demande-t-elle d'une voix teintée de méchanceté.

— Je ne crois pas, Madame.

— Si, le centre d'aide social, vous quémandiez des vêtements et de la nourriture pour vous et votre mère, la catin du village.

Je viens de prendre une baffe magistrale. Oui, je la connais. Un flash. J'étais ressortie frustrée et honteuse de cet endroit. Je me souviens de ses mots, de la façon dont elle avait bassement insisté sur l'identité de ma mère auprès de ses soi-disant bénévoles.

Mon rythme cardiaque s'accélère. Elle jubile.

— Vous devez faire erreur, lui rétorqué-je.

Landry regarde sa mère, ahuri, mais ne prend pas ma défense. Elle finit en disant qu'elle n'oublie pas certains visages, tourne les talons et rejoint son mari vers la sortie du chai.

Pas un bruit, pas un regard. Le temps s'est suspendu. Je suis tétanisée. J'entends mon cœur battre fort dans ma poitrine. J'ai froid. Je prends mon masque, mon armure pour me protéger. Mon premier réflexe : fuir. Je me lève et entame quelques pas vers la sortie du chai. Je ne peux pas rester, pas avec ce qu'il a entendu. J'entends Louis qui s'affole et qui lui ordonne de réagir, putain, de réagir. Landry n'a pas bougé. Cette barrière, malheureusement, il ne l'a pas franchie.

Sauf qu'aujourd'hui, je suis différente. Je suis passée par trop d'étapes, me suis battue pour lui, battue pour entendre un « je t'aime ». Je ne veux pas revivre les quinze jours qui viennent de s'écouler. Je me stoppe, serre mes poings et prends mon courage à deux mains. Je ne suis pas ma mère. Oui, j'ai réclamé de la nourriture pour ne pas crever la dalle. Oui, j'ai quémandé et, à Paris, fais la manche. J'ai droit au bonheur, j'ai le droit d'aimer, sans que l'on me juge. Comment auraient-ils fait à ma place ? Je me plante devant lui. Ses yeux sont dans le vide, son corps raidi par la colère. Je pose ma main sur son torse.

— Regarde-moi, Landry.

Il ne bouge pas.

— Regarde-moi, Land, l'imploré-je d'une voix plus douce.

Il descend enfin ses yeux sur moi. Il est triste.

— Je ne t'ai pas protégée, me dit-il.

— Ce genre de remarques ne me blesse plus, Land. Elle a injecté son venin pour te blesser et me blesser. Ne la laisse pas faire. Land, tu sais d'où je viens, les personnes autour de cette table aussi. Il y en aura d'autres de ce genre. Affronte-les avec moi, Landry. À deux, nous sommes plus forts. Tu ne me protégeras pas de tout le monde. Nous ne pouvons pas nous enfermer dans une bulle.

Et dans un souffle :

— Pas après ce que nous nous sommes avoués aujourd'hui ; je ne la laisserai pas me prendre ce que tu m'as donné.

Landry entrelace ses doigts avec les miens.

— Je suis désolé, me murmure-t-il.

— Ne le sois pas, pas pour cette femme.

— Yaëlle, je les affronterai avec toi.

Je l'embrasse et me colle contre lui en murmurant un « fais-nous confiance ». Il me garde dans ses bras et me serre fort. Son visage se colle contre mon épaule.

Et dans un souffle :

— Je tiens à toi, et je t'aime.

J'imprime ses mots. Je les imprime au plus profond de mon être. Me les dire lui demande des efforts, je comprends mieux, après la venue de ses parents, pourquoi c'est si dur. Landry m'a dit une fois que nous n'étions pas si différents. Je découvre ce qu'il sous-entendait.

— Mes géniteurs sont furieux, et tant mieux, nous lance Landry.

Clovis veut savoir pourquoi son père s'est mis dans un état pareil. Son frère le regarde droit dans les yeux, hésite et finit par lui dire l'objet de la colère : le projet qu'il mène avec Garance.

Auban's ? Pourquoi de la colère ?

Landry nous invite à le suivre dans son bureau. Il défait une planche à dessin et sort les maquettes. J'essaie de me faire la plus petite possible et me recule. Je sens que le problème, c'est ma proposition. Landry dévoile le dessin de la future bouteille en argumentant et expliquant le projet.

— Mon père pense que j'ai vendu mon âme au diable. J'ai dénaturé le produit, l'appellation pour en faire un objet lié au plaisir. Garance lui a avoué ce que nous allions faire. Elle avait besoin de leur consentement. Cela fait bien longtemps que je me moque de ce qu'ils pensent, dit-il d'un ton rageur.

Le packaging surprend : l'idée d'associer du vin à un produit de luxe comme un parfum, aussi, avec une note d'érotisme. Les avis sont positifs.

— Et vous n'avez pas idée du spot de pub qui va accompagner le lancement…

Il me regarde et reste silencieux. Je suis de moins en moins à l'aise. Je recule pour essayer de me cacher dans un coin. Les yeux de Landry ont décidé d'en faire autrement et de me poursuivre.

— Dis-nous la suite, demande Louis. Qu'est-ce qu'il a, ce spot, de si particulier ?

Les yeux de Landry ne cillent pas. Je lui fais non de la tête.
— Bébé, dis-le…
— C'est quoi vos cachoteries ? continue Louis en passant de Landry à moi.
— Yaëlle, dis-le, me prie-t-il.
— Enfin, c'est… comment dire… parviens-je à articuler.

Je déteste ce qu'il me demande de faire. J'ai eu cette idée en pensant à lui. J'ai l'impression de dévoiler un bout de nous. Landry vient à mon aide.

— Yaëlle a eu l'idée. Elle l'a mise en forme et nous a ouvert les yeux. Nous étions formatés, à côté de la plaque avec Garance. L'agence de pub américaine a été séduite. Oui, Bébé, c'est ton travail. J'en suis sacrément fier.

Je ne réponds rien : il est fier de moi et cette phrase est la plus belle des déclarations.

Les autres me lancent plein de questions. Quel est le thème ? Quand ai-je eu le temps ? Je ne les entends pas. Mes yeux sont rivés dans les siens. Mon corps palpite pour lui, pour les mots qu'il vient de prononcer. Je me sens quelqu'un de bien. C'est l'effet qu'il me fait.

— Yaëlle, raconte-nous, me supplie Simon, me faisant revenir sur terre.

— Non, je ne vais pas vous dévoiler le *story board*. Les seuls indices : luxe, glamour et sensualité.

Le visage de Landry s'éclaire avec cet air charmeur que j'aime tant. Il vient vers moi, prend mon visage entre ses mains et m'embrasse comme un fou.

Plus rien ne compte à part lui. Son baiser, lui et moi.

— Venez, partons d'ici.

Il m'entraîne avec lui, main dans la main, et notre bande d'amis. L'air frais, j'inspire et me love contre son corps que j'aime tant. Devant sa voiture, il me lance un « tu conduis » en me tendant les clés. Un défi, je le sais. Je suis prête à tous les relever pour lui. Un autre baiser me fait perdre mes esprits.

Simon et Louis grimpent sur la banquette arrière, pas rassurés. Cela amuse beaucoup Landry. Je me concentre, c'est un grand gabarit. Je roule tranquillement, suis doublée plusieurs fois et, en jetant un coup d'œil à mes passagers, remarque qu'ils ont blanchi.

— Un problème ? leur demandé-je.
— Gare-toi, Bébé.

Il éclate de rire.

— Je vais t'apprendre à conduire comme un mec, mais à soixante-dix, nous ne serons jamais au match à temps. On change de place.

Je suis vexée. Landry garde son sourire. Ses copains insistent sur le fait que c'est mieux et serait dommage d'abîmer une si belle voiture. Je secoue la tête : les mecs !

Nous arrivons à la patinoire d'Angers pour le match de hockey. Pendant le trajet, les trois garçons m'ont expliqué leur passion pour ce sport qu'ils ont pratiqué pendant leurs études aux States :

— C'est un sport fort, stratégique, l'ambiance… Tu vas adorer, Bébé.

Dans les tribunes, Landry serre des mains, donne des « bonjour ». Il se dirige vers un groupe qu'il a l'air de bien connaître. Louis et Simon les saluent déjà.

Il prend ma main.

Nous montons les quelques marches pour les rejoindre. Mon ventre se noue. Je tremble. Une épreuve, surtout que deux filles se lèvent avec un grand sourire pour mon homme et un air hostile pour ma petite personne en me toisant de la tête au pied.

— Yaëlle, me présente-t-il.

Je serre sa main plus fort. Il manque un « ma petite amie », ou « ma copine » pour que ce soit idéal. De la patience et du courage, ce sont les ingrédients que je vais devoir doser pour aller plus loin avec lui.

Est-ce que je suis enfin celle qui... ?

Remerciements

Je n'aurais jamais osé.

Sans vous, qui m'avez bousculée, encouragée à prendre ma plume, *Doutes* n'aurait pas vu le jour. Je n'aurais jamais osé sans cette soirée entre amies à Nantes, où vous m'avez asséné de « cela fait un an que tu en parles, jamais tu ne le feras ».

Je n'aurais jamais osé si je n'avais pas eu cet électrochoc face à ton AVC à 40 ans et une vérité que tout peut s'arrêter brutalement. Je n'aurais jamais osé sans vos SMS de soutien au milieu de la nuit, sans vos mails de retours enflammés, sans votre patience quand je n'avais plus qu'un seul mot à la bouche, *Doutes*, mon livre, cette histoire.

Merci à toi, Alex, ma première lectrice, en convalescence. À toi, Tételle, pour les retours objectifs, les corrections de mes innombrables fautes d'orthographe. À toi, LN. Je tremblais quand je te l'ai envoyé (ton sens critique). À toi, Nat, qui l'as dévoré. À toi, maman, qui m'a surprise. À toi, Pat, qui m'as bousculée. À toi, Mumu, pour ton soutien sans faille. Un merci tout spécial à toi, Valérie, qui m'a redonné la foi pour continuer.

Doutes est une aventure humaine. Une belle balade, faite de rencontres incroyables avec des femmes de tous âges, de tous horizons. Des confidences, de longues discussions, d'intimités. Elles m'ont nourri pour écrire.

Merci à l'équipe de JDH Éditions pour sa confiance. Cynthia, Angélique, Yoann, Jean-David.

À très bientôt pour la suite des aventures de Yaëlle et Landry.

Doutes
Tome 2 – L'ivresse assassine.

Extrait exclusif

Chapitre 1

Des doigts courent sur mon corps. Des caresses. Une sensation de plénitude. J'ai l'impression de flotter, d'être dans un cocon de coton. Je ronronne, m'étire les bras. Je n'ai pas envie d'ouvrir les yeux. Je suis bien. Mon corps détendu, mon esprit libéré. Les doigts continuent, me caressent le ventre, les cuisses. Mes poumons se lèvent. J'expire, ronronne de nouveau et soupire. Je voudrais rester dans cet état, éternellement. Les images de notre nuit me reviennent : Landry, insatiable, son corps, son désir ardent et féroce. J'ai rendu les armes. Mon corps ne peut plus supporter ses assauts, ne peut plus lui faire l'amour. Combien de fois ? Son salon et son immense tapis, hum, sa cuisine, sa chambre, la douche… Je ne sais plus. Les mots doux qu'il a prononcés et quand, épuisée, il m'a portée sur son lit, il a murmuré au creux de mon oreille qu'il m'aimait.

Il prononce mon prénom. Je sens son souffle dans mon oreille qui me chatouille. Je ne veux pas bouger. Mes lèvres se lèvent et dessinent un sourire. La pointe de sa langue entame la descente de mon cou. Sa main posée sur ma taille, il caresse mon ventre. Je ne réagis toujours pas :

— Bébé, tu comptes rester dans ce lit toute la journée ?

Pour toute réponse, il obtient un ronronnement et un sourire sur mon visage. Il s'éloigne de moi. Je proteste, mais n'ouvre toujours pas les yeux. J'entends des clics, plusieurs clics.

— Qu'est-ce que tu fais, Landry ? lui demandé-je d'une petite voix endormie.

— Rien.

Je lève mes paupières. La lumière du jour filtre à travers les persiennes des baies vitrées. Mes images sont floues. Petit à petit, la mise au point se fait. Son contour se dessine. Il est allongé à côté de moi, appuyé sur ses avant-bras. Il me regarde, amusé. Ses cheveux ébouriffés, ses lèvres charnues, ce *sex appeal*, même au réveil, ses yeux translucides et un je ne sais quoi qui éclaire son visage.

— Bonjour, prononcé-je d'une voix gourmande en pinçant ma lèvre.

— Bonjour, Yaëlle.

— Tu sais que je voudrais rester dans ton lit et ne plus jamais bouger ?

— J'ai un autre programme pour toi.

Je proteste avec peu de conviction et lui dis que mon corps ne peut plus : plus de force.

— Je ne parlais pas de sexe, ma belle, me répond-il en posant un délicat baiser sur ma bouche.

Je l'admire. Il est beau : ses yeux, son visage heureux, à croquer.

Je m'allonge sur lui et je prends possession de sa bouche. Je me soulève sur mes avant-bras pour l'admirer.

— Tes yeux sont différents, très bleus, Landry. Tu crois qu'il y a une corrélation entre le sexe et leur couleur ?

Il rit.

— Je ne sais pas, Yaëlle. Ce n'est pas le genre de questions que je me pose. Peut-être que je suis bien. Cette nuit, tu as été… enfin… tu m'as chaviré. J'étais insatiable de toi. Je n'ai jamais autant désiré quelqu'un, ma belle.

Je l'embrasse de nouveau. Ma langue se fait plus entreprenante et s'insinue entre ses lèvres.

— Je croyais que tu n'avais plus de force ? me dit-il entre deux souffles.

— Il me reste quelques infimes réserves.

Il se laisse faire, puis, en me retournant d'un coup, vient s'allonger sur moi.

— Je veux que tu gardes des forces, même si c'est tentant. Si nous continuons ce petit jeu, ce soir, nous serons toujours dans ce lit…

— Tu n'as plus envie ?

— Si, et aussi envie de t'emmener quelque part. Alors, à la douche. Plus tard, si tu as des forces, je continuerai à abuser de ton corps.

Il se lève, m'attrape et me porte jusqu'à la salle de bains. Il allume le jet et me place sous l'eau froide. Je hurle. Il se colle contre moi et m'embrasse comme un damné.

— Au moins, je suis sûr que tu es réveillée.

Je reste estomaquée. Il sourit comme un gamin, content de sa bêtise.

— Je vais te laver.

Il attend ma réaction. La dernière fois que nous avons tentée, j'ai paniqué. Nous étions à Pornic, à la thalasso, dans cette grande douche à l'italienne où je me suis donnée corps et âme. Cette caresse s'était transformée en moment pénible remontant des souvenirs enfouis. Je réfléchis : est-ce que j'ai passé cette étape ? Je n'ai plus de barrières avec lui, aucune gêne corporelle, et cette nuit, il a fait tomber mes derniers tabous. Je lui ai dit que j'étais entièrement à lui. Je sais qu'il me défie pour forcer cette dernière barrière d'inhibition.

Je prends sa main, la fais glisser sur mon corps, remonte vers mon visage, puis passe sur mes cheveux. Il prend du shampoing et commence à me laver. Le premier contact me fige. Ce n'est pas aussi facile que je le pensais. Il continue délicatement. Je n'aime pas : c'est bizarre. Je suis en confiance avec lui, mon corps appelle le sien, mais cette caresse-là, je n'aime pas. Je ferme les yeux et le laisse faire : c'est pénible. Je suis raide et espère que cela s'arrête vite. Il comprend et se stoppe.

— Tu n'aimes pas ?
— Non.
— C'est toujours pareil ?
— Oui… Pourquoi maintenant ?

Pour toute réponse, Landry vient se coller contre mon dos. Il entoure ma taille de ses bras et approche sa bouche de mon oreille. Il commence une supplique où il me demande de lui faire confiance. Il me dit combien c'est bon de caresser ma peau, combien il aime toucher mes cheveux, combien mon corps l'appelle, le rend fou de désir, de plaisir. Ses mains remontent le long de mon buste, en prenant tout leur temps. Il poursuit ses paroles : qu'il me trouve magnifique, que mon visage s'illumine quand il me fait l'amour, que cela le rend heureux, qu'il aime me voir rougir, qu'il aime goûter le grain de ma peau, sentir mes cheveux, qu'il veut que je lui accorde toute mon intimité, sans tabou, en lui faisant confiance. Laver mes cheveux, c'est un geste d'intimité pure pour lui.

Je vacille. Ses paroles me troublent. Quand ses mains arrivent sur ma nuque et commencent à caresser mon cuir chevelu, je m'abandonne. Son geste est sincère. J'ai confiance en lui, en moi. Je le laisse faire, sans me figer, et apprécie. Sensuel. Aucun mauvais moment ne surgit dans mon cerveau. Juste lui et cette caresse infiniment douce.

Il nous enveloppe dans une grande serviette, me sèche. Il lève mon menton, me regarde au plus profond des yeux et me dit qu'il n'avait pas imaginé autant se donner et autant recevoir d'une autre personne. Je l'embrasse. Mes lèvres s'encroisent avec les siennes, mes yeux perdus dans ses iris bleu azur. Mon cœur bat frénétiquement un tempo d'émotions, enflammé par les sentiments que j'éprouve pour lui.

Il a décidé de me faire une surprise et veut m'emmener déjeuner. Je souris comme une gamine à qui on fait un gros cadeau. Nous montons en voiture, direction Nantes. Chouette ! Je me vois déjà dans un petit resto romantique, dans une rue piétonne de la ville, quartier Bouffay, par exemple, bras dessus bras dessous avec mon chéri. Tout le trajet, je refais le match d'hier soir. J'ai adoré le hockey, pas compris toutes les règles, alors Landry se lance dans un cours magistral. Le ton est bon enfant : j'adore être avec lui.

Nous dépassons la pancarte « Nantes centre ». Je m'étonne et commence à lui poser des questions sur notre destination. Landry ne veut pas m'en dire plus. Il me demande d'être patiente. Autant dire : impossible. Il prend une bretelle et gare sa voiture sur le parking d'un resto d'une grande chaîne, en bord de périphérique. Je suis surprise. J'avais une autre idée du restaurant romantique. Il a ce regard moqueur. J'ai le pressentiment qu'il veut me jouer un tour.

Nous rentrons. Installation sur une petite banquette pour deux, salade de bienvenue, je suis toujours aussi dubitative. Je ne le vois pas dans ce genre d'endroits. Landry remarque mon trouble et m'interroge :

— Est-ce qu'il y a un souci ? L'endroit ne te plaît pas ? Ce n'est pas assez bien ?

Je suis de plus en plus gênée. Je ne vais pas faire la fine bouche alors que mettre les pieds dans un resto était une activité complètement bannie, il y a quelques semaines. Je me confonds en excuses, essaie de retrouver contenance et fais tout pour cacher ma gêne. Si je commence à avoir des goûts de luxe…

Landry est détendu. Il insiste sur la carte, un bel endroit, du choix, des prix abordables, l'ambiance, la déco… Tout y passe. J'ai beau essayer de me convaincre, de sourire, de montrer de l'enthousiasme, je n'y arrive pas. Je commence à me poser des questions et à douter : il ne connaît personne et n'aura pas à me présenter. Il lève les yeux sur moi, après un dernier commentaire élogieux sur la carte des boissons et l'offre fantastique des vins. Il penche sa tête, tend sa main pour attraper la mienne et me lance :

— Un souci, ma chérie ?

Je déteste qu'il m'appelle ainsi. Ringard. Je ne me reconnais plus, je deviens exigeante. Landry a l'air de s'amuser comme un fou. Je ne sais pas si je dois rire ou pleurer.

— Détends-toi, ma belle.
— Je suis détendue.
— Tu caches bien ton jeu.

La serveuse arrive pour prendre notre commande. Je n'ai pas réfléchi, je relis la carte et sens le pied de Landry commencer à remonter le long de ma jambe. Je le regarde, étonnée. Il passe sa commande tout en continuant son manège pour venir se loger entre mes cuisses. Il en fait des caisses avec la serveuse sur l'origine du vin. Elle lui fait des yeux de merlan frit et finit par daigner se retourner vers moi, avec un mouvement de la tête genre « tu es décidée ? ». J'ouvre la bouche pour commander une salade. Il appuie à travers mon jean sur mon clitoris. Une décharge électrique me fige, un frisson me parcourt le corps et ma bouche reste entrouverte. Lui, sourit, ravageur, ravi de ce qu'il est en train de me faire subir.

La serveuse écarquille les yeux. Je rougis en lui montrant le premier truc sur la carte. Elle me demande la cuisson, je lance un « à point » sans vraiment savoir ce que j'ai commandé. Landry a l'air surpris et continue avec la serveuse sur quel vin serait le plus adapté pour accompagner mon choix, tout en continuant son petit manège qui commence sérieusement à me donner chaud.

— Un souci, ma chérie ?

— Landry, arrête ton cirque.
— Non.
Il continue sa caresse en me dévorant des yeux. Je repousse son pied.
— Dommage, j'aurais adoré t'entendre gémir dans ce restaurant.
J'inspecte autour de moi : des familles, des couples de retraités. Je suis affolée de ce qu'il me propose. Je ne suis pas libérée à ce point.
— Tu plaisantes ? lui demandé-je avec beaucoup de sérieux.
Quand nos plats arrivent, son fou rire repart de plus belle. J'ai commandé une andouillette et ne pense pas avoir mangé ce genre de mets.
— Je ne vais plus pouvoir t'embrasser.
— Tu crois ? lui lancé-je sur un ton de défi.

Je lui réplique que j'adore et déguste en mimant des « trop bons », « parfait » « comme j'aime ». Horrible. Je ne vous détaille pas la sauce à la moutarde violette qui m'explose le palais… Il attend patiemment que je craque. Je ne vais pas lui donner ce plaisir.
— J'ai prévu autre chose, après. Ne te rends pas malade. Je ne t'aurais pas emmenée dans ce genre de resto si j'avais voulu la jouer romantique. Je peux t'assurer que ce que nous allons faire après n'a rien de tel.
Il soulève ses sourcils, très content de son effet.
— Tu t'es moqué de moi, tout le long ?
— Oui.
— Ce n'est pas drôle.
— Très drôle ! Le plus amusant ? Le sérieux que tu essaies de garder. Détends-toi, ma chérie.
— Ne m'appelle pas ma chérie.
— Quand même, j'ai cru que tu aimais.
— Pas vraiment.

— Qu'est-ce que tu préfères ?
— « Bébé », j'aime assez.

Pourtant, les petits surnoms, je n'étais pas emballée. Je trouve qu'un prénom bien dit, cela en jette. Mais quand il prononce « Bébé », mon cœur s'emballe et je prends mon air idiot. Il sourit, prend ma main au-dessus de la table.

— J'aime beaucoup t'appeler ainsi, me murmure-t-il. J'aime aussi assez « Land ». Je n'ai jamais eu de surnom. Il me va bien.

La serveuse revient nous débarrasser en nous demandant si nous désirons un dessert. J'ai envie de lui rendre la monnaie de sa pièce. Je réponds avec plaisir en insistant sur le mot. Je me redresse, bombe ma poitrine et commence le même manège avec mon pied sur sa jambe.

— J'ai très envie d'une glace, chéri, et toi ?

Je pince ma lèvre avec mes dents et passe le bout de ma langue dessus. Landry se raidit. Mes orteils remontent sa cuisse, lentement, et viennent se loger entre, pour le caresser. Il se laisse faire. Ses yeux sont en feu, un rictus de plaisir se forme à la commissure de son sourire… et il se recule dans son fauteuil pour que la serveuse ait un magnifique point de vue sur mes doigts de pied, caressant le sexe de mon copain. Elle se retourne vers moi, choquée.

Je me déconfis, retire mon pied et rougis comme une pivoine.

— Nous allons nous passer de dessert, Mademoiselle. L'addition, s'il vous plaît.

Il se contient de nouveau de rire.

— Nous allons partir, me dit-il d'un air innocent. Tu viens de nous griller dans ce restaurant. Je n'oserai plus jamais y revenir. Quand même, tu as de très mauvaises manières.

À la caisse, le cinéma continue, surtout que la serveuse a eu le temps de souffler à sa collègue ce que je faisais avec mon pied. Je suis morte de honte et Landry jubile. En sortant, il me prend dans ses bras.

— Je ne me suis jamais autant amusé.
— Comment as-tu pu me faire un truc pareil ?
— Je n'ai rien fait, c'est toi qui m'as chauffé.
— Landry, tu exagères, je…

Je finis par glousser en pensant à la tête de la serveuse, aux réflexions de Landry et au plat que j'ai commandé. Nous éclatons de rire comme des gamins, avec le ventre qui serre et les yeux qui pleurent. Je viens me coller contre lui et avoue que j'imaginais un autre type de sortie, enfin, plus précisément, un autre genre de restaurant, même si c'est très bien, mais j'avais pensé à un plus petit resto…

— Yaëlle, tu t'enfonces.
— Je ne veux pas paraître impolie ou exigeante.
— Je sais, me rassure-t-il. Nous ne sommes pas venus pour un déjeuner en amoureux. Suis-moi.

Main dans la main, nous traversons le parking et nous nous dirigeons vers un grand hangar.

— Je vais t'apprendre à conduire comme un mec ! me murmure-t-il, arrivé à proximité.

Je lève les yeux et découvre avec stupéfaction le mot « karting » en façade du bâtiment. Je me liquéfie sur place.

— Tu vas t'éclater !
— Non, non, ce n'est pas possible, Landry, je ne monte pas dans un kart.
— Si, si, tu vas monter.
— Non, je n'aime pas et ne veux pas.

Il pose ses mains sur mes épaules, me regarde droit dans les yeux, très sérieusement.

— Tu ne me convaincras pas, Landry.
— Est-ce que tu as déjà essayé ?
— Non.

— Donc, tu ne peux pas savoir si tu aimes ou pas. Je te demande d'essayer. Fais-moi confiance.

— Landry, non. La vitesse, ce n'est pas mon truc. Je n'ai pas envie de savoir conduire comme un mec. Mon rythme me va très bien.

— Yaëlle, arrête. Tu ne vas pas continuer à rouler à 70 km/h, à refuser de conduire certains véhicules, ce n'est pas possible. De toute façon, je ne lâcherai pas.

— Tu t'écoutes ? Tu veux tout forcer, aujourd'hui, pourquoi ? J'essaie déjà de faire des efforts. Tu ne vas pas tout décider à ma place. Je ne suis pas une marionnette.

— Tu t'énerves.

— Non, c'est toi qui me cherches.

— Je ne lâcherai pas !

— Non !

— Yaëlle, aujourd'hui, je décide. Ce n'est pas négociable. Demain, je ferai tout ce que tu veux. J'aime quand ça bouge : le sport, la vitesse. Je veux partager cette passion avec toi. Laisse-moi t'initier à mes loisirs, Bébé. Tu m'as demandé de m'ouvrir, c'est ce que je suis en train de faire. Si tu veux que je partage tes passions, je le ferai aussi.

— Tu ne prends pas de risque, je n'ai pas de passion à part la lecture.

— Des risques, j'en prends. Tu ne peux pas me dire le contraire. J'ai forcé des barrières.

Son ton est triste, ses yeux aussi. Sa bonne humeur a quitté son visage. Je sais très bien de quoi il veut parler : d'avoir ouvert son cœur. Je passe ma main sur son visage, en soufflant.

— Landry, je vais être nulle. Regarde, j'ai les jambes qui flageolent.

— Je ne veux plus entendre le mot « nul ». Yaëlle, j'ai confiance en toi. Tu vas adorer, Bébé. L'adrénaline va te donner des ailes.

Je secoue la tête. Il prend ma main, m'attire à lui, m'embrasse et m'entraîne vers la piste de kart. J'ai encore cédé.

Suivez **JDH Éditions** sur les réseaux sociaux pour en savoir plus sur les auteurs,

les nouveautés, les projets…

~

Venez découvrir L'Édredon

La revue littéraire de JDH Éditions

Retrouvez Zéa Marshall

Sur Facebook

Sur Instagram

À découvrir dans la collection Romance Addict

Cœurs de soldats – Tome 1 : Parce que c'est toi
Bella Doré
Les chocolats ne fondent pas à Noël, les cœurs, oui
Collectif

~

Prochainement

Plumes à plumes – Nathalie Sambat
Doutes – Tome 2 : L'ivresse assassine – Zéa Marshall